O ATIÇADOR DE FOGO

Ben Pastor

O Atiçador de Fogo

Tradução de
Celina Cavalcante Falck-Cook

EDITORA RECORD
RIO DE JANEIRO • SÃO PAULO

2011

CIP-Brasil. Catalogação-na-fonte
Sindicato Nacional dos Editores de Livros, RJ

Pastor, Ben, 1950-
P327a O atiçador de fogo / Ben Pastor; tradução de Celina Cavalcante Falck-Cook. — Rio de Janeiro: Record, 2011.

Tradução de: Fire waker
ISBN 978-85-01-08176-6

1. Romance americano. I. Falck-Cook, Celina Cavalcante, 1960- II. Título.

10-3516. CDD – 813
CDU – 821.111(73)-3

Título original em inglês:
FIRE WAKER

Edição publicada mediante acordo com autor por intermédio da agência literária Piergiorgio Nicolazzini

Editoração eletrônica: FA Editoração

Texto revisado segundo o novo Acordo Ortográfico da Língua Portuguesa.

Impresso no Brasil

ISBN 978-85-01-08176-6

Nihil enim extra totum est, non magis quam ultra finem.
Na verdade, não há nada além da totalidade, nada além do fim.

LÚCIO ANEU SÊNECA,
A vida feliz

... Uma superfície mutável, não concedendo repouso ao olhar, que é levado a acompanhar um ligeiro claro-escuro, aqui e ali interrompido por vincos fundos e circunscrito de forma brusca, quase brutal, por massas que representam os cabelos e a barba...

R. BIANCHI BANDINELLI,
"A dor de viver", em *Roma: o fim da arte antiga*

Principais personagens de

O ATIÇADOR DE FOGO

Aélio Espartano, emissário imperial, historiador e comandante de regimento

Agnus, conhecido como *Pyrikaios*, ou o *atiçador de fogo*, curandeiro cristão

Casta, anteriormente conhecida como Annia Cincia, diaconisa cristã

Cúrio Décimo, aristocrata, oficial da Guarda Palaciana

Baruc Ben Matias, ex-combatente das religiões judaicas, artista e empresário

Marco Lupo, dono de olaria

Minúcio Marcelo, juiz de Mediolano

Lúcia Catula, esposa de Minúcio

Isaque, genro de Ben Matias e supervisor da olaria de Lupo

Fulgêncio Penato, dono de olaria

Sido, chefe da polícia criminal de Mediolano

Galiano, médico do Exército

Duco, oficial bretão, colega de Aélio

Frugi, Oto, Destro e Sinistro, Vívio Luciano, Úlpio Domnino, oficiais romanos, membros da Fraternidade de Cato, de Cúrio Décimo

Protásio, secretário do juiz Marcelo, ex-cristão

Aristófanes, eunuco e camareiro-mor imperial

Justina, mãe de Aélio

Belatusa, irmã de Aélio

Barga e Gargílio, cunhados de Aélio

Diocleciano, Constâncio, Galério, Maximiano, coimperadores romanos ou tetrarcas

Constantino, filho de Constâncio

Helena, ex-concubina imperial, mãe de Constantino

Maxêncio, filho de Maximiano

Anubina, ex-amante egípcia de Aélio

Termutis, dona de bordel egípcia

SUMÁRIO

PRIMEIRA PARTE

FLAMA

Capítulo 1

Isca de fogo

De Baruc ben Matias para o comandante Aélio Espartano.

Saudações.

Se eu não soubesse onde estou, pensaria que este lugar era Vindobona ou Intercisa, em vez de Confluentes, pois os postos militares são todos iguais. Agora já sei circular por aqui de olhos fechados. Em um quarteirão de cerca de 500 metros quadrados, há o quartel à direita, o posto de comando à esquerda, o alojamento dos oficiais transbordando de ordenanças extremamente entediados, capazes de vender a própria mãe em troca de uma transferência. Até mesmo os oficiais-comandantes estão começando a se parecer uns com os outros; todos dão a impressão de serem soldados de meia-idade, começando a criar barriga.

Por falar nisso, comandante, encontrei teus dois cunhados em Castra ad Herculem, no Danúbio, e, se me permites dizer, são uns inúteis. Entendo agora por que não vais às reuniões de família com frequência. Sabes que agora já tens sete sobrinhos, contando meninos e meninas?

Não pretendo entediar-te com os detalhes de minhas viagens e diligências do mês passado. Basta dizer que deixei o Egito pouco antes de ti, e aqui estou. Os negócios vão bem, uma vez que expandi meu campo artístico e comercial ao incluir escultura de epitáfios (em prosa ou verso, com ou sem o retrato do falecido). Além disso, à parte a economia, a situação na fronteira nordeste é como provavelmente já sabes. Não há como evitar que os estrangeiros invadam o Império, com ou sem exército. Para cada três dos que são levados de volta pelo Danúbio, outros dez conseguem infiltrar-se à noite. Enquanto um império necessitar de mão de obra barata, ou barqueiros fizerem do tráfico humano um meio de vida, continuará existindo assentamento ilegal deste lado da fronteira.

A esta altura, deves estar te perguntando por que te escrevi esta carta, por isso irei direto ao assunto. Talvez te lembres de minha filha (aquela cujos bolos comemos em Antinoópolis, quando nos encontramos no ano passado, e que se casou em Roma logo depois). O marido dela, Isaque, judeu nascido na Alemanha, trabalha como supervisor numa olaria ao sul daqui. Na semana passada, o dono da olaria, um homem chamado Lupo, morreu de uma febre maligna e, depois das cerimônias fúnebres de praxe, foi enterrado no cemitério da família. Bem podes imaginar o susto que meu genro levou, comandante, quando voltou ao trabalho esta manhã e encontrou Lupo sentado à sua escrivaninha, sem o menor sinal de ter passado por doença grave, morte e aparente ressurreição. É lenda, dirás, ou então exagero de judeu. Mas não é nada disso! Meu genro não bebe e, ao contrário de mim, é um judeu praticante que não está acostumado a mentir; além disso, todos os empregados da olaria Figlinae Marci Lupi estão assombrados e amedrontados, a ponto de dois deles terem adoecido e vários terem fugido, jurando nunca mais voltar ao trabalho.

Agora, quanto a ti, além de termos nos enfrentado há quase dez anos, sei o seguinte: que, a despeito de tuas origens bárbaras, és educado, corajoso, respeitador de teus deuses, porém não mais do que fica bem para um oficial de alta patente, e curioso ao extremo. Como historiador, pode ser que te interesses por saber que, no final do reinado de nosso senhor Diocleciano (que ele seja preservado etc., segundo a fórmula tradicional), ressuscitaram um morto na província de Bélgica Prima. Como possuo carta branca imperial para proceder a investigações, pode ser que desejes descobrir exatamente o que aconteceu em Noviomagus. Ainda posso acrescentar a meu relato que — embora com certeza tu já tenhas presumido isso — Lupo é cristão, pois a perseguição contra essa gente estancou aqui neste rincão perdido no tempo e no espaço, devido à tolerância dessa seita por parte de César Constâncio (que os deuses etc.).

Lembra-te de que vou dividir meu tempo ao longo do Reno entre Confluentes e um lugar encantador chamado Bingum, ao sul daqui. Será que algum dia vou me acostumar com esses nomes de cidades bobos? Em Confluentes poderás me encontrar na porta ao lado do tanoeiro Ermínio. Atenciosamente, despeço-me.

P.S.: Ouvi dizer que a "esposa" repudiada de Constâncio não está nada satisfeita por Constantino seu filho favorito, tê-la transformado em avó, casando-se com Minervina. Aos 50 anos, madame Helena conserva mais que as aparências, sendo tão atraente para os novos oficiais hoje como era para Aélio Espartano há alguns anos (esse é o mexerico que corre no quartel). Não te preocupes, esta missiva será entregue a ti em mãos por um amigo de confiança.

Redigida em Confluentes, ao norte de Augusta Treverorum, província da Bélgica Prima, no dia 4 do mês de Kislev, ***domingo****, 19 de novembro, 13º dia antes das calendas de dezembro.*

Sul de Mogontiacum, 20 de novembro de 304 d.C., ***segunda-feira***

Aélio leu a carta de Ben Matias por último, depois da de seu pai, concisa e muito mal escrita, em que ele se queixava da "*auzência* de casa do meu único filho durante três anos" e citava a "*anciedade* de tua mãe porque *inda num* tens uma esposa como deverias". Muito embora tivesse se aposentado como coronel do Seniores Gentiliorum, o velho não tivera vontade de se educar além do que era necessário naquela época para evoluir na carreira — visto que outros haviam se tornado imperadores com muito menos. Quanto à mãe de Aélio, a cada seis meses lhe apresentava uma pretendente: filhas de soldados, viúvas de fazendeiros, menininhas que ainda teriam de crescer muito para poder ir para a cama com alguém.

Deixando a carta de seus pais cair numa caixa em que havia outras (todas praticamente iguais), Aélio estava visualizando uma estranha composição de imagens resultante do que seu ex-inimigo, o ex-combatente pela liberdade dos judeus, tinha lhe comunicado. De um lado estava Helena, que o havia seduzido quando tinha exatamente o dobro de sua idade, deixando-o perdido de amor como um cachorrinho carente, e, de outro, aquela história absurda de um homem morto ter ressuscitado. Fazendo jus à fama dos cristãos de serem trabalhadores, Lupo aparentemente havia sido incapaz de pensar em outra coisa senão voltar ao escritório depois da ressurreição. Isso fez com que Aélio sorrisse timidamente, convencido de que Ben Matias estava querendo provocá-lo, qualquer que fosse a razão, sendo Aélio o ateu sarcástico que era. Mas na imagem composta em sua mente havia uma terceira faceta, uma faceta enevoada e desigual, uma pontada no coração: porque Anubina tinha lhe dado uma filha no Egito já fazia sete anos, e, se não fosse por ela não ter querido casar-se com ele após a morte do marido, ele poderia mandar uma carta para a mãe dizendo que ela não precisava mais lhe procurar esposa.

Uma coisa, no entanto, era certa: a eficiência do serviço postal romano, que nunca deixava de impressioná-lo. Os carteiros sempre tinham conseguido encontrá-lo em toda parte, até mesmo durante as campanhas no Oriente. Portanto, era simplesmente lógico que o correio o tivesse encontrado entre Noviomagus e Mogontiacum (alguns quilômetros ao sul desta última, para ser mais exato); sabia-se que ele havia saído de Aspalatum, capital de verão de Diocleciano, quase duas semanas antes, em direção a Tergeste, de onde, tendo atravessado quatro províncias, já estava a menos de dois dias de distância da capital de Constâncio. Aélio tinha pernoitado, conforme Ben Matias previra, numa estalagem à beira da estrada militar de um lugar como outro qualquer, com sua estrebaria e taverna, seus vendedores de utensílios baratos e qualquer outra coisa típica da pequena indústria da região. O negócio ali era vidraria; mais além poderia ser cerâmica ou couro.

A manhã recém-iniciada preenchia com bruma os espaços entre as colinas distantes. A estrada reta seguia para dentro do nevoeiro, onde a paisagem nele oculta podia ser qualquer uma que se imaginasse; com certeza Mogontiacum, onde a estrada se dividia, e, depois, campos cultivados, terra alqueivada coberta por ervas daninhas amareladas do fim de outono e bosques intermináveis. Até mesmo o Outro Mundo, se o que os poetas descreviam era verdade e se o local onde as sombras estavam condenadas a passar a eternidade fosse envolto em uma neblina infindável.

O motivo alegado por seus pais para enviar a carta era o aniversário dele que estava para chegar, o trigésimo; mas seu pai estava errado ao dizer que ele não aparecia em casa havia três anos. Tinham se passado quatro anos e meio, mas o próprio Aélio não sentia grande necessidade de voltar.

Quando ele montou a cavalo e partiu, rumo ao noroeste, a neblina ainda não havia se dissipado. Talvez só ao meio-dia o sol estivesse quente o bastante para fazê-la evaporar e permitir que se avistassem plenamente as várzeas, as montanhas além da margem e todos os detalhes. Por enquanto, à medida que ele prosseguia, o nevoeiro parecia recuar; entretanto, se olhasse para trás, via-o também fechando-se atrás de si. Quantas vezes havia cavalgado através da névoa para ir a batalhas, ou para voltar para o quartel, ou para sair do quartel? O nevoeiro parecia sempre igual, mas ele o atravessava tenso, calado e amedrontado — ou exausto. Era melhor o Outro Mundo não ser assim; do contrário, ele preferiria regressar dele para este, como Lupo, o oleiro, aparentemente havia feito.

Transportar as mensagens de Sua Divindade para Constâncio significava que em toda parte as portas se abririam para ele e que ele teria precedência sobre outros que estivessem esperando para passar nos postos de vigilância ou nas pontes controladas por soldados. Aliás, comparativamente, ele havia despendido tão pouco tempo vindo de Aspalatum que chegara um dia antes. Como o complexo cerimonial não permitia que chegasse muito cedo, assim como não tolerava atrasos, haveria tempo para visitar Ben Matias, na cidade militar de Bingum, três ou quatro horas ao norte de Mogontiacum seguindo-se pela estrada ao longo do rio. Era para onde se dirigia agora, torcendo para chegar até o meio-dia.

Ele havia conhecido Constâncio em uma viagem a serviço da corte, durante o verão, na capital ocidental de Diocleciano, Nicomédia, mas não o havia visto nos anos subsequentes. Um dos dois vice-imperadores designados para assumir o poder em maio próximo, quando era esperado que Diocleciano e Maximiano abdicassem, Constâncio era um general íntegro que havia pedido que os oficiais de seu quadro lhe fossem apresentados depois da revista, segundo Aélio se lembrava. Ele os havia cumprimentado um a um, um homem compacto, de pele clara, olhos saltados e polegares tortos, que havia se casado com a filha de seu colega Maximiano e abandonado não sua primeira *esposa*, como Ben Matias dissera, mas sua concubina de muitos anos, Helena.

Era um momento, naquele verão, em que Helena estava tão cheia de ódio e ressentimento como qualquer mulher ambiciosa que houvesse sido desprezada depois de ter, partindo da obscuridade, ascendido ao ápice da escala social. Não havia conseguido que Constâncio se casasse com ela, e isso era o que mais lamentava, mas assim foi. Aélio recordava-se de como cortesãos e sacerdotes revezavam-se ao lado dela,e sempre pareciam convencê-la a aceitar um estilo de vida ou outro. Na primeira vez que ela deixou Aélio entrar em seus aposentos, disse a ele que poderia ser a última,já que estava pensando em dedicar-se à vida religiosa (ainda não havia decidido se a religião judaica ou a cristã). Na segunda vez, informou-lhe qual era a posição dele em sua lista de amantes. Na terceira, disse que havia sonhado que se tornaria santa e que altares seriam dedicados a ela. Aélio, para lisonjeá-la, disse-lhe, com a palermice própria da juventude, que seu leito para ele já era um altar, e nesse dia ela lhe concedeu liberdades especiais. Claro que Constâncio sabia, uma vez que se sabia de tudo na corte. "Faz cócegas abaixo do umbigo dela", o imperador aconselhara-o inesperadamente uma certa manhã, nas termas, bem-humorado. "Ela *adora*."

À medida que Aélio prosseguia em sua jornada, adentrando a névoa, vez por outra apareciam, de ambos os lados da estrada, os altos muros de proteção das fazendas, caiados ou vermelho-tijolo a distância, com suas avenidas de árvores podadas ou sebes. Naquela obscuridade, viam-se servos labutando no preparo dos campos para o inverno, bem como corvos cinzentos cortando a bruma acima deles, todos com a aparência fantasmagórica de seres do Outro Mundo; ou, se não o faziam se lembrar do Hades, recordavam-lhe os campos de batalha depois que terminava a peleja, quando um comandante passava para reconhecer seus mortos e recolher suas alianças baratas numa sacola, para enviá-los às famílias. Lupo, o cristão, morto e enterrado — uma vez que os cristãos não acreditavam em cremação —, presumivelmente lacrado sob um monumento digno de sua posição, tinha revivido. Uma tolice, claro. Porém, Aélio não podia deixar de pensar nos amigos e companheiros que havia perdido durante as guerras. Será que haveria possibilidade de que pudessem voltar das trevas da morte para seu lado e reencarnarem?

Pouco a pouco, quando ele já havia atravessado as ruas de Mogotiacum, onde mal se podia ver a ponta do próprio nariz, o sol dissipou a névoa e a neblina do rio. Para o leste, passou então a aparecer o grande Reno, toda vez que a estrada subia o bastante, com suas águas transparentes e, nas esteiras deixadas por embarcações pesadas, revoltosas. Elas seguiam silenciosamente a corrente rumo ao norte, para sem dúvida atracar em qualquer uma das dez ou mais cidades que havia entre aquela e o oceano. Não eram meras embarcações, mas barcaças de fundo chato, transportando cerveja e vinho, carne de porco salgada e diversas outras provisões necessárias para um exército em marcha. Um odor forte de achas de lenha recém-apagadas subia dos campos, sobre os quais pairava uma fumaça preguiçosa naquele dia sem vento; ao longe, as patrulhas noturnas retornavam ao quartel, avançando ordenadamente pelas trilhas que se entrecruzavam naquela região, invisíveis de onde Aélio estava.

Quando os monumentos civis e os cemitérios militares se tornaram mais frequentes ao longo da estrada do rio, crescendo cada vez mais em número, Aélio soube que estava chegando perto da aldeia seguinte. De acordo com o miliário, Bingum, a cidade de cujo nome Ben Matias zombara, estava apenas a 7 quilômetros.

Confluentes, província da Bélgica Prima

A marca nos tijolos de Lupo, como era de esperar, mostrava a silhueta do seu homônimo, um lobo, com as letras EX FIG MA LUPI REN dispostas ao redor, formando uma espécie de lua crescente. A peça triangular de argila cozida, limpa e nova em folha, estava na mesa da oficina bem equipada e iluminada de Baruc Ben Matias, situada perto da porta nordeste da cidade. Aélio contemplou-a, seus ouvidos captando os sons ocos dos malhos batendo na madeira que vinham da oficina do tanoeiro ao lado. "*Ex figlinis Marci Lupi:* fabricado pela olaria de Marco Lupo."

— Não me diga que o REN significa o que estou pensando, Baruc.

— Significa. REN vem de *Renatus*, que quer dizer "renascido". — Enchendo de vinho duas taças verdes e bojudas, prosseguiu: — Pensei que estivesses em Nicomédia, e que minha carta levaria semanas para chegar a ti. Mas deves estar vindo de Aspalatum. E rápido. — Como Aélio permaneceu calado, ele continuou: — Entendes que estou apenas criando minhas filiais por aqui, comandante — acrescentou ele, muito embora não tivesse recebido um pedido para justificar sua presença tão longe de casa. — Não vou me mudar definitivamente do Egito para pegar um resfriado ao longo dessa fronteira.

— Acontece que eu reparei que os teus valentões estão viajando contigo. — Aélio sorriu, recusando com um pequeno gesto o vinho oferecido por seu ex-inimigo.

— Valentões? Não são valentões, são meus filhos e parentes. Além disso, com todo o respeito à organização militar imperial, esses longos trechos de estradas desertas entre os postos e as cidades exigem certa precaução. Por toda a floresta há bandidos escondidos. Vejo que tu, ao contrário de mim, ainda viajas sem escolta.

— Ah, aí é que te enganas. Meus cavalarianos estão por perto.

Ben Matias tomou um gole de uma das duas taças.

— Safra deste ano — disse, estalando os lábios. — Nada mau, para um vinho branco. — Aos seus olhos experientes, nas semanas desde que eles haviam se encontrado pela última vez na loja de especiarias de Theo, em Antinoópolis, Aélio devia ter estado em ambientes fechados ou viajando por climas nórdicos, uma vez que havia perdido totalmente o bronzeado. Afora isso, continuava sendo o mesmo oficial de cavalaria alto e ágil com o qual Ben Matias havia lutado durante a Rebelião, chegando a quase matá-lo. A Armênia (ou as preocupações de um cargo na corte) o havia tornado precocemente grisalho, e era somente o fato de ser louro que evitava que fosse gritante o contraste entre a mocidade e o envelhecimento.

Fazendo sentir a natureza semioficial de sua visita, uma vez que se mantivera com a boina militar usada na fronteira setentrional — conhecida como *boina panoniana*, era um chapéu em formato de cilindro baixo, vermelho-escuro, usado por todas as patentes —, ele continuou observando curiosamente o tijolo sobre a mesa.

— É a primeira peça marcada que saiu da olaria após a ressurreição, e acho que compreendes por que não pude passá-la adiante — comentou Ben Matias, muito lampeiro. — É apenas uma questão de tempo antes que algum diácono cristão ou uma senhora piedosa venha em busca desta peça, e aí haverá uma verdadeira guerra de lances por esta relíquia, uma lembrança do milagre. Por via das dúvidas, tenho mais uns dez tijolos como este aí na sala dos fundos. Se tiveres necessidade de levar alguma prova para nosso senhor etc., etc., posso fazer um preço justo. Já comentei com meu genro que queres conhecer Marco Lupo; portanto, se tiveres tempo esta noite, pode-se combinar uma visita.

— Hoje devo jantar na corte, com os oficiais do Estado-Maior. Que tal amanhã de manhã?

—Vou ver o que posso fazer. — Ben Matias sorriu maliciosamente por trás da barba. — Na corte, é? Bem que dizem que o cheiro do poder aguça o apetite. A propósito, se estivesse em teu lugar, eu também tentaria ver o milagreiro, porque senão seria o mesmo que estar na plateia de um mágico sem conhecer o truque.

— Está certo. Quem é ele?

— Seu nome cristão é Agnus, mais conhecido entre os seus como Pyrikaios, o *atiçador de fogo*. — Ben Matias tinha novamente aquele olhar de divertimento e desprezo, muito embora Aélio presumisse que, apesar de todos os protestos do amigo de que era ateu, sua sensibilidade judaica sentia-se ofendida pela ideia de que um ser humano pudesse trazer outro de volta à vida. — Seus seguidores afirmam que ele fez coxos andarem e cegos enxergarem em cidades da Germânia Superior e Inferior, mas dessa vez ele se excedeu em seu poder de milagreiro. Dizem até que ele mesmo ficou admirado de seus poderes! Como todo bom mágico de palco, nosso homem tem uma assistente, chamada Casta, e ouvi dizer que, para poder vê-lo, é preciso marcar um encontro por intermédio dela. Sim, sim, eu sei. Também pensei isso; somente em um bordel se marca um encontro por intermédio de uma mulher. Mas o que posso dizer? Foi o que ouvi.

Diante de uma segunda oferta, Aélio resolveu aceitar o vinho, um Mosela mais do que razoável, servido sem acréscimo de água.

— Acho que também deves saber como posso encontrá-la.

— Interessante perguntares isso. Ela mora em Augusta Treverorum com um grupo de senhoras idosas, não muito longe da Porta do Meio, que dá para um dos cemitérios cristãos. O nome da viela é *Solis et Lunae.* — Ben Matias contou nos dedos, olhando para cima. — Deixe-me ver... Primeira, segunda... não, terceira casa a contar da esquerda como quem vai sair da cidade; tem uma guirlanda pintada na fachada. Estás vendo como sei ser bonzinho, e sem cobrar nada? Não, de jeito nenhum! O que estás pensando? Assim me ofendes, comandante, eu nunca *cogitaria* em pedir que dissesses boas palavras em meu favor ao nosso senhor Constâncio, mesmo havendo uma grande competição para obter uma encomenda do Exército para o fornecimento de lápides e monumentos e estarmos todos passando um por cima dos outros para derrubar a concorrência. Para mim, basta poder afirmar que o comandante Aélio Espartano, *praefectus Alae Ursicianae* na Campanha Persa, historiador oficial de Sua Divindade, veio a mim encomendar uma lápide moderna.

Aélio riu daquela proposta absurda.

— Com a condição de que não escrevas isso na tabuleta à porta da tua loja e que faças todas as conjurações de costume enquanto estiveres esculpindo minha imagem.

Augusta Treverorum, 21 de novembro, ***terça-feira***

A capital de Constâncio na antiga província gálica de Bélgica Prima apresentava todos os edifícios burocráticos que se esperava de sua posição e, naturalmente, uma ponte digna de nota sobre o Mosela. No entanto, era uma cidade cinzenta, cujas pedras opacas pareciam absorver a pouca luz da manhã que conseguia passar por entre as nuvens. Agora era um desses momentos ensolarados em meio à chuva ao longe, em algum outro lugar, quando os arcos e as colunas das construções assumem a opacidade de ossos contra o céu tempestuoso, porém os lenços e xales brancos na cabeça das mulheres chegam a ofuscar a vista. Aélio, tendo o compromisso de encontrar-se com o coimperador para o desjejum, levantou-se cedo e, enquanto esperava, conservou-se em postura verdadeiramente militar, as pernas bem afastadas, olhando para a frente com os braços cruzados.

Logo ele veria que, a despeito dos títulos oficiais de bons agouros — *Germanicus*, *Britannicus*, *Sarmaticus*, *Persicus Maximus* e mais alguns quadruplamente exagerados —, Flávio Valério Constâncio já não mais parecia hercúleo nem semidivino, longe disso. Havia envelhecido muito desde o verão em Nicomédia, a ponto de Aélio ter de se conter para não demonstrar surpresa quando lhe era permitido olhar para ele. Como se estivesse implodindo, de corpulento o coimperador havia se tornado flácido, seu aperto de mão (concedido excepcionalmente depois das reverências consideravelmente humilhantes e saudações exigidas na época pelo cerimonial) era mole e úmido, como se ele estivesse usando uma luva molhada. No entanto, Constâncio revestia sua decrepitude de grande requinte, usando fivelas de ouro do tamanho da mão de uma criança e um uniforme extravagante que ninguém havia visto no campo, somente nos murais dos monumentos erigidos em honra de feitos militares.

— O sobrinho de Aélio Bartarius — disse. — Pareces-te muito com ele, especialmente os olhos.

Quando jovem, Constâncio havia combatido ao lado do tio de Aélio (que, aliás, tinha sido o primeiro marido da mãe de Aélio) e o vira tombar na guerra, como lembrava agora:

— Na Germânia, defendendo nosso lábaro. — E continuou, na intenção de mostrar que, assim como todo bom regente, tinha o dom de se lembrar do nome de seus oficiais: — E és filho de Aélio Esparto.

Considerando-se que ele iria se tornar um dos dois principais regentes do Império Romano em questão de alguns meses, foi somente por causa dessa velha amizade com o tio de Aélio que Constâncio permitiu que Aélio conversasse com ele pessoalmente. Mesmo assim, Aélio precisou receber ordens específicas de comportamento, como se estivesse conversando com um superior, não com o dono do mundo.

— E olha para cima, rapaz, que não vou ficar aqui falando com o cocuruto da tua cabeça.

O aposento — que não era a sala do trono, estava mais para um escritório administrativo — era simples, chegando a pecar quanto à elegância. Junto à escrivaninha, havia uma mesa posta para o desjejum imperial, com ovos cozidos descascados, azeitonas e ovas de peixe vermelho-vivas. Sentando-se pesadamente num banco, Constâncio preparou-se para comer.

— Vem para cá. — Com uma faca elegante na mão, fez um gesto para que Aélio se aproximasse. — Fica onde eu possa ver-te enquanto falo.

Todos sabiam que ele teria de atravessar o mar até a Bretanha, mais cedo ou mais tarde, e lá travar uma guerra de grandes proporções. Aliás, fazia algumas semanas que havia fixado domicílio em Gesoriacum, uma praia distante a noroeste.

— Há conflitos na fronteira da ilha, tenho certeza de que já soubeste — disse, e Aélio observou que saía de seu peito uma espécie de assobio quando ele falava. — Às vezes me parece que este maldito império não tem nada além de fronteiras, como se fosse uma côdea de pão que resume a crosta.

— A crosta é mais dura do que o miolo, Vossa Tranquilidade.

— Disseste isso para que eu me sinta melhor ou pior? — Constâncio partiu um ovo ao meio com uma mordida. — O coitado do teu tio, lembro-me bem dele na fronteira ao sul daqui, quando os bárbaros nos atacaram de surpresa, em meio à neblina do rio. Seu último desejo foi o de que sua jovem viúva se casasse com seu irmão. Como toda mulher carrega a marca do homem que a deflorou, eu gostaria que, de alguma forma, pudesses ser filho desses dois homens. — Pedaços pegajosos de gema grudaram ao lado de sua boca, e ele nem se incomodou em removê-los. — Nestes dias nebulosos, eu me lembro melhor dos meus amigos mortos do que daqueles que estão respirando à minha volta. Eram homens que jamais traíam.

Sim, Constâncio, em Nicomédia, era grande e musculoso. Agora uma papada flácida pendia-lhe do pescoço, o queixo e a boca salientavam-se no rosto, e suas mãos pareciam grandes demais para os pulsos finos. Como se passar ao assunto seguinte exigisse um circunlóquio sobre traição, acrescentou:

— Vês que eu consigo evitar discórdia de cunho religioso na minha fatia do bolo imperial, seja crosta ou miolo. Logo no início encontrei-me com os líderes cristãos locais e fizemos um acordo: obedecei o primeiro édito de Sua Divindade, entregai ou queimai vossos livros, deixai vossas práticas religiosas de lado, sem criar problemas, que serei misericordioso. — Constâncio olhou diretamente para ele, com aqueles seus olhos saltados da cor de lama. — E não ouviste falar de nenhum problema causado pelos cristãos aqui nas redondezas, ouviste?

— Nenhum, senhor — Aélio apressou-se em dizer. — Quer dizer, tem somente o caso daquele oleiro, mas não sei se poderíamos chamar isso de problema.

— Pode passar a ser um problema. — Era difícil julgar até que ponto Constâncio falara sério quando dissera isso, pois era antes conhecido por seu humor, o que muito constrangia seu colega imperial Diocleciano, de quem se dizia que "somente uma única vez tinha sido visto rindo, porém a testemunha era um homem surdo e cego". Constâncio empurrava a comida, mais chupando do que mastigando os alimentos. Com uma colherinha de cabo longo, colocou a ova de peixe sobre o ovo que segurava na mão e lambeu-a rapidamente quando viu que ameaçava escorregar para o chão. — Posso aceitar curas e outras coisas, mas isso?! Imagina se aqueles que fossem condenados à execução em algum lugar do Império... quero dizer, os cristãos... ressuscitassem depois da crucificação, decapitação ou coisa que o valha. Isso sem falar dos que fossem mandados para a arena: seria um espetáculo e tanto vê-los voltar à vida na barriga dos animais que os despedaçaram. Será que uma pessoa devorada por um leão e uma pantera mexeria o braço dentro de uma fera e a perna dentro da outra? Será que os membros se reuniriam como num passe de mágica, sendo regurgitados pelos animais, ou testemunharíamos o nascimento de monstros, metade feras, metade humanos?

— Acho que é só história, Vossa Tranquilidade. Já inventaram essas coisas antes, muitas vezes; são charlatões. O fato é que nem o legendário Penteu voltou à vida depois de ter sido linchado por mênades enfurecidas.

Depois disso, Constâncio deixou de lado a discussão. Comeu de tudo que havia na mesa, mastigando pensativamente as azeitonas verde-azuladas, cujos caroços engoliu. De acordo com o cerimonial, a resposta oficial à mensagem de Sua Divindade seria entregue a seu enviado num envelope lacrado pelo chefe do pessoal do palácio, no dia seguinte ao encontro. O que surpreendeu Aélio, contudo, foi a primeira pergunta de cunho pessoal feita por Constâncio não ter sido sobre seu filho. Durante anos, Constantino tinha vivido como refém importante em Nicomédia por ordem de Diocleciano, que tinha o bom-senso dos fazendeiros de não confiar em alianças sem garantias.

Talvez o conteúdo da mensagem de Sua Divindade tivesse tranquilizado o coimperador quanto à saúde e ao bem-estar do jovem. Talvez não. Aélio ficou preocupado. Será que Constâncio esperava ouvir dele uma declaração legítima, vinda diretamente da boca de seu filho? Não havia nenhuma. Informado oficialmente da missão de Aélio, Constantino não tinha enviado nenhuma mensagem ao pai. Para os que o conheciam, parecia estar esperando alguma coisa, passando uma boa parte do dia no ginásio, exercitando-se, como se no futuro fosse haver alguma difícil luta corporal para a qual ele seria chamado em breve. Exatamente como o próprio filho de Maximiano, Maxêncio, que, como ele, aguardava a abdicação dos dois imperadores para ver como seria cortado o rico bolo do Império e a qual distância ele se encontraria do prato.

Assim sendo, Aélio permaneceu em silêncio, tentando pensar num modo de transmitir uma mensagem de Constantino sem parecer que estava inventando uma mentira deslavada.

— Como está meu filho? — perguntou Constâncio afinal, capitulando. — Sendo tu da idade dele e estando na corte, presumo que tenham se encontrado em Nicomédia.

— Ele estava bem quando o vi pela última vez em abril, senhor. Como acaba de tornar-se pai, naturalmente deve estar entusiasmado e orgulhoso por isso.

— Sim, tens razão. É verdade que a criança tem cabelos crespos? — Com uma súbita expressão desdenhosa nos lábios, Constâncio pareceu exprimir amargura, total ausência de contentamento. — Do contrário, por que lhe poria o nome de Crispo, em vez de dar-lhe meu nome?

— Eu não vi o menino. Mas como madame Minervina tem cabelos ondulados, faz sentido...

Ao levantar-se repentinamente do banco, Constâncio desestabilizou a pequena mesa, fazendo com que os pratos batessem uns contra os outros e deslizassem pela mesa, sem cair.

— Muito bem. Estás dispensado. — Sua voz grave não estava exatamente irritada, e, além disso, o gesto com que acenou para Aélio se retirar tinha uma lentidão condescendente. — Ouvi dizer que ainda estás trabalhando em biografias imperiais. Qual é a de agora?

Fez essa pergunta ao emissário quando ele já estava se dirigindo para a porta, recuando com as costas voltadas para ela, segundo a etiqueta pedia.

— A vida de Severo, Vossa Tranquilidade.

— Septímio ou Alexandre?

— Septímio Severo, o africano.

— Hum — resmungou Constâncio. — Outro que também não teve sorte com os filhos.

A noite que Aélio passou em Augusta Treverorum seria chamada por Ben Matias como "igual a qualquer outra", e, para homens que não prestassem atenção a detalhes e tons, talvez tivesse sido assim. Aélio duvidava muito que se pudesse incluir o amigo pintor entre eles; portanto, o judeu somente fingia ser indiferente. Os cheiros eram vários, as esquinas das ruas e os poços de escadas recendiam a um fedor ou perfume que imediatamente faria um soldado do Exército dizer: "Síria" ou "Moésia", porém não uma *e* outra. Nas sombras, todas as rameiras murmuravam coisas parecidas, mas as reações dos passantes a elas variavam, indo do desejo intenso à irritação ou simples aversão. Convidado por um antigo colega para ficar em seu alojamento, que dava para um cruzamento da estrada, Aélio, sob a insônia ocasional dos viajantes, foi até uma sacada estreita, de onde conseguia apenas vislumbrar uma coisa ou outra que acontecia na úmida escuridão lá embaixo. Guardas fazendo a ronda sacudiam as aldrabas das portas para terem certeza de que estavam trancadas e seguras. O som de alguém correndo, o estalar dos cascos das mulas de carga. Aélio pegou-se pensando: *Como é que um homem que supostamente regressou do mundo dos mortos pode ir para a cama tranquilo e enfrentar a noite assustadora?*

Tal era o poder dos contos narrados de forma apelativa. Ele já estava fantasiando, como se o milagre tivesse realmente acontecido e ele tivesse de relatá-lo a Sua Divindade em termos o mais apropriados possíveis.

Logo começaria a nevar. Se não estivesse acostumado ao frio nos quartéis do Exército desde a juventude, Aélio já estaria tendo de recorrer às capas com capuz e aos xales impermeáveis, como os outros. Conhecia a estação, o cheiro fresco dos ventos de inverno que se aproximavam. Haveria um momento misterioso quando o nevoeiro sumiria de vez, e uma certa manhã o céu estaria perfeitamente límpido até o mais longínquo horizonte, e então começariam a cair flocos de neve do céu, flocos macios e úmidos, a princípio, pequenos e tão duros que não se podia apertá-los entre os dedos. Ainda não era hora, mas aquela friagem noturna peculiar anunciava que esse momento chegaria em breve.

De manhã, somente as casas de mais de três andares, que não eram muitas, comparativamente, emergiam da neblina que cobria a cidade. Do quarto andar, pareciam um pequeno arquipélago de telhados escamosos. Os sons animados de atividade humana lá embaixo chegavam aos ouvidos de Aélio como que incorpóreos, e, uma vez tendo saído da casa de seu amigo e alcançado a rua, ele percebeu que estava se tornando parte daquela multidão que lá de cima era invisível. Na verdade, a cerração estava suspensa no ar de tal maneira que formava uma espécie de pálio impalpável e esbranquiçado, como uma tenda esticada em pequenas camadas. Seus soldados da guarda, temporariamente abrigados no quartel perto do palácio, estavam satisfeitos por terem recebido um dia de folga para descansar ou para visitar a cidade; dois deles tinham mulher e filhos ali e ficaram felicíssimos.

As jazidas de argila e os fornos da olaria de Marco Lupo ficavam logo após a porta oriental da cidade, do outro lado do rio, à esquerda da estrada militar, num lugar chamado *À Feliz Diana*. Cavalgando até aquela cidade no dia anterior, Aélio notara um desvio numa floresta de carvalhos com um pequeno altar vermelho-vivo situado à beira da estrada, dedicado à deusa, e hoje planejava verificar se a imagem ou a pintura realmente a retratavam sorrindo.

O sol tinha acabado de nascer quando Aélio passou com seu cavalo pelo fluxo sonolento de negociantes que entravam pelo leste da cidade. Através da arcada fortificada, a cerração tinha uma tonalidade flamejante, entre o laranja e o vermelho, como se fosse possível apenas entrever uma conflagração que explodia oculta por um véu feminino ou um lençol. Chegando ao portão, os soldados o saudaram e o deixaram passar, e, uma vez lá fora, Aélio ficou pensando se eles realmente tinham existido, tão depressa caiu a mesma cerração atrás dele, escondendo o portão, os muros e o começo da maciça ponte sobre o Mosela. Nada, a não ser o trecho seguinte da ponte e o som ondulante das águas, parecia existir à sua volta. Um cavaleiro que se aproximava do lado oposto não projetava uma sombra, apenas um halo mais escuro no ponto onde animal e homem interceptavam a névoa flamejante atrás de si.

A curiosidade era uma das qualidades dos historiadores, embora não fosse a principal; o amor à verdade, pensou Aélio, encabeçava a lista. Uma ou outra, contudo, devia ser a razão pela qual Sua Divindade o havia enviado com a ordem de relatar qualquer incidente importante que encontrasse pelo caminho. Tinha sido assim no Egito, onde ele se deparara com assassinato e conspiração, por sua conta e risco. Já aqui... bem, era difícil dizer. Até agora, sua missão tinha se limitado a observar o estado das províncias visitadas; sendo assim, milagres e portentos não lhe diziam respeito. Mas a "ressurreição" de Lupo poderia se tornar um problema, como Constâncio dissera, num momento em que uma perseguição sangrenta em três quartos do Império visava aniquilar a religião cristã. Nas províncias da África e da Ásia cumpriam-se veredictos de penas de morte contra cristãos a torto e a direito, mas não se podia prever o que um homem como o *atiçador de fogo* poderia se tornar para tão perseguido e petulante grupo.

Impregnado de umidade, o pequeno santuário À *Feliz Diana*, situado no desvio, era cor de carne viva. Sob um beiral desgastado pelo tempo, a estatueta não passava do tamanho de uma boneca; os elementos do clima haviam alisado o rosto da deusa a ponto de não restarem nele senão um resquício de nariz e o traçado de uma boca com vestígios do que poderia ter sido um sorriso. As flores secas e os seixos a seus pés traduziam a devoção dos transeuntes, embora houvesse pequenas cruzes e outros rabiscos cristãos gravados com um prego ou a ponta de uma faca no reboco do nicho.

Mais além, a olaria estava invisível na cerração. Somente a rocha alta e avermelhada de onde se extraía a argila aparecia e desaparecia de vista, encimada por uma coroa de carvalhos novos que logo seriam sacrificados na olaria. O caminho, com sulcos profundos causados pelas rodas de carroças e cercado de arbustos, estava juncado de poças d'água. Aélio observou que escorria água dos trechos mais altos do caminho, e já estava se formando gelo nas poças que havia junto à beira da estrada, raramente alcançado pelas carroças que por ali passavam. Entre as árvores, na direção da margem do rio, podia-se perceber um acampamento improvisado e trouxinhas que eram, sem dúvida, pessoas sentadas, envoltas em capas e cobertores. Aélio supôs que fossem crentes ou simplesmente curiosos, do tipo que se junta toda vez que se ouve falar de algum acontecimento milagroso. Ainda entorpecidos por terem passado a noite ao ar livre, mal se mexeram à passagem do oficial. Uma mulher entre eles lançou-lhe um olhar de relance e cobriu a cabeça.

Aquela era a hora do dia em que a maioria dos manufatureiros despachava suas mercadorias. Na estrada militar (se Aélio olhasse para trás, poderia ver os monumentos fúnebres que a ladeavam desaparecer no nevoeiro), carros de bois e caravanas de mulas seguiam adiante, calmamente. Porém, dos lados da *figlinae* logo adiante, parecia não vir nada. O escritório do genro de Baruc ficava numa pequena construção perto dos fornos, e ele estaria esperando por Aélio ali, para apresentá-lo a Lupo. Perguntando a si mesmo se, de tanto viajar, ele não teria se esquecido de algum feriado, Aélio não prestou maior atenção à ausência de movimento no caminho até que ouviu o tropel e o chapinhar de um único animal de montaria vindo no sentido oposto, o que o fez puxar as rédeas apenas o bastante para que seu cavalo parasse. As orelhas compridas de uma mula e sua cabeça lustrosa e paciente surgiram primeiro, e depois dois homens montados nela: ambos operários mais antigos ou supervisores, de aventais de couro, que exibiam uma expressão angustiada no rosto, tanto que saudaram Aélio apressadamente quando cruzaram com ele pelo caminho estreito.

— Algum problema na olaria?

Essa pergunta direta de Aélio os deteve. Olharam-no, ambos nervosos, ressabiados e cabisbaixos, como era comum por parte de subordinados e civis (a maioria deles) diante de autoridades. Um dos dois, de nariz vermelho pelo frio ou por ter chorado, respondeu:

— Nosso patrão morreu.

— É, eu *sei.* — Aélio precisou conter um sorriso. — E depois voltou a viver, não?

— Não, ele morreu de novo.

— Quando? Como?

— Oh, senhor, o supervisor de Lupo encontrou-o já rígido na cama quando foi acordá-lo de manhã. Claro que ninguém vai tocar nele, por via das dúvidas, porque pode ser que ele ainda volte a...

— Ah é, Deus é misericordioso — começou a dizer o outro, mas o primeiro deu-lhe uma cotovelada nas costelas, fazendo-o calar-se.

Mas Aélio não estava prestando atenção em lapsos de pessoas se denunciando cristãs.

— Na cama, onde? Não na olaria, não é...

— Na olaria, sim. Lupo mora na cidade, mas ainda estava fraco, e quando há uma encomenda grande... e nem preciso vos dizer que estávamos recebendo pedidos de toda parte depois do milagre... ele fica numa pequena cabana acima da escavação da pedreira. Foi lá que ele morreu, coitado do nosso patrão. Estamos indo em busca de socorro.

Estava implícito que para eles "socorro" era Agnus. O primeiro impulso de Aélio foi segui-los e ver como o *atiçador de fogo* reagiria ao ver que o milagre tinha falhado, mas uma curiosidade de outra espécie o venceu, e ele cavalgou rumo à olaria. Lá, Isaque, o genro de Ben Matias, um jovem cabeludo sem sequer uma capa sobre os ombros, estava voltando apressadamente do sopé do morro para o escritório. Umas poucas palavras trocadas entre eles bastaram para informar Aélio que sim, era verdade, e que, seguindo por uma pequena passagem íngreme à direita do penhasco, chegava-se à cabana onde estava o defunto.

— Ninguém tocou em nada lá dentro, comandante — acrescentou Isaque. — Achamos melhor assim. Pobre Lupo, logo agora. O acampamento militar acabou de fazer um grande pedido. Eles vão ampliar as termas e a enfermaria, de modo que o cirurgião-chefe veio em pessoa ao raiar do dia verificar a qualidade dos tijolos. Tu o encontrarás à cabeceira de Lupo.

O oficial-cirurgião do Exército que Aélio encontrou perto da cama de Lupo comportou-se de modo frio e grosseiro, como todos os que Aélio já havia encontrado. Confirmou a morte e balançou a cabeça, irritado, ante a insinuação de que poderia ser um caso de morte aparente como da primeira vez.

— É, eu sei que isso acontece "com certas pessoas" e que é como um "desmaio demorado e profundo". Com todo o respeito, comandante, não me ensineis o meu ofício. Estou bem a par da debilidade a que vos referis, mas neste caso garanto-vos que colegas de confiança me disseram que Marco Lupo tinha morrido mesmo em setembro passado. Não estáveis aqui, portanto não podíeis julgar. Além disso, haveis de concordar comigo que, mesmo voltando à vida depois de um "profundo e longo desmaio", dificilmente uma pessoa teria forças para remover a tampa do sarcófago, forçar a porta do mausoléu por dentro e sair. No caso desse senhor aqui, houve testemunhos sob juramento de que ele ressurgiu com plena saúde uma semana após o dia do seu falecimento. Entretanto, a sepultura estava intacta. Até mesmo as coroas de flores colocadas pelos parentes durante o enterro ainda estavam penduradas nas portas.

Aélio olhou para o homem morto, cuja expressão paralisada demonstrava grande surpresa, como se alguma coisa estupenda estivesse escondida acima dele, no teto rústico. Tinha, entretanto, a aparência incrível de estar *vivo*, a tez rosada, corada mesmo, diferente de qualquer outro cadáver que ele havia visto.

— Bem, então talvez Lupo tivesse um irmão gêmeo ou um sósia, que por algum motivo teria muito interesse em desempenhar o papel do ressuscitado. Eu mesmo me lembro agora de algumas pessoas, ambas ligadas a dinheiro e a imóveis, que teriam esse interesse. Falemos a sério, cirurgião-chefe. Alguém vasculhou o mausoléu para ver se o corpo não estava mais lá?

— Eles juram que sim, comandante. Não só entendo vosso ceticismo, como compartilho inteiramente dele. — Tinha a boca grande e a sombra de um bigode louro, o médico; abria bem os olhos ao falar, para dar ênfase ao que dizia. — No entanto, como um homem que tem o dever de estudar a natureza e seus fenômenos, devo render-me às evidências. Tendo em vista o testemunho de meus colegas, que assistiram à abertura do mausoléu na presença de autoridades, sou obrigado a declarar que Lupo ressurgiu verdadeiramente dos mortos. A aparência dele é excelente para um cadáver, não achais?

Aélio ignorou esse comentário.

— *Ressurgiu dos mortos.* Francamente! E por que então ele voltou para lá? Será que podemos concluir que ele não gostava mais daqui? — Sua intenção não era dar à voz a inflexão de sarcasmo com que falou, mas sentia-se incomodado e inquieto. — Diz-me, abriste a janela quando entraste?

— Não. O judeu, o supervisor que o encontrou, disse-me que ela estava encostada quando ele entrou, ao raiar do dia. Lupo, pelo jeito, não costumava trancá-la.

Marco Lupo devia estar bastante acostumado com o clima. Os carvões no braseiro havia muito já estavam apagados, e o frio da manhã penetrava através da janela parcialmente aberta na lateral da cabana, bem como da porta. Olhando pela janela, Aélio viu que ela dava para um íngreme penhasco de argila lustrosa e quebradiça, impossível de se escalar.

— O único sinal claro de que ele parou de respirar há algumas horas — observou o cirurgião, ao lado da cama — é que a rigidez cadavérica está começando a passar. E duvido que seja porque ele está para ressuscitar.

Aélio assentiu, voltando a ficar aos pés da cama. Distraidamente, ficou olhando a coberta jogada sobre o defunto de rosto rosado; tomou entre os dedos do meio e o polegar a trama cerrada do tecido, como se o pano pudesse lhe dar as respostas que os homens não podiam. Ora, até mesmo a palidez do cirurgião era mais intensa que a de Lupo; e era provável que até seu próprio rosto fosse mais branco que o do oleiro.

— Sabes se ele tem família?

— Pelo que sei, tem apenas um irmão e uma cunhada. Isaque acredita que, logo que souberem disso, vão querer procurar o milagreiro na mesma hora, como fizeram da primeira vez. Deveríeis ter visto como choraram de alegria na hora da ressurreição: jamais acreditaríeis que o irmão é que herdará tudo, uma vez que Lupo não tinha filhos.

— Talvez tenha sido de frustração que choraram, em vez de alegria.

— Sois mesmo um cético. Por via das dúvidas, se eu fosse o irmão, deixaria as coisas como estão. — Mas o cirurgião estava sorrindo maliciosamente, do jeito que os médicos fazem muitas vezes, tratando a morte como coisa corriqueira para não terem de aceitar sua impotência diante dela. — Recomendo que o defunto seja cremado, segundo a boa tradição romana — acrescentou em seguida. — Mas sabeis como são essas pessoas supersticiosas. É de se imaginar por que o deus deles não conseguirá ressuscitá-los dos mortos se forem reduzidos a cinza.

— Tu pareces saber mais do que eu. Porém, com herança ou não, é melhor que Lupo continue como está agora; do contrário, teremos manifestações de histeria nas ruas daqui até a Judeia.

O cirurgião concordou, fazendo uma careta.

— Eu poderia confirmar a morte dele só por via das dúvidas. Inserir uma agulha fina dentro do coração através das costelas, por exemplo. Veríamos, então, se esse tal de Pyrikaios, ou seja lá qual for o seu nome, pode realmente reavivar a chama da vida. Porém, meu juramento de médico me proíbe de causar dano de qualquer espécie a um paciente. Será que vós estaríeis disposto a fazê-lo, se eu vos desse a agulha?

— Ora essa, não. Claro que não.

— Cavalheiros. — Isaque olhou para dentro pela fresta da porta e, tendo ouvido a última troca de palavras, bateu no umbral para anunciar sua presença. — Nossos funcionários voltaram da cidade dizendo que, até agora, não conseguiram encontrar Agnus; porém, a família já soube da notícia e quer continuar tentando encontrá-lo. Tivemos visitas de senhoras até tarde da noite de ontem, e há várias delas querendo ver Lupo, sem falar das pessoas que vieram de fora. Que devemos fazer neste meio-tempo?

— Remover o corpo daqui — disse o cirurgião, lançando um olhar significativo a Aélio, que assentiu. — Se Lupo for ressuscitar, pode ser em qualquer outro lugar, até numa enfermaria. Supervisor, avisa à família que pode vir buscar os restos mortais dele no quartel dos legionários, que lá estarão aos cuidados de Tito Galiano, cirurgião-chefe.

Acompanhando Aélio uns poucos passos para fora da cabana, o cirurgião disse que iria ficar por ali até que um destacamento de cavalarianos chegasse para remover Lupo.

— Desta vez quero estar presente, se Agnus aparecer para repetir o milagre. Se ainda estiverdes na cidade esta noite, procurai-me nas termas militares após o pôr do sol: talvez eu tenha mais a vos contar.

De onde estavam, além do intrincado bosque de carvalhos novos, as aberturas na cerração revelavam paisagens íngremes do campo lá para baixo, fértil e molhado; somente o grande rio ainda fluía como que envolto por um casulo de vapores espessos que acompanhavam o seu curso rumo ao norte. Acostumado com a vista, Galiano deu as costas à paisagem, enquanto Aélio ficou admirando-a um pouco mais, procurando reconhecer uma ou outra construção dentro dos muros da cidade.

— Tu disseste "milagre", cirurgião-chefe. Por que não "truque"?

— Bom, os cristãos são terminantemente proibidos de praticarem magia — disse Galiano, dando de ombros. — Segundo os preceitos deles, nem se seu filhinho estiver morrendo de alguma doença, desenganado pelos médicos, é permitido fazer feitiços ou apelar para curandeiros. É preferível que o deixem morrer. Coisa de louco, não? Como médico, sabeis, encaro isso de duas maneiras. Se a medicina nada mais pode fazer, é improvável que haja outra saída. Por outro lado, todos os dias se sonha com a cura nos templos de Esculápio, a cujo divino cuidado todos os profissionais estamos confiados. Se algum dia um dos meus filhos estivesse correndo risco de morte, creio que eu iria ao primeiro mago que encontrasse, ou pelo menos deixaria que minha mulher o fizesse por mim.

Aélio começou a descer o caminho íngreme que levava até o pé do penhasco.

— A pergunta continua sem resposta. A filosofia e a ciência nos ensinam que os cadáveres sofrem decomposição e, assim sendo, não podem ser ressuscitados. Se não for milagre, é mágica. Acho que valeria a pena descobrir qual é a posição oficial do clero cristão, no que diz respeito ao que esse Agnus vem fazendo.

— Boa sorte: eles andam se escondendo ultimamente. Até mais tarde, nas termas.

A resposta de Constâncio a Sua Divindade só chegaria às mãos de Aélio à tarde. Isso significava que ele tinha tempo de marcar um encontro com o *atiçador de fogo*, se este estivesse disponível, e, com essa intenção em mente, Aélio saiu da olaria. Já sentia o gosto de neve no ar, embora o céu permanecesse sem nuvens. Quando ele atravessou a ponte para a cidade, a cerração por cima da fria espuma do Mosela fluía por sobre as águas como se fosse um segundo rio suspenso sobre o outro: havia neve nas montanhas ao leste e ao sul, e a brisa tinha sabor de geada.

O pátio dos operários na margem do rio, dobrando-se à esquerda depois de passar pelo portão sul, era, de acordo com Ben Matias, onde ficava a *Solis et Lunae*, uma viela curta e sem saída, atrás do santuário do Sol e da Lua. Aélio encontrou-a sem dificuldade, bem como a terceira casa à esquerda, que se destacava das demais pela desbotada guirlanda pintada de um lado a outro da arcada, que conduzia a uma rampa com escadas. Quanto à guirlanda, deveria retratar flores na intenção de quem a pintara, mas, no momento, parecia mais uma fieira de linguiças de um marrom desbotado.

A propósito, aquela era uma ilha dentro do bairro de construção naval, uma faixa limitada de lojas de roupas, bancas de alimentos e vidraçarias meticulosamente limpas, que pertenciam a veteranos. As calçadas estreitas eram imaculadas, e tudo expressava a ordem que os soldados levam para a vida civil quando se aposentam. Até mesmo os bordéis que Aélio vira no cruzamento anterior tinham as portas recém-pintadas, com falos dourados esculpidos em alto-relevo acima das portas.

Vista do outro lado da rua, a casa nada sugeria; tinha uma fileira comprida de pequenas janelas fechadas, e, a menos que houvesse um pátio interno, a escuridão devia reinar lá dentro. Quando Aélio se aproximou, um homem que estava varrendo a frente da loja vizinha olhou em sua direção.

— Procurando alguém, comandante?

Cristão ou não (havia muitos cristãos na cidade, segundo se dizia), o homem estava parado com a vassoura na mão na soleira da porta, e tudo em sua postura indicava que, dependendo da resposta, ia fazer um sinal para alguém do lado de dentro, que, por sua vez, avisaria os moradores. Aélio disse "não", mas entrou e subiu as escadas. Uma portinha, fechada. A luz da rua não era suficiente para iluminar a escadaria, e não havia como saber se alguém estava esperando do outro lado da porta, tentando escutar através dela. Aélio bateu e disse:

— Abre, é da parte das autoridades.

O que era a última coisa que ele tinha prometido a si mesmo que diria, por ser uma burrice sem tamanho.

Mas mesmo assim a porta se abriu. Uma menina de uns 10 anos, escrava ou empregada, surgiu diante dele com a expressão abobalhada de uma criança que foi instruída para agir de uma certa forma mas que se esquece do que fazer quando chega a ocasião.

— As senhoras não estão — foi tudo que conseguiu dizer.

Por trás dela, Aélio conseguiu distinguir uma abertura, como se fosse uma passagem para um pátio interno. Um cheiro de caiação recente lhe atingiu as narinas. Quando ele entrou, a menininha simplesmente deu um passo para o lado, com expressão preocupada, como se estivesse tentando lembrar o que deveria fazer naquela situação. Um aposento comprido estendia-se para a direita e a esquerda, dando para aquele pátio interno, contornando os cantos e estendendo-se ao longo das laterais do prédio. Aélio foi para a esquerda, acompanhado pela pequena serva, notando que havia portas nas paredes laterais, dando para pequenos quartos. Alguns tinham cortinas no lugar de portas, outros não, e a área dos cômodos era de cerca de 3 metros quadrados, com camas simples arrumadas e nada mais. Nos quartéis militares ele havia visto celas de prisão bem parecidas com aqueles quartos.

— Desejas deixar recado?

A menina lembrou-se das ordens que havia recebido, mas não era uma vigilante confiável. Aélio arriscou uma espiada no pátio lá embaixo, que era pavimentado e tinha vasos de plantas no centro, dispostos de modo a formar uma cruz. Ele perguntou, sem responder à menina:

— Quando as senhoras costumam voltar?

— Antes do pôr do sol, mas agora não sei.

Naturalmente, se o lojista lá de baixo fosse uma espécie de vigia, já teria mandado avisar que um estranho tinha aparecido por ali procurando alguém — um oficial do Exército, não menos que isso, o que já era um horror para as seitas marginais —, e os inquilinos ficariam longe até que o perigo passasse. Aélio retirou-se da casa, mas logo parou na loja ao lado, onde, entrementes, o homem que estava varrendo tinha limpado cada partícula de poeira do mesmo lugar.

— Sou Aélio Espartano, emissário de César. Este endereço me foi dado para que eu falasse com uma senhora chamada Casta, que supostamente mora aqui em companhia de outros. Ouvi falar do caso envolvendo Marco Lupo da olaria e gostaria de saber detalhes.

O lojista começou a varrer mais devagar.

— Então não estás procurando Casta nem as senhoras, mas o milagreiro.

Aélio já estava começando a perder a paciência.

— Sim, mas me disseram que primeiro teria de falar com uma mulher chamada Casta.

— Direi a ela que viestes, comandante.

— Não. Dirás a ela para ir se apresentar em meus aposentos no bairro do Palácio, na casa *Ao Pé de Prata*, antes do crepúsculo, e marcar uma hora em que eu possa me encontrar com este tal de *atiçador de fogo*, que é como soube que o chamam.

— Mais alguma coisa?

— Apenas isto: diga-lhe que eu jamais vi um homem morto voltar à vida, mas que, como também nunca vi um homem nascer, não nego a realidade do nascimento por isso.

O lojista não pareceu ter ficado impressionado com essa tirada filosófica. Colocou a vassoura na reentrância entre a parede e o batente da porta, com as cerdas para cima.

— A religião deles proíbe que os homens entrem nas casas onde vivem mulheres consagradas.

— Mas eu acabei de entrar, não foi?

No entanto, ao se afastar, Aélio chegou à conclusão de que talvez tivesse conseguido entrar porque as mulheres tinham se mudado para outro lugar. Isso explicaria a caiação recente, uma criadinha deixada para trás e os quartos vagos, quase vazios.

— Baruc, tens obrigação de me contar mais sobre essas pessoas, o *atiçador de fogo* e sua assistente.

— Eu não tenho *obrigação* alguma.

— Muito bem. Eu te pagarei.

— Não. Pede por favor. Eu adoro quando um oficial romano me pede alguma coisa com educação.

Ao meio-dia, numa sala aconchegante nos fundos da última filial que abrira, Ben Matias media suas palavras como se estivesse salpicando tempero, coisa que ele realmente estava fazendo, sobre carne de carneiro assada.

— Primeiro, uma premissa e uma descrição do homem, o tal Agnus. Ele não é nada parecido com a imagem que em geral se faz de um santo. É fisicamente medíocre, o que, do ponto de vista de um artista, torna impossível usá-lo como modelo. Os feios são, como sabes, tão interessantes de se retratar quanto os belos. Mais, até. Os belos raramente possuem traços distintivos com os quais se pode trabalhar. Queres sálvia em teu pedaço ou não?

— Quero sim, obrigado.

— Pimenta?

— Sim.

— Pessoas mais velhas são melhores do que as mais jovens; as crianças são praticamente impossíveis, pois todas se parecem umas com as outras, assim como os muito idosos, e pelos mesmos motivos: pouco ou nenhum dente. As morenas são melhores do que as louras; as mais magras, melhores do que as gordas. Mas vamos ao que interessa. Agnus é o que eu chamo de "modelo *ném*". Nem isso, nem aquilo. Ele tem uns 40 anos, e quanto a cor da pele, peso, altura, comprimento do nariz etc., basta descrevê-lo como mediano, é o suficiente. Não usa barba... bem, não exatamente, porque tem só uns 2 centímetros de pelo no rosto, se é que se pode chamar isso de barba. Se usar peruca ou tingir o cabelo, é o tipo do sujeito que muda completamente modificando-se apenas um detalhe. Nunca falei com ele, portanto não posso descrever sua voz, mas posso apostar que não tem nenhum sotaque distinto. Lembrai-te, tu *pedistes*. — E Ben Matias apontou para o prato diante de seu convidado. — O que achaste?

— Excelente. Devias ser cozinheiro se algum dia deixar de existir a profissão de artista funerário. E quanto a ela, a tal de Casta?

— Nunca a vi.

— Mas o que sabes sobre ela? *Por favor.*

Ben Matias coçou a barba, mastigando um pedaço de carne. Exatamente como em seu ateliê no Egito, onde vivia todo respingado de tintas coloridas e com a barba salpicada de verde e vermelho, ali, em sua nova oficina, vivia coberto de um fino véu de poeira de mármore que à luz da lareira transformava-se, a cada movimento seu, em uma chuva de partículas.

— Dizem as más línguas que ela não recebeu esse nome ao nascer.

— E o que isso significa? — indagou Aélio, observando um redemoinho de poeira de mármore erguer-se das roupas do judeu, rodopiar e cair. — Casta: "pura, imaculada". Queres dizer que ela adotou um novo nome, coisa que eu sei que os cristãos costumam fazer, ou que o seu estilo de vida era diferente do atual?

— Há quem diga que são as duas coisas. Mas também dizem que um certo bom fariseu mudou tanto o seu nome como o seu estilo de vida na estrada para Damasco.

— Isso não importa, Baruc. Mas conta-me tudo o que sabes, porque sei que estás gostando disso, e és tu quem me devia estar pagando para te deixar fazer mexericos sobre os cristãos. Ela é jovem, velha, o quê?

— É jovem, e é o teu tipo.

— Ah!

— Mas não é o que pensas. Fisicamente, ela é... sabes, eu ainda me lembro de Termutis, quando ela era tua ruiva favorita lá no Egito... Ela é totalmente diferente de Termutis. Mas é esquiva, exatamente como Termutis.

Aélio saboreou a carne bem cozida, esperando um pouco antes de responder:

— Termutis é dona de bordel, Baruc. *Esquiva* não é uma palavra apropriada para ela. E vamos deixar de lado qual devia ser o meu tipo segundo a tua opinião, porque não sabes o quanto minhas preferências vêm mudando. Essa Casta é simplesmente assistente do mágico, ou devo esperar dela algo mais?

— Alguns dizem que, dos dois, ela é que é a santa.

O sol se pôs, a noite chegou, e nenhuma notícia de Casta. Dois dos guarda-costas de Aélio comunicaram que não havia sido notado nenhum movimento na casa das senhoras: as luzes, apagadas; a porta, fechada.

— Não é raro — confirmou o anfitrião de Aélio. — Por segurança, os cristãos se mudam constantemente.

Satisfeito por saber que seria informado se a mulher aparecesse ali, Aélio dirigiu-se às termas militares, onde Tito Galiano estava pagando uma rodada de bebida depois de perder uma partida de um jogo com bola. Ele prontamente informou que, a despeito da forte resistência da família, pois Agnus e seus seguidores aparentemente ainda não haviam ido até ali, ele havia conseguido ficar com o corpo de Lupo, com a condição de não cortar os membros fora nem incinerá-lo.

— O que não significa que eu não posso fazer uma autópsia. — Quando ele entrou com Aélio na piscina morna, ainda estava empolgado com suas descobertas. — Quando servi na fronteira setentrional, poder-se-ia dizer que me acostumei a ver ferimentos de toda espécie; essa é a minha especialidade. Posso afirmar que, pelo lugar da cicatriz, essa flechada que recebeste no peito poderia ter te matado e fez com que ficasses sangrando abundantemente por pelo menos dois dias.

— Três, tudo por causa do maldito Ben Matias e seus rebeldes.

— Mas acontece que o caso de Lupo é inteiramente diferente. Depois de ter examinado cuidadosamente o cadáver por fora e verificado que não havia sinais de violência, já estava me conformando com a ideia de que o homem talvez houvesse tido uma recaída da violenta febre que o matou da primeira vez. Só que aquela pele corada, comandante, aqueles lábios de um rosa-vivo me fizeram parar e pensar. Então, esperei até começarem a se formar manchas nas extremidades dos membros do cadáver, prova irrefutável de que a decomposição estava começando, para cortá-lo. Muito bem! Depois de ter dado uma boa espiada em seus órgãos internos, finalmente comecei a entender: estômago e músculos de um vermelho-vivo, sangue fluido e cor de cereja... Meu antigo mestre de anatomia deu-nos uma lição excelente sobre o assunto, anos atrás.

Aélio deixou-se deslizar, prazerosamente, para dentro da água quente.

— Qual foi a tua conclusão?

— Que Lupo voltou aos Campos Elíseos não por vontade própria, mas ajudado por uma boa dose de vapores de carvão.

— Com a janela aberta e tudo?

— Ah, isso... Bom, o assassino deve tê-la aberto depois, para deixar escapar o ar tóxico. Embora os vapores de carvão sejam inodoros, logo se saberia, porque quem entrasse num quarto que não tivesse sido arejado sentiria vertigem e dor de cabeça. Isaque, o judeu, afirma que Lupo não se incomodava com o frio, raramente usava braseiros e afins, bem como mantinha a janela parcialmente aberta. Aparentemente, nem mesmo trancava a porta, uma vez que não guardava na cabana nada que pudesse ser roubado.

Aélio tinha ido até lá para relaxar, mas aquilo era muito melhor do que se deixar entorpecer pelo calor.

— Portanto, ele pode ter sido surpreendido enquanto dormia. Espere um instante. Há uma outra coisa, algo curioso, muito curioso: observaste a coberta, a beirada da coberta?

— Ora, claro que não. — Galiano submergiu e voltou à tona, esfregando o rosto com ambas as mãos. — O que tem a coberta?

— Imagina-se que haja argila por toda parte de uma olaria. Mas foram grãos de sujeira que senti nos dedos quando peguei no pano, como se a coberta tivesse sido usada, não sei, talvez para tapar a fresta embaixo da porta pelo lado de fora, para ter certeza de que os gases matariam o homem que estava dentro. A História está cheia de exemplos de assassinatos assim, por asfixia.

Galiano alisou o bigode louro e curto, espremendo-o para remover dele a água. Concordou que sim, podia ter sido isso, e que, teoricamente, os assassinos podiam ter esperado o tempo necessário para que a vítima se asfixiasse e depois recolocado a coberta na cama, abrindo a janela para arejar o recinto.

— Até agora, não informei à família de Lupo o que descobri, nem comentei o caso com outras pessoas. Por não saberem que houve assassinato, na olaria e em todos os outros lugares de Tréveri já estão culpando Agnus por ter falhado na ressureição, e é melhor para ele que não apareça agora. É uma pena, porque eu o desafiaria a trazer o morto à vida depois da minha autópsia. E *tu*, o que ouviste?

— Algumas coisas. Embora à primeira vista os únicos a ganhar com a morte de Lupo fossem seus parentes, consegui certificar-me de que marido e mulher passaram a noite na casa de amigos e não estavam nem perto da olaria quando o homem morreu. Mas isso é só um hábito que tenho, de investigar essas coisas. Também não há vigia noturno nem cão de guarda perto dos fornos ou perto da jazida de argila. Praticamente qualquer um podia entrar e sair sem ser notado se evitasse o bosque onde os curiosos acampavam na esperança de ver o morto vivente.

Galiano riu.

— Então, também foste espionar. — Suspendendo o corpo para fora da piscina com os braços, sentou-se na beirada, com os pés dentro d'água. — Confesso que esta tarde fiquei tão inquieto que voltei ao pátio da olaria com um par de cavalarianos, e, até que a tarde caísse sobre nós, bem que procuramos marcas de pés à volta da cabana, mas isso não adianta nada num lugar onde as pessoas vêm e vão, que é cheio de arbustos e em que se corre o risco de cair.

— Um comerciante bem-sucedido poderia ter tido inimigos dentro e fora da família — disse Aélio, ainda com água pela cintura, os braços cruzados apoiados na borda da piscina. Acima dela, percebeu, ao olhar de relance, o vapor formando uma névoa no teto alto e se condensar, criando gotículas nas paredes. À meia-luz, as paredes pareciam estar chorando.

— Conhecias Lupo pessoalmente?

— Não. No ano passado, ele forneceu tijolos para alguns consertos no quartel, e seus preços eram notavelmente inferiores aos de seus concorrentes. Foi por isso que nos lembramos dele quando decidimos ampliar esta construção. Mas nossa encomenda para o Exército era pequena, portanto duvido que alguém o matasse porque Lupo venceu a concorrência para vender-nos os materiais para um anexo e novas latrinas. Como tens acesso aos tribunais, talvez queiras perguntar se ele havia sido abordado para outros projetos maiores. Há novos edifícios públicos sendo construídos em toda parte. Augusta Treverorum... Tréveri, como dizemos, para abreviar... está crescendo para todos os lados. Se Lupo ganhasse esse tipo de venda para o governo, não se sabe o que a competição poderia fazer.

Aélio não precisou chegar ao ponto de ir perguntar no tribunal. Aliás, nem precisou passar da sala ao lado nas termas, uma espécie de clube informal de oficiais, onde funcionários civis do governo frequentemente iam tomar uma bebida ou almoçar. Logo soube que Marco Lupo tinha sido um de três donos de olaria que havia apresentado proposta para um grande contrato para a construção de um novo tribunal e seus anexos. Os outros dois competidores, também da fronteira, um de Mogontiacum, o outro de uma localidade ao norte de Confluentes, aparentemente tinham perdido por pouco.

— Mas tu sabes, comandante — disse um velho e tagarela burocrata —, tudo faz parte do jogo, entendes? — Completamente nu, estava sentado em um banco, balançando as pernas finas e mascando nozes descascadas. — Alguém tem de ganhar a concorrência da venda, e Lupo nem sempre apresentava a proposta mais vantajosa em termos de preço. Porém, não posso compreender por que tu o chamas de *bem-sucedido*. Bem-sucedido uma ova! Antes da publicidade que ganhou com seu "renascimento", sua olaria estava a ponto de fechar, o que explica os preços baixos. Ficamos sabendo que ele tornou a morrer. Uma pena, hein? Que *milagres* de vida curta esses, hein, se me permites o trocadilho! Se isso aqui fosse o Egito, eu desconfiaria de algo podre nessa morte repentina dele, mas nossa sociedade é civilizada. Se os fornecedores e negociantes se matassem uns aos outros toda vez que alguém os vencesse numa disputa para assinar um grande contrato, todos nós estaríamos reduzidos a cozer os próprios tijolos e criar os próprios porcos.

Era bem verdade. Aélio disse a si mesmo que, somente porque Sua Divindade o havia encorajado a investigar aquelas mortes no Egito meses antes, ele agora achava que precisava entender de qualquer maneira por que um homem sobre o qual nada sabia, a não ser o pequeno detalhe de que tinha ressurgido dos mortos, havia se asfixiado em sua própria olaria.

Quinta-feira 23 de novembro

Pontualmente, como Aélio esperava, nevou durante a noite. De manhã, somente uma leve camada de neve branqueava os telhados, e o tráfego diário já havia reduzido a lama gelada a neve que tinha recoberto as ruas. Como frequentemente acontece no começo da estação fria, a neve se fez seguir por uma elevação de temperatura, de forma que o gelo transformou-se em chuva, e esta, por sua vez, deu lugar a um dia primaveril. Porém, os gansos selvagens passaram voando para o sul em grandes bandos, grasnando e clamando noite adentro, e se alguém estivesse perto da janela e escutasse atentamente, poderia ouvir o bater de grandes e incansáveis asas. *Estão indo para a África,* pensou Aélio consigo mesmo na escuridão. *Para o Egito. Descerão em algum trecho do grande rio, em meio aos juncos e caniços, entre os papiros. Passarão sobre a casinha azul de Anubina. O motivo pelo qual ela quer que fiquemos separados durante algum tempo, digo para mim mesmo, é porque seu marido e o filho que ela teve com ele morreram recentemente. Foi o que ela disse, e também que não tem nenhum desejo de que eu reconheça a filha que teve comigo; que deseja viver de seu próprio trabalho como bordadeira e que a única lembrança afetuosa que tem é do bordel de Termutis, onde a conheci. Termutis me prometeu que iria tomar conta dela se fosse preciso e me avisar por escrito.*

— Eles foram embora. Fugiram. Pegaram tudo o que tinham e deram no pé. — Ben Matias estava confortavelmente sentado em frente a um pedaço grosso de mármore, segurando um cinzel entre os polegares cobertos de pó. — É lindo quando essas coisas acontecem apesar do controle imperial, não é? — Ele fingiu que não havia notado a decepção no rosto de Aélio. — Como a maioria dos pregadores itinerantes, ouvi dizer que eles nunca ficam mais de um mês em qualquer lugar, embora desta vez o *atiçador de fogo* tenha perdido mais uma grande oportunidade de reprisar o milagre. Não se sabe dizer quando partiram nem para onde se dirigiram, embora, na minha opinião, eles seriam tolos se saíssem das províncias sob o comando de Constâncio. Se pisarem dentro da região onde Maximiano manda, nessa colcha de retalhos que é o Império, podem se considerar executados.

— É verdade. Mas o perigo não é razão para detê-los. Já vi cristãos procurarem ser executados de propósito.

Ainda era bem cedo, mas já era hora de Aélio continuar sua viagem. Estava pronto e só tinha ido à oficina do bem relacionado judeu na esperança de que ele lhe pudesse passar mais informações.

— Acho que não era essa a notícia que querias ouvir, comandante, mas resolve o teu problema do mesmo jeito. O morto vivente está morto de vez, o milagreiro e seus companheiros estão fora de alcance justamente quando mais são necessários, os parentes herdaram a olaria. E se eu resolvesse morrer e renascer para fazer propaganda do meu negócio? Os mexericos na cidade estão aumentando porque os eunucos da corte estão espalhando que essa mágica cristã é uma fraude. Quanto a mim, vou-me embora antes que os ânimos e o tempo piorem. Tenho uma lojinha na Itália.

— Para onde vais?

— Primeiro para Mediolano, acho.

Era precisamente para onde Aélio estava se dirigindo, a fim de levar a mensagem de Diocleciano para seu coimperador, Maximiano. Claro que não mencionou isso e, quanto a Ben Matias, deixou-o pensar que, de sua parte, também não havia nada mais a ser dito. Na verdade, Matias chegou a esperar que o oficial atravessasse a soleira da porta para acrescentar:

— Vemo-nos em Mediolano, então. — E voltou prontamente a ocupar-se com a lápide à sua frente, apoiada contra a parede, como se seu conhecimento dos planos de viagem de um enviado imperial fosse consequência natural de seu ofício.

Primeira carta de Aélio Espartano para Diocleciano.

A Nosso Senhor Imperador César Gaio Aurélio Valério Dioclécio, pio félix invicto augusto, saudações de vosso Aélio Espartano.

Fiel à vossa recomendação, **Domine**, *de que eu vos mantenha informado dos incidentes que encontrei ao cumprir meus deveres em Augusta Treverorum, devo informar-vos de algo que aconteceu depois de meu bem-sucedido encontro com Sua Tranquilidade Constâncio, Nosso Senhor Maximiano César. Um estranho caso de superstição alvoroçou durante algum tempo os cristãos da Bélgica Prima, embora pareça não haver consequências duradouras devido ao assassinato de um dos protagonistas. Um relato detalhado do que consegui obter sobre o incidente segue, anexo a esta missiva. De acordo com as ordens de Vossa Divindade, estou agora me preparando para partir, dirigindo-me à capital de Nosso Senhor Maximiano para continuar minha missão. Usando um animal da cavalaria e revezando as montarias, se o clima permitir que eu passe pelos desfiladeiros entre as serras, espero chegar a Mediolano dentro de uma semana.*

A meu ver, o édito imperial sobre os preços máximos é mais bem observado aqui do que no Egito. Segue uma lista, a fim de servir como amostra de preços:

Cerveja gálica, 1 sextário itálico..................... 4 denários

Trigo debulhado, de primeira qualidade, 1 moio....95 denários (1/20 abaixo do preço máximo permitido)

Pintor retratista, diária incluindo alimentação........150 denários, embora o homem que entrevistei (Aélio não disse que era Ben Matias) jure pela prosperidade de nossos senhores augustos e nossos senhores césares que isso quase não cobre seus custos e pede que o limite seja revisto.

Manteiga, 1 libra itálica....................................10 denários (1/3 abaixo do preço máximo, e é de excelente qualidade)

Redigida em Augusta Treverorum, 23 de novembro, dia IX das calendas de dezembro, respectivamente nos anos IX e VIII dos consulados de Nossos Senhores Diocleciano e Maximiano, também ano 1057 desde a fundação da cidade de Roma.

Capítulo 2

Quarta-feira *29 de novembro*

Anotações de Aélio, Espartano:

Estou viajando de Augusta Treverorum para Mediolano na Itália Anonária. Tempo bom até Argentoratum, considerando-se a estação. Mais tarde acrescentarei impressões sobre como me senti margeando a floresta que custou tantas vidas romanas há trezentos anos. Especificamente: um comerciante gordo de Arae Flaviae vendendo fivelas de cintos e moedas que ele diz ter encontrado no lugar onde ocorreu a derrota de Varus; tentação de comprar o elmo de aço e a prata de gala que ele jurou ter pertencido a um dos oficiais de cavalaria de Varus. Fazendeiros plantando trigo e cevada nos recessos protegidos na direção de Vindonissa. Neve caindo à noite. Voltei para comprar o elmo.

Dos estranhos acontecimentos de Tréveri (que é como chamam a cidade, para abreviar), até agora só tenho para trabalhar o seguinte: o cirurgião do Exército relata que seus colegas tinham certeza de que Lupo estava mesmo morto antes de o atiçador *de fogo trazê-lo de volta à vida, mas ele mesmo, Galiano, não estava presente. Nem estava no local quando abriram o sepulcro para garantir que ninguém o violara, nem que o ressuscitado era Lupo mesmo, em carne e osso, e não um sósia. A olaria de À Feliz Diana estava, segundo o velho burocrata, quase indo à falência antes do "milagre". Muito interessante. Não é lícito imaginar que Lupo e o* atiçador de fogo *conceberam algum tipo de negócio que seria lucrativo para ambos? Uma falsa morte, uma ressurreição encenada, mas que resultaria em glória para o curandeiro e lucros para o comerciante. Isso não soluciona o assassinato de Lupo, é claro. Só sei quanto a isso, por enquanto, que fizeram parecer morte natural; algo que qualquer criminoso que se preze faria. Abaixo vai reproduzida, tão fielmente quanto consigo me recordar, a parte principal de minha última conversa com Isaque.*

Isaque: "Era sempre a mesma procissão. Naquele dia, um comerciante de couros veio trazendo de presente uns arreios caríssimos, em troca da permissão para ficar com qualquer um dos pequenos objetos que o atiçador de fogo *tocara durante suas visitas a Lupo. Até mesmo dois primos do governador, que estudam filosofia na Grécia, pediram para visitar Lupo. Matronas vieram juntas ou sozinhas, acompanhadas dos servos. Uma multidão incalculável trazia doces e vinho para o 'milagreiro'. Às vezes nós precisávamos pedir que fossem embora, com a maior educação possível, porque já estava anoitecendo."*

Espartano: "Viste Lupo vivo e com saúde depois das visitas?"

Isaque: "Sim, claro. Ele me disse que iria para a cama cedo porque tinha muito o que fazer no dia seguinte."

Espartano: "Essa multidão 'incalculável', tens certeza de que todos eles foram embora mesmo?"

Isaque: "Ora, por que não iriam?" Mas ao mesmo tempo fez uma cara de aborrecido ao responder à própria pergunta, dizendo que uma ou mais pessoas dentre a multidão poderia ter ficado sem que ninguém notasse, para trancar a porta e as janelas de Lupo.

Quando saí da cidade, o magistrado estava investigando o assassinato com base no meu depoimento e no de Galiano. O cunhado de Ben Matias e o irmão de Lupo serão chamados a prestar depoimento, se é que já não foram, e é melhor que ambos tenham um álibi e uma outra explicação para dar. É sempre possível lembrar-se das matronas e dos cavalheiros, mas não dos criados anônimos.

Coisas que ouvi aqui e ali na estrada fronteiriça: Agnus é um ex-professor que passou certo tempo na Ásia, onde nasceu, e Casta, cujo verdadeiro nome ninguém sabe, é uma senhora voluntariamente submissa de Lomello que se presta a servir e tomar conta de mulheres doentes, sendo que os sexos são rigidamente separados entre os cristãos. Viaja com Agnus, mas nunca dorme com ele (nem mesmo na mesma estalagem ou casa). Um administrador da cidade e um juiz itinerante de Brigâncio acha que ela é nobre pela maneira como fala. Os dois apareceram no verão passado, segundo informações, aqui em Raetia, onde, de acordo com relatos, "os coxos passaram a andar e os cegos, a enxergar". O juiz, que já processou vários cristãos, soube disso por fontes confiáveis.

Amanhã, depois de ter seguido o Reno praticamente até sua nascente, atravessarei o desfiladeiro conhecido como O Espigão Dourado, para entrar na Itália. Já me disseram que tenho sorte, pois nesta época do ano as montanhas são perigosíssimas, e ou se fica detido em um dos lados ou é preciso contorná-las, acrescentando semanas ao tempo de viagem. O estalajadeiro afirma que, assim que a estrada começa a descer na direção da Itália, pode-se sentir a fragrância dos campos e a riqueza da terra, e "brisas tépidas sobem da planície para acariciar-nos o rosto" (tais poéticas palavras são dele). Que bom, porque, mesmo sendo do norte como sou, cavalgar durante dias a fio na chuva e na neve já não exercia qualquer atração sobre mim.

Mediolano, capital da Itália Anonária, 30 de novembro, ***quinta-feira***

O novo palácio de Maximiano, conforme disseram a Aélio, não era alinhado com as ruas retas e perpendiculares que se interceptavam na praça do mercado. Depois de entrar em Mediolano pela porta mais a oeste, Aélio logo reconheceu, à sua direita, o grande e ornamentado vulto da residência imperial, ao longo do sentido norte-sul da pista de corridas. Não era incomum a sede do governo erguer-se junto a um local de entretenimento público: acontecia até em Roma, onde a Colina Palatina e seus palácios eram como um gigantesco camarote acima do Circo Máximo. Também não era incomum a pista de corridas estar perto dos muros. O que parecia uma escolha estranha aqui, em termos de segurança elementar, era que a pista, a residência imperial e a fortaleza eram inteiramente contíguas. Os bárbaros não haviam atacado as muralhas não mais que quarenta anos antes, quase conseguindo invadir o lugar?

O curto dia estava quase no fim. Nas sombras, a luz mortiça que ia sumindo já subtraía detalhes aos seixos dos rios e aos tijolos que, afundados em alvenaria, enfileiravam-se ao longo das intermináveis paredes sem janelas; torres poligonais, das muralhas e dos circos, assomavam acima de tudo. Com o vento, vinha um odor de mofo que circulava na rua, vindo das pequenas lojas e casas onde prosperavam os negócios que giravam em torno de apostas em cavalos. Quando Aélio virou-se para trás, viu seus legionários cavalgando em pares, lado a lado, visivelmente irritados com tantos serviços sendo oferecidos (de carreteiro ou almocreves a prostitutas) ao se atravessar a porta da cidade. Ao contrário de seu comandante, eles atravessariam a cidade até a nova área cercada acrescentada por Maximiano a noroeste, que afirmavam ser ampla (um terço do tamanho da cidade antiga, diziam) e esparsamente povoada, excluídas as termas, o quartel do Exército e as fábricas de armamentos.

No trecho entre a porta da cidade e o complexo palaciano, Aélio foi detido em bloqueios onde havia principalmente panonianos. Assim que souberam qual era sua missão, deixaram-no passar. O último bloqueio, porém, não foi tão compreensivo. Os soldados eram hispânicos, e os líderes (a menos que estivesse enganado) eram oficiais da Hispânia ou da Itália. Seus legionários não tiveram permissão de prosseguir, e o próprio Aélio precisou desmontar, entregar sua espada e esperar na rua sob o vento até que alguém examinasse suas credenciais. A luz do dia fechou-se como um olho. À esquerda dele, a longa muralha do circo projetava uma enorme sombra, de forma que a rua já estava completamente envolta pelas trevas. Apenas as torres de tijolos no extremo onde era a partida da pista de corridas, na direção da porta, lá atrás, erguiam-se em vermelho-vivo, como tochas ao sol poente. Pardais tão pequenos que a distância lembravam um enxame de moscas iam e vinham das torres, contra um céu de um azul impecável.

— A vista aí de cima é bonita, não? — comentou alguém, fazendo Aélio baixar o olhar. Virando-se, olhou para o ponto, 1 ou 2 metros abaixo dele, onde um oficial de uniforme primoroso, da mesma patente que a dele, estava de pé, estendendo-lhe de volta as credenciais. — Do alto, vê-se o mausoléu do nosso senhor Maximiano bem à frente, no bosque de olmos, e pode-se enxergar até mesmo a arena, ao sul.

Aélio não se adiantou, pensando que o fato de lhe estarem devolvendo os documentos significava que tinha permissão para seguir adiante. Portanto, assentiu, sugerindo que estava agradecendo ao oficial pela informação, por mais inútil que fosse, e o cumprimentando.

— Podes me acompanhar, por favor — disse o outro, não em tom de quem pergunta, mas dando uma ordem. — Precisamos proceder ao ritual ligeiramente desconfortável da revista, para ver se trazes mais armas.

— Não tenho nenhuma outra, comandante.

— Ora, de qualquer forma vamos verificar, comandante.

Entraram por uma porta de serviço estreita que levava a um quartinho apertado com janelas estreitas, que mais pareciam fendas, onde até mesmo com as mais violentas intenções seria difícil sacar uma faca da bainha. Dois soldados revistaram o peito, os lados do corpo e as pernas de Aélio, e até se agacharam para ver se não estava com um punhal escondido na bota. O oficial ficou do lado de fora, olhando para dentro do quarto, e quando Aélio voltou para perto dele, fingiu não notar sua irritação.

— Por aqui, por favor.

Embora ainda estivessem fora da residência em si, havia guardas armados por toda parte. Salas da Guarda, passagens descobertas e pequenos pátios formavam um labirinto pelo qual seria impossível transitar sem um guia. Aélio procurou ficar a um passo de distância do outro comandante, tendo a impressão de que uma construção assim tão complicada só podia ser para confundir um atacante que viesse sozinho, não uma horda, ou um assassino, não os bárbaros. E perguntou-se, então, se Maximiano não haveria construído aquele palácio tão perto dos muros exatamente para ter como sair bem depressa da cidade se fosse preciso. Afinal de contas, nos últimos cem anos, se é que a História merecia crédito, nenhum dos 27 governantes oficiais e usurpadores tinha falecido de morte natural.

Seu companheiro olhou para ele de soslaio, não diretamente, com um ligeiro desprezo ou um ar de zombaria difícil de avaliar. Não havia se apresentado nem começado uma conversa informal, como era comum entre soldados, com o objetivo de fazer o recém-chegado se sentir, em qualquer lugar, parte do grupo. Mas quando eles finalmente entraram em um corredor amplo e bem iluminado, ele falou, como que vasculhando a memória:

— Aélio Espartano, por acaso és parente dos Aelii de Hispânia?

Agora sim, Aélio tinha certeza de que o oficial estava zombando dele, pois era altamente improvável que um homem tão obviamente não romano, com um sobrenome tão bárbaro, pudesse ser sequer um membro distante da família imperial do deificado Adriano.

— Não — respondeu Aélio, sorrindo. — Nossa família é de Castra Martis, no Danúbio, mas os excelentes Aelii de Hispânia já foram nossos senhores. Até que, de certa forma, pode-se dizer que pertencemos à família, não?

O oficial soltou uma gargalhada. Era magro, pelos padrões panonianos, de pele amarelada e cabelos pretos, um pouco compridos e ralos no alto da cabeça, braços esguios e vigorosos, e um olhar de profundo rancor. Era um desses homens que parecem zangados até mesmo quando riem.

— Manio Cúrio Décimo, de Roma. — Sacudindo a cabeça, deu um passo para o lado. — Informarei o camareiro-mor da tua chegada. Espera por mim aqui.

Esperar era algo ao qual Aélio estava acostumado. Servindo nos quartéis e na corte, tinha sido treinado na arte de ficar de pé aguardando em antecâmaras por períodos de tempo indefinidos. Tinha aprendido a não se inquietar, não ficar nervoso. Até mesmo quando, como agora, a espera prolongava-se além de um tempo razoável, ele continuava calmo, sem bocejar nem andar de um lado para outro.

Quando Décimo voltou, por fim, o último lampejo da luz solar já desaparecera havia muito. Pavios e tochas já estavam acesos em pequenos nichos e em suportes ao longo das paredes, e os sons rarefeitos no prédio significavam que as pessoas estavam saindo dos escritórios, os oficiais e burocratas partindo para casa ao final do expediente.

Maximiano não iria recebê-lo. Nem mesmo o camareiro-mor. Aélio recebeu aquela notícia sem fazer comentários, nada revelando ao oficial com seu comportamento, pois o dever do outro podia ser analisar sua reação. Contudo, entendeu perfeitamente que era porque vinha trazer um lembrete que o coimperador não iria aceitar; Sua Divindade havia-o avisado de que isso poderia acontecer. "Se ele te receber mas não te der uma mensagem para me trazer de volta, tudo bem; está apenas contrariado por eu lhe recordar que vamos abdicar. Se ele não te receber mas o camareiro-mor vier pegar a mensagem, ainda se pode aceitar as coisas, pois ele certamente a lerá. Se nem mesmo o camareiro-mor concordar em falar contigo, não deves protestar quando fores convidado a te retirar. Sai com cortesia e manda-me um mensageiro imediatamente com a notícia. Mas quanto a ti, não sai de Mediolano de pronto. Sempre há mexericos circulando na corte, e a Itália é particularmente propensa a camarilhas palacianas. Se houver chance, tenta conhecer melhor o oficial ou os oficiais que te permitiram entrar, Aélio Espartano. Nem imaginas o que poderás descobrir assim."

Décimo não parecia ser nem um pouco o tipo de oficial aristocrático que se rebaixa a bater papo, muito menos a fazer fofoca, e, de fato, despediu-se três corredores depois, lacônico, quase brusco. Só depois de sair do palácio e ver-se no vento úmido da rua foi que Aélio se permitiu sentir-se frustrado.

Ao contrário de Roma, Mediolano era escura à noite. Canais e calhas deviam correr sob as ruas, a julgar pelo som de água corrente que vinha dos bueiros; isso explicava o odor de umidade, os tijolos molhados, o cimento molhado. Desde que havia atravessado os Alpes, Aélio vinha se maravilhando com os lagos e os pântanos, observando como a terra ao norte da cidade era rica em rios e valas de irrigação, ainda de um verde vibrante apesar da estação avançada; essa profusão de cursos d'água pode tornar uma cidade próspera ao mesmo tempo que lhe solapa os alicerces. Uma vez fora do complexo imperial, Aélio sabia mais ou menos para onde ir: para o leste, até encontrar a rua antiga e reta que, com sua perpendicular, dividia a colônia original. Na praça do mercado, seguir para nordeste saindo pela porta da cidade antiga, procurando o bairro recém-acrescentado, dentro das novas muralhas fortificadas de Maximiano.

Ele já estava perto de uma estrutura alta em formato de caixa, de vários andares, quando percebeu que, apesar de seu bom senso de orientação, tinha se perdido e, a julgar pelo fedor, provavelmente estava bem mais perto do bairro dos fabricantes de couro do que do centro da cidade. Os silos do governo surgiram diante dele, imensos, bloqueando a noite, e o cheiro pungente de peles de animais estendidas para secar vinha de arcadas obscuras. Algumas tochas a um canto lhe permitiram ler uma plaqueta na qual estava escrito *Sors Fauni*, e só.

— Pensei que fosses procurar o quartel militar, comandante.

Como é que algumas vozes, depois que se ouvem apenas uma vez, tornam-se imediatamente reconhecíveis? Aélio nada podia ver na escuridão do fim do beco, mas logo percebeu de quem se tratava.

Décimo o havia seguido ou, mais provavelmente, chegado primeiro tomando atalhos, para esperá-lo na rua estreita. Só a luz de uma porta — um restaurante, ou um bordel, ou ambos — intervinha entre os dois cavaleiros, mas o primeiro não podia ver o segundo. Os pensamentos de Aélio voaram até a possibilidade de aquilo ser um bloqueio e depois pararam, mas ele manteve a certeza de que Décimo tinha sido enviado para matá-lo, pois ele ainda trazia em seu alforje a mensagem de Sua Divindade para Maximiano. Aélio lamentou não ter ordenado que seu guarda-costas o esperasse do lado de fora do palácio para escoltá-lo, mas arrependimentos de nada serviriam agora. A perna nua de uma moça, como uma visão, e um braço roliço surgiram, fugazes, no brilho da porta, o que Aélio registrou em sua mente, apenas para concluir que estava para morrer em frente a um bordel.

— O que é isso, estás desembainhando a espada? — Do escuro, onde estava sobre o cavalo, Décimo reagiu ao som de metal deslizando como quem procura conter o riso. — Não estamos no Danúbio, Espartano. — Aproximou-se, estalando a língua para fazer o cavalo avançar até o ponto onde o reflexo vindo da porta mostrou que ele estava desarmado. — Deve ser verdade o que dizem, então, que se pode tirar o menino da fronteira, mas não a fronteira do menino!

— Embora ele não usasse elmo naquela noite fria, Décimo estava envolto em um manto justo e tão longo que cobria parcialmente a manta da sela do cavalo. Tirar uma arma de debaixo de todo aquele pano seria uma façanha verdadeiramente hercúlea.

Aélio sentiu-se meio ridículo, mas mesmo assim preocupado.

— Pode ser. Na academia militar ensinaram-me que os oficiais devem se identificar uns para os outros, senhor.

— Não sejas tão rabugento, Espartano. Queres jantar comigo amanhã à noite? Moro no sudeste da cidade, relativamente perto da Porta Romana. — Décimo abriu um largo sorriso. — Ro-ma-na: que som bonito! Só o nome da porta já me faz sentir menos distante da cidade em si. Leva apenas teu apetite, hein, detesto quando os convidados levam vinhos que não aprecio ou carne de veado que eu não colocaria na mesa.

— Ainda não aceitei o convite, comandante.

— Mas vais aceitar, sem dúvida! Ninguém nunca recusa um convite meu em Mediolano.

Se não fosse a instrução de Sua Divindade para ele prestar atenção nos mexericos, Aélio teria dito a Décimo que talvez ele estivesse para receber a primeira recusa. Mas devido às circunstâncias, respondeu que iria. A perna da moça passou pela porta iluminada outra vez, rosada e ágil.

— Só que com uma condição: não pode haver mais do que três ou quatro convidados. Não gosto de grandes jantares.

— Eu prometo que não haverá mais de um: tu. Aceita agora?

Graças às orientações dadas por Décimo ("segue por uma rua logo à direita do templo, depois acompanha as muralhas até o primeiro portão que encontrar"), Aélio logo estava deixando os limites da cidade republicana. Atento em "manter-se à direita, mas se vires o Portão Novo é porque passaste do local", ele chegou ao quartel da cavalaria que abrigava o regimento composto de quinhentos homens e cavalos conhecido como *Maximiani Juniores*, situado no que parecia ser uma planície escura e pouco povoada.

Sexta-feira, 1º de dezembro

De manhã, Aélio precisou pensar duas vezes para lembrar o que estava fazendo em um quartel militar e onde ficava o quartel. Tinha dormido com a mensagem imperial para Maximiano dentro do cinto, hermeticamente fechada em seu cartucho cilíndrico, de forma que seus quadris e costelas doíam por causa do atrito e do volume do couro e das ponteiras de metal. Informar a Sua Divindade da recusa de Maximiano em recebê-lo era uma prioridade: a primeira providência que Aélio tomou foi despachar um de seus homens para a Nicomédia; se o mensageiro viajasse sem paradas, seu recado por correio expresso possivelmente estaria nas mãos de Diocleciano em uma semana. Ele deveria esperar maiores instruções em Mediolano, com a costumeira condição de passar parte do tempo fazendo pesquisas históricas. Ou seja, explorando os arquivos públicos e particulares da cidade em busca de informações sobre a vida dos antigos imperadores, especificamente Septímio Severo e seu antecessor Dídio Juliano (cujo avô tinha nascido ali), e tomando notas sobre qualquer coisa que valesse a pena relatar.

O dia estava claro. Apenas os leitos dos canais e os bueiros tinham véus de bruma, branca e delgada. A julgar pelo número de gatos que perambulavam pelo quartel, ratos, sapos e sabe-se lá que outras pestes deviam povoar os brejos vizinhos, onde não havia construções. Da calçada em frente ao quarto da torre onde havia dormido, Aélio viu que o que tinha pensado serem fábricas de armamentos na noite anterior eram, na verdade, fábricas de uniformes militares, tecelagens de feltro, tinturarias e alfaiatarias. Encontravam-se penduradas para secar capas tingidas de tintura vermelha extraída da garança, com boinas de feltro equilibradas sobre elas, formando um desfile fantasmagórico que cruzava uma cerca de treliça. Além do quartel, depois das muralhas da cidade, erguia-se uma serra de picos nevados, da cor do aço no ar matinal; à direita de dois picos piramidais, um sobrepondo-se ao outro, havia um maciço mais longo, semelhante ao dorso de um crocodilo. Se Aélio contornasse a esquina (uma sacada de madeira cercava três lados da torre), poderia ver até o outro lado da cidade, na direção diametralmente oposta: ali, o terreno era menos acidentado e mais verde, se é que isso era possível, atravessado por regatos e estradas que levavam a Ticínio e Lomello, lugar de onde se dizia que vinha Casta. Morros de um cinza-aço bloqueavam a vista um pouco mais longe ao sudoeste.

Já ali perto, através do portão nas antigas muralhas, os almocreves dirigiam carretas cheias de tijolos para os novos canteiros de obras das construções do bairro: havia alicerces escavados na terra crivados de estacas, presas na terra lamacenta como se fossem armadilhas para animais silvestres ou defesas contra cargas de cavalaria. O lento avançar das carroças carregando tijolos fez Aélio lembrar-se novamente de Lupo; estava curioso para receber alguma notícia de Ben Matias por carta ou, finalmente, em pessoa sobre o tal assassinato. Será que os parentes, de luto, tinham conseguindo encontrar Agnus e lhe pedido para tornar a reacender a chama da vida no morto? O cirurgião-chefe Galiano tinha prometido que estaria presente caso se tentasse fazer isso, "porque, por tudo quanto é mais sagrado, se um cadáver de alguém que foi asfixiado e cortado por facas voltar à vida, eu quero ver isso e ouvir a vítima acusando seus assassinos com meus próprios ouvidos". Aélio tinha razoável certeza de que o oleiro ainda estava morto. O que o intrigava, enquanto refletia sobre os fatos, era uma bobagem, mas mesmo assim uma curiosidade: como a opinião pública teria encarado a morte de Lupo, se ninguém revelara que havia sido assassinato. Será que o bom povo de Tréveri aceitaria tudo ou será que culparia o *atiçador de fogo* por falhar em manter acesa a chama da vida de Lupo?

Quando estava diante da tropa de mulas, alguma coisa pequena e cinzenta passou rapidamente. Aélio a princípio confundiu com uma lontra, mas o movimento do bicho o traiu, revelando ser um imenso rato de esgoto, do tipo que impertinentemente chamavam de "tamanho imperial" ao longo do Nilo. *Ainda não tirei o Egito da cabeça*, disse a si mesmo. *E, considerando-se que nem mesmo quis voltar lá no verão passado, que aquela terra me repele tanto quanto me atrai, só posso estar pensando em Anubina.* Suas pernas brancas, grandes e roliças nas coxas, afinando-se até os joelhos de dançarina, voltaram lhe à memória, como ele as tinha visto pela primeira vez, na noite em que Termutis a alugou a ele. Foi quase como se estivesse comprando-a do bordel, "porque é melhor ter uma em casa, Aélio, sai mais barato". Ele tinha escolhido Anubina, entre três que lhe foram oferecidas, por causa das coxas brancas e do nome dela: o nome do deus dos mortos com cabeça de chacal, tão docemente incongruente com uma dançarina de castanholas. "Ela era virgem até três meses atrás", dissera Termutis, sorrindo sob sua cabeleira ruiva tão bela, "mas não vou cobrar a mais de ti por isso." Ele levou Anubina consigo, estranhamente constrangido, e naquela primeira noite sentou-se com ela no colo, abraçando-a, até os dois adormecerem.

Antes de sair do acampamento pela manhã, Aélio perguntou, com toda a naturalidade, ao oficial do dia sobre Cúrio Décimo. Ouviu o que já havia observado por si mesmo: orgulhoso, de uma ilustre e antiga família, com bons contatos, entediado com a vida na província. Como o outro talvez tivesse percebido uma certa insegurança na pergunta, ele considerou adequado acrescentar:

— Ele não gosta de homens, se é o que estás pensando. Décimo só parece um pouco efeminado porque tem pose de intelectual. Considera-nos todos uns novos-ricos grosseirões. Mas é um soldado dos melhores. Fez verdadeiras maravilhas contra os pictos e os piratas francos. Gosta de convidar pessoas para jantar a fim de obter informações delas.

— E consegue?

O oficial do dia, um bretão sardento que devia ser parente dos tais pictos derrotados, ergueu as sobrancelhas.

— Sim e não. O que costuma acontecer é que, como todos desconfiam que há um motivo oficial para o convite, os oficiais e políticos se põem a louvar Maximiano e o Império, na esperança de tirar alguma vantagem depois que Décimo comunicar aos seus superiores o que disseram seus convidados.

— Entendo. E qual é a verdadeira intenção dele?

— Intenção? Ele não tem intenção nenhuma. É só para se *divertir*. Se não tivesse idade para ser teu ou meu pai, ainda estaria se divertindo com brinquedos. Ele tem pelo menos 50 anos. Já se casou quatro vezes, mas de tudo isso só teve uma filha, que ninguém jamais viu. Que mais, deixa-me ver... A ex-concubina de Sua Tranquilidade, Helena, foi amante dele no inverno passado, embora eles brigassem feito cão e gato.

Décimo também? Pelo visto, todos que já haviam servido na corte no leste ou no oeste já tinham sido amantes de Helena em alguma época. Aélio sentiu como esse privilégio era na verdade desprezível, apesar de que, em Nicomédia, tinha andado nas nuvens durante as semanas que passaram juntos. A única coisa que o intrigava era o fato de Décimo não ser, nem pela idade nem pela aparência, o tipo de jovem atlético que Helena se orgulhava de conquistar.

— Preciso pensar em uma senha para o dia — disse o bretão, aproveitando a conversa. — Como és historiador, sugere uma.

— Que tal "Vamos ao trabalho", a senha imperial de Septímio Severo?

— Engraçada, mas soa bem, obrigado.

Até a hora do almoço, Aélio ficou no mercado, onde, graças a suas cartas de apresentação e a sua patente, teve acesso aos arquivos da cidade. Só porque desejava evitar parecer provinciano, não parou para admirar o monumento a Bruto que se encontrava sob uma armação de bronze no meio da praça. Mas passou por ela devagar, olhando-a. A estátua em bronze do assassino de César estava com a cabeça coberta de pátina, e a mesma cobertura azul-esverdeada formava como se fossem costeletas nos lados do rosto. Colunas esguias sustentavam um frontão triangular sobre a estátua, todo de chapa de bronze, e era através de buracos produzidos pela ferrugem que a chuva havia penetrado para formar incrustações. Um vira-latas sujo farejava uma das colunas naquele instante, com a intenção, sem dúvida, de deixar sua própria marca na história.

O livreiro cuja loja se encontrava aberta logo depois da estátua, vendo que Aélio vinha em sua direção, recuou cerimoniosamente.

— Essa estátua está aí só porque Bruto foi prefeito da cidade, comandante, não por causa do que fez. — Depois que o oficial entrou na loja, o livreiro acrescentou, afável, que cada nova administração imperial tinha cogitado remover o embaraçoso monumento. — Mas aqui em Mediolano já nos acostumamos com ele, e se o deificado Augusto, o que foi herdeiro de César, teve a bondade de deixar-nos continuar com ele onde está, vai servir de referência para direcionar o trânsito e de banheiro para cachorro ainda durante um bom tempo.

Aélio já havia ido até a prateleira onde se enfileiravam volumes de história e rolos de pergaminho. Pediu a autobiografia de Septímio Severo, a compilação das obras de Herodiano e "os panfletos de um cronista que atende pelo nome de Aélio Mauro, mas que poderia ter sido Fregon, o liberto do deificado Adriano". Só havia ali os livros de Herodiano, e quando Aélio ouviu o preço, apenas abriu um pequeno caderno de papiro para consultar a lista de preços máximos de Diocleciano para os manuscritos.

— Sua Divindade vende-os por um preço mais em conta.

— Mas vieram da Grécia, e tenho de pagar o frete.

— Ele é um emissário imperial, Nicanor, não mencionou isso? — E Décimo espiou para dentro da loja, sem entrar. Com a cabeça descoberta, parecia, à luz matinal, um macaco mal-intencionado. Retribuiu o cumprimento de Aélio com um aceno, sacudindo a cabeça para o livreiro. — Ora, vamos, não nos faze parecer uns insubrianos ávidos por dinheiro. Vende-lhe as obras de Herodiano pelo preço do édito, senão ele te denunciará a Sua Divindade. Comandante, eu estava indo para o meu posto no Palácio, mas agora que te vi por acaso entrando aqui, acho que vou esperar até que termines tuas compras e te indicarei onde é minha casa.

Aélio murmurou "obrigado" e, sem pressa nenhuma, concluiu a compra. Nicanor anotou os outros títulos, prometendo que iria reservá-los.

— Mais alguma coisa, comandante?

— Sim. Quaisquer panfletos ou tratados que tiveres aí sobre milagreiros, gente que opera maravilhas ou fenômenos semelhantes.

— Tenho *A vida de Apolônio de Tiana*, de Filóstrato, recentemente copiada.

— Não, esse eu já li. Algo mais recente, sobre cultos orientais ou até mesmo a seita cristã.

O livreiro retesou-se como se lhe tivessem inserido uma tábua entre as roupas e as costas.

— Aqui não vendemos esse tipo de *coisa*, senhor. — O gesto que tinha começado a fazer, como se fosse pegar algum tomo em uma prateleira mais alta, parou na metade do caminho. — Agora vais me perdoar, mas desejo-te um bom dia, senhor, e mandarei avisar-te quando os outros livros chegarem.

Pelo canto do olho, Aélio viu Décimo sorrindo do lado de fora da loja. Quando saiu, o outro disse, em voz relativamente alta:

— Ele tem, sim. Ele tem. Se estás querendo contos de fadas cristãos, precisas vir aqui ao Nicanor depois do expediente. Ou achas mesmo que estamos queimando todas as Escrituras que nossos policiais acham nas batidas? Devias ter perguntado a ele se tem a biografia que escreveste de Adriano, comandante. Está vendendo muito bem na cidade.

Eles caminharam juntos não mais do que um quarteirão, separando-se no meio da avenida central norte-sul mais antiga, onde havia uma biblioteca particular que Aélio pretendia visitar. Décimo insistiu, e Aélio não viu por que não o fazer, para que, antes do pôr do sol, ele seguisse o caminho mais longo, fazendo rodeios, até sua casa, na Porta Romana.

— Sai da cidade pela porta mais a oeste, que chamam de Porta Hercúlea, atrás das termas, e segue a estrada para o sul. Não liga se estiver meio malcheirosa, pois há pântanos por ali, e, apesar de limparem o canal, as folhas apodrecem nos baixios. Quando encontrares uma divisão em três estradas, mais ou menos uns 500 metros depois da muralha, segue pela do meio até encontrares a estrada para Laus Pompeia e para Roma. Ali, dobra à esquerda e *verás*. Depois que passares pela Porta Romana, minha casa se encontra imediatamente à esquerda. Mas procura sair enquanto ainda estiver bem claro, para apreciares a vista. É muito importante.

Como Aélio parecia que se limitaria a dizer que seguiria as instruções, Décimo evitou que ele entrasse direto na biblioteca pronunciando as seguintes palavras:

— Se estiveres se demorando na cidade na esperança de que Sua Serenidade Maximiano mude de ideia e te receba, terás tempo de te cobrir de pátina esverdeada e de cocô de passarinho como o monumento de Bruto. O camareiro-mor dele, o eunuco, teve um ataque de nervos quando anunciei tua chegada. Ouviu-se Maximiano gritando obscenidades a dois saguões de distância, tudo, se não ouvi mal, relacionado aos hábitos morais da tua mãe e da mãe de Sua Divindade. Foi bom estares a três saguões longe dele.

Aélio manteve uma educada indiferença em seus movimentos e expressão. Até mesmo pesar as palavras de Décimo nos pratos da verdade e da falsidade iria resultar em uma expressão de contrariedade, portanto evitou até mesmo colocá-las na balança. Virou-se para bater à porta diante de si, como se os documentos antigos que se preparava para ver fossem mais importantes do que o que tinha acabado de escutar.

— Quantos metros depois das muralhas, antes que a estrada se divida em três? — Limitou-se a perguntar.

Chegou à Porta Romana no momento em que, à frente, o sol se punha. Mergulhado em um esplendor de detalhes gravados e telhados cintilantes, Aélio já estava bastante impressionado com a estrada margeada por colunas pela qual seguia. Tinha lido que as ruas de Palmira eram uma verdadeira floresta de pilastras de mármore, mas ali havia pelo menos três vezes mais pilastras do que na cidade asiática. Décimo tinha conseguido maravilhá-lo com a magnificência do pórtico de 3 quilômetros que coroava a entrada da estrada de Roma para Mediolano. Mesmo assim, o odor de mofo pairava no ar rosado, e já duas vezes depois de entrar naquela belíssima avenida, Aélio havia atravessado canais que fluíam vagarosamente para o sul, sufocados pelo musgo.

Quando Décimo disse que morava "rente às muralhas", não tinha exagerado. A antiguidade da vila urbana romana dos Curii evidenciava-se no fato de que a primeira fileira de muros, construída no finalzinho da República, mais de trezentos anos antes, atravessava uma ala da residência, mutilando uma ampla sala de visitas pavimentada com mosaicos pretos e brancos que formavam um desenho simples.

— Bem simples, não é? Tão pré-cesariana — foi como Décimo descreveu a sala, ao receber seu convidado, com um sorriso afetado —, porque César tornou até mesmo nossos assoalhos mais trabalhados.

Realmente, a brutal muralha da cidade, toda de tijolos e pedras sem reboco, bloqueava a sala (que, se não fosse por isso, seria elegante) como um vulcão detém o fluxo de lava depois de ela ter destruído tudo que podia.

— Este para mim é o melhor símbolo para me lembrar da intrusão do governo. Vem, vem, a melhor parte fica depois do lago com peixes da sala de espera; tenho muito orgulho daquele laguinho, eu mesmo o projetei. Tem uma fonte embaixo da casa, aliás, portanto achei melhor utilizá-la de forma positiva em vez de tentar destruí-la, como fizeram meus ancestrais. — Ele conduziu Aélio por um corredor austero, todo pintado de preto, com pequenos quadrados amarelos que representavam cada qual um peixe de água doce diferente. Um brilho que parecia provir do lago quadrado, de 1,5 metro de largura, desenhava como que adagas verde-claras no teto; algo tão original e novo que Aélio não teve vergonha de demonstrar sua admiração. O sorriso discreto de Décimo abriu-se. — O fundo do lago é de vidro, e quando recebo visitas mando acender luzes no porão para que o reflexo passe pela água. Diga-me se não é lindo.

— É deslumbrante.

Dando a Aélio tempo para admirar os peixinhos que passavam nadando velozes na água brilhante, Décimo encostou-se na parede com os braços cruzados.

— Ouviste dizer que dois homens morreram no silo ontem à noite? Tropeçaram e caíram lá dentro enquanto estavam inspecionando a aeração dos silos e foram soterrados por uma avalanche de trigo. Aconteceu na hora exata em que nós estávamos batendo papo diante daquele horrível bordel, apenas a um quarteirão de distância dali. Como a vida e a morte se aproximam uma da outra às vezes, não? Tu, desembainhando a espada, pensando que eu era um assassino, o germe da vida sendo lançado no ventre das meretrizes ali ao lado, aqueles dois soltando o último suspiro em um mar de grãos... Eu acabaria ficando deprimido se não achasse graça. — No aposento seguinte, um vestiário, um velho e venerável servo estava esperando para pegar a capa de Aélio, mas não se moveu até Décimo estalar os dedos. — Eu sabia que virias de uniforme, comandante Espartano, embora um uniforme elegante. Vós não sabes mesmo que roupas civis usar em ocasiões informais.

Por "vós" ele podia estar querendo se referir a diversas coisas nada agradáveis, todas conotando classe ou nacionalidade. Aélio preferiu não responder. Pretendera parecer-se mais com o soldado que era em vez do emissário imperial: seu anfitrião sem dúvida sabia disso, era uma diversão para ele, como dissera o bretão. Sem uniforme militar, por outro lado, Décimo parecia impressionar menos, e sua estatura relativamente baixa se notava mais. Numa época em que os apliques bordados (tiras, quadrados ou ovais coloridos costurados nas roupas) estavam na moda, tanto no vestuário civil quanto no militar, sua túnica de lã antiga parecia inusitadamente austera. Aélio considerava essa uma forma de se distinguir, em vez de sinal de modéstia. Gesticulando na direção de uma passagem, que dava para a sala de jantar, Décimo olhou para trás, do mesmo jeito que olhara quando conduzira Aélio pelos vestíbulos do palácio. Quando a luz bateu no perfil de seu rosto, o nariz e a boca salientaram-se como o focinho de um animal esperto, suas faces barbeadas parecendo escavadas com força por um dedo, acompanhando o osso de perto. Por vaidade, Décimo tinha penteado os cabelos de modo a cobrir a calva e as têmporas, como se via nos retratos de romanos antigos.

Com uma pequena vênia, ele apontou para a chapelaria.

— Broche bonito, o teu. Presente de Sua Divindade?

O prendedor da capa militar era motivo de orgulho para Aélio, um presente pessoal de Diocleciano em retribuição por sua missão no Egito; mas Décimo olhou-o com um ar de zombaria que o deixou constrangido.

— Tenho certeza de que possuis um maior e melhor — respondeu ele, renunciando à competição.

O jantar estava excelente, e Aélio o descreveu em suas anotações como *iguarias temperadas com perguntas, feitas de forma tão arguta e ambígua que, ao respondê-las, precisei pesar cuidadosamente as implicações políticas, correndo o risco de parecer um labrego encarregado de uma missão oficial. Décimo não é de se deixar levar, e se essa sua curiosidade é apenas diversão, ele se deixa absorver demasiadamente por essa brincadeira.*

Depois que terminaram de comer e foram sentar-se em um escritório, chamado por Décimo de *sala dos ancestrais*, Aélio teve a chance de conter a enxurrada de perguntas. Como resolveu questionar sobre o emprego de leis anticristãs em Mediolano, seu anfitrião produziu um ruído curto e explosivo, entre um bufo e uma tosse, como às vezes fazem as mulheres quando se irritam.

— Por que estás me perguntando acerca de gente tão irritante? Não se pode passar por um tribunal ou por um teatro sem que se ouçam cristãos sendo julgados ou sendo lançados às feras, muito embora relatos de seu martírio (é assim que chamam essa punição, sem perceberem que esse conceito de *testemunho* não é desconhecido de outras tradições filosóficas) sejam imensamente exagerados. Graças ao juiz Marcelo e à sua justiça vagarosa como uma tartaruga, nem metade dos que deveriam ser decapitados acaba sendo. Eu não tenho nada a ver com os cristãos, pois prefiro deuses que não ficam por aí pedindo às pessoas para morrer por eles.

Em três prateleiras, bustos de familiares compunham uma plateia muda de homens e mulheres de diferentes idades, alguns tão parecidos com Décimo que Aélio pôde reconstituir por meio deles a aparência de seu anfitrião quando jovem e imaginar como ele seria quando envelhecesse. A lápide que seu próprio pai tinha mandado fazer anos antes na fronteira parecia rústica se comparada àqueles bustos, mal lembrando uma pessoa em especial, e sim um oficial muito mal esculpido. Apenas o nome sob ele identificava-o como o monumento a Aélio Esparto.

— Por que perguntas? — insistiu Décimo, sentado diante de todos aqueles ancestrais.

Concisamente, Aélio relatou os eventos envolvendo "a primeira e a segunda" mortes de Lupo, e sua curiosidade sobre Agnus, o milagreiro. Pareceu-lhe uma conversa inofensiva para depois do jantar, que provavelmente divertiria seu anfitrião.

— Se não me engano, em Brigâncio eu soube que a acólita do *atiçador de fogo* é uma mulher originária desta região; Lomello, acho.

Inesperadamente, os olhos que Décimo havia desviado semicerraram-se um pouco demais para um papo descontraído. Durante todo o jantar, enquanto conversavam à vontade, ele tinha feito bolinhas de migalhas de pão, enrolando-as entre o polegar e o indicador. Tendo trazido uma distraidamente da sala de jantar, ele agora a esmagou sobre a mesa do escritório.

— Ou és burro ou esperto demais, comandante Espartano.

— Não sei do que falas, é uma pergunta de civil para civil. Se não queres responder, alguma outra pessoa da cidade o fará. Não sabia que essa tal Casta era segredo de Estado.

— Não é segredo de Estado não. É fonte de grande constrangimento para a cidade natal dela, a grandiosa Mediolano, isso sim. Por que perguntaste isso a *mim*, é o que me intriga. Sou quase parente dela. E digo "quase" porque não sei quantos graus de parentesco nos separam. Foi casada com um dos mais ricos proprietários de terras de Ticínio.

— Entendo.

Pacificado pela equanimidade do comentário, Décimo acalmou-se, ficando à vontade outra vez.

— Ora, a história é boa, e faz algum tempo que não a conto, portanto... Por que não? — A migalha de pão voltou a virar uma bolinha, mais ou menos do tamanho das bolinhas de argila que os meninos usam para brincar. — O proprietário de terras... Pupieno, seu nome... já era um velho quando se casou com ela e, como todos os maridos idosos e ricos que se prezem, teve a decência de enviuvá-la após uns dois anos. Não tiveram filhos, portanto ela herdou toda a propriedade. E isso a tornou bastante atraente para qualquer homem que pudesse aspirar legitimamente à sua mão: o prefeito da cidade tentou aproximar-se dela, em vão, e também o filho mais novo do juiz Marcelo. O velho Pupieno era de família tradicional, coisa que aprovo. Ela também vinha de uma família tradicional (não é por acaso que somos parentes), mas meteu na cabeça da última vez em que o marido ficou doente, há dois anos, que homens santos e milagreiros podiam fazer alguma coisa por ele.

— Então existia amor entre eles.

— Não sei como, mas acho que sim. A ninfa Galateia foi perseguida por Polifemo, e ele era um gigante caolho. De qualquer forma, a casa deles em Lamello foi durante três meses ou mais como o porto de Alexandria, com todo tipo de gente indo e vindo de todas as partes do mundo. Rezaram pelo velho em seu leito de morte, incensaram-no, fumigaram-no, espargiram-no com água benta, aplicaram-lhe enemas, cobriram-no de amuletos e fórmulas sagradas. O que imaginares, eles fizeram. E aí Agnus apareceu. Não foi convidado, vê bem. Não se sabe como ele chegou. Certa manhã, apareceu à porta e no momento seguinte já estava proferindo seus encantamentos.

— Obviamente, o marido de Casta não sobreviveu.

— Obviamente, dizes. Mas óbvio é que o sofrimento pelo qual ele estava passando antes cessou após a visita de Agnus, e os poucos dias durante os quais ainda viveu foram tão serenos quanto os de Sócrates na prisão. Eu estava presente, portanto posso garantir isso. Ele morreu sorrindo, discutindo filosofia e a natureza dos átomos segundo Lucrécio. — Com a unha do polegar, que tinha deixado crescer bastante, Décimo cortou a bolinha ao meio. — O que tu ou eu... ou pelo menos eu... diria é que a doença tinha terminado e simplesmente perdera a força antes que se extinguisse a última chama de vida no velho. A verdade é que, passado um mês do enterro, a mulher que tu ouviste dizer que se chama Casta... que não é o nome dela... renunciou à imensa fortuna que havia herdado e ficou apenas com uma casinha no subúrbio, diante da Porta Ticinense, ao lado da arena, que deu à única serva com quem ficou, sua ama de leite já idosa. O ato seguinte desse drama foi doar publicamente suas roupas e joias, avaliadas em pelo menos 500 mil denários, e virar cristã. Isso foi há dois anos, antes de começar a perseguição religiosa. Depois de dizer uns aos outros que o luto ou fosse lá o que fosse tinham-na feito perder o juízo, os amigos e os mexeriqueiros esqueceram o assunto.

Aélio não tinha motivo específico, mas estava começando a sentir uma antipatia instintiva pelo milagreiro.

— Interessante. Quem foi que ficou com a fortuna da senhora?

— Ora, os próprios cristãos, sua hierarquia, ou, como eles a chamam, a Igreja. Uma decisão bastante infeliz e tomada numa hora inoportuna, na minha opinião, dado o fato de que, dali a alguns meses, os bens dos cristãos seriam confiscados e terminariam nos cofres do governo. — Décimo jogou as minusculas bolinhas de migalha de pão no ar, pegando-as uma após a outra. — Foi como se o velho Pupieno tivesse escolhido como herdeiro o imperador, ele que guardava as cartas de Bruto e Cássio em sua biblioteca. Há mais do que simples ironia nisso aí.

Aélio falou com os olhos pregados no busto da única bela entre as ancestrais de Décimo:

— Não entendi qual é a ligação entre a renúncia dela à fortuna ao se tornar cristã e a decisão de se tornar assistente de Agnus. Há um salto na lógica. — A estátua de mármore tinha os cabelos presos formando uma colmeia de cachos acima da testa, como usavam as senhoras na época de Tito, duzentos anos antes. O rosto era bem delicado e, *por algum motivo, familiar;* a calma transformava-se em uma doce melancolia entre os olhos e a boca.

— É, há uma lacuna. — E Décimo olhou rapidamente para trás, para ver em que seu convidado estava concentrando a atenção. — Ficamos todos intrigados quando ela resolveu fazer isso, pois estava acostumada a dar ordens, em vez de obedecê-las. Mas acontece que na época eu estava passando pelo meu terceiro divórcio, portanto não tive muito interesse em saber o que estava havendo com os outros.

— Ainda encontras Casta, ou te comunicas de alguma forma com ela? — Aélio não sabia bem nem por que estava perguntando isso. Mera curiosidade, embora a visão da bela ancestral tornasse menos desinteressada sua curiosidade; até disfarçava o fato de que, das cinco mulheres representadas, quatro eram decididamente feias.

— Com uma *cristã*? Não. Mal conversávamos antes de ela se transformar espiritualmente. Agora provavelmente está escondida em algum lugar. Mas acho que, se sentires uma necessidade urgente de te encontrar com ela, onde quer que esteja, podes levar uma carta de apresentação minha. Pode ser que ela, ao ver que é o pedido de um parente, se disponha a receber-te. Annia Cincia era muito formosa, antigamente. Pelo que sei, pode ser que ainda seja.

Então ela é bela, ou foi. Sua opção de servir a um sacerdote itinerante, ou seja lá o que Agnus fosse, de repente pareceu a Aélio mais heroica do que tola. Imaginou Casta em um quartinho semelhante a uma cela, em Tréveri, arriscando-se a viajar por estradas cobertas de neve, mortificando a carne, até mesmo desafiando os juízes no tribunal diante da ameaça de tortura como ele tinha visto os cristãos fazerem no Egito. Era uma viagem mental meio precipitada em torno de uma mulher que ele talvez jamais conhecesse, uma mulher que ele supunha ser formosa como a senhora de mármore de cabelos encaracolados.

Décimo talvez tivesse percebido que tipo de interesse era o de seu convidado e mencionado a beleza de Casta de propósito, para provocá-lo.

— Na corte, ouvimos dizer que fizeste investigações no Egito, durante as quais descobriste uma conspiração. Mas agora vens com essa história estapafúrdia de asfixia por vapores de carvão. Um oleiro morto, Espartano, que interesse tem isso? Um oleiro *assassinado* é apenas ligeiramente mais interessante. Para o *atiçador de fogo*, devia ser melhor que esse tal de Lupo continuasse vivo, mas, se tinha de morrer, então assassinato é mais aceitável, pois não indica um fracasso de Agnus. Meu conselho, principalmente hoje em dia, é que fiques longe de um meio crédulo desses. Mas para teu divertimento, digo-te que em Mediolano há alguns que alegam ter se beneficiado do poder dessa dupla: sim, eles começaram a fazer suas prestidigitações aqui, antes de o governo começar a tomar providências para acabar com todos esses disparates. — Décimo atirou preguiçosamente as minúsculas bolinhas de pão atrás da cadeira de Aélio, feito um menino que erra um alvo de propósito. — Mas agora vamos mudar de assunto e falar de algo mais interessante que superstição.

Aélio não se deixou levar nem pela sofisticação, nem pela naturalidade do aristocrata sentado diante de si. *Ele é um homem apenas de aparências, não há nada de real nele. Sua cultura e os lindos objetos em sua casa são de certa forma vazios, fachadas que nada encobrem. E mesmo assim ele é perigoso, não sei bem até que ponto vai sua maldade, mas o ar vazio atrás da máscara, atrás dos trajes elegantes, pode ser nocivo de se respirar.* Quantos teriam tropeçado em armadilhas sociais, falado abertamente demais e sido presos ou executados por isso? As camadas superficiais da intriga na corte, em qualquer das quatro capitais em que se dividia o poder no Império, eram todas educação e cumprimentos adocicados, enquanto os espiões multiplicavam-se. O que era mesmo que aquele bretão tinha dito? Que Décimo gostava de "obter informações" das pessoas? Para passar a quem, é o que lhe restava descobrir.

Uma vênia amistosa foi a forma como Aélio concordou em mudar de assunto.

— Tenho motivos para crer que posso ter adquirido um elmo romano original da floresta de Teutoburgo.

— Mas isso sim é interessante! — disse Décimo, endireitando o tronco na cadeira, todo ouvidos e um sorriso afetado. — Como sabes que o vendedor não te enganou?

***Sábado**, 2 de dezembro*

Continuação das anotações de Aélio Espartano:

O que Cúrio Décimo disse é verdade. Mediolano é uma cidade de comerciantes, negociantes e artesãos de todos os tipos. Enquanto em Roma tem-se a impressão de que se é convidado de uma nobre e idosa senhora cuja casa é repositório de tudo que é sagrado e solene, aqui o viajante sente que, se não tiver dinheiro, não vale nada. Embora a casa da moeda tenha sido fechada na época de nosso senhor Aureliano (restaurador do Exército), os negócios vão excelentemente bem, e moedas cunhadas aqui ainda se acham em circulação, em grande quantidade.

Quando parti, depois do jantar ontem à noite, com a promessa de dar a Décimo a oportunidade de ver meu elmo de Teutoburgo, descobri o caminho de volta ao quartel sem problemas. Afinal, comparada a Roma ou Alexandria, esta cidade é um burgo de grandes proporções, mas tudo foi construído sem poupar despesas. Poucas vezes antes vi usarem tão generosamente mármore e pórfiro nas colunas de residências particulares, embora os pisos, pelo que vi e pude julgar, não se comparem aos mosaicos que vi na Sicília, e as figuras neles são bastante empoladas. Já a **Porticus Maximiana**, *como chamam a avenida repleta de pórticos pela qual segui ontem até a residência de Décimo, uma obra-prima arquitetônica, uma entrada gloriosa levando da via Emiliana até a cidade. Fiquei lisonjeado ao reconhecer, no arco do triunfo, representada em alto-relevo pintado, nossa campanha contra a Rebelião Egípcia entre as guerras travadas pelos nossos governantes para defender o Império. As pirâmides ao fundo têm acabamento com detalhes banhados a ouro, e algumas das armas de cavalaria são de bronze banhado a ouro, tão realisticamente representadas que se pode reconhecer nossas espadas longas e até os reforços dos escudos de nossos legionários.*

Sob as colunatas de ambos os lados da rua, livrarias alternam-se com joalherias, vendedores de fazendas finas tingidas e temperos caros. Preciso visitar as livrarias. Isso me lembra que preciso anotar alguns dos preços praticados em Mediolano, mais altos que em qualquer outra parte do Império. À parte os livros caros de Nicanor, lembro-me de ter notado que a seda custa 15 mil denários a libra, um quarto acima do teto fixado pelo governo de 12 mil denários, ou 48 mil dracmas. Como a punição para quem exceder o teto é ou a morte ou o exílio, só posso deduzir que há conivência por parte dos governadores da cidade (e, embora eu não vá **denunciar** *ninguém, como Décimo diria, preciso encontrar um jeito de informar isso a Sua Divindade sem parecer que estou criticando o governo de um outro imperador).*

No bairro amplo situado a nordeste, recentemente cercado pelas muralhas urbanas, ao sul do quartel militar, ficam as chamadas Termas de Hércules. Construídas em homenagem a Maximiano, seu esplendor excede o tamanho, que é mediano. Uma linda estátua de Hércules no salão da piscina de água fria mostra o deus apoiado em sua clava; as veias nos quadris da estátua e os nós na madeira de sua arma são tão habilmente esculpidos que se chega a pensar que é carne e madeira mesmo, em vez de mármore grego. Uma versão menor dessa obra se encontra no altar do quartel, também dedicado a Hércules.

Como soldado, porém, acima de todas as outras coisas admiro as muralhas de Mediolano, porque têm uma vantagem sobre as romanas: são cercadas por um rio ou canal. Isso determina — e até limita — sua circunferência, mas em compensação reforça as defesas.

Comparando-se este lugar ao Egito, a criminalidade é pouca, segundo me dizem. Não há notícias de saqueadores infestando os cursos d'água nem assaltos a residências, e são raros os homicídios até, Segundo Décimo, um oleiro de Mediolano só seria assassinado por questão de dinheiro. "Como sabes que não o mataram por dinheiro em Tréveri?", perguntei. Seja como for, aqui as ruas são consideradas seguras depois do crepúsculo, exceto nos bairros — a região do porto próximo ao pequeno rio e a área dos curtumes e confecções — onde os bordéis e os bares abundam. Claro que considero os preços altíssimos uma forma de roubo.

Em suma, tem-se a impressão de que todos em Mediolano possuem ou gerenciam alguma atividade comercial; as pessoas são apressadas e não muito amistosas, e, se eu for pensar no Egito — onde o povo leva a vida de forma cíclica, filosófica — e comparar o povo de lá com o tanto de gente que há nas portas desta cidade, todos contratando o transporte mais barato para isso ou aquilo com os tropeiros, percebo como há tantas diferenças dentro do Império. Mundos de diferença, aliás, entre a fronteira que conheci desde a juventude, onde tudo era e é em função dos militares. Ali, a experiência das pessoas se limita a uma série de quartéis e vilas militares onde todos os aposentos dos oficiais são iguais, onde as esposas dos oficiais servem o mesmo tipo de comida nas festas e onde todos se conhecem.

— Permites-me? — O bretão, cujo nome era Duco, apontou com a mão sardenta para a cadeira diante de Aélio e, depois de receber permissão, sentou-se à mesa. — Não é comum ver oficiais escrevendo neste quartel. Desconfio até que Cúrio Décimo esteja certo ao nos chamar de rústicos. Como foi ontem à noite?

— Um jantar excelente.

— E a companhia?

— Também.

Não havia como saber se eram só os oficiais da corte que gostavam de obter informações, de forma que Aélio resolveu não revelar mais do que era preciso. A verdade era que a conversa depois do jantar tinha ficado meio estranha depois que ele mencionou o capacete adquirido com o antiquário germânico. Como o comandante romano na época do fiasco militar era Quintílio Varo, filho de um dos assassinos de César, Décimo tinha feito uma piada, de certa forma insinuando que Varo tinha causado maior desonra à família do que seu pai. "Também se pode dizer", Aélio respondeu, sorrindo como o interlocutor, "que ele elevou a traição à categoria de arte. Com sua falta de perícia militar, Varo traiu Augusto, seu imperador, como seu pai havia traído o pai de Augusto."

Mas Aélio não tinha por que ser grosseiro com o bretão aquela manhã. Então agradeceu-lhe por garantir boas acomodações para ele e seus legionários e convidou-o para almoçarem juntos, se suas tarefas permitissem. Duco sacudiu a cabeça.

— Adoraria, mas acabei sendo o oficial do dia outra vez. O colega que seria hoje partiu com a maior pressa. Houve um homicídio nas Velhas Termas, que é como chamamos, e parece que estão acontecendo tumultos para os lados do Circo e do Palácio.

Depois de ter acabado de elogiar a segurança em Mediolano, Aélio ficou assombrado com a notícia.

— Os homicídios aqui são tão raros que o povo vai para as ruas protestar?

— Nããão. — Se Duco achou o comentário ingênuo, não viu motivo para rir. — Mas é que a vítima foi o juiz que costuma presidir os julgamentos dos cristãos, e ele era muito estimado por todos. Um esquadrão de guardas palacianos precisou dispersar a multidão diante do presídio municipal, pois eles queriam arrastar para fora quem estava esperando julgamento lá dentro. Uma pena, de certa forma, porque a justiça popular teria ao menos apressado o processo.

Aélio limpou a pena com um retalho de pano macio.

— Por acaso esse juiz se chamava Marcelo? — E depois de recolocar a pena no estojo, soprou a folha de papiro que tinha diante de si, antes de enrolá-la.

— Minúcio Marcelo, exatamente. A *tartaruga jurídica,* como seus colegas adoravam chamá-lo, em zombaria. Ouviste falar dele?

— Pouca coisa. — Reunindo os materiais de escrita e guardando-os em uma bolsa de couro, Aélio ficou de pé, e com ele o oficial do dia. — Onde ficam as Velhas Termas?

— Eu não iria até lá agora, podes sair machucado ou até pior. Espera até a multidão diminuir.

— Obrigado — Aélio riu —, mas já dispersei multidões antes. Meus homens e eu guardamos a entrada principal do porto de Alexandria durante a Rebelião. Vamos vestir nossas armaduras da tropa de choque e dar uma olhada.

— Como preferir. — E Duco lhe indicou onde tinha ocorrido o homicídio, sugerindo um desvio que daria vantagem a uma tropa de cavalaria. — Tens alguma outra senha em mente, já que estou preso aqui?

— Tenho, sim. Que tal a que um dos antecessores de Septímio usava: *Sejamos soldados*?

CAPÍTULO 3

O tumulto, segundo disseram, era no bairro sudeste da cidade. Ali situavam-se as Velhas Termas (*Balnea Vetra,* na língua local), não distantes do presídio da cidade, em uma pracinha irregular que chamavam de *Prados Gálicos*, os dois estabelecimentos mais ou menos um em frente ao outro.

Duco disse que bem além do perímetro do Palácio a Guarda Palaciana formava um círculo protetor que ia da Porta Vercelina até a Porta Ticinense, ou seja, isolando todo o quarto sudoeste da cidade, ao longo das duas antigas perpendiculares.

— Imagina que Mediolano é um quadrado dividido em quatro partes: vais encontrar a parte inferior esquerda bloqueada pelos cavalarianos, mais de 3 mil pés de aço.

— Então, quem é que vai enfrentar a turba?

— A polícia, provavelmente os bombeiros. Não dá para mandar muitos, pois a maioria da guarnição está fora, fazendo manobras.

O corpo de guarda de Aélio, composto de 32 cavalarianos, número de uma subunidade costumeira de uma ala de cavalaria, era treinado para estar preparado para a batalha quase que de improviso. E isso era bom, também, porque no meio-tempo em que Aélio os alertou chegou um pedido do Palácio para enviar todas as unidades disponíveis aos Prados Gálicos. Assim, o uso de equipamento antichoque, que para ele tinha sido apenas uma medida de senso comum, tornou-se um pré-requisito. Rapidamente os cavalarianos chegaram aos estábulos, jogaram mantas e selas nos cavalos, arriaram-nos com cabrestos (para evitar que abrissem as bocas e tomassem o freio nos dentes), protetores de couro para o peito e testeiras na cara. Os legionários puseram o *traje intermediário,* um conjunto entre os trajes de escolta e batalha que incluía coletes acolchoados à prova de choque sob armaduras de couro, elmos de combate com presilhas, e lenços com as cores do regimento que iam até o queixo. Aélio fez o mesmo, de forma que em tempo recorde eles saíram do quartel e seguiram as indicações de Duco de dobrarem à esquerda, no "lugar onde se lavam roupas em tonéis ao ar livre", para chegar ao presídio da cidade, que ficava próximo a um portão secundário chamado *Posterula Mariana.* Ali eles alcançariam a parede sem janelas do presídio, onde era improvável que os desordeiros se reunissem. Uma outra vantagem era que as ruas transversais não eram pavimentadas. Assim, as batidas dos cascos no calçamento não denunciariam a chegada dos cavalarianos; um truque útil de tropas antichoque, dado que, ao contrário de outras unidades, os cavalos do corpo da guarda combatiam de ferradura.

À medida que Aélio e os legionários se aproximavam dos Prados Gálicos, a rua ficou sinuosa, flanqueada por construções baixas que abrigavam açougues, os quais já estavam fechados e trancados com barras, ou sendo trancados por comerciantes assustados. À esquerda, uma rua se abria como uma rachadura entre paredes: Duco disse que dava no bairro judeu junto à Porta Ticinense, e ali todos deviam estar extremamente nervosos.

Segundo as instruções de Duco, mais adiante, depois de uma curva estreita a 90 graus, a rua alargava-se, já perto da praça. Zumbidos e um entrechocar desorganizado de vozes — o barulho comum a todas as multidões — vinham daquela direção. Aélio ergueu a mão direita com o indicador estendido, indicando aos homens que parassem. Sozinho, foi devagar até a esquina e espiou. Uma rua mais larga, sim, mas por causa da curva não havia espaço suficiente para atacar. Mais lojas. Gente se empurrando e correndo em toda parte. Estavam ocorrendo saques, o que ficava claro pelas carcaças sendo retiradas dos açougues; o lado esquerdo de um porco partido ao meio, rosa, branco e vermelho, pesado de tanta gordura, navegou como um barco imoral acima do mar de cabeças, e carcaças esfoladas de bodes com olhos opacos e vazios balançavam sobre os ombros. Aélio mal conseguia distinguir os policiais da multidão turbulenta, e a rua e a praça do outro lado eram um mar de corpos agitados e carne morta. Duco estava certo ao afirmar que os desordeiros não iriam querer se aproximar da parede sem janelas da prisão, mas não tinha pensado no grande atrativo que aqueles açougues bem abastecidos representavam.

Do outro lado da praça, havia algo semelhante a uma barricada improvisada composta de carroças viradas, caixotes de mercado, bancos e coisas tais que fizeram Aélio pensar a princípio que as autoridades tinham reservado uma área fechada para proteger o presídio. Pelo movimento em ambos os lados da barricada, porém, Aélio entendeu que a própria multidão tinha construído aquilo para ajudar enquanto tentava entrar na prisão. Com os rostos sujos de sangue e mancando, alguns policiais afastavam-se, cambaleantes, da briga, tropeçando em linguiças e massas de sangue pisoteadas. Era impossível detectar o que estava ocorrendo dentro da prisão; certamente as portas reforçadas com pinos de bronze estavam sendo arrombadas com vigas de madeira, como as que se usam para construir alicerces em solo pantanoso.

No outro extremo da praça, as Velhas Termas não atraíam nenhuma atenção, muito embora o respeitado juiz Marcelo tivesse sido assassinado entre aquelas paredes.

— É melhor que tenhas algum plano, Espartano.

Quando Cúrio Décimo inesperadamente veio reunir-se a ele, tendo vindo trotando por trás, Aélio pensou duas coisas: uma pergunta (por que ele não está com seus companheiros militares protegendo o Palácio?) e, depois, a resposta para si mesmo (porque sua casa, ao lado da Porta Romana, fica a menos de 300 metros dessa confusão toda). Décimo o cumprimentou com um aceno tenso.

— Tenho um plano sim. Antes de dar no bairro judeu, aonde leva aquela rua estreita lá atrás? — indagou Aélio, e depois que ouviu a resposta acrescentou: — É larga o suficiente? Posso dobrar à direita dali?

Logo, os cavalarianos do corpo de guarda, um a um, se enfileiraram entre as paredes das casas, num espaço onde mal dava para os cavalos passarem.

Era como se estivessem atravessando um cânion opressivo e saíssem em uma avenida pavimentada surpreendentemente larga, paralela à rua que eles haviam tomado. Parecia cortar o distrito em dois, marcando, do outro lado, os limites do bairro judeu. De um lado a outro, a calçada estava cheia de gente se dirigindo à praça, mas a uns 300 metros à esquerda a avenida estava ainda vazia, e havia bastante espaço para compor a formação e manobrar. Aélio conduziu seus legionários para lá.

Na praça, o tumulto continuava. Em menor número e impotentes diante da multidão revoltada, os policiais não podiam render os que estavam dentro da prisão; com a cabeça sem elmo e ensanguentada, impotentes, em sua maioria se deixavam empurrar para um lado e para outro pela turba de gente que gritava, e a tentativa de arrombar a porta continuava, com boas chances de atingir o objetivo.

Sem pressa, Aélio foi até onde estavam seus homens, quase no início da avenida. Os cavalarianos haviam se alinhado em três fileiras de dez, com os dois suboficiais nas duas extremidades da primeira fila. Erguendo os escudos ovais da altura de um homem, eles aguardavam uma ordem para começar a bater com as espadas neles. Aélio olhou as sombras sob os belos corcéis: pareciam poças ou pedaços de pano de uma cor entre o azul e o cinza. Os homens prontos para atacar, o tumulto, aquelas sombras prestes a se desfazer como trapos rasgados com fúria; era como o Egito alguns anos antes, exceto pela diferença na temperatura e na luz. Lá, uma tentativa de usurpar o trono estava em jogo; aqui, pelo que ele sabia, só o ódio contra os cristãos por causa do assassinato de um juiz. Mas a excitação e a dança dos cavalos agitados sem sair do lugar não eram diferentes. Se Décimo estava observando de alguma parte, Aélio não sabia; nem se importava muito.

Quando ele deu a ordem, os cavalarianos avançaram num ritmo binário, a princípio lento, depois acelerando, e encheram a avenida com o alarido do metal contra metal. A velocidade aumentou até transformar-se em meio galope, depois passou a trote. As batidas dos cascos contra o calçamento despertaram um eco seco, como rochas batendo umas contra as outras no início de um deslizamento de terra. Um olhar para trás, por acaso, mais do que o ruído, foi o que fez a outra margem da multidão avistar os soldados; primeiro um, depois outro dos desordeiros olhou na direção deles e soltou gritos; a massa de homens começou a ondular, à medida que outros iam ouvindo o alarme e olhavam para trás. Algo semelhante a um arrepio se transmitiu de um lado até o outro da multidão, mas os que estavam protegidos pela barricada não pararam de tentar arrombar a porta. À distância de 20 metros, Aélio deu ordem para atacar, e os corcéis literalmente saltaram os 3 metros seguintes, esporeados para que galopassem. Os lenços e escudos nas cores amarela e negra desintegraram-se, formando um borrão, e o som de batidas de metal contra metal aumentou de intensidade, ficando agressivo, agudo, ressonante, até que o trovão metálico das ferraduras sob os pesados animais e seus cavaleiros fez a avenida toda tremer.

Aélio ia na frente, e, apesar de toda a velocidade, o tempo pareceu prolongar-se e dilatar-se ao seu redor; ele tomou consciência de detalhes como se estivesse parado: a mão de alguém, um rosto, a quina do prédio em frente; lembrou-se do Egito e da Armênia e de todos os outros lugares onde já havia atacado assim, na segurança da sela. Até notou alguns fios negros e brilhantes na trança cinzenta feita na crina de seu cavalo, logo antes de invadir a praça, trovejante.

Na praça, a multidão tinha entrado em pânico ao notar os cavalarianos se aproximando. Em seguida abriu-se uma brecha no muro de costas e pernas, mas também começaram a chover coisas dos lados, pedras e objetos avermelhados. A gritaria era generalizada. Aélio ficou o tempo todo raciocinando durante aquele tempo estranhamente dilatado, como uma roda girando lentamente. Se houvesse cristãos entre os desordeiros — o que não era o caso, uma vez que essas pessoas tinham ido linchar os cristãos —, eles teriam talvez recorrido, como fizeram em Alexandria ao apoiar os usurpadores, a se jogar no chão, porque os cavalos não atacam corpos deitados de costas. Mas aqueles ali não eram cristãos, e continuavam correndo. Quem estava do outro lado da barricada continuou tentando arrombar a porta da prisão. Momentos tinham se passado, não mais do que isso. Aélio parou, puxando as rédeas bruscamente, para deixar que as três fileiras de legionários circulassem em torno dele de modo a dividir a multidão, como ervas daninhas sob uma foice. Ele galopou de volta o espaço necessário para poder tomar impulso para uma corrida e, soltando um grito para incitar o cavalo, meteu-se junto com o animal no ponto em que seus cavalarianos haviam deixado um espaço, pulando sobre costas de gente agachada, braços que cobriam rostos e cabeças, e sobre a carroça, os joelhos bem junto aos flancos do animal, aterrissando sem derrapar nas pedras lisas. Nem mesmo precisou apontar a espada. Bastou mostrá-la, já desembainhada, pronta para desferir golpes, para que as vigas de madeira caíssem das mãos dos que estavam junto às portas: bocas abertas e olhos arregalados, a ferocidade transformando-se em medo nos rostos, pedras e tijolos avermelhados formando arcos no ar frio. Através do vapor que saía das narinas do cavalo, Aélio viu um de seus cavalarianos, depois de levar uma tijolada certeira, dobrar-se e só não cair do cavalo porque estava preso na sela.

Então o tempo voltou à velocidade normal, e o tumulto ficou igual a qualquer tumulto, qualquer batalha urbana. A multidão voltou a avançar, o recuo e a volta irregular formando um movimento giratório, como se fosse um lento vórtice de um rebanho; a barricada desfez-se como um dique fraco na corrente. De repente, a coisa toda virou fuga desordenada, as pessoas correndo para as soleiras das portas para fugir do ataque, achatando-se contra as paredes, tentando inutilmente escalar grades de janelas. Encurralados pelos cavalos na rua sinuosa, a proximidade e a falta de espaço causaram um choque entre peitos de animais em ombros e cabeças humanos. Os legionários forçaram passagem pelo que era uma espécie de rolha de corpos na esquina da curva apertada, e houve um momento violento no qual os cavalos quase esqueceram a reticência e empinaram-se diante da muralha humana. Confiando em seus homens o suficiente para deixá-los concluir a operação, Aélio não os acompanhou.

Quando ele saltou da sela e tirou o elmo, a friagem do dia foi como água se esparramando sobre sua pele. Abrindo-se apenas o suficiente para mostrar um rosto lívido — de um funcionário da prisão, certamente —, depois as portas com pinos de bronze pouco a pouco se escancararam. O prédio, aparentemente, não havia sido invadido. Brancos de angústia, aqueles que antes guardavam a entrada da prisão se afastaram. Os guardas do presídio seguiram-nos, armados com porretes e gládios. Os policiais feridos já estavam removendo a barricada, e o silêncio estendia-se acima de tudo como sempre acontece após uma batalha ou um tumulto urbano. Até os sons pareciam ter sido pisoteados e obrigados a calar-se. Vários corpos permaneciam no chão, a maioria deles ainda movendo-se, embora, como sempre, devesse haver alguns mortos.

Uma vala profunda na extremidade mais larga da praça, meio alagada por causa da chuva ou por água que havia brotado do chão, marcava mais um local de obra. Para escavá-la, tinha sido preciso retirar as pedras e lajotas do calçamento; as pedras, os tijolos e os outros projéteis improvisados pela multidão tinham sido obtidos lá. Aélio viu vigas semelhante à que estava sendo usada para tentar arrombar a porta da cadeia, empilhadas a um lado; alguns metros mais adiante, havia uma série de colunas altas e capitéis ornamentados, esperando para sustentarem um prédio ainda não construído. Seriam as Termas Palatinas, segundo Aélio tinha ouvido de Décimo na noite anterior, que deveriam situar-se diagonalmente em relação às outras grandes termas do outro lado da cidade.

As Velhas Termas eram o que lhe interessava agora. Foi caminhando até elas, uma construção pequena, de tijolo e de um calcário peculiar, cor de creme, que Aélio reconheceu como a rocha porosa de Tibur,* que tinha cor e aparência de queijo montanhês e era amplamente empregada na imensa vila de Adriano, nos subúrbios de Roma. Ali antigamente, ele viu de relance na placa ao lado da entrada, eram termas particulares que um cidadão tinha doado à cidade uma geração antes, junto com dinheiro para a manutenção. Aliás, o prédio lembrava as antigas termas militares, mais comprido que largo, sem adornos.

Lá dentro, a luz não era muita; as janelas eram pequenas, localizadas em pontos bem altos nas paredes grossas; as arcadas eram de cimento e argamassa e não tinham ornamentação, a não ser pelo desenho ondulado que se costumava ver nos caixões de pedra, fazendo lembrar o formato das raspadeiras que os

* Trata-se do travertino, que é uma rocha calcária na qual se observam pequenas cavidades. Seu nome vem do latim *lapis tiburtinus*, "pedra de Tibur", cidade que é a atual Tivoli. *(N. da T.)*

atletas usavam depois de passarem óleo nos músculos. Uma frase arranhada em uma porta de serviço, em grego, um verso que Aélio conhecia mas não conseguiu identificar de imediato: *Ah! Vede, vede! A vaca vence o touro!* Sala por sala, o odor de suor, toalhas molhadas, sapatos, um perfume que tinha o mesmo cheiro da loja de temperos de Theo em Antinoópolis. As latrinas ficavam à esquerda, um semicírculo de buracos, com um policial machucado ajoelhado com a cabeça abaixada sobre uma delas. Uma sala de banho frio, outra de banho tépido, uma curva acentuada dando numa sala longa e estreita para os banhos quentes; mais a frente, a porta fechada da sauna.

Minúcio Marcelo, segundo Duco, tinha sido assassinado na piscina de água quente.

Nas seis horas transcorridas desde o assassinato, a piscina de água quente, uma banheira de mármore gigantesca escavada no chão, tinha sido esvaziada após a remoção da vítima. Poças rosadas no chão refletiam a luz do crepúsculo no ponto em que o cadáver ensanguentado havia sido colocado antes de ser transportado para fora dali. Havia poças de água em toda parte; na parede mais próxima da piscina, a marca de uma mão esquerda impressa em sangue, provavelmente apenas assinalando o fato de que um dos que tinham puxado o cadáver de dentro da água havia, depois, encostado na parede.

Talvez fosse significativo, talvez não, o fato de ninguém ter tentado se proteger do tumulto nas Velhas Termas. Aélio saiu da sala de banho quente, percorreu o pequeno prédio em todas as direções e mandou os servos aterrorizados (norte-africanos que estavam antes se escondendo no porão) lhe mostrarem os corredores de serviço cujas entradas de 60 centímetros de largura eram embutidas nas paredes principais, bem como a escada de acesso à sala da caldeira, abaixo do nível da rua. O que procura estava apenas vagamente delineado em sua mente, como o verso grego rabiscado de cujo autor ele não conseguia se lembrar.

Quando saiu, o ar gelado lhe tirou o fôlego. Seu corpo de guarda, cavalgando de dois em dois, calmamente voltou da rua curva à praça e reagrupou-se ali. Aélio, na mesma hora, informou-se de que estavam bem, ouvindo que, fora o soldado que tinha levado uma tijolada e desmaiado, além de outros que ficaram com hematomas, não havia vítimas. No ponto onde a mesma rua curva encontrava a praça, Cúrio Décimo sentava-se muito ereto na sela, acompanhado por dois oficiais — gêmeos, tão parecidos que assim, lado a lado, davam a Aélio a estranha impressão de estar vendo dobrado.

— Ação sumamente elegante — disse Décimo, em um tom que soou como o oposto de um elogio. — Aqueles safados foram correndo até as redondezas da minha casa, tentando fugir pelo portão da cidade. Mandei meus servos desferirem golpes neles, fazendo-os voltar para onde estavam seus homens, e os guardas estão detendo alguns indivíduos.

Aélio acariciou o pescoço do cavalo. Do alforje tirou sua boina, e a colocou na cabeça. Décimo fez um gesto educado com a mão direita, a palma voltada para cima.

— Comandante, permite-me que te apresente Gaio Destro e Lúcio Sinistro, coronéis da Guarda Palaciana. Cavalheiros, este é o comandante Aélio Espartano, que liderou recentemente um regimento de mil homens a cavalo na Nicomédia. O *Joviani Palatini*, não foi?

— Ainda é — respondeu Aélio, retribuindo a continência dos gêmeos. — Estou apenas em missão temporária como historiador.

As mãos sobre a coxa direita, segurando frouxamente as rédeas, Décimo avaliou os resquícios de tumulto na praça.

— A boa gente de Mediolano me deixa perplexo às vezes. Mas podes ter certeza de que os donos de estabelecimentos que tiveram prejuízos durante a confusão serão mais severos ao pedir condenações do que qualquer um de nós. — Falou dirigindo-se a todos, olhando diretamente para Aélio. — Isso foi só uma desculpa para criar problemas, como se sabe. Eles dizem que, estando as coisas como estão, a tentação de saquear é irresistível. Para mim, é também uma bestialidade. De qualquer maneira, o Palácio ordenou que dobremos a guarda em torno dos silos, e as portas da cidade fecharão uma hora mais cedo esta noite.

— O que aconteceu exatamente?

Décimo ergueu as sobrancelhas.

— *Exatamente,* duvido que alguém saiba.

— Devia haver agitadores no meio daquela multidão.

— Por quê? Uma interrupção nos julgamentos contra os cristãos é suficiente para revoltar qualquer comunidade bem-intencionada.

Aélio lançou um rápido olhar ao oficial que tinha pronunciado as palavras, o gêmeo chamado Destro. Era mais ou menos o oposto do que Décimo tinha acabado de dizer, mas não fazia tanta diferença assim se o tumulto era sinal de um descontentamento mais generalizado ou um protesto violento contra a perda de um juiz que estava condenando cristãos.

— Pelo que sei — respondeu ele —, depois de um tumulto todo mundo declara que outra pessoa começou; que foi incitado a fazer coisas por algum conhecido e por aí vai, até se chegar aos que dizem que foram incitados por gente de que ninguém nunca ouviu falar.

— Pensei que servisses no Palácio de Nicomédia, não nas ruas. — Destro era jovem, pálido, de cabelo escuro, e de perto notava-se que seu maxilar inferior era ligeiramente mais comprido que o do irmão, ao qual era, em tudo o mais, idêntico. Não falou por desprezo, pelo menos não conscientemente. As cidades estavam cheias de oficiais no limiar da maturidade que só haviam servido em postos de comando militares e não faziam a menor ideia do que era a vida real.

— No Egito, combati os rebeldes de Domício Domiciano e Aquileu nas ruas. É uma experiência bastante útil na hora de combater tumultos.

Destro inspirou, de forma que suas narinas quase se fecharam. Cúrio Décimo deu um meio sorriso.

— Mas e então, comandante, havia algum desordeiro se escondendo nas termas?

Pela primeira vez aquela manhã, Aélio sentiu uma pontada de irritação.

— Não. Só um dos policiais da tua cidade vomitando as tripas.

— Uma pena, a que ponto chegamos. É difícil encontrar boa ajuda, tanto na prefeitura quanto em nossa própria casa. — Décimo bateu com as rédeas na coxa, um som pesado e rítmico no silêncio da praça.

Durante o resto do dia, nas livrarias e nos arquivos, sempre que um interlocutor lhe dava a impressão de querer discutir sobre o evento, Aélio fazia perguntas sobre Minúcio Marcelo. A essa altura, já era um passo além da mera curiosidade, uma forma de ocupar o tempo em Mediolano enquanto ele esperava uma resposta de Sua Divindade.

Segundo todos, o juiz parecia estar muito mais feliz morto do que vivo. A morte havia lhe distendido as feições marcadas pela melancolia, sua principal característica, de acordo com todos que o conheciam, de modo que, mesmo que ele não sorrisse propriamente, pelo menos parecia sereno. Parecia que a morte o havia libertado, não se sabe como, de uma preocupação que o consumia, fato que devia aliviar os corações de seus concidadãos.

No entanto, além do tumulto nas prisões, a revolta na cidade era enorme, e talvez sincera. Marcelo estivera julgando vários clérigos cristãos da cidade e de áreas mais afastadas, acusados de se recusarem a renunciar aos livros sagrados e de se reunirem apesar da proibição. Como era paciente e minucioso, os julgamentos que presidia geralmente duravam muito tempo. Um desses raros juízes profissionais que, apesar da longa carreira, parecem não perder a fé na humanidade, ele só ultimamente havia começado a admitir sua tristeza por confrontar-se no tribunal com a "pertinácia e perversão" que, em suas próprias palavras, "todos os dias os deuses enviam à terra". Suas sentenças eram obras-primas de atenção aos detalhes dos processos, e inapeláveis; o surpreendente era o fato de serem admiravelmente brandas. Nos dois anos desde que o édito multifásico contra os cristãos que Galério queria e que Maximiano ficou satisfeitíssimo de adotar em sua parte do Império, as penas capitais que Minúcio Marcelo fez aplicar foram raras. Até mesmo os intelectuais mais liberais entre eles concordavam que aqueles que tinham finalmente sido condenados à morte mereciam a pena, mesmo que fosse só por atentarem contra a paciência do tribunal até um ponto insuportável.

E não era só isso: em geral, concordava-se que a vida particular de Marcelo era tão impecável quanto seu comportamento na vida pública. Ele não bebia, não comia carne, tinha lido as *Epístolas morais* de Sêneca várias vezes, com proveito. Era casado com a mesma esposa fazia já mais de cinquenta anos, seus filhos e netos todos tinham parceiros adequados, ocupando postos importantes em toda a Itália Anonária. Exemplar a ponto de ser ridicularizado entre seus conhecidos e colegas, ele jamais tivera amantes nem concubinas, nem devia ou emprestava dinheiro, tinha uma fortuna honestamente obtida, proporcional aos longos anos de trabalho. Em uma cidade tão voltada para o dinheiro e tão pragmática, ele não estava à venda, e suas virtudes, admiradas por todos, incomodavam a muitos. Assim, podia perfeitamente ser que "o último homem no mundo que alguém ia querer matar" fosse fazer muita falta para alguns e, para outros, já tivesse ido tarde.

Esses comentários, geralmente positivos, foram o que Aélio ouviu de quem entrevistou até noite alta e até depois de voltar para o quartel, do centro da cidade. Claro que ainda não tinha conversado com Décimo, que devia ter uma opinião completamente diferente sobre a vítima, se não por outro motivo, só para se destacar dos outros.

Os militares, realmente, consideravam Marcelo meio (ou excessivamente) indulgente em suas sentenças contra os cristãos, alguns dos quais tinham sido soldados antes.

— Mas um juiz nunca é perfeito — comentou o bretão a Aélio. — Além disso, no verão passado ele pronunciou uma sentença a favor do Exército com relação a uma disputa referente ao reforço do muro de retenção do quartel.

Aélio, ao ouvir a frase, quase deixou passar o comentário, mas então encontrou nela um detalhe interessante:

— Estás te referindo a alguma disputa com relação ao contrato de construção? — indagou.

— Exatamente. Nós encomendamos tijolos da Modícia, a nordeste daqui, e quando chegaram, primeiro por transporte marítimo e depois pelas estradas, uma boa parte deles estava rachada ou totalmente quebrada; no mínimo, todos abaixo do nosso nível de qualidade. — Duco estava sentado em sua salinha com os pés apoiados em um banco, os polegares sardentos girando um ao redor do outro. — O dono da olaria tentou defender-se dizendo que não tinha como controlar o que acontecia durante o transporte, que isso os militares deviam tratar de inspecionar. Nosso comandante argumentou que, se os tijolos são bons mesmo, não se desintegram só por serem colocados em uma balsa ou em uma carroça. Minúcio Marcelo ouviu ambas as partes sem comentários, com sua calma de costume, depois pediu a uma terceira pessoa, do ramo... que trabalha em olaria, quero dizer... que selecionasse um dos tijolos a esmo da carga e fizesse um relatório para ele. Bom, o perito não demorou a declarar que os tijolos não haviam sido cozidos como deveriam, a temperatura dos fornos devia estar baixa ou alta demais, agora não me lembro bem. E assim o produto final ficou friável, estruturalmente fraco. Não houve como discutir essa avaliação: o oleiro fornecedor precisou devolver o adiantamento recebido do Exército, e além disso também foi multado, sendo obrigado a pagar indenização a nós pelo atraso que esse incidente causou na construção.

Aélio encostou-se no batente da porta. Tinha ficado com uma mancha roxa, provavelmente de alguma pedrada, dada com toda a força, joelho direito, e sob as calças sua perna estava começando a ficar dolorida, meio entorpecida.

— Quem era o réu?

— Um homem chamado Fulgêncio, da Modícia. Seria de pensar que, depois do caso dos tijolos malfeitos, ele nem pudesse continuar a trabalhar como oleiro. Os clientes que tinham comprado material dele antes literalmente o processaram também. Mas ele pagou pelos prejuízos e multas e voltou a trabalhar como se nada tivesse acontecido, vendendo o excesso de estoque de tijolos malfeitos para áreas rurais onde não existem bons advogados nem juízes urbanos.

— E o especialista em olaria que o Marcelo indicou: quem era?

— Não era daqui. Um sujeito que por acaso estava passando por Mediolano a negócios, não tinha nenhuma ligação com os fabricantes locais. Por isso é que o juiz o escolheu.

— Por acaso não era de Augusta Treverorum?

Duco voltou a pôr os pés no chão. Deu de ombros, as palmas das mãos abertas e viradas para cima.

— Não sei te dizer. Mas o oficial da engenharia talvez tenha essa informação.

O perito em olaria indicado por Minúcio Marcelo não tinha sido Lupo, mas era um dos concorrentes dele para o grande negócio da construção da dependência do quartel e do tribunal de Tréveri, o homem de Mogontiacum que, segundo o velho burocrata nu que Aélio tinha conhecido nas termas ali, "tinha perdido a concorrência por um fio". A sentença no caso *Exército versus Fulgêncio* tinha gerado descontentamento entre os oleiros locais, a ponto de o oleiro do norte ter sido agredido na saída do tribunal. Sob escolta armada, ele tinha sido levado para fora de Mediolano e, "pelo que sabemos", segundo o chefe da engenharia disse a Aélio, "continuou sem mais incidentes sua viagem de volta à Bélgica Prima, e tudo terminou bem. Quanto a Marcelo, recebeu umas ameaças anônimas meio desagradáveis, que foram atribuídas aos oleiros".

Coincidências de pessoas e lugares não eram raras em áreas próximas das fronteiras, principalmente quando se tratava de fornecedores do Exército. As mesmas marcas comerciais cruzaram imensas distâncias, de modo que se podia usar na África armaduras feitas em Mântua, ou calças feitas em Segóvia. Mesmo assim, Aélio considerou um detalhe interessante o fato de uma questão relacionada a olarias figurar entre as últimas sentenças do juiz, assim como no assassinato de Lupo. Não fazia sentido, não exatamente. Havia entre os dois fatos uma ligação tênue e nebulosa, embora algo sólido parecesse constituir sua fundação. Uma *ligação*? Não, uma janela, revelando uma possível vista: um pano de fundo para os eventos que incluía a fabricação de tijolos, ou os homens que os fabricavam, ou possivelmente as relações desses homens com o Estado: ele ainda não sabia bem o quê.

Mas o caso *Exército versus Fulgêncio* tinha ocorrido três meses antes. O assassinato de Marcelo tinha de ter outro motivo. Com os olhos em sua papelada, o engenheiro concluiu que não conseguia encontrar uma lógica evidente para o assassinato, pois não tinha eliminado nenhum ditador nem funcionário público corrupto.

— Já ouvi histórias de assassinatos de juízes antes, comandante, mas eles eram uns grandes calhordas, ou ladrões, ou as duas coisas.

Domingo, 3 de dezembro

De manhã, a chuva veio e se foi, o vento havia esfriado. Da varanda da torre, nuvens baixas impediam a visão das montanhas. Pombos amontoavam-se, formando aglomerados cinzentos no lado protegido do vento nos muitos telhados sobre as Termas de Hércules, ao sul do quartel. O joelho de Aélio doía mais agora do que durante a noite, que tinha passado quase em claro; mancou para dentro de novo, a fim de reler o rascunho de uma segunda carta que tinha começado a escrever para Sua Divindade — sem contar a mensagem sobre a recusa de Maximiano em recebê-lo.

...Atento, ó Domine, para o fato de que vosso incentivo para minha permanência para pesquisa histórica em Antinoópolis tornou-se, a despeito de minhas intenções, uma investigação criminal. Alguns meses depois disso, como relato em um adendo em separado, outra morte violenta veio frustrar minhas viagens. Talvez eu esteja supervalorizando a questão, mas a pessoa e sua posição, um juiz de uma família eminente de Mediolano, justifica minha audácia de confiar que tenho permissão de Vossa Divindade para descobrir quem pode ter cometido tão hediondo crime.

De resto, após ter começado a trabalhar na biografia de Severo, que chamam de Septímio Severo, estou em grande dúvida quanto à abordagem que deveria adotar ao tratar da vida e das obras desse famoso príncipe. As fontes e os documentos que reuni até agora (incluindo Herodiano) indicam que ele foi alguém que, durante seu reinado, continuamente precisou defender-se de inimigos de dentro e fora do Império. Mesmo assim, o modo como se vingou daqueles que o combateram, depois que foram derrotados, vai além do que o bom senso romano chamaria de exemplar. Aliás, em mais de uma ocasião, não só ele mandou matar o inimigo e esquartejá-lo, expondo-o ao público, como também exterminou sua família. Assim se comportou com a classe senatorial (contei pelo menos 35 senadores entre suas honoráveis vítimas), bem como com os cidadãos de cidades e províncias consideradas por ele menos do que leais, não necessariamente apoiadores de seus adversários. Aqui me lembro das palavras ditas pelo deificado Trajano e o deificado Adriano, vossos precursores da sagrada púrpura, com relação à clemência para com os acusados sem certas provas. E embora, sendo romanos, valorizemos acima de tudo a segurança e o bem-estar do Estado, ao mesmo tempo, me parece, deveríamos nos perguntar até que ponto desejamos nos rebaixar antes de nos comportarmos como o inimigo que detestamos.

Severo teve dois filhos (Geta, e especialmente Bassiano, apelidado de Caracala, o mais velho), que foram verdadeiros monstros. Júlia Soaemias, uma mulher de sua família, renomada por sua beleza e inteligência, teve uma prole do tipo de Elagabalo. E mesmo assim Severo embelezou a cidade de Roma, reconstruiu as cidades e povoados fronteiriços destruídos pelos bárbaros nos anos anteriores e foi excelente comandante militar. Como devo redigir a história de sua vida?

Enquanto no caso do deificado Adriano estive envolvido com a pura genialidade e o brilhantismo do homem com seus ocasionais atos de crueldade e personalidade instável, aqui me vejo frente a frente com um regente cujas mãos ensanguentaram-se milhares de vezes. Só luz, sem sombra alguma, não permite que se distingam os relevos, como nos ensinam os escultores. Nas trevas, não é visível nenhum retrato. Portanto, submeto o assunto ao julgamento da sabedoria de Vossa Divindade, pois desejo contar a verdade sem perturbar as mentes dos leitores nem desmerecer o nome de "César" que nossos senhores Maximiano e Galério ostentam com tamanho orgulho.

No refeitório dos oficiais, Duco e o engenheiro estavam tomando o desjejum. Ainda falavam sobre a morte do juiz Marcelo e sobre como, em toda a cidade, os desordeiros tinham conseguido esvaziar padarias e até invadir casas particulares.

Depois de trocar cumprimentos, Aélio disse a eles, casualmente:

— Por falar em casas, onde morava o juiz Marcelo?

Duco olhou de relance para ele, desviando o olhar da tigela onde havia uma espécie de mingau de farinha de trigo.

— Não morava perto de nenhum dos lugares onde os desordeiros atacaram. Por quê?

— Pensei em ir dar os meus pêsames à viúva do juiz.

Não era a pura verdade, mas o bretão não tinha motivos para desconfiar de outras intenções. Deixou que respondesse o engenheiro:

— Aliás, até que não seria mau se alguém fosse lá, por parte dos militares. A propriedade de Marcelo fica no subúrbio, meia hora ao sul da Porta Ticinense, no segundo cruzamento depois da arena pública. O nome da viúva é Lúcia Catula. Apresentarias as condolências do corpo de engenheiros *Maximiani Juniores* por mim?

— Claro.

Duco enfiou a colher no mingau grosso e ficou vendo-a inclinar-se devagar, sem chegar a tocar a beirada da tigela.

— As minhas também, por favor. Creio também que levar alguns legionários contigo não seria excesso de prudência.

Aélio uma vez mais disse:

— Claro. — Porque concordava que não seria excessiva prudência.

— Perdoa-me a confusão, Aélio Espartano. Estava supervisionando a obra no jardim.

Lúcia Catula desculpou-se como se aquela fosse uma mera visita de cortesia, e precisou justificar-se pelo entra e sai dos pedreiros pelos quais Aélio tinha passado até chegar à porta. Ele, por sua vez, também se desculpou por chegar assim sem aviso, e, depois de terem ambos cumprido os preceitos de etiqueta que as circunstâncias exigiam, Aélio seguiu a senhora até uma saleta bem iluminada.

Ela não usava joias. Seus cabelos brancos estavam bem penteados, não havia uma mecha fora do lugar. Tinha aplicado maquiagem apressadamente nas faces, mas não era sinal de vaidade, e isso Aélio compreendia muito bem; pelo contrário, significava que ela queria esconder da visita a palidez de seu luto, imprópria para seu status. Ela graciosamente aceitou os pêsames, e ouviu as palavras dele (dizendo-se emissário de César, entristecido e preocupado com o crime) sem interrompê-lo. Quando ela falou, sua voz soou como água escorrendo em uma calha pequena e lisa, descendo delicadamente. Saía sem afetação, porque certamente estava cansada. Aélio perguntou-se se tinha chorado, imaginando se o status e a dignidade permitiam que ela chegasse a tanto.

— Compreendes, comandante Espartano, que se um juiz ou sua família precisasse levar a sério as ameaças contra sua pessoa, eles deixariam de viver. Minúcio Marcelo tinha recebido centenas de ameaças durante os muitos anos de serviço. Ele não chegava ao ponto de meu finado e amado sogro, também juiz, que, durante o reinado de Filipe, colecionou os insultos e ameaças contra ele em um livreto que distribuiu aos amigos com o título de *Recompensa pela Honestidade*. Marcelo simplesmente não dava importância a essas ameaças.

— Ele alguma vez manifestou temer pela própria vida?

— Nunca. Talvez porque não tinha mesmo medo de morrer.

— A opinião geral é de que pode ter sido uma conspiração dos cristãos, dados os julgamentos que teu marido presidia.

Os lábios de Catula esticaram-se no que, longe de ser um sorriso completo, indicava educada discordância em relação ao que considerava uma bobagem. Por um instante ela lhe recordou o animal, do qual seu nome se originava, mas sem aquele ar presunçoso.*

— Se foi isso, eles logo se decepcionarão com o sucessor de meu marido. Não, não acho que foram os cristãos. Tínhamos alguns entre nossos servos quando eu era menina, e, a menos que tenham mudado muito desde aquela época, eles não apelariam para o homicídio.

Aélio pensou no fato de que tinha visto os cristãos cometendo violências no Egito e em outras partes. *E daí?*, ele quis insistir com firmeza, mas não seria a forma correta de falar. O jeito suave com que ela falava obrigou-o a manter a voz também abaixo do tom, e, quase cochichando, ele limitou-se a dizer:

— Como filha, esposa e cunhada de juízes eminentes, dona Catula, provavelmente elaboraste tua própria hipótese.

— Infelizmente, não.

Atrás dela, através de uma janela aberta apesar do dia frio, viam-se operários entre os canteiros empilhando tijolos em suportes de madeira horizontais, para um acréscimo — que não se podia identificar — aos muros baixos, altares e chafarizes já existentes no jardim. Se a indisposição dela para dar explicações tivesse sido uma recusa terminante, Aélio teria encontrado uma forma de insis-

* Em latim, *cattus* é gato. *(N. da T.)*

tir, desconfiado de que ela sabia de algo e não queria dizer. Mas a serena falta de curiosidade de Catula nesse particular pareceu-lhe genuína, como se ela nem mesmo tivesse começado a querer saber, deixando de lado as preocupações mundanas exatamente como alguém deixa cair um lenço no chão.

— Ouvi dizer que os donos das olarias locais não gostaram nada da sentença do juiz sobre o quartel do Exército, há três meses.

— Ah, sim. — E a Sra. Catula abaixou os olhos, brevemente; eram azul-claros, uma peculiaridade que Aélio tinha notado em homens e mulheres daquela parte da Itália. — Sim, eles são uma fraternidade bastante unida, mas o mesmo se pode dizer de outros grupos. — Tomando cuidado para esconder que prestava atenção nos homens carregando tijolos lá fora, Aélio evitou que ela ligasse suas palavras ao que ele estava vendo. Ela acrescentou, sem mudar nem de leve o tom: — O juiz Marcelo despertava antipatia em círculos conservadores, em alguns militares, até em alguns colegas de profissão. Mas em geral a antipatia se faz acompanhar por uma admiração relutante.

— Perdoe-me, mas se alguém entrou nas Velhas Termas para assassinar seu marido a punhaladas, vejo mais antipatia do que admiração nesse ato.

— Foi provavelmente um louco, cujo delírio devemos lamentar.

Se alguém devia ser lamentado ou não, o novo juiz pensava diferente. Servos e libertos que trabalhavam nas Velhas Termas foram presos sem julgamento e executados sem alarde diante da Porta Ticinense, onde ficava o local de execuções escolhido. Aélio descobriu isso acidentalmente, ao voltar da propriedade de Marcelo para a cidade. Na encruzilhada mais próxima da arena, ultrapassou uma patrulha policial e, quando o oficial que a coordenava reconheceu os cavalarianos que tinham terminado com o tumulto, puxou conversa na mesma hora. Sim, sim, sabe como é, foi uma dessas ordens de última hora que aparecem de vez em quando. Agora tudo já estava terminado.

— Estás vendo o templo de Nêmesis, comandante? Tem uma área toda que serve como cemitério ali atrás. — O policial indicou mais ou menos a direção dos pântanos e dos capões de mato. — E isso vai facilitar a vida de quem precisa descartar os corpos. — A acusação, que Aélio nem precisava perguntar qual era, tinha sido falha da segurança, além de haver mais do que uma simples suspeita de que os servos tinham algum conluio com os assassinos de Marcelo. — Ou seja, os cristãos.

— Os executados foram interrogados antes da execução?

— Para que, comandante? Eram cristãos da África, os piores de todos: violentos, fanáticos. Já era a época do juiz Marcelo: agora voltamos a decapitar primeiro, perguntar depois. Que ele descanse em paz, mas prefiro assim como está agora. — Olhando de soslaio para a aba erguida do alforje de Aélio, o policial soltou uma risadinha contida. — Vejo que estás levando para dar sorte um dos projéteis que os desordeiros jogaram em nós.

Era na verdade um tijolo do jardim de Marcelo, que ele tinha disfarçadamente colocado no alforje ao sair e levado com toda a calma, sem que os operários percebessem. Aélio deixou passar o comentário do policial, fechando a aba do alforje como foi possível.

Se havia algo mais eficiente do que o serviço postal imperial, e até mais rápido, era o sistema pelo qual os empregados e servos se comunicavam uns com os outros. Aélio havia voltado ao quartel não fazia nem uma hora, quando um homem mandado pela Sra. Catula pediu permissão para falar com ele. Duco, que tinha tirado o dia de folga e estava louco para visitar uma namorada que tinha do outro lado da cidade, ofereceu ao colega seu gabinete para que ele pudesse conversar com o homem à vontade.

— Não tem problema se tirares os meus papéis do lugar — brincou ele. — Não dá para ficar mais desorganizado do que está.

O bretão saiu, e no seu lugar um ordenança deixou um sujeito de cabelos grisalhos e bem-vestido, que tinha todo o jeito de ter sido liberto devido a sua inteligência. Quando cumprimentou Aélio, foi cerimonioso mas não bajulador, e no momento em que começou a falar ficou óbvio que era hábito na casa de Marcelo conversar em sussurros.

— Protásio é o meu nome, comandante Espartano. Eu era o liberto do juiz Marcelo, e ele me honrou com sua confiança. Deixai-me dizer-vos logo de início que, com sua morte, a grandiosa cidade de Mediolano perdeu um de seus mais brilhantes luminares. Nosso horizonte público e privado perdeu o brilho com seu falecimento. A Sra. Catula me pediu que falasse abertamente convosco, quanto mais porque fui um dos primeiros a ver meu senhor morto. Recorrendo a Virgílio, permitais que vos diga que reviver a cena seria para mim *infandum renovare dolorem*: renovar um sofrimento inefável. Mas se sois emissário de César e um homem de boas intenções, estou à vossa disposição.

Sentado atrás da mesa do colega, Aélio percebeu, pelo olhar assustado de Protásio, que as tabuletas, penas e papéis espalhados não correspondiam bem à ideia que o visitante fazia de um gabinete bem organizado. Automaticamente, ele começou a colocar uma certa ordem na superfície de madeira.

— Agradeço à senhora por tê-lo enviado. Deves saber que demonstrei interesse na cena do crime.

Protásio deu um desses suspiros profundos que se tornam involuntariamente trêmulos, como quem acaba de chorar.

— Foi uma dessas visões que não se esquecem, senhor. De manhã, a primeira coisa que o juiz fazia, antes do trabalho, era ir às termas. Não, nunca às novas, e nem às de sua propriedade. Sempre à Balnea Vetra, sim, as pequenas, nos Prados Gálicos, não longe da Posterula Mariana. Ele costumava sentar-se na piscina quente, porque sofria de câibras nas pernas e o calor lhe relaxava os músculos. Como vistes, a sala em questão é na parte interna, de certo modo individual, porque não cabem confortavelmente mais de duas pessoas na piscina de cada vez, e o juiz costumava tomar seu banho de imersão sozinho. As Velhas Termas nunca foram consideradas coisa da moda, e após a abertura do estabelecimento em honra a Hércules, elas quase caíram em desuso. De vez em quando, principalmente durante os feriados, advogados e funcionários do governo as frequentam, porque ali têm certa paz e sossego. Senhor, posso perguntar qual é vossa idade?

Aélio, que até ali havia escutado atentamente, só fingindo endireitar a bagunça de Duco, viu-se olhando espantado para o homem mais velho, que estava de pé diante dele com as mãos unidas.

— Trinta anos. Por quê?

A brusquidão de sua resposta não afetou Protásio.

— Perdoai-me, comandante. Vosso rosto é de um jovem, mas os cabelos brancos... Pessoas da minha idade estupidamente procuram interlocutores tão experientes na vida quanto nós. — Era uma justificativa estranha mas, pelo que Aélio podia perceber, genuína.

— Não queres sentar-te?

— Prefiro não me sentar, senhor. Coluna ruim. Como dizia, voltando ao meu infeliz senhor: depois de levar uma punhalada que lhe abriu uma veia do pescoço, o que com o calor lhe acelerou as batidas cardíacas, e devido à precisão do golpe, ele deve ter sangrado até morrer muito rapidamente. Ele se debateu? Tentou se arrastar para fora da piscina? Pediu socorro? Não, não e não. Seu pajem e eu o encontramos sentado ali, muito comportado, no que parecia ter se tornado um caldeirão de sangue, uma cena de tragédia grega. Tragédia grega é pouco, uma dessas peças violentas de Sêneca. O jovem pajem desmaiou, e eu senti um enjoo violento. Sabeis, não gosto de ir ao circo porque não suporto ver sangue. Fecho os olhos quando presencio sacrifícios de animais. Passo ao largo se sei que há criminosos executados expostos em uma praça ou outra. Foi terrível.

— Notei que o teto em abóbada da sala é tão baixo que o vapor se acumula nele e escorre pela parede, voltando ao chão. Como era cedo, o espaço em torno da piscina já estava molhado?

— Estava sim. Eles atiçam a fornalha bem antes de as termas abrirem. Procurei pegadas por ali, comandante, mas não consegui distinguir nenhuma. Ao sair da sala, seria suficiente para o assassino ou os assassinos secarem os pés descalços, com uma toalha em uma das duas entradas, pois ninguém usa sapatos nas termas, e iriam embora sem deixar vestígios. Pode ter sido um cliente que veio da rua, embora, ao raiar do dia, até mesmo a piscina fria, a única a ser frequentada de forma relativamente regular pelos funcionários civis e os oficiais dos guardas da prisão, geralmente esteja vazia. Todos os servos que trabalham nas caldeiras estavam em seus postos na hora do assassinato, assim como os empregados da rouparia, os massagistas e os demais. Mas muitos deles vêm e vão, cumprindo ordens.

Aélio não viu necessidade de contar a Protásio que vários deles haviam sido executados diante da Porta Ticinense. A cidade inteira saberia mesmo, e em breve.

— Existe alguma possibilidade de que Marcelo conhecesse o assassino e o deixasse aproximar-se sem desconfiar?

— Não faço a menor ideia. O juiz conhecia tanta gente! Caía no sono, na maioria das vezes, assim que se sentava na piscina quente. Era meio surdo, e tinha sono pesado. Qualquer pessoa que quisesse surpreendê-lo poderia fazer isso. — Protásio pareceu ler a pergunta na mente de Aélio. Sua cabeça alongada, com olhos pacientes e distantes que lhe davam uma aparência equina, movimentou-se de um lado para o outro, negando desconsoladamente. — Marcelo não gostava que nenhum de nós levantasse a voz em casa, por causa de sua enfermidade. Lia os lábios, mas isso não adiantava se seus olhos estivessem fechados. Aliás, os assistentes das termas me disseram que quando saíram ele já tinha caído no sono, sentado dentro d'água, como de costume. Ouvi que andam dizendo que os cristãos podem ter sido os responsáveis pelo crime, comandante, mas não acredito nisso.

Ora, pensou Aélio, *estamos finalmente chegando a algum ponto. Esses libertos estudados rodopiam rápido demais, como piões, e só eles parando de girar que se consegue ver suas cores.*

—Adoraria que explicasses por que, Protásio. A Sra. Catula de forma alguma citou isso contra ti, mas me informou que antes tu eras cristão também, antes de te retratares perante as autoridades. Não és um desses que a hierarquia cristã chama de *lapsi*?

— Sim, *apóstatas*. Eu certamente espero que não leveis isso em conta contra mim nesta conversa, comandante. Tive bons motivos para renunciar à religião cristã, e acreditai se quiserdes, não foi nada a ver com o medo de um possível julgamento.

— Então qual foi o motivo? — Lado a lado, Aélio alinhou as muitas penas de Duco pelo comprimento, criando uma flauta de Pã sobre a escrivaninha. — Estou perguntando apenas por curiosidade. — *Ele é um liberto de uma família poderosa, e sabe disso. Veja só como está falando dessas coisas despreocupadamente, mesmo sendo tempos de perseguição religiosa.*

— A menos que estejais a par de alguns dos textos cristãos, comandante, não entendereis. Vamos dizer que teve a ver com uma discrepância que percebi entre os ensinamentos que vieram da boca de Cristo e a forma como o clero age hoje em dia. — Protásio corou; era uma reação estranhamente reveladora em um homem idoso e controlado, o que agradou a Aélio. — Eu li os clássicos, não entrei na Igreja Católica despreparado, como o fazem garotos de rua e viúvas idosas.

— Não conheço os textos cristãos, mas suponho que poderias me dar um curso rápido sobre a organização dessa seita. Por exemplo, a palavra que usou, clero, vem do grego.

— Sim, *kleros*.

— Significa sorteio, não?

— Exato, e, por extensão, a atribuição de uma parte, a parte de Deus. Aqueles que são a parte de Deus na terra.

Aélio fez um octágono meio torto com as penas de Duco.

— Significa que a hierarquia cristã é escolhida por meio de um sorteio?

— Tanto quanto uma eleição para um cargo público é uma espécie de loteria. A presença dos fiéis, ou o desejo do povo, se preferir, é necessária para o processo da investidura. — Vagarosamente, Protásio foi ficando pálido, como líquido evaporando de um pano. — É uma espécie de estrutura monárquica, baseada em Roma, como sem dúvida sabeis, muito embora os bispos de outras cidades imperiais exerçam grande poder. Marcelino foi o mais recente papa, ou seja, o líder de todos os bispos, até sua execução no dia 24 de outubro. De Roma veio a notícia de que ele hesitou um pouco e demonstrou temor durante o julgamento, mas que depois, arrependendo-se, prontamente acusou-se, sofrendo a pena capital. Apesar disso, em Roma e também em Mediolano, alguns cristãos o consideram um *traditor*, traidor da fé, o que coloca em dúvida suas decisões anteriores e até suas ordenações. Disso pode se originar uma grande confusão, pois os cristãos são tudo, menos unidos.

O dia 24 de outubro. Aélio espalhou as penas com um gesto lento. O mesmo dia em que havia concluído as investigações no Egito, e aniversário de 174 anos da morte do Garoto no Nilo. A imagem do jovem favorito do deificado Adriano, melancólica, ergueu-se diante dele como um improvável espelho refletindo sua ansiedade e sua solidão diferentes.

— Já a hierarquia local — disse Protásio, levando a doutrinação muito a sério — inclui bispos, presbíteros, diáconos e subdiáconos; os bispos e presbíteros são sacerdotes, mas os diáconos não, eles se encontram a serviço dos bispos; os leitores, as diaconisas, as viúvas e as virgens não recebem o sacramento da Ordem, mas desempenham atividades auxiliares na Igreja. Também há outras atividades, como o impositor de mãos, o exorcista... Os clérigos ordenados pela imposição de mãos recebem o Espírito, ou a Graça de Deus. Mas os diáconos de algumas localidades são mais poderosos que os bispos.

Aélio viu que estava escorregando, porque a cadeira soltou um guincho quando ele voltou a endireitar o tronco.

— Por acaso conheceste uma senhora de Lamello, talvez uma diaconisa, cujo nome ao nascer era Annia Cincia, que agora se chama Casta e que viaja com um suposto milagreiro?

— Não, senhor. — O liberto ergueu uma sobrancelha, olhando para cima de relance como se revirasse a memória. — Mas li sobre ela em uma carta episcopal quando ainda estava na superstição. O bispo Materno, líder da congregação desta cidade, usou a história da conversão da nobre como exemplo de como o sorteio, o *clero*, pode se estender até mesmo aos menos dignos entre nós.

— Menos dignos? Ela nasceu em berço de ouro; pelo menos foi isso que parentes dela me disseram.

— Estou querendo dizer pelo fato de ela ser mulher.

Aélio dispôs as penas formando raios desiguais irradiando-se de um centro.

— E ele, Agnus, o *atiçador de fogo*?

— Dizem que é piedoso, celibatário e severo. Ela o segue como sua serva, atendendo às mulheres quando necessário. — Protásio ergueu o indicador até os lábios, não, até o nariz, ou ambos, indicando uma necessidade de estar de olho, ou manter um segredo, ou ambos. — Acho que o clero inveja o sucesso dele na pregação, e ainda mais as maravilhas que opera. Se o que dizem dele é verdade, não se veem milagres assim desde o tempo dos apóstolos. Não sei o que pensar sobre isso, porque não vi nada que ele tenha feito. Mas o que dizem as más línguas sobre a virtude de Casta é desmentido pelo fato de que a hierarquia cristã não permite que homens ou mulheres imorais preguem a Palavra. Se Casta fosse viúva de dois em vez de um só marido, só por isso já não teria sido aceita pela Igreja.

Aélio refletiu, meio distraído, que Casta era um nome bem mais bonito que Annia Cincia. Perguntava-se agora qual seria a idade dela e por que Décimo tinha dito *Ela já foi bonita*. Talvez ainda fosse bonita. Essa ideia o distraiu do assunto que estava sendo abordado; visivelmente, talvez, porque Protásio resolveu concluir a lição por ora.

— Em suma, comandante, não traí ninguém, não entreguei ninguém. Só mudei de ideia. Meu bom senhor, que jamais me acusou de desvio religioso antes, também não me acusou de covardia depois. Ele, que lia os textos cristãos para entender como julgar aqueles que viviam de acordo com eles, recordou-me de que, antes de sua permanência em Roma, o próprio apóstolo Pedro traiu a religião não uma, mas três vezes seguidas.

— Foi mesmo? — A menção à cidade interrompeu o devaneio de Aélio. — Em Roma, meu guia me mostrou um lugar no circo de Gaio onde dizem que esse homem, Pedro, foi executado durante o reinado de Nero. Mas o meu guia, que era egípcio, não era muito confiável, portanto não sei.

Por prudência ou por desinteresse na topografia de Roma, Protásio não fez nenhum comentário.

— Agora dizei-me se um homem de tanta sabedoria e generosidade seria morto pelos cristãos locais. Minúcio Marcelo era o juiz que eles pediram a Deus.

Protásio e Aélio continuaram batendo papo durante mais algum tempo, ouvindo o barulho da chuva outonal que entrava pela janela como o som de uma cascata distante, o gotejar dos beirais mais perto ainda. Em seguida, quando o liberto já tinha sido dispensado, voltou-se da porta de maneira tão vivaz que Aélio ficou surpreso com a reação.

— Se eu fosse uma autoridade, comandante, eu bateria à porta de Fulgêncio Penato, oleiro da Modícia. Vi a ameaça que ele ou os dele mandaram a meu estimado senhor, e não resta dúvida, a meu ver, que ele é o culpado ou está envolvido nisso de alguma forma.

Aélio, desastradamente, deixou cair no colo uma das penas que estava colocando na mesa, depois de brincar com elas.

— A Sra. Catula me disse que o juiz não mostrou a ameaça a ninguém e livrou-se dela na hora.

— Bem, ele me disse para jogá-la fora imediatamente. Só que "imediatamente" não significa que eu não podia olhá-la enquanto a segurava sobre as chamas. Pelo que li, parecia uma ameaça.

— Tens certeza?

— Sei falar grego *muito* bem, comandante. E o papel veio da Modícia.

— É mesmo? Como sabes disso?

— Como secretário, procuro me familiarizar com os materiais de escritório. Pois há um fabricante de papiro na Modícia. Eles importam a matéria-prima do Egito e a processam na região. Os operários são egípcios, embora o dono seja um morador local. O papel que produzem é reconhecível por sua textura. Pode ser que saibais que quando arrancam a casca da haste do papiro, as fibras internas, tecnicamente conhecidas como *philurae,* precisam ser delicadamente separadas umas das outras. Depois, as tiras resultantes são trançadas no formato de uma cruz, vezes seguidas. Usa-se calcário para lavar o papel, que depois é prensado até ficar pronto. *Mas...* na Modícia eles não usam as fibras mais internas, como deveriam. Vendem-nas para outro fabricante de Ticínio, para ele produzir *charta regia*, ou "papel régio", para documentos do governo. Na Modícia eles usam fibras um pouco inferiores, não as camadas externas de que se faz papel de embrulho, mas as que vêm logo abaixo das melhores. O resultado recebe o nome pomposo de *charta niliaca modiciana*, o papel do Nilo da Modícia. A ameaça que meu senhor recebeu estava rabiscada em um papel desse tipo. E quem mais, a não ser Penato, tinha algo contra ele na Modícia?

— Mas isso foi há três meses.

— O comandante conhece bem pouco os italianos. Para eles, a vingança é um prato que se come frio.

Aélio levantou-se da cadeira.

— Ora, então, muito bem; já que é assim, vamos investigar esse oleiro e, se for o caso, denunciá-lo. A Sra. Catula... — E aí a expressão de Protásio o interrompeu, pois o liberto jamais ousaria fazer isso com palavras.

— Meu prezado senhor, *não existem provas*. A palavra de um liberto cujo senhor morreu não significa diante do tribunal o mesmo que o testemunho de um dono e empreiteiro de olaria, com muitos amigos prontos a apoiá-lo. Trabalhar com um juiz foi algo que me ensinou perfeitamente quais são as limitações de ilações tais como a que vos apresentei. Além disso, a senhora não tem interesse em entrar com um processo, e aposto que o sucessor do juiz Marcelo já decidiu quem é o culpado.

Capítulo 4

Segunda-feira, 4 de dezembro

Uma nuvem imensa ocupava o céu ao norte, elevando-se das montanhas. A estrada para a Modícia saía da cidade pela Porta Nova, uma nova porta apelidada de "Dourada", muito embora não tivesse nada de dourado, só porque a porta seguinte era conhecida como "Prateada" por causa de um lugar chamado Argêntea, ao qual ela levava.

Pavimentada nos primeiros 9 quilômetros, a estrada corria mais baixa do que o campo em volta, relativamente reta na direção nordeste, entre amoreiras e outras plantas decíduas, algumas das quais ainda exibiam poucas folhas, especialmente os olmos, com manchas claras, onde estavam descascando, manchando seus troncos lisos. Aquela casca caindo fez Aélio pensar nas palavras do liberto sobre a fábrica de papiro, um pedaço de Egito tão distante do Nilo. Quando menino, na fronteira, ele usava cascas de árvores enroladas e finas como papel para escrever, fazer barquinhos e pulseiras. Seu pai escrevia nas cartas que tinha plantado olmos em torno da casa, mas certamente as recordações da infância de Aélio não tinham nada a ver com isso. Durante o jantar com Décimo, ele tinha brincado dizendo que sua família "havia quebrado seu braço" para fazê-lo estudar com os melhores professores. Não tinha dito que, em um contexto diferente, porém no mesmo ano, seu pai tinha literalmente quebrado o seu braço, ao puni-lo por uma pequena infração.

Melros alvoroçavam-se em um arbusto nascido em um monumento funerário ao longo da estrada. Era uma figueira, na verdade, cujo crescimento estava retardado por causa do vento norte e que havia conseguido nascer entre os degraus e agora vedava a porta do monumento. Se o *atiçador de fogo* algum dia decidisse ressuscitar quem estava ali sepultado, iria precisar cortar a árvore para que o defunto pudesse sair. Sorrindo ao pensar nisso, Aélio admitiu que, à parte as sepulturas malcuidadas, os sinais de abandono do campo, que ele tinha notado em outras partes do Império, não eram tão óbvios ali. Mesmo assim, como podia ver da sela mesmo, cavalgando ao longo da estrada que corria em plano mais baixo, as casas de fazenda pareciam reduzidas em termos de propósito e uso, as janelas dos andares de cima fechadas e trancadas, a maior parte das propriedades alqueivada numa época de semeadura. Os canais de irrigação não pareciam melhores do que os canais da cidade; algas estrangulavam as comportas de madeira que os bloqueavam verticalmente, de modo que, se as chuvas de início de inverno caíssem, como sempre caem nas planícies setentrionais, talvez fosse impossível controlar a inundação.

Anotações de Aélio Espartano:

Chega-se à Modícia por um posto na estrada chamado Sexto, depois de viajar mais ou menos 29 quilômetros. O lugar, entre uma aldeia e uma cidadezinha, fica às margens de um regato navegável chamado Frígidos. O rio não parece tão frio quanto o nome sugere, tem um volume de água limitado e corre para o sul. Do outro lado de uma ponte meio pretensiosa fica a olaria de Fulgêncio Penato. Uma outra olaria, pouco mais de 1 quilômetro depois de chegar à cidade, pertence a outro dono (falarei a seu respeito mais tarde). Quanto à fábrica de papiro, fica não na Modícia em si, mas à margem, um pouco ao norte da comunidade, um lugar onde moinhos e uma pequena ilha em formato de peixe alegram a paisagem. Bosques ininterruptos elevam-se logo depois, embora tenham me dito que as fazendas e os pequenos povoados se encontram nas clareiras, aqui e ali, habitados por gente que ainda fala um dialeto celta e "não é lá muito ativa" (palavras de Protásio, não minhas).

Apesar do estrago causado pelos ataques dos alamanos anos atrás, a área parece próspera. Um homem que me ensinou como chegar à olaria de Penato gabou-se de viver de procurar com varinha rabdomântica dinheiro e prata enterrados por gente que morreu durante a invasão dos alamanos. Assim, o prejuízo de uns é a riqueza de outros, mas quem sabe quantos desses pequenos tesouros ainda restam a ser encontrados!

O emproado Fulgêncio Penato, que encontrei em sua olaria, tem cara de sapo, e sua pele é quase tão encaroçada e verde-acinzentada quanto a desse anfíbio. É a cara cuspida e escarrada de um procurador da Nicomédia que no passado levou uma surra minha e de meu colega Trales por ter o mau hábito de espancar moças.

Toda vez que vemos alguém que é a cara de quem achamos desagradável, precisamos prestar uma atenção tremenda para não transferir para o sósia a antipatia que temos pelo sujeito que ele nos recorda. Eu teria conseguido ficar equânime dessa vez se Penato não tivesse resmungado, assim que entrei em seu escritório, que eu lhe recordava um coronel germano que tentou tirar-lhe dinheiro com adulações. Essa presunção toda e o aborrecimento que ele demonstrou comigo, com minha presença e com minhas palavras, me fizeram desconfiar imediatamente de que ele tem padrinhos no alto escalão, bem acima de seus colegas da guilda de oleiros. E por sinal é verdade.

Respondendo a ele, disse que minha missão de emissário de Sua Divindade me permitia, entre outras coisas, examinar casos criminais que eu considerasse peculiares sob algum aspecto, e fiz perguntas conforme considerei apropriado. Em geral, só mencionar minha posição de emissário de César já atinge as pessoas como um raio que cai em um monte de feno. Penato, sapo que é, continuou perfeitamente impassível.

Para começar, negou ter qualquer conhecimento da morte violenta do juiz, o que é possível porém improvável, uma vez que Modícia fica a menos de duas horas de Mediolano. Mas presumamos que eu tenha viajado mais rápido que a má notícia. Um homem de negócios da cabeça aos pés, o oleiro evitou minha pergunta seguinte dizendo que, a menos que eu tivesse perdido o juízo, eu nem pensaria em insinuar que ele tinha alguma coisa a ver com o assassinato de Marcelo.

Mas algo que ele disse realmente faz sentido: que se tivesse planejado eliminar o juiz, não teria lhe enviado uma mensagem de ameaça antes, algo que admite descaradamente que fez. Ache ele ou não que Marcelo guardou a mensagem (eu nada fiz para lhe modificar a opinião), com lógica impecável Penato insiste que se contentou em desabafar a raiva contra Marcelo por meio das palavras escritas. Quanto ao lugar onde estava no dia do assassinato do juiz, ele diz que metade da população da Modícia poderia corroborar seu álibi. Acho que é verdade mesmo: seria verdade, provavelmente, mesmo que seus concidadãos soubessem que ele tinha ido nadar nas Velhas Termas de Mediolano naquele dia. "E a outra metade da cidade?", perguntei, e Penato respondeu que a outra metade "não tem a menor importância".

Essa empáfia toda está se tornando cada vez mais frequente, à medida que a distância entre os que têm e os que não têm aumenta em todo o Império. E pensar que o Édito dos Preços Máximos foi escrito para limitar o acúmulo de riqueza nas mãos de poucos! Quando comentei que se pode enviar assassinos de aluguel de qualquer parte para fazer o trabalho sujo, Penato demonstrou sua irritação abertamente. Foi então que mencionou ser amigo do prefeito da cidade (nada bom para mim, se for verdade, pois o prefeito é conhecido por ser bastante íntimo do Palácio) e disse que se eu não medisse as palavras ele encaminharia um veemente protesto por escrito a Sua Divindade. Não é isso que me preocupa, pois tenho razoável segurança de que poderia explicar meus motivos a nosso senhor Diocleciano; mas as autoridades locais poderiam tornar minha estada na Itália Anonária bastante incômoda. Ainda não inteiramente satisfeito, Penato ameaçou, passatempo esse que deve ser seu predileto quando não está produzindo tijolos defeituosos, mandar detetives me seguirem, para "descobrir por que um soldado demonstra interesse por assuntos que não são de sua competência".

Em vez disso, disse-me ele, eu devia ir examinar a política de Marcelo Minúcio e aqueles que se opunham a ela bem antes de os julgamentos dos cristãos começarem. "Achas-te tão esperto, e no entanto não estás aqui há tempo suficiente para saber quem fede mais ao passar pelo umbral de porta de quem, depois de alguém o ter marcado com o seu mijo." Por que esses comerciantes precisam usar uma linguagem assim tão chula, sinceramente não sei. Mas também consigo me colocar à altura, graças à profissão que escolhi, portanto respondi que tenho uma capacidade quase sobrenatural de detectar, pela altura da marca, a estatura do homem que mijou, e nada que eu tinha visto até ali me preocupava muito. Naturalmente, estava blefando, pois não fazia a menor ideia do que Penato queria dizer. Que umbral da porta era aquele? Que política, e quem estaria envolvido? Protásio diz que os círculos conservadores não gostavam de Marcelo. Se eu ao menos soubesse o que "círculos conservadores" significa hoje em dia... Penato não é a pessoa certa a se perguntar isso.

Nosso senhor Diocleciano trouxe de volta a paz e a ordem ao Império, e a política de qualquer espécie está deslocada.

"É extremamente perigoso envolver-se com política hoje em dia", foi o último comentário com que o oleiro me regalou, adornado com um gracejo sobre a minha estatura relativa de acordo com a minha própria marca no umbral.

Ele não é do tipo que ameniza o que vai dizer, sendo um desses que adoram confrontação e sentem um bem-estar físico quando entram em discussão. Conheço apenas outra pessoa que adora contestações verbais tanto assim, e é minha antiga paixão da Nicomédia, Helena. Portanto, não consegui arrancar de Penato uma explicação sobre o que significava aquela sua observação sobre a "política" do juiz. Deixei a olaria depois da visita mais inclusiva que eu poderia imaginar, levando apenas a impressão de que ele é um comerciante safado e grosseirão, mas provavelmente não um assassino.

Na ilha mais ao norte, em uma curva do Frígido, onde parei para dar uma olhada na fábrica de papiro, uma equipe de fullones de um alfaiate próximo estava tingindo lã em grandes tonéis. A tintura era de garança, mas, mesmo de longe, o líquido dos tonéis lembrava sangue. Entendi o que Protásio quis dizer quando declarou que o juiz Marcelo, morto na piscina cheia de sangue, o fez lembrar de uma cena de uma tragédia de Sêneca.

A nuvem imensa não havia quase se movido quanto voltei à estrada. Mesmo depois que atravessei a ponte de Modícia, deixando para trás as jazidas de argila dos quais deriva seu nome, os vapores ainda estavam imóveis sobre as montanhas, como se os picos mesmo produzissem umidade, e ela se acumulasse, formando as nuvens acima da serra. Não conheço as correntes de ar dessa região o bastante para fazer um prognóstico em relação a essas montanhas encimadas por nuvens, mas sempre há uma sensação de transformação iminente em uma massa de nuvens de tempestade. Algo me diz que eu não deveria perguntar diretamente a Cúrio Décimo sobre a política em Mediolano, se é conservadora ou o contrário. Aliás, não há necessidade de tocar no assunto com nenhum dos habitantes da cidade, muito menos com os oficiais do quartel da cavalaria, que falam demais.

Na volta, lembrei que havia prometido a Décimo mostrar-lhe o capacete antigo que comprei na Arae Flaviae. Ele tem — o que mais seria? — um ancestral entre os que morreram na floresta de Teutoburgo sob o comando ineficaz de Quintílio Varo. Também estou levando o modesto tijolo do jardim de Marcelo, só para ver como ele reage.

Naquela noite, a *sala dos ancestrais* pareceu-lhe quente quando Aélio chegou da rua, porque um vento gelado do norte tinha surgido lá fora. Aliás, dessa vez Aélio observou, estando menos encantado pela elegância do aposento, que o rodapé das paredes estava manchado de mofo e que havia infiltrações no piso, apesar de todas as precauções. Uma corrente de ar vinda da janela agitou as cortinas em frente, e os dedos invisíveis da massa de ar tentaram mordiscar os pavios acesos das lamparinas.

O elmo que Aélio colocou na mesa do escritório era do tipo de gala que se usava para desfiles e exercícios de cavalaria, o *hippika' gymnasia,* adorado nos anos anteriores. Décimo, que tinha zombado dele até aquele momento, dizendo que provavelmente era uma falsificação e que Aélio tinha sido tapeado por um vendedor inescrupuloso, mudou de expressão ao segurar a peça.

— Tinha caído num lamaçal — explicou Aélio —, e é por isso que está tão bem preservado. O homem encontrou-o enquanto estava tentando salvar seu cão de caça da areia movediça. Quando o animal já estava quase afundando por completo, ele conseguiu resgatá-lo, mas sentiu que havia algo mais por ali, então estendeu o braço para pegar o objeto, e aqui está. Ele me disse que de vez em quando encontram-se cadáveres quase completamente preservados quando se retira turfa das áreas mais secas dos pântanos. Carne, roupas, armas: tudo intacto por uma espécie de processo de cura.

— E é apenas essa a eternidade a que qualquer um de nós poderia almejar.

Durante as paradas de sua viagem para o sul, Aélio tinha areado o elmo ele mesmo. Agora a peça munida de dobradiças — um capacete de verdade, moldado de maneira a encaixar-se em um crânio, com uma pequena crista imitando penas e tritões um em frente ao outro acima do visor, com uma rebuscada máscara que cobria o rosto inteiro — brilhava com a palidez do aço e da prata, e as fendas para os olhos pareciam faiscar nas mãos de Décimo. Ele o virou para um lado e para o outro, entre os dedos morenos, observando-o à luz da lamparina mais próxima.

— O nome do dono está gravado aí dentro — disse Aélio.

Décimo procurou isso também, avidamente.

— O vendedor me contou que encontrou o braço de um oficial no mesmo pântano, com bracelete e anéis ainda; queria vender tudo junto, mas o membro apodreceu logo ao ar livre. Igual ao que lemos sobre a batalha em Cássio Dio e Veleio Patérculo...

— Quanto queres por ele?

— Não está à venda.

Décimo conservou o elmo do seu lado da escrivaninha, permanecendo ciosamente agarrado a ele.

— Não tens ancestrais entre os romanos emboscados.

— Não, mas pelo que sei posso ter algum ancestral entre os auxiliares, dos quais seis coortes e três unidades de cavalaria foram massacradas. A família da minha mãe era dessa região.

— Não é um nome panoniano nem germano que está gravado aqui.

— *Vonatorix* também não é um nome romano.

— Quanto queres pelo elmo, Espartano?

— Não está à venda.

A máscara, moldada de forma a cobrir o rosto inteiro, representava um jovem de suíças encaracoladas e uma expressão de serenidade absorta, como se ele estivesse pensando em algo agradável e curto; um queixo estreito e uma boca como que esculpida a cinzel, o ideal viril na época de Augusto, lhe davam o ar sensível de uma adolescência preservada. Com uma careta e um bico que fez o lábio inferior sumir sob o superior, Décimo viu, com uma profunda pena, Aélio embrulhar o elmo em couro macio e recolocá-lo em um saco de lona.

— Espero que mudes de ideia.

Como o jantar não era formal, eles ficaram no escritório, para conversar. Primeiro falou-se da história do ancestral heroico de Décimo, chefe de estado-maior sob a autoridade de Varo e, como o próprio Varo, um suicida, desgostoso de tristeza diante de tragédias. Seu busto estava sobre a estante, junto com os de outros familiares, um rosto de mármore pesaroso e preto, olhos folheados a prata. Disso a conversa passou para a morte de Marcelo, os tumultos e, da parte de Aélio, a coincidência que era oleiros figurarem tanto no assassinato de Tréveri quanto nos de Mediolano.

Quando ele pediu a opinião de Décimo, este abriu um sorriso devagar. Uniu as palmas das mãos e encostou a beirada delas sobre a boca, como se estivesse querendo tempo para pensar. Ainda sorrindo, deixou um momento de suspense passar. O anel de sinete na mão esquerda, volumoso e antigo, projetou uma mancha dourada e brilhante na pele escura do queixo. Era o único ornamento que portava. Comparado aos enfeites usados pela Guarda Palaciana e pelos oficiais como um todo, parecia uma moderação motivada por modéstia, mas Aélio não acreditava que fosse essa a razão. *Esses aristocratas,* pensou, *usam ouro antigo como usam seus nomes e títulos. Os metais preciosos e nomes famosos herdados são consumidos com o passar dos séculos, mas não perdem o brilho por isso. Quantos restam dos que podem realmente alegar primazia como romanos? Clãs inteiros desapareceram há cem anos, outras famílias têm poucos ou nenhum herdeiro, e, a menos que os detenham, os cristãos vão converter cada vez mais aristocratas em celibatários e virgens. Meus sete sobrinhos e sobrinhas têm mais chance de se reproduzir e gerar uma infinidade de soldados imperiais e funcionários civis, nenhum deles romano.*

Décimo afastou as mãos dos lábios, mas não parou de sorrir.

— Deve ser verdade que, quando um objeto é grande demais para caber em uma sala, as pessoas podem não o ver. Estou admirado, Espartano, porque tu não pertences a essa leva de burgueses donos de lojas. Naturalmente, *eles* não entenderiam nenhuma empreitada em que não houvesse dinheiro envolvido. Mas tu? Deixa de lado essa ideia dos tijolos. É evidente, o único grupo que teria um motivo válido para matar Marcelo são os extremistas cristãos. Por quê? Porque mesmo um juiz tolerante ainda é um juiz, e vai pronunciar uma sentença. Uma triste realidade sobre a qual vale a pena ponderar, a frequência com que os juízes mais rigorosos são respeitados por sua inflexibilidade e saem ilesos, ao passo que os bonzinhos, de coração mole, pagam o preço.

— Parece-me que isso seria o mesmo que dar murro em ponta de faca, para os cristãos.

— Ora, não espera que eu me una à procissão dos que entoam louvores ao querido falecido: eu não gostava dele. E não me interessa quem o matou.

Essa última declaração de Décimo, espontânea, foi pronunciada sem paixão. A frieza em sua voz, como tudo o mais, tinha um quê de artificial, algo que ele poderia muito bem tentar fazer passar por uma negligência superficial mas que não era. Aliás, embora implicasse o contrário, essa forma gélida de se comportar dava a Aélio a impressão de que um homem como Décimo poderia manter a compostura até mesmo quando seu interesse fosse o suficiente para matar.

— Sinceramente, não sei por que insistes nesse assunto dos tijolos — acrescentou o anfitrião depois de mandar servir vinho, com uma seleção de carnes curtidas "de Parma e Mutina, onde eles conhecem seus porcos". Tinha um pedaço pequeno de presunto espetado em um garfo de servir, e deu-lhe uma mordida ainda menor. — Dizer que os tijolos de alguma forma ligam a morte desse teu Lupo em Tréveri e a do nosso estimado juiz é como tentar ligar um quarto dianteiro de carneiro a uma coxa de faisão só porque ambos foram mortos para se obter carne. Se desejas penetrar no mundo não tão sombrio das olarias, por que não passas em minha propriedade ao norte de Sexto? Eu tenho umas jazidas de argila e fornos por lá, e se é que posso dizer isso eu mesmo, as *figlinae* de Manio Cúrio Décimo (uma folha de hera e um ramo de palmeira como marca comercial) construíram metade daqueles silos dentro dos quais os operários foram burros a ponto de morrer.

Sim, Aélio sabia disso. Tinha passado por lá de manhã, a cavalo, e confundido a olaria de Cúrio com a de Penato, e, depois de perguntar aos operários, descobrira o verdadeiro dono.

Décimo estava para dizer outra coisa, mas sua boca fechou-se de súbito, com força. Sua atenção, até agora alternando entre Aélio e a comida, passou para o canto da mesa do escritório, para o objeto que seu convidado havia tirado da sacola de lona e colocado ali. A irritação fez seus lábios comprimidos se repuxarem.

— Ora, por que trouxeste isso aqui, e onde o encontraste?

— No jardim do juiz Marcelo.

Décimo friamente ergueu o olhar do tijolo.

— E o que, se me permites perguntar, estavas fazendo lá?

— Fui dar os pêsames à viúva.

— Aquela galinha velha. Por quê?

— Não é assim que se comportam as pessoas civilizadas?

— Sim, mas nem mesmo conheceste Marcelo em pessoa, e o assassinato dele não te diz respeito. A menos que queiras levar em conta o fato de que interrompeste o tumulto nas prisões e foste à cena do crime sem teres sido convidado. — Décimo fez um gesto amplo no ar, de quem dispensa com enfado o assunto. — Coleciona tijolos, se quiseres, não tenho nada com isso, vê o que consegues descobrir com eles. Antes que comeces a criar histórias fantasiosas porque vendi material de construção ao juiz, deves também saber que foi minha olaria que venceu a concorrência para o contrato com o quartel do Exército que Penato perdeu.

— Eu já sabia disso. E também sobre o contrato das obras perto das Velhas Termas. Junto com pedras e torrões de terra, foram tijolos teus que os desordeiros atiraram em nós durante o tumulto.

— E daí? Voltamos à ideia de que ou és muito burro ou espertinho demais, Espartano. Tu és bisbilhoteiro demais para seres um mero historiador.

Aélio fitou o tijolo. Não sabia ao certo por que o havia trazido, muito menos por que queria mostrá-lo como se fosse uma prova de algum tipo. Notando a marca de Décimo no material de construção perto das Velhas Termas, e depois no jardim de Catula, tinha se limitado a procurar guardar aquilo na memória. Mesmo assim, tinha pedido ao chefe dos pedreiros um dos tijolos. Só mais tarde tinha descoberto que Décimo era o dono da olaria ao sul da Modícia. Penato tinha-o feito interessar-se ainda mais, falando maliciosamente de círculos conservadores e de como eles antipatizavam com o juiz Marcelo.

Mas isso estava longe de ser suficiente, simplesmente porque seu anfitrião não estava pesaroso pela morte do juiz e tinha descrito o marido falecido de Casta como conservador, *um homem de seu agrado*. Agora Aélio estava ainda mais confuso. Torcia para que o aristocrata urbano interpretasse o que ele tinha feito como mera especulação sobre o crime.

— Aliás, acho que és mesmo burro — disse Décimo, com o ar aplacado de alguém que resolveu um problema de somenos importância. — Guarda esse teu tijolo, que ele não te levará a lugar algum. Voto pela destruição dos cristãos, e, se o mandante do assassinato estiver entre eles, a justiça foi feita; se não, isso vai evitar que essa seita abominável cometa aberrações mais tarde. Crê-me, se a Coisa Pública (na conversa, Aélio tinha notado que ele se referia ao governo nesses termos, como *res publica*) tivesse desde o início exercido sua autoridade legítima sobre esses salafrários, não teríamos chegado ao ponto de ter cidades infestadas de cristãos. Em três séculos eles se multiplicaram feito coelhos. Graças aos deuses que ainda são camponeses rurais apegados a valores tradicionais. É lamentável termos de depender de vilões como defensores da retidão, a *bona mens* que fez dos romanos aquilo que são.

Décimo despejou mais vinho nas delicadas taças de prata, que eram no mínimo tão antigas quanto o elmo de Teutoburgo.

— Sabias que nas montanhas a nordeste daqui os clérigos cristãos e outros intrusos são caçados como animais, e, no momento em que algum deles mostrar aquela cara deslavada na aldeia, arrisca-se a ser linchado? Eu mesmo já vi alguns pendurados em árvores, quando ia ver uma propriedade minha ao norte de Leuco.

Aélio guardou o tijolo. Agora a ação lhe parecia tola, e ele estava surpreso por Décimo aparentemente ter ficado mais bem-humorado por causa daquela gafe. Será que ele não era, afinal, o oficial que Maximiano usava para descobrir coisas sobre os visitantes? Ele tinha se comportado com desenvoltura diante daquela armadilha. Não havia como emendar o malfeito, portanto era melhor Aélio tentar bancar o burro até o fim.

— Não sabemos o que o novo juiz vai decidir — disse. — Mas não é verdade que uma sentença apressada pode deixar tudo mais nebuloso? Se nosso senhor Maximiano desejasse uma ação legal mais severa contra os cristãos, podia ter destituído Minúcio Marcelo a qualquer momento. E se o único resultado da destituição de um juiz moderado for uma recrudescência dos processos, não consigo entender como os cristãos iriam se beneficiar desse assassinato.

Décimo tornou a fazer aquele seu gesto de desinteresse, para a frente e para trás.

— *Cui prodest*, a grande pergunta. Como se um assassino sempre precisasse tirar proveito próprio. Até mesmo nesta Mediolano, interessada apenas em dinheiro, alguém poderia estar colocando as coisas mais elevadas acima da vantagem pessoal. Talvez a própria bonomia de Marcelo tenha lhe causado a queda. Sabes que eles têm uma literatura apocalíptica, esses cristãos, segundo a qual se advoga o fim do mundo: eles poderiam estar apressando a própria destruição.

— Então, alguém assassinou Marcelo por uma causa sublime. Mas qual? Eles dizem que o juiz não estava envolvido em política e procurava livrar-se dela como um pato sacudindo-se para remover a água das penas. Por outro lado, essa perseguição religiosa é totalmente política, sabes disso melhor que eu. Roma jamais foi intolerante com os cultos estrangeiros, e o cristianismo não é a primeira seita antissocial que penetra em nossas fronteiras. Só que é reconhecidamente a mais perniciosa e a mais resistente delas. Na minha opinião, quem quer que tenha matado o juiz por um "princípio mais sublime" o fez por um motivo político, desconhecido para nós.

— Pode ser. Seja lá quem for, fez um favor a todos nós.

Havia, nas palavras de Décimo, uma crueldade gratuita, um tom de maldade e desprezo que fez Aélio esquecer-se de suas boas intenções e de seu tato. A última pergunta que planejava fazer, aquela que tinha especificamente decidido *não* formular, escapou de seus lábios sem ele sentir:

— Sim. Como os círculos conservadores encaram a morte do juiz Marcelo?

Décimo comprimiu os lábios com força. Não fechando a boca hermeticamente dessa vez, mas fazendo-a desaparecer, transformar-se em uma fenda. Covinhas improváveis formaram-se naquelas bochechas ocas. Ele parecia aborrecido, ou fingindo aborrecimento, como se a questão fosse impertinente ou assim devesse parecer. Quando tornou a falar, as palavras saíram em tom monótono, como que homogeneizadas pelos lábios comprimidos:

— Não sei a que horas da manhã te levantas, Espartano, mas eu acordo com cantar do galo. Vou te desejar boa noite e me recolher.

***Quarta-feira**, 6 de dezembro*

Sobre a questão da responsabilidade cristã, superficialmente óbvia, Aélio resolveu adiar seu julgamento por enquanto, mas três dias depois do assassinato a cidade como um todo parecia pensar o mesmo que Cúrio Décimo. Aliás, qualquer investigação séria sobre o caso foi imediatamente influenciada pelo fato de que o juiz auxiliar de Marcelo, altamente feliz por ver que seu caminho para a promoção havia se desimpedido de uma hora para outra, sentiu necessidade de mostrar-se rígido e rápido nos julgamentos. Todo o clero e os seguidores cristãos que aguardavam julgamento nas prisões da cidade foram julgados em massa naqueles três dias, e todos condenados à morte.

Não era algo inédito, mas, ao contrário da brandura dos julgamentos anteriores, a sentença afetou Mediolano de uma forma estranha, satisfazendo a todos. Os livreiros disseram que era algo bom, embora pecasse contra a elegância processual; os oficiais do quartel da cavalaria brindaram à saúde do novo juiz, mas pelo canto da boca murmuraram que estavam de volta os tempos de ter de pagar suborno. Os arquivistas fungavam, removiam um ou outro documento da estante e observavam que julgamentos apressados não geravam tanto papel. Décimo exultou até o limite do bom gosto para um homem de seu estilo e posição.

Quanto a Marcelo, seu corpo foi cremado no *ustrinum* da família, e as cinzas depositadas no monumento dos Minucii, na estrada para Ticínio. Lúcia Catula cuidou de todos os detalhes, desde a dedicação dos jogos gladiatoriais à memória do marido até a distribuição de donativos para meninas órfãs. Libertou os escravos da casa, segundo o desejo de Marcelo, mandou notas de agradecimento aos que foram à cremação e consolou amistosamente os amigos do juiz. Por volta do meio-dia de segunda, morreu, pela própria mão.

Aélio soube da notícia na quarta-feira pela manhã, por um oficial de baixa patente que foi ao quartel especialmente para isso e subiu até seu quarto na torre, para bater à porta. Soldado da Guarda Palaciana que trabalhava nos corredores internos da residência de Maximiano, ele se apresentou como Úlpio Domnino, amigo de Décimo.

— O camareiro-mor Aristófanes solicita vossa presença na corte, comandante.

— A que horas? — Já de pé e a ponto de sair de seu pequeno aposento, Aélio ficou parado diante do mensageiro na sacada de madeira, afivelando o cinto. Era uma visita feita inescrupulosamente cedo, principalmente para os padrões burocráticos, de modo que a resposta foi surpreendente:

— Imediatamente. Espero por vós lá embaixo, e devo acompanhar-vos pessoalmente.

Aélio ficou vendo Domnino descer rapidamente as escadas. Aquela convocação o fez parar para pensar, uma reação quase equivalente a uma sensação de alarme. Ele inspirou lentamente, e, devagar, soltou o ar, apreciando a vista como que para poder se situar concretamente em termos de tempo e lugar. Durante a noite, o vento norte tinha trazido tempo claro e uma geada intensa. Lá embaixo, os ajudantes de estábulo quebravam a camada de gelo nos cochos de água, os soldados se reuniam para a chamada, deixando escapar baforadas rítmicas de respiração condensada no ar. Os telhados sobre as passagens cobertas não iriam começar a soltar vapor até o sol ficar mais forte, mas os gatos do quartel já seguiam, com as caudas em pé, o soldado que levava as sobras de comida da cozinha; eles também tinham um cocho em miniatura onde comiam, e Aélio os viu arranharem-se e engalfinharem-se no chão para estabelecerem a ordem em que iriam se alimentar. Da torre, as montanhas tinham a cor azul pintalgada do lápis-lazúli que Aélio tinha visto em mercados persas após a guerra.

Lá de baixo, Domnino avisou em voz monótona:

— Tomei a liberdade de trazer vossa correspondência. — E entregou-lhe duas cartas enroladas e lacradas. — Vossa montaria está pronta, no portão do quartel.

Aélio viu de relance Duco, que o olhou da sala de correspondência e fez um gesto obsceno pelas costas do mensageiro. Podia ser por antipatia pessoal, mas o mais provável era que ele tivesse sido obrigado a lhe entregar as cartas, cuja distribuição estava a seu cargo hoje.

Não era um bom sinal. O eunuco Aristófanes, grego como o dramaturgo do qual seu nome derivava, mas (segundo Décimo) sem qualquer traço do bom humor do outro, detinha o segundo maior poder em Mediolano, fosse lá do que a hierarquia dispusesse. Uma decisão adiada por Maximiano de receber o emissário de Sua Divindade não exigiria tanta pressa assim, portanto devia ser alguma coisa que havia se originado no escritório do camareiro, onde todas as intrigas costumavam surgir.

Domnino, de barba cheia, mas só nesse aspecto fora de moda, conduziu Aélio até o portão do quartel com seu uniforme pesado devido às faixas púrpuras bordadas. Não usava a capa ornamentada com franjas que era própria de sua posição, talvez porque ele também devia ter sido arrancado da cama para desempenhar essa tarefa. Assim que montaram em seus respectivos animais, Aélio colocou as cartas no alforje; embora uma fosse de Termutis e outra de Ben Matias, ele não daria a Domnino a satisfação de vê-lo lendo-as avidamente.

Aliás, não fez perguntas enquanto passavam pelas ruas geladas e semidesertas. Foi quando atravessaram a avenida que levava à Porta Ticinense, a avenida que o corpo da guarda de Aélio tinha devorado para atacar os manifestantes, que se tocou no assunto da morte de Lúcia Catula. Tomando um desvio e indo pelo caminho mais longo para evitar o bairro judeu, Domnino apontou vagamente na direção da propriedade suburbana dos Minucii e informou que, horas antes, a velha senhora havia cortado os pulsos na cama do casal, e estava usando as joias do dia de seu casamento.

— *Nunca em 52 anos nós nos separamos por mais do que três dias,* foram as palavras do bilhete que deixou. *Não ficaremos mais do que três dias separados agora.*

Ninguém mais faz *esse tipo* de coisa. Um ato de pura classe. Chorei quando soube.

— Que tristeza para os Minucci.

— É, especialmente porque o maridinho molenga dela nem merecia esse sacrifício.

Se ele esperava que Aélio fizesse mais perguntas, decepcionou-se, pois ele se conteve. Guardou esse comentário junto com tudo de que valia a pena se lembrar no futuro e, com os calcanhares, tocou os flancos do cavalo para andar um passo à frente do outro. *Bondoso Aélio Espartano,* havia lhe dito Catula na terça, na hora de despedir-se, *pelo que sei, a pena de morte pronunciada depois da morte é apenas mais morte, mesmo quando quem foi condenado é culpado. Não comparecerei a nenhum julgamento ligado a nossa tragédia. Nós nos conhecemos brevemente, tu e eu, mas comove-me o fato de que, sem obrigação de teres vindo, sem mesmo terdes conhecido em pessoa meu amado Marcelo, vieste trazer tuas condolências e expressar tua inquietação com um assassinato que parece sem motivo. Tu me perguntaste se eu tinha uma "teoria" própria, e eu respondi que não. Ainda digo que não, mas às vezes procuramos muito longe algo que está bem próximo.* Ela tinha depois fechado a porta silenciosamente na cara dele, evitando que pedisse mais explicações.

Um estalar da língua, e Domnino avançou, ultrapassou Aélio e olhou para trás, por cima do ombro. Seu rosto barbudo, pálido devido ao frio da hora, estava emoldurado pelos bastiões externos do palácio, como que por uma cascata de tijolos imbricados.

— O camareiro-mor deseja ser tratado como *Vossa Eminência.* Por favor, não esqueçais.

— Ele é da ordem equestre, não é? Não seria mais apropriado o título de *perfectissimus?*

— Chamarás de "perfeitíssimo" o *speculator* chefe, Espartano. O camareiro-mor chamarás de *Eminência.*

Portanto, o chefe de investigações criminais compareceria à reunião. Por quê? Sem motivo específico, aquilo já deixou Aélio irritado.

— Credenciais, credenciais.

O sotaque grego cantarolado sem dúvida era algo que o camareiro-mor simulava, pois os administradores aprendiam o latim com perfeição. Ele recebia as pessoas em uma sala no fim de um longo corredor com piso e paredes revestidos de mármore preto, lustroso como um espelho, como o corredor que o imperador Domiciano tinha construído antigamente para desencorajar ataques inesperados. Deixado por Domnino no limiar do corredor, Aélio tinha andado até a porta de Aristófanes sob a escolta de seus reflexos nas paredes da esquerda e da direita. Era verdade, ninguém poderia aproximar-se por trás sem ser notado: mas mesmo assim tinham assassinado Domiciano.

Lá dentro, encontrou um homem de cabelos encaracolados, mais largo do que alto, parecendo maior ainda por causa do tamanho reduzido do gabinete. Além de seu dono e da cadeira ornamentada na qual ele estava sentado, a sala continha uma escrivaninha que, a julgar por suas dimensões, devia ter sido montada ali mesmo. A desproporção podia ter a intenção de impressionar, mas só assustava e desestabilizava os visitantes. Do investigador chefe, não havia sinal, embora, segundo se sabia, os palácios tivessem orifícios nas paredes pelos quais se podia assistir e ouvir sem ser visto.

— Credenciais.

Aristófanes fez um gesto impaciente com a mão, os dedos flexionando-se para a frente e para trás. Aélio entregou-lhe suas credenciais, com uma carta de apresentação de Sua Divindade, que especificava a variedade de seus papéis oficiais e os privilégios que eles lhe garantiam.

Até ali, em suas viagens, a visão do selo imperial havia bastado para abrir portas e intimidar os poderosos. A impaciência com a qual o camareiro-mor desenrolou a carta e passou os olhos pelo seu conteúdo indicava que sua reação seria diferente. De pé, no espaço reduzido entre a beirada da mesa e a porta, Aélio procurou ajustar seu rosto à inexpressividade que faz do emissário o que ele é, mas teve o cuidado de captar tudo que pôde de Aristófanes. Uma blusa amarela folgada, presa por um alfinete na altura do pescoço, recobria uma túnica amarela que ia até os tornozelos. Metidos em chinelas semelhantes a sandálias usadas pelos funcionários de Estado, seus pés rechonchudos forçavam a malha das meias como se fosse a membrana de um ovo. O rosto que estava lendo a carta tinha queixo duplo, não, triplo, as faces salientando-se sob os olhos do camareiro-mor, com aglomerados de gordura sadia, sem varizes. Aélio tinha falado com eunucos oficiais antes e sabia que eram dos tipos mais variados; esse era obeso pelo fato de ser um glutão sedentário, não por causa da castração.

— Por que ainda estás em Mediolano?

Era uma pergunta previsível, cuja resposta Aélio tinha tido tempo de preparar no percurso entre o quartel e o palácio.

— Pesquisas históricas, Eminência.

Aristófanes olhou firme para ele por cima da carta imperial.

— Não foi para aguardar instruções de Sua Divindade antes de prosseguir viagem?

— Isso está subentendido, Eminência.

Uma das mãos carregadas de joias soltou a carta, e o papel voltou a enrolar-se.

— Mesmo assim, tu te envolveste em outros afazeres que não ler o conteúdo de estantes.

— Como assim?

— O perfeitíssimo cavalheiro que chefia os *speculatores* da cidade protestou a nós contra tua interferência no assunto da morte de Marcelo Minúcio.

Isso era menos esperado. Aélio não tinha chegado a ponto de imaginar que obteria colaboração do Palácio, mas esperava que suas iniciativas não fossem contestadas.

— O perfeitíssimo cavalheiro *protestou* ou *chamou atenção para o fato,* Eminência? Vossa Eminência pode ver prontamente que uma cláusula específica em minhas credenciais autoriza-me a investigar crimes que pareçam ter implicações políticas e informar diretamente a Nicomédia.

Carta e credenciais foram vagarosamente depositadas no meio da mesa, de forma que não ficou claro se Aélio deveria pegá-las de volta ou deixá-las onde estavam.

— Ele protestou — especificou Aristófanes. — Não há nada de político no assassinato de Marcelo, e, além do mais, já se pronunciaram as sentenças contra os responsáveis. Creio que a expressão é *caso encerrado*. Mas como este gabinete está preocupado em não deixar que surjam mal-entendidos entre funcionários do governo, comandante, marcamos uma entrevista entre tu e o *speculator* chefe, bem aqui ao lado. Tenho certeza de que ambos lucrarão com isso.

Aqui ao lado era normalmente uma designação incorreta em uma residência imperial. Nesse caso era um disparate. Durante o tempo que Aélio, educado porém aborrecido, levou para pegar seus papéis, um jovem pressuroso, de toga de secretário até o joelho, surgiu à porta para servir de guia. Com as mãos unidas, os cotovelos dobrados em ângulo reto, ele conduziu Aélio por um labirinto de corredores e escadas que poderia até levar de volta a uma sala com uma parede adjacente à do gabinete de Aristófanes.

— Pode entrar, comandante.

Ali o espaço era quase demasiado. Quatro mesas, prateleiras e cadeiras não bastavam nem para começar a preenchê-lo; havia um mapa detalhado da cidade desenhado em pergaminho estendido na parede atrás da mesa principal, a um canto da qual se encontrava sentado um homem de meia-idade de calças e coturnos militares.

— Fizeste sua Eminência levantar-se duas horas antes do horário normal — disse ele.

— Vim quando me chamaram, *perfectissimus*.

Entregou os papéis.

— A-é-lio Es-par-ta-no.

O *speculator* chefe não deu seu nome. Mas fosse lá qual fosse, Aélio tinha, em seus dois anos de vida militar, aprendido a reconhecer um homem que tivesse vindo do sórdido mundo dos informantes de polícia até o posto de interrogador, e dali para cima. Não havia nada de errado nesse processo, é claro:

tudo dependia dos motivos da promoção. Cabelos grisalhos, cortados à escovinha, curtos demais até mesmo para um soldado e só um pouco mais longos do que os de um lutador. Não tinha o polegar da mão direita. Mas, com aquela verdadeira pata, parecida com a de um animal, ele facilmente recebeu, abriu e segurou as credenciais de Aélio com o braço estendido para lê-las, portanto devia ser canhoto, ou então tinha se adaptado bem a sua mutilação.

— Emissário de César — leu ele, movendo os lábios e pronunciando as palavras baixinho, como o pai de Aélio sempre havia feito. —Vindo das bandas de Aspalatum, por Tréveri. — Ergueu a voz no meio de uma frase sussurrada, ainda lendo.

As observações não exigiam resposta, portanto Aélio ficou parado ali, de pé, olhos fixos na parede atrás do *speculator*, arranhada pelas costas das cadeiras sob o grande mapa da cidade. Fossem quem fossem os ocupantes das três mesas vazias, ou eram ajudantes convocados apenas quando necessário, ou eram organizados a ponto de em sua ausência não deixar nenhum resquício do trabalho que estavam fazendo. A cabeça grisalha e taurina continuava abaixada examinando os papéis, soletrando palavras.

— Muito bem, Espartano — foi sua sentença —, podes ser o emissário de César, ou o emissário de Júpiter ou o garçom de Júpiter, como Ganimedes. Há uma divisão de trabalho por aqui, os gabinetes e as atividades são determinados e atribuídos aos responsáveis, e não estou vendo nada neste documento que afirme sua incumbência em investigações ou na aplicação da lei *em Mediolano*. É em Mediolano que estamos. Não há nada de político no assassinato do juiz Marcelo, e se fizeres qualquer coisa com relação a isso de agora em diante estarás ultrapassando teus limites.

— Com todo o respeito, os emissários imperiais só podem receber ordens de nossos senhores, os iguais de Sua Divindade.

— Isso *se* suas credenciais forem aceitas localmente, comandante. Como as tuas não foram, nem foste recebido por Sua Serenidade, és apenas um outro coronel do Exército em missão temporária, e temos mais deles por aqui do que pulgas em cachorro. — Ele devolveu os papéis a Aélio, com rudeza.

— Não estamos no Egito, não deixamos os forasteiros nos ensinarem nosso trabalho. E quando sentimos coceira nós mesmos nos livramos das pulgas.

Áelio pensou em responder de dois jeitos, um deles no mínimo estouvado, e nenhum dos quais poderia desfazer o nó burocrático que havia se formado diante dele.

Deixaram-no encontrar a saída do Palácio sozinho. Depois do segundo conjunto de corredores de mármore que atravessou, viu Décimo parado com um ramo verde-claro, de erva-doce seca, pelo que parecia, nos lábios, os braços cruzados, descansando as costas contra uma das colunas da antecâmara onde Aélio tinha esperado da primeira vez.

— Deixa-me adivinhar: não convenceste Aristófanes nem o perfeitíssimo Sido da validade de tua reivindicação.

— Prefiro não discutir o assunto.

— Isso só significa que vais precisar apegar-te à tua pesquisa histórica enquanto esperas a carta de Sua Divindade.

O humor de Aélio não melhorou quando, ao voltar para o quartel, foi informado de que infelizmente seu alojamento não estaria mais disponível após o fim daquela semana, por causa da chegada de uma nova unidade ao quartel. O melhor que poderia fazer seria receber garantia de Duco de que quaisquer cartas a ele dirigidas lhe seriam repassadas, mediante pedido, no novo local em que ele encontrasse acomodações.

— Aquele pateta do Domnino me *obrigou* a entregar-lhe tua correspondência, Aélio.

— Tua patente é superior à dele.

— Mas não tenho o anel que ele tem. Ele estava com um anel de sinete de Aristófanes, que no entanto não é muito difícil de se obter, é verdade, uma vez que aquele eunuco tem mais anéis do que dedos. Usaria um grandão também naquela parte do corpo, se ela não tivesse sido cortada fora para sempre.

— O que sabes sobre Domnino?

— Não muito. — O bretão agitou a mão direita, para indicar um movimento de perambulação aleatória. — Ele anda muito com Cúrio Décimo, principalmente porque serviram juntos, acho eu. Se bem que a irmã de Domnino foi a primeira esposa de Décimo, ou talvez a segunda. E tu, és casado?

— Não. E tu?

— Caso-me no mês que vem. Eu te convidaria para a cerimônia, mas não sei se ainda estarás aqui; e também, será algo bem simples. Ela tem 11 anos, portanto levará ainda três ou quatro anos antes que possamos nos relacionar do ponto de vista conjugal. O pai dela vai assinar o contrato e pronto. — Duco olhou de relance para as cartas na mão de Aélio. — Notei que uma delas foi escrita com caligrafia feminina, portanto pensei que talvez fosse de tua esposa. As egípcias dão boas esposas, pelo que ouvi falar.

— Isso se conseguires convencê-las a se casar contigo.

A carta de Termutis havia sido enviada em 30 de outubro, de Hermópolis, do outro lado do Nilo, e despachada pelo templo de Heqet, que ficava em frente ao bordel dela. Aélio abriu-a primeiro, subindo para lê-la na privacidade de seu quarto. Protásio, refletiu, aprovaria a textura do papel refinado, a caligrafia grega elegante e inclinada.

De Termutis para o emissário Aélio Espartano abundante saúde e saudações:

Por que, Aélio, é que me meto nessas confusões todas por tua causa? Não és diferente dos outros oficiais de baixa patente que gastaram uma fortuna com minhas meninas durante a Rebelião. Pelo menos é isso que digo a mim mesma, embora teu refinamento tenha te tornado mais atraente do que a massa de tolos concupiscentes de olhos azuis que me enriqueceram.

Anubina, sobre a qual pediste que eu te mantivesse informado, agora está fisicamente bem. A epidemia depois da inundação causada pela cheia do rio acabou na província de Heptanomia, e apenas em Alexandria ainda se ouve falar de alguns casos. Porém, a perda do marido e do filho pequeno ainda a atormenta. Sua coragem costumeira e seu ofício de bordadeira a curarão, aposto, e naturalmente os cuidados com a filha Thïsis. (Aélio notou que a madame não havia se referido à menininha como "tua filha", e ficou imaginando se isso teria sido uma opção dela, que escrevera a carta, ou a recusa de Anubina em admitir que a filha era dele). Lamento dizer que não é bela como era Anubina quando sua própria mãe a vendeu para mim: vai crescer sem formosura alguma, acho eu, e tem as pernas excessivamente longas. Mas basta.

Sua namorada egípcia é inteligente, Aélio: ela consegue ver o que há por trás das minhas perguntas sobre seu bem-estar e não me conta mais do que deseja que eu relate a ti. Portanto, deve ser porque gosto de uniformes e do que eles contêm (e daqueles joguinhos com os quais nos divertimos antes de a conheceres) que, pela bondade de meu coração, cumpri minha promessa além do que me pediste. Com a ajuda de uma pequena retribuição, os vizinhos dela me contaram que ela nunca fala em se casar nem em sair do Egito para se encontrar com o namorado. Ela quer ter filhos homens, vive dizendo, o que é o único incentivo que posso te dar no momento. Se ela fala de ti? Não, devo confessar, nem comigo nem com os vizinhos.

Mas pode ser que seja uma paralisia intencional, um tempo durante o qual ela procurará distinguir claramente qual é seu próprio desejo. Imagine que, enquanto eu pensava em Anubina, um dos versos dos teus poetas me veio à cabeça: "Oculta, brilha na gota de âmbar solidificada / a abelha, como que por néctar capturada." Pode ser que eu esteja ficando sentimental, a esta altura, algo que jurei nunca ser.

Isso é tudo por enquanto, querido Aélio. Se em tuas viagens passares por Placência, vai até a casa de Felicitas, atrás do Capitólio. É uma velha amiga muito querida e conhece o ofício que exerce. Que os deuses, principalmente nossa amada deusa-sapo, a pequena Heqet, te abençoem e te conservem são: sábio, temo que jamais serás.

Redigido pela mão de Termutis em seus aposentos, em Antinoópolis, no primeiro dia de Athyr, vigília das calendas de novembro, com lua cheia.

Termutis não era de contar mentiras. Anubina simplesmente estava indo com calma. Excelente. Na situação dela, era o mais correto a fazer. Ele também esperaria, e depois escreveria para ela diretamente. Da carta, Aélio escolheu para se concentrar a frase "Ela quer ter filhos homens" como a única significativa e promissora.

A mensagem de Ben Matias, por outro lado, não precisou de interpretação especial. Ele estava a caminho de Mediolano, segundo dizia, e uma vez lá estaria disponível na estalagem Fortuna do Fauno, ao lado do circo, se Aélio precisasse de ajuda

... Planejo passar a Saturnália em Mediolano. Podes me chamar de antiquado, mas os feriados em que se trocam presentes sempre me deixam de bom humor.

A esta altura, com todos os teus deveres na corte, provavelmente já esqueceste tudo sobre a lamentável morte dupla de Lupo em Tréveri, mas só por divertimento, sem dar maiores detalhes, posso fornecer a ti algumas informações sobre Agnus, o homem que supostamente o ressuscitou. Saibas, então, que ele foi rumo oriente após sair da cidade, e, considerando-se que o clima não é favorável para os cristãos na fronteira, uma vez que nosso senhor Galério aplica a letra da lei mais rigorosamente do que seu colega de púrpura, Constâncio, alguns acreditam que Agnus está querendo morrer como mártir.

Sua ajudante, Casta, disseram-me que foi revistada por soldados em um posto de guarda numa ponte em Argentorato. Uma passagem obrigatória meio rude, essa. Quando passei lá recentemente eles procuraram moedas até na minha barba. Casta, honrando o nome, escapou com a virtude intacta, ou pelo menos a maior parte dela, pois, com a desculpa de procurar mercadorias não declaradas, eles a obrigaram a tirar toda a roupa. Como eu sei disso? Vou contar-te se e quando nos encontrarmos na Itália. Nem preciso te dizer que os soldados não deviam estar a par das crenças religiosas dos dois, senão seriam dois curandeiros a menos no mundo.

O assassino de Lupo, nas palavras do chefe local da polícia criminal, é um mistério profundo. O que, na experiência que tenho em termos de speculatores, *simplesmente significa que ele não faz a menor ideia de qual tenha sido o motivo ou o culpado. Não vou com a cara dele por causa do modo como tratou meu cunhado: mas contar-te-ei mais sobre isso quando nos encontrarmos, pois não pretendo sujar a pena escrevendo sobre aquele maldito filho de uma vaca impura. Desejo-te tudo de bom etc.*

Redigido pelo mestre Baruc ben Matias, em uma choça de beira de estrada infestada de percevejos que seu dono romano ousa chamar de mutatio. *Se isso aqui é uma estação de troca de cavalos, eu sou gentio. Sem data, porque me perdi.*

Aélio guardou a carta, irritado. Se haviam tentado intimidá-lo ali em Mediolano, bem podia imaginar como as autoridades haviam tratado um supervisor judeu de uma olaria de um cidadão romano. E quanto a Casta, o comportamento dos guardas no posto de vigilância era inusitado, a menos que ela não tivesse revelado sua posição de aristocrata; os cristãos podiam ser legalmente desrespeitados, claro, mas Ben Matias havia insinuado que nem ela nem Agnus tinham sido reconhecidos como tais. Então, por que a violência? Seu guia em Roma, Onófrio, tinha lhe contado histórias de mulheres santas de fé cristã arrastadas por soldados para bordéis e despidas diante da eufórica clientela. Ora, ele tinha mostrado a Aélio a porta do pequeno bordel no início da pista de corridas de Domiciano, onde "uma virgem assim ofendida havia por milagre divino se coberto instantaneamente por uma cabeleira loura até os pés". Ele duvidava muito que era o que seu amigo judeu tinha em mente quando escreveu que Casta tinha escapado com a maior parte da virtude ilesa.

***Quinta-feira**, 7 de dezembro*

— Não sabia que estavas procurando um lugar para ficar. Quer dizer que estás te mudando para o centro de Mediolano?

Aélio ouviu a voz de Décimo ao sair da imobiliária do mercado central. O romano ia a cavalo, 1 ou 2 metros à frente, a caminho ou voltando de alguma missão oficial, ao que parecia, com colegas de trabalho; entre eles estava um dos gêmeos — que Aélio não soube se era Destro ou Sinistro — e Úlpio Domnino.

Olhando para este último, Aélio disse:

— Como tenho certeza de que ouviste pelos mexericos palacianos, só o tempo necessário para concluir minha pesquisa nos arquivos e para receber mais instruções. Além do mais, os aposentos que ocupei no quartel serão necessários para abrigar o novo coronel da cavalaria, e, embora não estejam me expulsando, acho que é melhor eu procurar outras acomodações.

— Entendo. — Com uma vênia, Décimo afastou-se dos colegas, que prosseguiram na direção da velha casa da moeda, e desceu do cavalo. — Estás procurando em algum lugar específico?

— Estou pensando em ir para o condomínio recentemente construído perto da Porta Argêntea, aquele com um chafariz na frente.

— Aquele? Foi construído com tijolos do Penato. Eu não deixaria nem meus cavalos ali.

— Então encontrarei algum lugar no bairro do Palácio.

— Pagando quatro vezes o que vale? Se, como imagino, estás viajando à custa do governo, não devias ser extravagante. — Décimo disse isso em tom de brincadeira, em uma zombeteira censura. — Acontece que na semana passada um dos meus inquilinos saiu do anexo ligado à minha casa, a parte que não viste, voltada para o centro da cidade. Se estiveres interessado... Gostaria de continuar alugando aquela parte da propriedade, porque dizem que vão alargar a rua ao lado, e as autoridades municipais facilmente poderiam pedir a desapropriação de uma ala vazia.

Aélio preferiu não dar resposta. A coincidência que aquilo era, ele não sabia o que pensar o respeito. E não era exatamente por estar avaliando a oportunidade de uma proximidade com Décimo, pois ponderava era sobre a relativa distância entre o local e o quartel, onde seus legionários estariam. Mas o bairro do Palácio era ainda mais distante, e era verdade que eles pediam uma fortuna por lá pelo aluguel de uma pequena casa. O outro percebeu sua hesitação e resolveu capitalizar em cima dela:

— Tem uma entrada separada, já está mobiliado e com criadagem, tem banheiros pequenos, mas totalmente equipados. E acabei de reformar o porão, portanto não vais encontrar praticamente nenhum mofo por lá.

— Gostaria de ir lá ver primeiro.

— As chaves, por coincidência, estão aqui comigo.

Anotações de Aélio Espartano:

Fui ver a casa que Décimo está alugando na Vicus Veneris. Seria um milagre não estar mofado, pensei, porque o lado norte dá para um canal. A água quase alcança a parede externa, e só o fato de que congelará em breve evitará que o musgo cresça e suba pelo muro. Quanto ao resto, pode ser muito bem que tenha sido construído há quase quatrocentos anos, como o dono diz. Não se usou praticamente nenhum mármore nos batentes, os pisos são de mosaico todo branco, e os banheiros são construídos na escala de homens mais baixos do que os do lugar de onde eu vim. As portas são baixas, e as janelas, pequenas. Mas, com a exceção de um pequeno defeito nos tubos de aquecimento, que pode ser corrigido em dois dias, tudo está perfeito. Os criados da casa são tão discretos e silenciosos que me pergunto quem foi o último inquilino desses cômodos.

No quarto, a única decoração nas paredes pretas é uma frisa pintada, muito antiga e perfeitamente confeccionada. A frisa representa cenas eróticas entre anões e babuínos, com o habitual crocodilo tentando arrancar certas partes sensíveis dos corpos. A localização é a ilha dos Elefantes, no Egito, no curso superior do Nilo, que reconheço pelos prédios e rochas, as corredeiras e as garças voando acima delas. Seria útil ter quartos de hóspedes menores, sem decoração, para abrigar alguns guardas da minha comitiva, de modo a tê-los por perto. Sua Divindade me pediu para fazer isso em todos os lugares aos quais eu fosse, por causa da dignidade da minha missão e também por segurança.

Por tudo isso, estou inclinado a aceitar a oferta de Décimo e alugar o local. A privacidade é garantida pelo fato de que a porta que liga o anexo à casa principal não só está trancada como tem a fechadura vedada.

A rua estreita para a qual o anexo dá, e que ficou mais estreita ainda por causa do canal a céu aberto, deve o nome, segundo Décimo, a um pequeno altar dedicado a Vênus, a Bendita, que não existe mais, ou então aos bordéis que antes havia à margem dela. Agora há ali alojamentos elegantes, mas percebe-se que antes havia bordéis, pelas janelas grandes ao lado das portas, em que as moças se sentavam para se exibir atrás das grades. Essas casas ainda existem em toda parte na fronteira.

Hoje começam os jogos gladiatórios em memória do juiz Marcelo no circo. Já se juntam pessoas no sudoeste da cidade, enroladas em xales ou até colchas, porque o tempo está bem frio, embora faça sol. Estranho que os desenhos e a urdidura de alguns desses mantos tenham me recordado roupas tecidas em minha terra natal, que eu via ao crescer. Os velhos historiadores (Possidônio, Estrabo e outros) dizem que a tribo celta dos Boii, ao falhar desastrosamente na tentativa de conquistar esta parte da Itália, há sete séculos, retirou-se para o Danúbio. Isso significa que nós, panonianos, somos parentes distantes desses camponeses da Itália Anonária, que ainda se vestem feito seus ancestrais não romanizados?

Mais tarde, ainda hoje, confirmarei com Protásio minha presença no funeral de Lúcia Catula amanhã de manhã, e depois vou dormir no Fortuna de Fausto, do qual Ben Matias me falou. É uma estalagem cuja clientela é composta de estrangeiros e dos empregados da arena, devido à proximidade em relação ao circo e aos muros da cidade. Ali pode ser que eu ouça alguma coisa sobre o assassinato de Marcelo e a execução dos cristãos presos, que se aproxima. São 15, e serão executados em menos de uma semana, no circo mesmo.

Soube por Décimo, que tratou o assunto como se não fosse mais do que uma fofoca interessante, que a Sra. Helena, cujo filho Constantino é o melhor amigo de Maxêncio, herdeiro de nosso senhor Maximiano, deve vir aqui fazer uma visita, vindo de Aqua Nigra, onde disseram que estava aproveitando as fontes de água mineral. Isso confirma o que já descobri nos poucos dias que passei em Aspalatum, ao voltar do Egito: ela está fazendo uma série de viagens pela fronteira do Danúbio, onde muitos veteranos se lembram dela como mater exercituum. *E, embora o papel de "mãe dos exércitos" não se lhe aplique mais após o repúdio, os homens da geração do meu pai a adoram. Eles se lembram de quando ela cavalgava ao lado de Constâncio, em uniforme de oficial, passando as tropas em revista. Há relatos de que ela ocasionalmente traz o filho consigo, o que me faz imaginar se haverá mais do que nostalgia nessa viagem de Helena. De qualquer forma, para Mediolano ela vem sozinha.*

A escuridão do quarto engolia toda a noção de direção. Mais intensa ainda devido à janela pequena e fechada e à noite sem lua lá fora, era, se não o máximo de segurança possível, o mais perto de seguro que um soldado desejaria estar. No entanto aquelas trevas, mensuráveis se a lamparina estivesse ardendo, dilatavam-se, ininterruptas, até adquirir imensas proporções, por não haver como avaliá-las. Aélio sentia-se menos à vontade naquele breu do que acampando ao longo dos planaltos e montanhas da Armênia, ouvindo ruídos de inimigos persas ao redor. As noites de vigia no deserto tinham sido menos vazias. Ele prestava atenção aos sons, deitado de lado. Prestava atenção, como se pudesse escutar o espaço em torno de si, sondando-o de modo a procurar perceber formas estranhas, porque o vazio ele tinha aprendido a perceber havia muito tempo. Se sentisse a presença de alguém, seria incapaz de determinar quem fosse a pessoa. Não era um ruído nem ausência de ruído. Nem um ruído da rua.

Dos três melhores cubículos do pequeno andar superior, só o dele estava ocupado naquela noite. Não se admitiam hóspedes a altas horas da noite, e ele não havia pedido nenhum criado. Aélio aguçou os ouvidos, prendendo a respiração, sentindo-se como se a tensão muscular o fosse trair ao ocupar mais espaço em torno de si. Um passo, uma lajota do chão sendo pisada, alguém roçando na parede. Sons assim ele conhecia, e sua mente disse não. Um roçar de panos, ranger de couro, fricção de metal numa bainha: durante anos sua vida tinha dependido de saber reconhecer esses sons antes que adquirissem sua total dimensão. Disse a si mesmo, ainda prestando atenção, que nunca havia pensado duas vezes antes de acampar sozinho à margem do território inimigo, nem dentro dele; não tinha sido o único habitante a pernoitar na vila-cidade abandonada de Adriano, que Onófrio temia ser mal-assombrada?

Escutava atentamente, como se as trevas infindáveis da noite, penetrando na estalagem pelas paredes e por elas saindo de novo, se estendessem por toda a terra e seu ouvido devesse alertá-lo do que seus instintos *sentiam*. A porta podia estar a 1 ou a 150 metros de distância, a escada a 2 quilômetros na direção sul, ou no distante norte. Pederneira e lamparina a óleo, em outro continente. Lajotas do piso, alguém roçando na parede. Não. Um passo. Um passo, talvez. Não.

O odor de alguém que tinha acabado de entrar e que tivesse atravessado a rua em um ponto onde a lama havia se acumulado. Aquele lugar, um quadrado liso de pavimentação, apresentou-se a ele com a clareza de uma alucinação, um ponto que, ao ir até ali, seu cavalo havia desdenhosamente evitado, desviando-se para a esquerda. A luz fugaz do dia havia causado um reflexo cinza-azulado na lama aguada, e o odor neutro e morto de terra havia subido, em uma improvável mas definida linha, do chão até suas narinas. Aélio só podia confiar naquele tênue resquício de odor de lama, não no odor de um intruso. Também não seria capaz de dizer quantos eram.

Se pulasse da cama, geraria uma avalanche de cobertas empurradas para o lado, e ele não era do tipo que engatinhava sob os panos até o pé do colchão, tornando-se pequeno para ser um alvo menor. Imóvel, Aélio aguardou o momento antes de um golpe, quando por necessariamente algum farfalhar seria o sinal de atacar para ele. Qual é o ruído que produz um braço ao se erguer?

Percebeu o movimento de um vulto cruzando a escuridão no espaço logo acima dele. Aélio deteve o golpe que estava para ser desferido, e o seguinte foi absorvido pelas cobertas, ricocheteou no couro curtido de seu colete militar. Aélio enrolou o lençol em torno do braço do atacante, puxando-o para si. O homem se desequilibrou e caiu atravessado em cima da cama, e foi então que Aélio ajoelhou-se para acertá-lo com os punhos cerrados. À direita da cama uma lâmina pulou, caindo no chão, ruidosamente, mas era a faca militar de Aélio, reconhecível pelo som, que, durante a confusão da luta, havia deslizado de seu lugar sob o travesseiro. A outra lâmina perdida entre as colchas, onde quer que estivesse, ainda podia ser tão perigosa quanto se ainda estivesse sendo brandida. Os corpos encontraram-se, o dele e mais dois, engalfinhando-se loucamente, em silêncio, socos e chutes destacando-se do emaranhado de corpos o necessário para cada golpe.

Então um porrete ou algo assim foi arremetido ao acaso. O pulso de Aélio pareceu explodir em uma chuva de faíscas dolorosas. Aélio deu um pontapé violento, a parede soltou um som oco quando o corpo do homem bateu contra ela e voltou. O punho de Aélio doía e emitia fagulhas brancas, mas não era apenas o pulso. Aélio viu-se perfeitamente — perfeitamente — metendo os calcanhares nos flancos do cavalo enquanto passava sobre a barricada nos Prados Gálicos, sobre os rostos dos manifestantes voltados para cima e suas costas dobradas, mas dessa vez não aterrissou corretamente, puxando as rédeas da montaria; em vez disso, deu uma cambalhota para a frente, de cabeça. De cabeça. Já vira soldados morrendo assim, durante os ataques. De cabeça contra as lajotas duras do piso. De cabeça. Âmbar e mel fluíram sobre ele, como no poema sobre o inseto.

Capítulo 5

Sexta-feira, *8 de dezembro*

Anotações de Aélio Espartano:

O que senti no rosto durante o ataque foi sangue, e não mel, mas era tão doce e viscoso quanto ele. A cama, quando a vi ao voltar a mim, depois de um breve instante, e procurar a lamparina, lembrava a toga de César nos idos de março. Não sangrei tão profusamente nem deixei o sangue ir pingando até o corredor, pois não saí daquele maldito cubículo onde me deixei surpreender. Até o presente momento, não me recordo de ter usado minha faca do Exército (lembro é que caiu no chão, para longe do meu alcance), mas a lâmina estava manchada quase até o cabo, portanto devo tê-la usado. O sangue, como eu vinha dizendo, tinha respingado até uma certa altura da parede, onde parava, no meio das tábuas. A capa com capuz que usava um dos dois agressores que fugiram estava onde havia caído. Era feita de um tecido usado pelo Exército, vermelho garança, mas não de corte militar. A primeira impressão era a de que um homem gravemente ferido tinha chegado até certo ponto e ali hesitado, antes de dissolver-se em pleno ar (ver mais detalhes a seguir).

O golpe em minha cabeça rompeu-me o couro cabeludo, só isso; já levei golpes piores durante o treinamento básico. Até mesmo quando cuidaram da ferida, o lanho na minha cabeça só doeu e latejou. É meu pulso direito, o que sofreu a porretada, que me preocupa, porque, muito embora não tenha havido fratura, sinto que está inutilizado, pois não posso usá-lo para lutar (nem mesmo escrever, pelo menos por enquanto; estou ditando esta carta). O médico do Circo era o mais próximo que havia. O estalajadeiro mandou chamá-lo assim que todos subiram por causa da comoção, e o doutor confirmou que meu problema não era tão grave assim. Claro que não diria o contrário, pois está acostumado a tratar de condutores de carros de combate com a espinha quebrada e gladiadores com ferimentos a espada. Com seu estilo exclusivo de aplicar bandagens, ele me garantiu que não só meu pulso doerá menos, como também que em uma semana voltará a mover-se como se nada houvesse acontecido. Veremos.

Esta situação seria bem diferente se eu não estivesse usando o colete da tropa de choque (um capricho meu, resolver dormir com ele). A punhalada cortou o couro até certo ponto, mas se atingisse a carne eu não estaria aqui para contar a história. Ainda envolta na colcha que usei para arrancá-la da mão do agressor, a faca é comum, com cabo de osso, e foi afiada até cortar como uma navalha. O estalajadeiro me garantiu que "dorme com um olho aberto e as duas orelhas em pé", de forma que deu o alarme assim que ouviu a refrega. É a única coisa que pode explicar o fato de eu não ter sido morto, a menos que:

1. Eles tenham percebido que eu era o alvo errado;

2. A intenção a princípio não fosse matar-me.

De qualquer forma, eis a melhor reconstituição que posso fazer dos eventos da noite passada:

— Terceira hora da noite: Espartano se retira para a estalagem Fortuna do Fauno, que fica perto do Circo; é o único hóspede no segundo andar.

— Nona hora da noite, mais ou menos: dois homens atacam-no, e segue-se uma breve peleja; os atacantes são impedidos e/ou resolvem fugir, um deles ferido;

— Décima hora da noite: todos acordam, chamam os vigias noturnos e também o médico;

— Até a 12ª hora da noite: realiza-se uma boa busca na estalagem e nas ruas vizinhas (ver detalhes adiante).

— Balanço: comportei-me baseado no bom-senso, mas tomei uma decisão errada: sabiamente me apresentei como coronel anônimo do Exército na estalagem Fortuna do Fauno, mas decidi, ao mesmo tempo, não levar nenhum dos meus legionários comigo.

O estalajadeiro mencionado acima, homem da região dos lagos, ao norte daqui, teme repercussões. Assim que acabou a confusão, ele ficou por ali humilhando-se e jurando que não sabia como podia acontecer tal coisa. Como se as estalagens públicas fossem clubes de costura para senhoras! "Mas sua senhoria sabe que quando há jogos as pessoas vêm de toda parte, principalmente se for de graça. A viúva do juiz Minúcio era adepta da generosidade de antigamente, dando dinheiro a todos que comparecessem."

Eu, que tinha entrementes resolvido o pequeno detalhe do sangue que desaparecia, duvidava que tivesse sido um assalto praticado por oportunistas.

"Quantos sabiam que há um alçapão no seu telhado?", indaguei. E, segurando diante dos olhos dele a capa que tinha encontrado, acrescentei: "O que pode me dizer sobre esta capa?"

Ele respondeu que era "feita em casa, comum em toda parte da cidade". O que é possível, dado o fato de que Mediolano fabrica o tecido sagum usado pelo Exército, e as peças de tecido que não são consideradas suficientemente boas devem ser vendidas a preço baixo no mercado civil. De acordo com ele, o alçapão leva a um sótão baixo onde se guardava vinho e se costumava espalhar frutas para descansarem até amadurecerem, mas, devido ao apodrecimento e às pragas, a prática foi suspensa um ano atrás. Os fregueses habituais sabiam de sua existência. Ele assinalou que os pregos que mantinham fechado o alçapão tinham sido arrancados ou removidos a martelo pelo lado de fora. Isso só podia ter ocorrido antes de eu me recolher, já que os aplausos e o barulho do Circo ao lado teriam abafado até mais do que simples batidas de martelos.

Quando o estalajadeiro desceu comigo para o térreo, onde ainda havia muitos hóspedes e servos detidos temporariamente para averiguações, o vigia da noite entrou para relatar que tinham encontrado o corpo de um homem na área de lavagem de carvão, que não ficava muito longe, na extremidade redonda do Circo. Então, segui-os, no escuro que ainda dominava o bairro, enfrentando um vento violento ao longo da parede da pista de corridas que assomava sobre nós, mas sob um céu impiedosamente límpido.

O homem, em roupas civis comuns, estava debruçado sobre a borda do tonel aberto, com a cabeça debaixo d'água, como se tivesse se arrastado até ali para morrer. Mas o médico, que nos acompanhou a meu pedido, declarou, depois de um exame rápido à luz das tochas, que o homem tinha chegado ali vivo e se afogado, possivelmente por ter desmaiado e caído com o rosto na água. "É possível que alguém o tenha feito se afogar, segurando sua cabeça imersa?", perguntei. O médico, que ao longo do caminho havia prestado bastante atenção à quantidade de sangue que havia pingado do fugitivo pela rua, respondeu que era possível, sim, mas que, dada a hemorragia, teria sido fácil acabar com a vida dele. A ferida, segundo vimos, tinha na realidade o atingido sob as costelas, um casual golpe preciso vindo de baixo, dando uma meia-volta na lâmina. É o tipo de punhalada girando o pulso que eu costumava infligir em combate, mas não exatamente o golpe de defesa que eu teria empregado durante uma luta no escuro.

Foi um dos vigias noturnos que foram até lá conosco que reconheceu o morto após iluminarem seu rosto. Suas palavras, que aqui reproduzo fielmente, foram: "Ora, se não é o ajudante do grego que tem um açougue, sob os arcos do Circo! O cérebro do tamanho de uma ervilha. Para participar de um ataque a um funcionário do governo, devia ter ainda menos juízo do que eu pensava."

Quanto a mim, não vendo sinal de que o outro agressor tenha sido descoberto, começo a formar uma vaga ideia deste incidente. Agora está chegando ao fim a primeira hora da manhã, e algo me diz que vou receber visitas em breve.

À impiedosa luz matinal, o chefe da polícia criminal, Sido, parecia mais ameaçador do que em seu gabinete; uma cabeça de Minotauro, pensou Aélio, feito a de um touro com um pescoço tão grosso quanto seu crânio, que era quase totalmente raspado e marcado pelos ossos salientes. A julgar pela forma como seus olhos saltavam das órbitas, todos raiados de vermelho, seu metabolismo ainda estava acelerado devido ao tempo na sauna.

Ele veio com dois *speculatores*, ao raiar do dia, perguntar o que tinha havido. Como ninguém os chamara e era um caso de rotina, que portanto não exigia sua competência, Aélio procurou identificar presunção ou satisfação em seus rostos. Mas eram apenas rostos severos, com cicatrizes, diante dos quais ninguém ia querer sentar em uma sala de interrogatório. Já tinham sido informados do corpo encontrado na área de lavagem de carvão.

— Alguns cativos fugiram ontem à noite de uma padaria logo ao lado da Porta Ticinense — Sido disse, os punhos nas cadeiras, olhando para um lado e outro do beco diante da estalagem. — Por coincidência, pegamos todos, menos dois.

— Duvido que os homens que me atacaram fossem escravos. Eles desceram por uma corda através de um alçapão do telhado para o andar de cima, por isso não os ouvi subindo as escadas. Bem treinados, porque não produziram nenhum som perceptível ao pisar na madeira do corredor para a minha cama. Nem eu conseguiria ser tão furtivo assim.

Sido umedeceu os lábios. A ponta de sua língua, grossa e rosada, lembrava também a de um ruminante, ao depositar saliva nos lábios.

— Escravos são furtivos por definição. Além disso, as casas aqui neste beco são apinhadas, como podes ver prontamente, portanto os agressores poderiam facilmente ir de um telhado até outro. É impossível descobrir de onde vieram inicialmente. Ora, o cadáver na área de lavagem tem um anel barato, de bronze ou cobre de baixa qualidade, sem chanfradura, só um enfeite semelhante a um botão. Fazem-nos aos milhares no Danúbio.

— Acontece que ele não veio do Danúbio, mas do açougue da esquina. E um dos dois tinha pelo menos atravessado a rua no início do beco ao vir até a estalagem. Eu senti o cheiro da lama do canal nele.

— Tem lama do canal por toda parte em Mediolano.

Seja por empolgação ou pelo bom cuidado recebido, Aélio não sentia dor na cabeça nem no pulso. Mas sentia medo. Viu a figura musculosa de Sido encostar-se na parede da estalagem, onde um Fauno com patas de bode pintado em cores vivas, muito alegre, penetrava uma ninfa por trás.

— Creio, senhor — disse Aélio —, que, se fosse um dos meus agressores, ele deveria ter mais marcas e machucaduras no corpo. Eu me defendi.

— Talvez tenhas atingido o outro, ou não atingiste com tanta força quanto pensaste, por causa das trevas e tudo o mais. — Sido falou com os braços cruzados, uma postura que fazia seus ombros parecerem enormes. — O sujeito que saiu ileso deve ter puxado seu comparsa ferido pela corda, através do alçapão, atravessado o telhado com ele e descido pelo lado da casa onde há uma treliça, a um quarteirão de distância daqui. Há manchas de sangue entre a treliça e a área de lavagem. Depois de ser abandonado por estar fraco, o homem morreu. Não vamos procurar complicar um simples ataque noturno em uma estalagem de segunda. Escapaste com vida, e nesses casos em que tudo termina bem, como dizem, o resto é molho sobre um bife bem preparado. Se houver mais alguma novidade sobre o assunto, nós o informaremos

Anotações de Aélio Espartano, continuação.

Não estou convencido. Um perfeito idiota ter sido convencido assim a participar de um assalto arriscado a uma vítima qualquer é uma coisa que me intriga, além do fato de eu ter matado o homem sem me lembrar disso. Além disso, é verdade que há manchas de sangue desde a calçada da treliça até a área de lavagem, mas não detectei sangue nenhum na treliça em si, nem há qualquer vestígio no chão de telhas deslocadas, nem sujeira ou outras coisas vindas do beiral acima.

Mal Sido saiu com seus ajudantes, corri até a banca de carnes sob os arcos do Circo, que estava abrindo justamente naquela hora. Quando cheguei, o açougueiro estava soltando espuma pela boca. Resmungando consigo mesmo que seu assistente não estava em lugar nenhum, usou expressões bastante pitorescas, das quais as mais leves eu menciono aqui: "Aquele filho da puta, vou parti-lo ao meio! Tenho dez carcaças de porco para abrir, e ele não aparece! Nem mesmo dormiu no catre dele, o filho de uma boa puta!", e daí por diante.

Como ele havia começado a ameaçar o safado que tinha feito o empregado dele se atrasar, achei que deveria dizer: "Está olhando para ele, açougueiro."

— "Legatos... Strategos..."

(Notei como eu subo de posto exponencialmente sempre que os civis tentam cativar minha simpatia.) Virando-se e vendo meu uniforme de coronel, o açougueiro grego só faltou me promover a chefe de Estado, mudando o tom e as palavras:

— Não quis dizer bem isso, senhor; é que não consigo entender o que iríeis querer com aquele idiota daquele meu ajudante que não presta para nada. — Antes que eu pudesse responder, voltou a ele seu espírito isolente: — Mas se ele cometeu alguma bobagem — especificou —, não vou indenizar ninguém. Diante da lei ele é funcionário liberto, portanto fazei dele o que quiserdes.

— Parece que assim o fiz.

Depois que relatei concisamente os fatos, o açougueiro passou a tremer e a murmurar coisas em grego. Em mais uma mudança de ânimo, ele passou a jurar por tudo

quanto era mais sagrado que o garoto era grandão mas nada perigoso, não passava de um idiota estabanado que sustentava a velha mãe (era previsível esse detalhe da mãe idosa) com o salário que ganhava honestamente, ajudando alegremente qualquer um que lhe desse uma gorjeta.

— Tinha miolos de formiga, senhor! Não saberia subir num telhado nem que fosse para salvar a própria vida!

— Mas é capaz de partir dez carcaças de porco.

— Sob supervisão, Sua Alteza. Forte, mas tão desajeitado que eu precisava vigiá-lo para ele não quebrar o bloco em dois.

Tudo isso era muito interessante. Eu lhe mostrei a faca usada no ataque, e ele não pareceu reconhecê-la.

— Não é faca de açougueiro, afiada assim, com a lâmina ficando mais estreita. Com exceção do alisamento excessivo, eles fazem facas como esta nos vales a oeste do lago Larium.

— Ora, muito bem — disse eu —, será que nosso liberto pelo menos lhe disse na noite passada se ia fazer algum serviço para alguém antes de a manhã chegar?

O açougueiro agiu como se minha pergunta fosse extravagante.

— Não, mas não costumava mesmo me dizer nada, exaltado comandante: era mudo por nascimento.

Com esse intrigante detalhe adicional em mente, voltei à Fortuna do Fauno, onde estou decidido a passar uma segunda noite. O chefe de polícia criminal Sido, sem os speculatores, *estava na esquina da rua, montado a cavalo, sua sombra alongando-se ao sol nascente. À minha espera, obviamente. E as únicas palavras que me dirigiu, não sei se referindo-se ao meu regresso à estalagem ou à minha iniciativa de interrogar o açougueiro, foram: "Sabes o que significa 'cessar e desistir', comandante?"*

Nos aposentos de Aélio no quartel, onde havia ido recolher seus livros por estar de mudança para o anexo de Décimo, Duco ouviu a história e disse que não gostava do pé em que estavam as coisas. Seus cílios ruivos eram tão finos que seus olhos pareciam os de um coelho preocupado, assim como seu rosto sardento, de modo geral.

— Belo galo — comentou —, e foi bom ter sangrado. Golpes na cabeça que não sangram são perigosos.

— Pode até ser belo, mas me deixou furioso. Fico furioso com esse negócio de terem me surpreendido em minha própria cama.

— A quem informaste que ias passar a noite naquele buraco? E *por que* escolheu aquele lugar, antes de mais nada? Pela sagrada Diana, podias ter dormido no meu quarto. No Fortuna do Fauno só se hospedam labregos e judeus, nunca oficiais!

— Tive meus motivos para me hospedar lá. E não contei a ninguém. Não foi uma ideia lá muito boa, pensando bem, mas eu não disse nem mesmo aos meus cavalarianos.

O bretão entreabriu a porta, olhou em torno da varanda e fechou a porta de novo.

— Se tiveres contrariado os *speculatores*, teu posto não te ajudará muito.

— Eu sei. No Egito, a polícia aceitava subornos de todo mundo e era mais brutal do que salteadores de estrada. Pensei que na Europa, em uma capital, as coisas fossem diferentes.

— Não me faças falar, que já estou encrencado até o pescoço. Só posso te dizer que Sido não é de esquecer nada que façam contra ele: nem que tenha sido apenas em sua imaginação.

Com a desculpa de supervisionar os servos enviados para levar a bagagem de Aélio, Cúrio Décimo passou no refeitório dos oficiais ao meio-dia. Segurando um lenço no nariz em sinal de nojo, como ele mesmo disse, àquele pé-sujo de Exército, deixou claro que a notícia do ataque tinha circulado em Mediolano.

— Se tivesses ficado no meu anexo, nada disso teria acontecido.

— Eu teria ficado no teu anexo se o problema de última hora com os encanamentos não tivesse atrasado tudo.

— *O quê?* Vou deixar passar o fato de que pareces estar sugerindo algum tipo de envolvimento de minha parte. Mas os inquilinos desconfiados me irritam, e vou pedir três meses de aluguel adiantados.

— E agradecerei se não colocares palavras na minha boca, comandante. Não estou insinuando nada, e disse exatamente o que quis dizer: o problema do aquecimento impediu que eu me mudasse de imediato.

— Meu Deus, como é que tu consegues comer neste lugar? — E Décimo agitou o lenço amarfanhado diante do rosto. — O que é que servem aqui, pé de porco ao molho de peixe? — E riu, mostrando os dentes pequenos e manchados. — Por que eu disse "Meu Deus"? Sei lá, Espartano, é uma interjeição cristã. Acho-a engraçada. Caso mude de ideia sobre onde vai passar a noite, posso hospedar-te em um dos quartos de hóspedes.

— Não, obrigado. Virei, como combinado, amanhã, à quarta hora da manhã, trazendo um depósito de três meses. — Aélio estava começando a sentir a ferida do couro cabeludo arder, e seu braço e ombro direitos estavam cada vez mais doloridos. O desdém do colega pela comida e pela bebida o incentivou a terminar logo seu vinho aguado do Exército.

— Ei — falou Aélio, só para provocar o outro —, ouvi dizer, por um amigo meu que está viajando, que aquela senhora tua parente incorreu em um incidente lamentável em um posto de vigilância na Bélgica Prima.

A história, brevemente explicada, não alterou o humor de Décimo como Aélio desejara.

— Pelo que sei, é como se ela tivesse fugido com o circo quando se tornou cristã. Ela merece o respeito que se deve a uma equilibrista da corda bamba ou a um malabarista. — E levantou-se do banco com o mesmo sorriso desdenhoso e presunçoso com que tinha avaliado o refeitório. — Se não tivesse que voltar ao Palácio, eu me permitiria expressar-te o quão completa e absolutamente ignorarei os apuros dela se a ex-Annia Cincia for presa em algum posto de vigilância por causa de sua superstição.

Sábado, *9 de dezembro*

Exatamente da mesma forma como resolvera ignorar o costumeiro intervalo de sete dias entre a morte e o funeral no caso do marido, Lúcia Catula deixou instruções para que se realizasse uma cerimônia fúnebre reservada assim que possível depois de sua morte. O ato final da cerimônia aconteceu no sábado de manhã no *ustrinum** da família, uma área fechada por cerca, onde havia uma plataforma permanente para a pira funerária. O jardim, plantado com ciprestes e roseiras sem flores, ficava ao lado do monumento dos Minucii, não distante da propriedade deles que ficava na estrada para Ticínio.

O pequeno complexo funerário dava para um brejo entre a arena suburbana e um templo a Nêmesis lúgubre e desgastado pelo tempo, ao passo que nos fundos fazia divisa com uma modesta propriedade particular. A fumaça que subia da pira crematória praticamente escondia essa propriedade adjacente, mas Aélio podia de vez em quando distinguir um telhado baixo de telhas entre as brilhantes sempre-vivas. Se não estava enganado, Décimo tinha mencionado algo sobre Casta ter ficado com uma pequena propriedade naquelas redondezas para sua ama já idosa.

Essa ideia o perturbou vagamente até o fim do ritual, quando, depois de despedir-se dos filhos enlutados de Catula, Aélio não retomou de imediato o caminho de volta à cidade. Um sol enevoado, da cor de uma moeda falsa, brilhou entre as nuvens o suficiente para iluminar trechos anônimos através dos campos, trilhas e estradinhas claras que cruzavam e beiravam as propriedades. Mais perto dali, uma estrada estreita, meio oculta pelos tojos ressequidos e outras ervas daninhas, saía do *ustrinum* e chegava a um altarzinho em miniatura à sua margem, depois descrevia uma curva, voltando para o ponto de onde partia, margeando o jardim de árvores perenes. Aélio seguiu a pé por aquele caminho, puxando o cavalo atrás de si.

No horizonte a sudoeste, acima de arbustos e moitas esparsas, uma cadeia de morros azulados formava uma nítida crista contra as nuvens. Acima dele, os resquícios de fumaça da pira estendiam-se, formando um falso teto, mas o cheiro ruim de carne queimada rarefazia-se. Adiante, loureiros haviam escapado do pequeno jardim fechado, deixando cair as sementes do outro lado da cerca, de modo que, aqui e ali, ao se aproximar, o verde-escuro e reluzente de seus brotos irrompia da grama verde-clara de inverno.

* Na Roma antiga, o *ustrinum* era o local onde ficava uma pira funerária. *(N. da T.)*

Sim, aquela era a única propriedade que se encaixava na descrição que Décimo tinha feito da casa da ama. O primeiro som doméstico que Aélio escutou vindo de dentro da residência foi o rangido de uma porta, depois o ferrolho sendo passado às pressas. Não ouviu vozes nem latidos de cães de guarda. Sem medo, um corvo alçou voo pesadamente de um dos loureiros. Em seguida ouviu-se o som de janelas sendo trancadas ruidosamente, uma após a outra, como se a distância entre elas tivesse sido percorrida com uma pressa palpitante.

O caminho excessivamente coberto de mato até a casa, que era pequena e térrea, levava até um portão de madeira com uma tranca transversal também de madeira, na altura do peito, ligando as extremidades de um muro ainda mais baixo. Sem pintura e simples, o portão dava para o jardim desmazelado de uma senhora idosa. Aélio concluiu isso olhando para além dele, sem experimentar o ferrolho. Desenhado em pedrinhas pretas e brancas, formando um mosaico no chão, logo além do portão, estava um cão de guarda que provavelmente não existia, com orelhas pontudas e a boca aberta, puxando uma linha feita de pedras pretas que devia ser uma corrente. O aviso dizia: CAVE CANEM (Cuidado com o cachorro), mas o C de CAVE tinha caído, de modo que se formara a palavra AVE, modificando a frase de modo a cumprimentar o visitante, quase dando boas-vindas.

Aélio aguçou a audição para ver se ouvia outros sons vindos do interior. Nada percebeu além de uma última porta sendo batida. Velhas senhoras, assustadas e sempre vigiando, com medo de aparecer algum ladrão ou soldado ou homem qualquer! Arrancando uma folha de louro do galho mais próximo, Aélio a esmagou entre os dedos para extrair o perfume de suas fibras. O movimento fez seu pulso arder, mas ele continuou apalpando a folha, segurando-a debaixo do nariz. O odor era vegetal, agridoce; um aroma de guarda-roupas bem cuidados, coroas da vitória e dias em que a esposa de um homem assassinado é sepultada.

De volta a Mediolano, Aélio fez uma última parada no quartel para verificar sua correspondência e despedir-se de Duco. O bretão entregou-lhe com o devido respeito o cartucho púrpura que tinha acabado de chegar por mensageiro:

— Da residência de Sua Divindade — disse. Só depois que Aélio examinou rapidamente seu conteúdo e colocou a carta de lado para tornar a lê-la à vontade, Duco disse que tinham chegado notícias preocupantes. — Parece que vai haver problemas na fronteira.

— Que problemas? A nova unidade já foi transferida para cá? Não vi nem sinal dela ainda.

Duco sacudiu a cabeça.

— Os oficiais vieram na frente, e o destacamento vai chegar aqui antes de cair a noite. Estavam juntos, como unidade de cavalaria móvel, com a II Legião Adiutrix, patrulhando as cercanias de Aquincum, na estrada de fronteira Vetus Salina-Lugo. Portanto, devem saber o que acontece. Não sei se estamos falando em outro ataque em escala total, mas os sinais estão aí. Os informantes do que antes era a Dácia nos disseram que há grande movimentação de homens armados, vindos da área de Centum Putei, mas poucas famílias, e nenhum idoso a reboque.

— *Cem Poços* — Aélio repetiu. Já tinha ouvido o nome daquele lugar muitas vezes. — Meu pai costumava ficar ali quando essa província ainda nos pertencia. Estava lá quando eu nasci. Fica nos limites da velha capital, não é?

— É. E se os inimigos seguiram os cursos d'água rio abaixo, qualquer um, podem ter começado até nas estepes mais distantes de Barbaricum. — Duco abaixou o tom de voz; passou a falar com a mão em concha na boca. — Já destruíram tantas patrulhas que o comando está começando a escolhê-las entre unidades que não falam latim, para não fazerem perguntas demais.

— Então pode ser que tenhamos de ir à guerra, é?

— *Nós?* Não sei quanto a ti, Aélio, mas é muito provável que nossos homens tenham de ir, sim. Quando fomos informados de última hora que uma unidade inteira estava vindo do leste, fiquei desconfiado. A *Maximiani Juniores* será enviada para ficar no lugar dela, aposto.

Aélio tinha ouvido boatos alarmantes de tribos movimentando-se em Aspalatum, semanas antes. Instruído por Diocleciano para guardar segredo, não tinha dito nada nem especulou neste momento.

— Qual é o nome da unidade que está vindo? — indagou. — E quem é o comandante?

— É a *Ala Antoniniana Sagittariorum Surorum*, comandada por Júlio Safrac.

— Arqueiros sírios. Mas Safrac não é um nome sírio.

— Não, a mãe dele era filha de um chefe de aldeia alano. O pai é de Pisa.

Carta de Sua Divindade para Aélio Espartano:

Agrada-nos que tua missão a Constâncio Hercúlio, nosso irmão e colega de púrpura imperial, tenha sido tão bem recebida em Augusta Treverorum. Nós também estamos deveras satisfeitos, prezado Aélio, por tuas viagens estarem prosseguindo sem complicações.

Fizeste bem em perguntar-nos qual o tratamento que deves reservar à vida de nosso precursor, e portanto governante ancestral, Severo. Como nos anos anteriores, nós mesmos enfrentamos rebeliões e intrigas, entendemos muito bem a necessidade de medidas drásticas contra usurpadores e fanáticos, assim como o valor da clemência após a vitória.

Com relação à qualidade dos filhos de Severo, oriente-se por esta pergunta: monstros são concebidos por monstros? E quanto a Cômodo, que manchou o nome imperial: seu pai Marco Aurélio Antonino não foi o mais piedoso dos príncipes, que fez da filosofia a arma e o apoio de seu governo? E Calígula, antes deles, que, embora filho do excelente Germânico, não hesitou em dar ao seu cavalo o posto de senador e desonrou a instituição do matrimônio casando-se com a própria irmã? E até mesmo o Pai da Pátria, Otaviano Augusto, não gerou a devassa Júlia?

Com relação à questão da vingança versus o perdão, não há como negar que Severo excedeu em muito, não só na nossa opinião, a severidade que seu nome e seu papel exigiam. A severidade não deveria se transformar em licença para governar como tirano. Mas mesmo assim, a generosidade desse príncipe para com o Exército, que ele organizou como pedra fundamental para carreiras importantes, deveria ser levada em conta a seu favor, bem como seus grandiosos projetos em sua nativa África, no Danúbio e em outros lugares.

Se mesmo assim as sombras da vida de Severo ainda foram mais profundas que as luzes, Aélio, que seja, pois um retrato não é um retrato se não fizer lembrar o modelo. A majestade de Roma não teme o fato de que ocasionalmente seus governantes não tiveram as virtudes necessárias. Sem demorar-se em detalhes sórdidos que não impressionarão um público sórdido, mas podem escandalizar o leitor de mente pura, incentivamos-te a narrar fielmente a vida do nobre Severo, honrando a verdade e a história.

Como a notícia de tua recepção em Mediolano por nosso irmão e colega de púrpura imperial Maximiano irá provavelmente cruzar-se com esta, Aélio, reservamos nossas ordens posteriores para uma data futura. Prepara-te para elas. Entrementes, fica sabendo que nos agrada ouvir falar de tua investigação dos estranhos eventos que precederam e seguiram o assassinato do oleiro na Bélgica Prima. Incentivamos-te a perseverar, para nos manter informados de tuas descobertas e, se o tempo permitir, aprender mais sobre a prática supersticiosa da assim chamada ressurreição operada por Agnus, ou Pyrikaios, ou o atiçador de fogo, *como também é conhecido. É precisamente para extinguir essas crenças sem sentido que precisamos exercer disciplina enérgica sobre a seita cristã.*

Redigida em Salona, vigília das calendas de dezembro, 30 de novembro.

Conforme expressamente declarado, a resposta de Diocleciano tinha sido enviada antes do recebimento do relato de Aélio sobre a missão fracassada na corte de Mediolano. Mesmo assim, ao ler a mensagem pela segunda vez, Aélio precisou conter a decepção ao constatar o vácuo que a falta de instruções específicas gerou em torno dele, com relação a Maximiano e aos *speculatores* de Sido. A confiança de Sua Divindade em suas investigações foi o que mais o motivou, embora ele talvez precisasse deixar de colocar tanta ênfase em seu papel oficial.

Esperou até o dia, agora mais nublado e mais frio, declinar e a noite cair. As ruas semivazias da cidade eram varridas por um vento do norte com sabor de neve, e quando Aélio chegou ao o bairro judeu não encontrou quase ninguém em volta. As portas de Mediolano se fechariam dali a uma hora, portanto havia tempo suficiente para que ele se desincumbisse de sua tarefa e voltasse.

As moitas já diminuíam a distância, não se conseguia distinguir mais os pântanos dos brejos e dos campos. Ao passar pelo templo de Nêmesis, trancado e mais lúgubre àquela hora, Aélio disse consigo mesmo, como desculpa, que poucas coisas encolerizavam tanto um soldado como trancar portas e janelas em sua cara. Que motivo podia levá-lo até ali de novo, a não ser fazer a velha ama de Casta abrir a porta e deixá-lo entrar? A criada, provavelmente, não sabia de nada, encorujada ali naquela casa que eram os resquícios de fortuna de sua patroa. Aélio não tinha nada específico para perguntar a ela, não era curiosidade o que o fazia desejar atravessar o batente da porta. A menos que quisesse ver os quartos que a prima distante de Décimo antes ocupava, apoiado na vaga presunção (ou esperança, sabe-se lá por quê) de que ela fosse tão bela quanto a estátua de mármore de sua ancestral na *sala dos ancestrais*. Essa ideia lhe passou pela mente. Talvez pudesse também ser... não, não indignação, não exatamente; pena, talvez, pela mulher que havia se despido de seus pertences e sido insultada ao viajar para leste com seu mestre, que alegava ser capaz de ressuscitar os mortos mas não era capaz de conter a mão grosseira de um soldado.

Uma última nesga de luz hesitou no ar quando Aélio destrancou o portão e percorreu o curto espaço do jardim malcuidado até a porta, atravessando uma confusão de folhas secas. Uma das duas janelas estreitas da fachada estava fechada; a outra, semiaberta, deixava ver o brilho de uma lanterna no interior. O brilho ia e vinha, portanto era provavelmente uma lamparina a óleo pendurada sob a varanda interna, aberta ao vento.

Para ter certeza de que a velha senhora o ouviria, Aélio tirou a faca militar e usou o cabo para bater na porta, metal contra a aldraba de metal. Nada, nem mesmo um som vago, veio em resposta. Aproximando a orelha da madeira, só ouviu mais agudamente o vento passando nos loureiros. Uma sequência de batidas enérgicas — que ele teria de justificar se aquela casa fosse a errada — finalmente se fez seguir de uma voz desconfiada e mal-humorada atrás da porta.

— Quem é? — Alguém destrancou a porta, puxou o ferrolho, uma nesga de espaço surgiu entre uma e outra folha da porta. — O que é que desejas?

Aélio precisou olhar para baixo para distinguir um pedaço mal iluminado de rosto enrugado, espreitando-o. Ele indagou:

— Esta casa é propriedade de Annia Cincia?

— Não. É minha. Que te interessa?

— Deixa-me entrar.

Foi o que bastou para a velha soltar um gritinho estrangulado.

— Socorro, ladrão! Assassino! Socorro!

Aélio, prevendo uma tentativa furiosa de bater a porta na sua cara uma vez mais, imediatamente meteu o coturno direito na abertura da porta. Com o joelho empurrou a folha apenas alguns graus, sem exercer pressão demasiada, porque, afinal de contas, era uma velhota minúscula quem estava tentando evitar que ele entrasse. Ele a venceu facilmente, entrou e fechou a porta.

— Deixa de bobagem, não estás vendo meu uniforme?

Ela então olhou-o com atenção, naquela quase penumbra. Longe de parecer aliviada pelo que via, recuou como se fosse um animalzinho amedrontado.

— Então és guarda, és guarda! Alguém me ajude!

Olhando de relance, Aélio examinou aquele espaço antiquado: colunas baixas cercando um patiozinho aberto, a lamparina a óleo solitária pendurada em um gancho sob a sacada, a ausência de outras entradas.

— Não sou *guarda* coisa nenhuma, sua velha caduca.

— Então és o chefe da guarda! Ajudem-me, vizinhos!

Não havia nenhuma casa a uma distância que permitisse ouvir os gritos da velha, e se houvesse criados do sexo masculino eles já teriam aparecido. Aélio ficou vendo a velha senhora correr em torno do aposento, as chinelas tamborilando no chão, os braços sacudindo-se acima da cabeça. Estava só fazendo barulho, demonstrando seu medo.

— Para com essa gritaria — disse Aélio, alcançando-a depressa e colocando-se em seu caminho. Ela deu um encontrão nele, tão pequena que batia abaixo de seu peito, um saco de pano e ossos.

— Sou *apenas uma visita*, mulher — disse lenta e calmamente. — Não desejo fazer-te mal.

Ela cuspiu nele, com ódio. Lançou os punhos sobre ele com fervor, rápidos e raivosos, contra os lados do corpo. Aélio riria se não estivesse constrangido diante daquela cena, mas estava ficando realmente zangado.

— Chega, Issa.

Ouvir outra pessoa falar foi uma surpresa. Aélio olhou para a sacada, na direção da voz, e soltou a criada um momento, tempo que bastou para ela agarrar um ancinho e com ele atacá-lo, na verdade sem força alguma, como uma galinha brava que não se deixa vencer.

A mulher que havia falado ficou nas sombras, era impossível perceber algo sobre ela senão que a voz era jovem, refinada.

— Não batas nele, Issa. Eles me encontraram.

Um estalido surdo de madeira contra as lajotas do piso alertou-o de que o ancinho tinha caído às suas costas. Das sombras, diante dele, Aélio percebeu que braços femininos se estendiam, cruzados na altura dos pulsos: pulsos finos, pálidos à luz da lamparina, surgindo de longas mangas escuras, como que se rendendo para que ele os agrilhoasse.

Aquele ato de rendição o desestabilizou. Aélio sentiu-se como se a noite tivesse virado uma página e fosse agora outra noite, estranha e desconhecida, pertencente ao destino de outrem, a um outro homem.

— Sra. Annia Cincia! — Ele pronunciou essas palavras como quem pergunta, e também como quem confirma para si mesmo.

— Não é esse o meu nome.

— Esta noite precisa ser, *domina*. Faz diferença para minha visita. — Seu outro eu (a quem pertencia aquela noite nova e desconhecida) apresentou-se, curvando a cabeça como os oficiais fazem ao cumprimentar as senhoras. Aélio, como tinha sido até ali, recuou, estupefato. A presença dela, sua baixa estatura, sua severidade o perturbavam. — Eu pensei... disseram-me que estavas viajando para leste.

Os pulsos pálidos continuaram cruzados, mas os braços dela abaixaram-se devagar.

— Quem vos enviou, comandante?

— Ninguém. Quer dizer... conheço teu parente, comandante Cúrio Décimo.

— Parente, mas não amigo meu.

— Ora, ele não me enviou também. Estou aqui por minha própria iniciativa, apenas porque...

— César enviou-vos, sois emissário de César. Disseram-me o vosso nome. Já estivestes me procurando em Tréveri. Por quê?

Pelo canto do olho, Aélio captou o movimento furtivo da velha ama, tentando contornar Aélio do mais longe possível a fim de ir para perto da patroa.

— Por causa do *atiçador de fogo.*

— Ele não está aqui. Foi na frente, para o leste. Quereis prendê-lo?

— Não, ora.

O tempo havia parado. Não se fez convite para ir até uma das poucas salas que davam para o pátio, nem se fez menção de acender outras lamparinas, nem de simplesmente sair da sacada sob a qual estavam parados. A lamparina a óleo moribunda balançava no gancho. Graças a ela, ou a sua imaginação, Aélio, a uma certa altura, conseguiu entrever um rosto sob um severo capuz e, em outro instante, uma centelha do olhar, como as mulheres de pele escura às vezes emitem mesmo nas sombras. Só então é que a ordem de Sido para "cessar e resistir", afastar-se das investigações, pareceu-lhe fazer sentido. Ele ouviu-se revelando a Casta, precipitadamente, seu desejo de conhecer o milagreiro, falando do assassinato de Lupo e de outras coisas desconexas, interligadas pela mera curiosidade e nada mais.

Nada mais? *Outros* estavam vigiando. De repente, assustou-o a ideia de que guardas ou soldados patrulhando as ruas depois do anoitecer poderiam ver seu cavalo amarrado no jardim e ficar desconfiados. Ele não deveria ficar ali, pelo bem da mulher. Para não reacender o alarme das duas, Aélio terminou o que estava dizendo, depois acrescentou, num tom tranquilo:

— Pode ser que não seja seguro permaneceres aqui, *domina*.

— Deus proverá.

— Permite-me discordar de ti. Há 12 cristãos esperando para serem executados na prisão dos Prados Gálicos.

— Eu sei.

— Eles são acusados de matar o juiz Marcelo.

— Também sei disso. — Sua voz era tênue, segura, sem medo. — Os cristãos são instruídos a não mentir: se me perguntásseis, eu não poderia vos dizer que os cristãos são inocentes da morte de Marcelo, porque isso implicaria um conhecimento que não possuo.

— Pouco importa, os dias deles estão contados.

Quando Aélio avançou para partir (sem pensar em tocá-la, pois nem mesmo trocar um aperto de mãos com uma aristocrata seria concebível sem permissão) ela recuou, virando o ombro um pouco, a cabeça para outro lado, afundando de novo na escuridão, como Alceste, a noiva mística inutilmente chamada a abandonar o reino da morte. Ele disse:

— É melhor que eu me vá. Como és para mim a *clarissima domina* Annia Cincia da classe senatorial, viúva de Pupieno, só posso pedir desculpas a ti por minha intrusão e garantir-te que ninguém saberá por mim da tua presença aqui.

Ela nada respondeu, não fez nenhum gesto indicando que tinha ouvido. Afastando-se, saiu do alcance da vista, sem ruído, como a noiva fantasmagórica do mito.

— Agora vai embora — disse-lhe a velha criada, rabugenta. Antes de sair, no limiar da porta, Aélio lembrou-se de sua época de estudante, de como, quando jovem, ele tinha resolvido escrever um ensaio sobre o tema: "Por que Tânatos deveria ter renunciado a Alceste, libertando-a do Hades, diante da intensidade do amor de seu marido?"

Quando a porta se fechou atrás dele, uma última fita translúcida de céu trespassando as nuvens informou-lhe que tinha se passado na verdade muito pouco tempo. O resto eram nuvens, escuridão sob os loureiros, vento gelado.

O bater paciente dos cascos de seu cavalo onde o deixara esperando, amarrado nos fundos da propriedade, trouxe-o de volta a si. Era o anoitecer antigo de novo, o anoitecer de Aélio. E seria a noite de Aélio que iria cair.

Tinha começado a nevar quando ele passou pela Porta Ticinense, exatamente no momento em que a estavam fechando.

No alto da *Vicus Veneris*, luzes e tochas sem fumaça em seus suportes formavam um colar de fogo ao longo do muro da casa de Décimo. Longe de diminuir a iluminação, o vento e a neve rodopiante a faziam ainda mais fantástica, um esplendor de contos de fadas que quase cegava, depois dos bairros escuros que Aélio havia atravessado. Ele levou o cavalo, dobrando a esquina, até a praça pavimentada ao lado da entrada principal. O espaço estava apinhado de liteiras elegantes carregadas por escravos musculosos e encapuzados, os cavalos estavam sendo levados para as cocheiras, e as portas, abertas para uma multidão de convidados alvoroçados. O barulho de uma festa vinha pelo austero vestíbulo, vivamente iluminado por lamparinas e braseiros, onde mordomos cerimoniosos se encontravam de pé, em trajes de festa. Mais do que uma festa, parecia um banquete romano tradicional e grandioso, a julgar pela passagem constante e perfumada de libertos formosos em roupas de pele curtas, pelos gritinhos estridentes das moças nos corredores internos, pela música e pelos risos.

O chefe da criadagem de Décimo aguardava-o à entrada do anexo, silencioso e sério, contrastando com a alegria geral. Informou a Aélio imediatamente que já haviam sido preparados banho e roupas caso ele precisasse.

— Meu patrão pediu-me que avisasse quando estivésseis pronto, comandante, caso desejeis participar do banquete.

— O que estão comemorando?

— O aniversário do meu senhor e, por antecipação, o início da Saturnália.

Alguém recitando o alfabeto aos berros lá dentro traiu os brindes repetidos de aniversário a cada letra do nome do anfitrião. "M... A... N... I... O..."

As moças soltavam gritinhos histéricos e curtos, sem dúvida porque os convidados estavam atirando copos, quebrando-os para atrair boa sorte.

Aélio abriu sua capa militar.

— Envia-lhe meus agradecimentos, votos de felicidades e desculpas, pois estou cansado e não me sinto bem.

Três horas depois, a festa ainda estava a todo vapor, ultrapassando a parede que separava da ala a residência principal. Liteiras e grupos de escravos haviam todos partido, portanto Aélio presumiu que os convidados e as contratadas para diversão iriam pernoitar ali ou ficar acordados até de manhã. Ele tomou um banho demorado, leu, começou a responder à carta de Termutis e agora encontrava-se sentado em uma biblioteca pequena e confortável, lembrando-se de que Anubina tinha "dançado em festas masculinas" (palavras de Termutis) durante seis meses, antes de Aélio conhecê-la. Esse fato normalmente não impediria que ele participasse de jantares em que as moças cantavam e dançavam nuas e dormiam com os convidados, mas naquela noite a ideia lhe pareceu repulsiva, muito embora ele não estivesse tão cansado ou indisposto como havia dito que estava. Sua cabeça e seu pulso doíam um pouco, só isso. Aquelas comemorações o incomodavam por ser o fim de um dia e um anoitecer que ameaçavam mudar as coisas sob diversos aspectos.

A autobiografia de Severo, que ele vinha marcando já pensando em usar como fonte, há muito havia se transformado em um amontoado de palavras que lhe escapavam da atenção, e Aélio a pôs de lado. Fechando os olhos, ouvindo ainda os gritos de "Vida longa!", viu a fumaça da pira funerária erguendo-se do *ustrinum*, o caminho encoberto pelo mato atrás, o templo de Nêmesis. Imagens fragmentadas do dia anterior e de outros dias surgiram diante dele como instantâneos no escuro.

O tédio virou irritação quando a música e o bater dos tamborins aceleraram-se até virarem um ritmo que era popular no Egito e totalmente indispensável em festas de oficiais. Quatro batidas que sempre se repetiam, sendo que a terceira era acentuada, acelerando para gerar uma expectativa de tirar o fôlego. Anubina, dançarina como era, detestava essa música. Pelo mesmo motivo, durante a campanha do Egito, Aélio encolhia-se sempre que a ouvia, indisposto que estava a aceitar que ela tinha sido leiloada ao som dessa mesma música. Os homens, segundo ela lhe dissera, tinham feito fila para tocá-la entre as pernas, a fim de se certificarem, sondando-a cuidadosamente, de que ela era virgem mesmo, conforme tinha sido anunciado. Examinaram-na tanto quanto a madame permitiu, até que um mercador de vinhos de Alexandria fez um lance absurdamente alto para poder ter o direito de "desarrolhá-la", conforme chamou, na frente da companhia.

— Mas depois disso me embriagaram, Aélio, portanto não me lembro de muita coisa. Nem mesmo sei se doeu.

Durante a Rebelião, o mercador tinha ficado ao lado dos usurpadores, organizado uma milícia, e esses fatos, que naquela época não contavam aos olhos de Aélio tanto quanto sua implicância particular, serviram de justificativa inesperada e honrosa para ele lhe cortar a garganta durante a batalha. Ele nunca havia contado isso a Anubina, mas Termutis sabia, e foi a única vez que ele viu a dona do bordel manifestar medo dele.

Assim, o ruído das festividades o atormentava por causa de suas lembranças do Egito. Mas Aélio mentiria para si mesmo se não admitisse que estava pensando também na outra, a mulher de pé no escuro daquela casa solitária entre o templo de Nêmesis e a arena onde seus companheiros de fé seriam executados em breve.

***Domingo,** 10 de dezembro*

Pela manhã, nenhum sinal de vida vinha do solar. Aélio tinha finalmente caído no sono, ele que não havia relaxado nem durante uma massagem ao lado da piscina, feita pelas mãos grandes de um massagista empregado de Décimo. Despertou na hora de costume, depois de sonhos esquisitos em que arrombava portas, mas encontrava apenas novas portas atrás delas, cada uma sendo uma promessa de uma festa extraordinária e depois, ao abrir-se, revelando apenas escuridão e silêncio. Durante o desjejum, ele soube que o aniversário de Décimo seria na verdade apenas em janeiro, mas que ele tinha resolvido comemorá-lo, antes da hora, "junto com a Saturnália antecipada".

— Ele costuma comemorar o aniversário antes da hora assim sempre? — perguntou Aélio ao liberto contrito.

— Não, senhor. É a primeira vez.

Ao longo da rua Vênus, a camada de neve jazia quase sem rastros. A água escorria, escura e vagarosa, pelo canal, entre as margens brancas. Acima dos telhados dos antigos bordéis, o céu matinal brilhou, sem nuvens, e o sol derreteria a neve no máximo até o meio-dia. Leves sons de arreios ali perto indicaram a Aélio que os primeiros convidados da festa se preparavam para partir. Seria uma disputa entre o sol e os pés dos escravos, rodas e cascos, que carregavam as liteiras para ver quem conseguiria destruir a neve primeiro, pensou ele.

Antes que se passasse uma hora, o cavalariano que ele havia despachado em trajes civis para o Circo voltou contando que a banca do açougueiro sob os arcos não tinha aberto naquele dia. Os donos das lojas vizinhas lhe contaram versões diferentes, duas das quais foram privilegiadas: ou ele tinha sido preso pelo papel que seu ajudante palerma havia desempenhado no ataque noturno à Fortuna do Fauno, ou tinha fugido para não ser preso.

— Alguma pista de quando ele volta?

— Não, senhor. O peixeiro, duas lojas depois, disse que levaram dez carcaças de porco, na hora de fechar ao anoitecer, e que foi a última vez que viram o açougueiro. Nenhum dos comerciantes quis dizer mais nada. Em vez de tentar arrancar algo deles, fui à Fortuna do Fauno, conforme vossas ordens, e encontrei uma agitação inesperada logo antes da estalagem. Ao que parece, umas crianças que estavam jogando bolas de neve e brincando de pega-pega nos espaços estreitos entre as casas encontraram um cadáver.

Aélio estava se vestindo para sair e parou com os dedos pousados nas calçadeiras dos coturnos, franzindo a testa:

— Não era do açougueiro, era?

— Não, senhor. Um dos passantes disse que o morto era conhecido, um ladrão marcado como tal. Pelo que soube, alguém o atingiu no peito com uma faca, e ou não estava rígido *ainda* ou não estava *mais*; fora o efeito do frio. Ouvi dizer que um grupo de judeus foi o primeiro a chegar depois das crianças, mas que voltaram correndo ao bairro deles, para evitar problemas. Quando cheguei, os guardas já estavam removendo o corpo e afastando os curiosos.

— Parece que o bairro é pior do que pensei — disse Aélio, e quando afivelou o cinto da túnica, sentiu uma pontada no pulso envolto em bandagens, que subiu até o cotovelo. — E o *ustrinum* dos Minucci? Verificaste os caminhos ao redor dele, à procura de rastros?

O legionário confirmou.

— À parte a estrada principal, onde a neve já tinha sido revolvida e pisada, não havia nenhuma desordem por ali. Não há pegadas humanas em torno da arena nem do templo de Nêmesis, só o rastro de uma raposa.

Depois de respondidas essas suas duas perguntas, sobre o destino do açougueiro e a segurança de Casta, Aélio planejou visitar o bairro judeu naquele dia; para todos os efeitos, a fim de visitar lojas de livros de segunda mão. Na verdade, ele queria mesmo era falar com Baruc ben Matias. O legionário lhe informou que o judeu tinha dado entrada na Fortuna do Fauno na noite anterior, sozinho. Os parentes locais, porém, tinham ido vê-lo pela manhã, e ele tinha saído com eles, levando a bagagem.

Cúrio Décimo estava com olheiras, parecia não um, mas dez anos mais velho, e disse que sentia a cabeça inchada. Veio ao encontro de Aélio tarde e já montado, pois sempre ia assim até seu trabalho, no Palácio.

– Por que não vieste à festa? — perguntou, com um bocejo. — Foi espetacular, vão tecer comentários sobre ela até bem depois de nossa morte.

Aélio perguntou-se o que ele queria dizer com isso, se significava que a festa tinha sido mesmo memorável ou algo mais.

— Foi uma ideia de momento, comemorar as datas antes da hora?

— Foi. Não ouviste o boato? Rumores de guerra precipitaram minha decisão. Fomos avisados de que vários de nós partiremos para a fronteira em breve, a maioria dos amigos que tu já conheceste.

Décimo ajeitou o gorro militar de peles na cabeça, alisando os cabelos das têmporas.

— Deverias já saber que havia isso no ar, já que viestes do pouso de verão de Sua Divindade. Foi por isso que nosso senhor Maximiano não quis receber-te? De qualquer forma, os bárbaros andam turbulentos de novo, e parece que é melhor não ignorarmos a ameaça. Portanto, podes me chamar de supersticioso, mas decidi comemorar cedo e gozar do imbatível trio dança-mulheres-vinho com os amigos que amo. Estás indo para o mesmo lugar que eu?

— Só até o fim da rua. Há algum dia já marcado para a partida?

— Não, e não sabemos ainda ao certo se os oficiais da Guarda Palaciana irão. Parece-me razoável que nosso senhor Maximiano queira contribuir com as melhores flores de suas tropas.

Aquele tom irônico não caía bem em um homem da patente de Décimo. Aélio anotou isso mentalmente. Se tinha sido Maximiano quem mandara aquele oficial preconceituoso investigar os acontecimentos, não admira que seus convidados se apressassem a proclamar fidelidade ao Estado; a armadilha era visível demais para alguém tropeçar nela. Mas Aélio não precisou fingir quando falou:

— Somos combatentes, seja qual for nosso uniforme.

— É verdade, é verdade. Nada como um ataque bárbaro dos bons para fazer a morte de Marcelo e a tua mania de investigação parecerem mesquinhas e deslocadas.

O que ele faria se soubesse que conheci sua prima ontem à noite? Aélio discretamente evitou olhar com muita insistência para a cara de ressaca do colega. *Será que ele insistiria para eu dizer onde ela está escondida? Será que a entregaria?* Esconder aquela informação de Cúrio o fez sentir um certo prazer naquela manhã.

— O *perfectissimus* chefe da polícia criminal, Sido, já me mostrou a natureza imprópria da minha curiosidade. — E permitiu-se sorrir. — Ele parece pensar que isso basta para me obrigar a desistir, mesmo sem a ajuda dos bárbaros.

Décimo olhou-o de um jeito meio agressivo.

— Não sorrias só porque tens bons dentes.

No fim da rua, onde se separaram, retribuiu o aceno de despedida de Aélio com um aceno desinteressado, guiando seu cavalo na direção oposta.

— Estás perguntando a mim? Logo a mim, tão humildezinho? Sou só um pobre judeu.

— És judeu mas não és pobre, estás longe disso.

Encontrar Ben Matias tinha sido mais fácil do que ele pensava. O nome dele era bem conhecido no bairro judeu, e, depois de responder a perguntas feitas por vários jovens ameaçadores, Aélio chegou à porta certa em um beco sem saída com largura suficiente apenas para passar um homem de braços abertos. Eles se viram sentados frente a frente depois de alguns minutos, em uma cozinha esfumaçada e pequena, após passar pela rotina de um deles alegar estar ali por acaso e o outro dizer-se surpreso por alguém pedir informações.

Ben Matias enquadrou as perguntas de Aélio sobre o caso de Lupo dentro de sua própria perspectiva.

— Ora, não gostei nada disso, se é o que queres dizer. Meu genro teve momentos desagradáveis quando teve de explicar detalhadamente aos *speculatores* locais sobre onde ele estava, e com quem, desde o momento em que saiu do trabalho à tardinha até o início da manhã, quando foi despertar Marco Lupo. Só conseguiu provar que não estava envolvido porque ele tem amizades em altos cargos que estão dispostos a jurar que os subordinados que se responsabilizaram por ele são honestos. Minha filha, que está grávida, nos assustou a todos, desmaiando algumas vezes. Quanto ao irmão de Lupo, comandante, desejaria que não tivesses perguntado. Ele foi um dos piores, despejando sobre Isaque uma torrente de insultos, só para se livrar da culpa. *Eles são germânicos,* disse eu a Isaque, quando ele foi para o trabalho na olaria. *Não confio neles. Não daria para ele trabalhar como supervisor para outra pessoa?* Mas não, ele precisava trabalhar para Lupo, que arda para sempre no inferno dos gentios.

— E agora?

— E agora, não sei e não quero saber. A família vai subornar as pessoas certas para evitar os boatos e herdar a fortuna do Lupo; tenho certeza de que eles acham que merecem. Afinal de contas, mostraram a todo mundo como são desinteressados depois que contrataram o *atiçador de fogo* para ressuscitar o parente da primeira vez. O resultado mais visível de tudo isso foi que até um moderado como Constâncio perdeu a paciência com os cristãos. Os milagres geram inquietação, e, além disso, ele está ouvindo os que acusam o *atiçador de fogo* de magia negra. Ele e a amiguinha dele, Casta, fugiram bem na hora, e agora estão sendo acusados de conjurar espíritos malignos contra Lupo para fazê-lo adoecer, simulando uma ressurreição e depois matando-o devido ao *ódio que têm pela humanidade*, a acusação clássica contra os cristãos. O preço está sendo pago pelos padres da igreja de Tréveri, que vêm sendo aprisionados aos montes.

Aélio tirou o manto cuidadosamente.

— Magia negra é besteira. Os filósofos dizem que isso não existe.

— Claro. E eu creio em um Deus único, não em um bando de divindades. As pessoas são diferentes, comandante. É como estou dizendo: saí da Bélgica Prima uma semana depois de você, e fiz questão de sacudir o pó das sandálias. Pó que nada, *quem dera* que fosse pó. Era neve, e muita. Mediolano, comparada àquele lugar, é um paraíso.

Examinando seu convidado com atenção, Ben Matias não indicou como tinha descoberto que Aélio o havia precedido na cidade italiana. Aélio não perguntou, sabendo que o judeu tinha suas fontes.

— Mas e tu? — perguntou Ben Matias, com um sorriso malicioso. — Eu devia me sentir lisonjeado por tu me procurares. Porém, por mais que tenhamos colaborado mutuamente, digamos assim, no Egito, não estás tão enamorado da minha presença a ponto de ter vindo aqui sem um motivo específico. Ou era apenas isso o que querias, ouvir notícias sobre a investigação em Tréveri?

— Sim e não. — Para não mostrar o corte suturado na cabeça, muito embora a sala estivesse quente, Aélio não tirara o chapéu, e o punho direito da blusa escondia o pulso envolto em bandagens. — Estás aqui há apenas... o quê? Algumas horas? Mas és daqueles que não deixam passar nada, portanto vou perguntar-te se ouviste falar da morte de Minúcio Marcelo.

— Ha! Mas quem é que não ouviu? Ele pronunciou uma sentença favorável à comunidade judaica em um caso sobre direitos envolvendo águas, portanto me contaram tudo sobre o assassinato durante o café da manhã. Estou chocado com a notícia. Mesmo assim, é bom que ele estivesse processando os cristãos, e não os judeus, senão eu faria as malas e me mudaria daqui também. — Ben Matias ficou de pé para atiçar o fogo na lareira aberta. — Posso dizer-te logo que mais de um homem estava envolvido, mas provavelmente não mais do que dois. Um vigiando, para ver se vinham outros clientes ou servos da termas, enquanto o outro matava o juiz. Encontraram a arma do crime?

— Não. Talvez tenham-na lavado na piscina quente, levando-a para fora escondida, assim como a levaram para dentro.

— Deram uma busca pela arma nos arredores das Velhas Termas?

— Disseram que sim, mas é impossível ter certeza. Quando entrei, vi na parede uma marca de mão meio borrada, em sangue, e a princípio pensei que fosse de alguém que tivesse ajudado a tirar Marcelo da piscina. Os servos com quem falei, antes de serem tão rapidamente decapitados, negaram que qualquer dos criados das termas tivesse se encostado na parede, mas também não há como ter certeza. O liberto do juiz, Protásio, não chegou a tocar o corpo. Pode ter sido o assassino que se apoiou na parede depois de apunhalar a vítima. Se for verdade, por que faria isso? Não pode ter sido tão cansativo assim assassinar um velho adormecido.

— Talvez o assassino seja gordo, ou sofra de vertigem — brincou Ben Matias, porque a confiança de Aélio em sua capacidade de dedução o deixava lisonjeado e o divertia ao mesmo tempo. Ele agitou um graveto com a ponta acesa como se fosse um pincel. — Talvez ele tenha tropeçado porque era manco e nunca tenha ouvido dizer que o *atiçador de fogo* podia curá-lo. Não há duas mãos iguais, mas uma marca borrada não ajuda muito. Todos os cinco dedos deixaram marca, pelo menos?

— Deixaram.

— Mão direita ou esquerda?

— Esquerda, eu diria.

— Pode ser que o sujeito seja canhoto. Ou não. As Velhas Termas são do tipo que permite que homens e mulheres as utilizem em horários diferentes?

— Não, pequenas demais. Só homens as frequentam.

— Ora, então a minha ideia de que a arma podia estar escondida em algum lugar, já lá dentro, e que uma mulher a tenha levado embora mais tarde perde a validade. Tens certeza de que não queres tirar o gorro? Estás suando.

— Estou bem, obrigado. Não, ninguém poderia ter levado a arma depois que descobriram o cadáver. As termas foram fechadas para o público depois do assassinato. E nada que os guardas da cidade encontraram no recinto leva ao criminoso.

— E o que eles acharam dessa marca de mão?

— Eles são estúpidos a ponto de dizer que a marca foi feita pela mão do próprio Marcelo. Não haveria como, pois foi esfaqueado dentro d'água e não teve tempo de fazer nada a não ser entregar o espírito.

— Esses policiais não têm jeito.

Aélio sacudiu a cabeça.

— Eu disse *guardas*, Baruc. A polícia criminal ainda não se pronunciou oficialmente sobre a investigação que está fazendo e até me alertou para não me meter.

— Por isso é que eles mandaram uns valentões para te atacar na Fortuna do Fauno, é? — Sorrindo ao dizer isso, Matias apontou para o gorro de Aélio. — Dormi no cubículo onde te atacaram e paguei com desconto, porque os hóspedes estão com medo de passar a noite ali. Parece que os rufiões caem do céu naquela estalagem. Hoje cedo, quando eu estava vindo para cá com alguns parentes, vi que alguém fora atirado de um telhado no espaço entre duas casas.

— Então, tu foste um dos primeiros a ver o corpo. Eu deveria ter imaginado. Por que dizes que ele foi atirado? Ele pode ter sido esfaqueado no chão.

— Não. Uma telha recém-quebrada estava caída ao seu lado, e outras estavam esmagadas sob ele. Creio que foi deixado morto, ou quase, no telhado na noite anterior, e a neve fez com que o corpo escorregasse e caísse.

— Isso é impossível! *Dois* homens me atacaram, e eu não poderia ter esfaqueado a ambos e não me lembrar.

— Talvez você não tenha esfaqueado nenhum dos dois. Em meus velhos dias de combatente (não perguntes os detalhes, pois meus arqui-inimigos eram os romanos), eu me vi uma ou duas vezes na desagradável situação de ter de *silenciar* meus companheiros após uma missão especialmente delicada. Terrivelmente desagradável, mas tinha de ser feito. Eu não acho que o sujeito do telhado fosse planejado para cair antes da primavera.

— Talvez tu tenhas razão. — Aélio jogou seu chapéu no peitoril na janela. — Até lá, o ajudante do açougueiro pode ser culpado oficialmente, e quem questionaria os motivos de um idiota? Provavelmente ele só foi contratado para vigiar e produzir um cadáver útil depois de tudo terminado. É por isso que não encontrei sangue na treliça: o pobre tolo nunca subiu ao telhado, para começo de conversa. Com ele, eram três, e apenas um deles deveria retornar. Mas por que ter todo esse trabalho e não cortar minha garganta, ao menos?

— Tu és o enviado de César. Não ficaria bem. E tudo o que fizeste foi tentar interferir na abertura e no fechamento do caso da morte de Marcelo pelos *speculatores*. Até agora. —Virando as costas para a lareira, o judeu esfregou as mãos. — Pelo menos é o que imagino que fizeste. Para o mundo, deveria parecer só mais um crime, mas transmite uma mensagem específica a ti. Eu posso estar enganado, comandante, mas se a polícia criminal matou o juiz, seja por que motivo for, eles não teriam hesitado em dar-te o mesmo fim.

Capítulo 6

Anotações de Aélio Espartano, redigidas na **segunda-feira**, *11 de dezembro, festa da Agonália.*

Depois de ouvir Ben Matias, a questão dos assassinatos parece-me inda mais intrincada do que imaginei a princípio. De um lado, temos as vítimas: Lupo "ressuscitado" por Agnus, o atiçador de fogo, *e supostamente benévolo com os cristãos, e Marcelo, cujas sentenças contra os cristãos eram consideradas um tanto brandas demais. De outro, alguém que matou Lupo e alguém que matou Marcelo. Por que insisto em ver uma conexão entre as duas mortes? Aparentemente, não há nenhum vínculo lógico.*

Algumas coincidências, no entanto, certamente existem: um dos oleiros que perdeu a concorrência por causa dos preços mais baixos de Lupo foi o perito que ajudou o juiz Marcelo a pronunciar uma sentença condenando o oleiro fraudulento da Modícia. Este último ameaçou Marcelo. Será que estou deixando de ver alguma coisa ou estou inventando essa ligação, como sustenta Décimo? Por falar em Décimo, ele é parente da ajudante de Agnus, Casta, mas anticristão, conservador e nada amigo de Marcelo.

Segundo as aparências, a oposição geral contra os cristãos pode estar por trás de ambos os assassinatos, principalmente porque eles é que estão sofrendo as consequências dessas mortes. No entanto, existe uma acusação de magia negra contra o atiçador de fogo, *e cristãos foram condenados por supostamente terem planejado a morte do juiz. Nem mesmo Casta descarta essa possibilidade, ou pelo menos não está disposta a dizer que seus companheiros de crença são inocentes. Embora não haja provas concretas contra* *eles, e a sentença tenha sido no mínimo precipitada, isso, em si, já garante a inocência daqueles que logo morrerão na arena.* ***O que mais saberá Casta? Como os cristãos se comportam ao ter de escolher entre contar a verdade e denunciar um dos seus? Ela estava pronta para se render à autoridade do Estado, representada por mim a seus olhos. Os cristãos, parece, não são de resistir à prisão; no máximo, procuram fugir dela. Por quê?*** *Baruc ben Matias disse que a hierarquia da igreja em Tréveri foi efetivamente decapitada. O mesmo está acontecendo em Mediolano.* Cui prodest,* *como diz Décimo? A única resposta possível no momento: os conservadores,* ***que há muito andam pregando a eliminação desses fanáticos.***

De qualquer forma, o judeu prometeu me informar de qualquer rumor que venha da comunidade cristã e do qual tome conhecimento. Será que existe um grupo em que esse formidável rebelde não tenha amigos ou informantes?

Aproveitando o feriado, que obrigou os guardas municipais e a polícia a se deslocarem para o centro, passei esta manhã pelo monumento dos Minucii e pelo ustrinum. Estava rumando para a arena, curioso para vê-la de perto. Havia recebido, como todos os funcionários públicos da cidade, um lembrete para comparecer à execução pública dos cristãos, que será no dia 15. Como essa data, que marca o festival da Consuália, ou tempo de semear, é o que os sacerdotes chamam de endotercisus dies, *manhã e entardecer desfavoráveis mas favorável ao meio-dia, a execução será ao meio-dia. Se não houver nevasca, é provável que o espetáculo aconteça conforme o previsto.*

*No Exército temos o seguinte ditado: "O mundo não é tão grande a ponto de se poder ter certeza de que não se vai encontrar algum conhecido." Quando se vai a um bairro que se visitou antes, então! Prestando seus respeitos às cinzas de Marcelo e de Lúcia Catula, pelo jeito, lá estava a rabugenta ama de Casta à margem da área funerária. Reconheci-a pela estatura diminuta. Toda vestida de preto, lembrava uma das bruxas dos versos de Horácio; se eu fosse supersticioso, teria ficado bem longe dela. Em vez disso, aproximei-me e, depois de orar pelos manes** do casal, olhei bem para ela. Ela não retribuiu meu olhar insistente. Só disse "Ela se foi. Se foi, se foi", com uma satisfação tão perversa que só o medo que sente de mim deve tê-la impedido de se gabar da forma como sua patroa tinha conseguido escapar. Certamente, se Casta for para o leste, vai tentar evitar as cidades de Brixia, Verona e Vicência, seguindo a estrada até Aquileia para*

* Quem lucra. *(N. da T.)*
** Entre os antigos romanos, as almas dos mortos, consideradas divindades e invocadas sobre os túmulos. *(N. da T.)*

evitar os desfiladeiros na saída da Itália. Será a mesma rota que o Exército, e também eu, seguiremos dentro de um mês ao viajarmos para a fronteira. A segunda mensagem de Sua Divindade, aliás, chegou às minhas mãos ontem à tarde. Demonstra estar ciente, sem comentários, da recusa de Sua Tranquilidade em me receber na corte de Mediolano e orienta-me a sair da cidade em janeiro, ***assim que possível****, quando unidades seletas de Mediolano começarem a se deslocar. Tal ordem veio ao encontro dos meus desejos. Durante meus poucos dias em Aspalato, depois de voltar do Egito por mar, até perguntei se Sua Divindade aprovava minha intenção de voltar à ativa. Um longo ano e meio havia se passado desde meu regresso de uma campanha militar. Posso ser "ralé" aos olhos de Cúrio Décimo, mas sinto tanto amor por Roma que deixar as intrigas da vida civil pela guerra me parece mais empolgante.*

Duco, que antecipou a data de seu contrato de matrimônio, convidou-me para conhecer sua noiva e sua família. A menininha é pouco mais velha que Thaesis, a filha de Anubina — e filha minha, a menos que Anubina jure de pés juntos que o pai é outro. Ao conhecê-la, meu colega ruivo não demonstrou lá muita empolgação pela prometida. Mas a mãe é uma mulher vistosa, com todos os atributos que podem fazer um bretão (ou um panoniano ou até mesmo um romano) querer gozar de seus direitos conjugais com ela. Eu disse a Duco que a menininha provavelmente vai ficar parecida com a mãe dentro de poucos anos, e ele se animou consideravelmente. Um parêntese pessoal: várias semanas se passaram desde que estive na companhia de uma mulher pela última vez (eufemismo empregado pelos meus bons mestres estoicos para o que eu fiz pela primeira vez com o coração saindo pela boca, em um bordelzinho de Poetovio, com meu pai esperando do lado de fora para ouvir como iam as coisas). Acho que sou até bem controlado em minhas paixões, mas a tentação é um problema. Talvez eu devesse ter ido à festa de Décimo, pois algumas das mocinhas que vi saírem trôpegas da casa dele de manhã eram mesmo lindíssimas. Mesmo assim, Mediolano é um lugar onde Vênus deve sentir-se em casa: estou confiante de que terei muitas oportunidades para relacionamentos com o sexo oposto. Depois de ouvir de conhecidos que a mãe de Constantino, Helena, vai estar aqui em alguns dias, meu desejo sinceramente aumentou, pois há alguns anos ela era uma amante espetacular e, segundo o que todos dizem, ainda é bela e louca por homens.

Esta tarde irei ao Palácio, onde pedi para ter uma entrevista com o chefe da polícia criminal. Essa fonte infindável de todo tipo de fofocas, Ben Matias, insinuou-me que existem múltiplas camadas de competição e envolvimento entre a burocracia imperial e aqueles que exercem seus cargos, mas que de fora elas certamente dão a impressão de uma muralha tão compacta quanto as que cercam a cidade.

Talvez Sido estivesse satisfeito por Aélio ter seguido os procedimentos para ser recebido por ele, ou então estava de bom humor. Dispensou os subordinados que ocupavam as outras mesas do gabinete com um seco "Saiam!", reservando uma vênia amistosa para o visitante.

— Como vai o pulso, comandante? Estás te recuperando?

— Estou sim, obrigado.

Não havia cadeira diante do chefe de polícia, provavelmente porque aqueles que eram levados à sua presença não tinham esperança de ser tratados como convidados. Sido contornou a escrivaninha atapetada de papéis e ficou próximo de Aélio. Estava armado, detalhe incomum para um homem de sua posição em um escritório seguro, dentro de uma residência imperial bem guardada. Uma lâmina do comprimento de um gládio, porém mais estreita, surgiu de uma bainha de couro simples, presa ao seu cinto. O cabo de marfim parecia-se mais com o punho de uma espada, esculpido no formato da cabeça e do pescoço emplumado de uma águia.

Procurando não olhar para a arma, Aélio explicou que fora até ali para saber se havia notícias dos homens que o haviam atacado.

— Sou grato pela garantia de que eu receberia notícias, mas mesmo assim, como posso dizer?, estou ávido por ouvir vossa avaliação profissional. — Ao acordar, em seu quarto, praticara várias vezes como dizer isso sem parecer sarcástico. Os olhos cinzentos e desconfiados de Sido escrutinaram seu rosto, embora Aélio não traísse nada, procurando deixar passar apenas uma neutralidade serena, o que havia sido seu segundo exercício.

— Aquela área em volta da estalagem é perigosa — disse o policial, balançando-se para trás e para a frente, apoiado ora na ponta dos pés, ora nas solas. Havia se tranquilizado tanto que unira as mãos atrás das costas. Por que não? Não havia motivo para ter medo, pois tinham revistado Aélio da cabeça aos pés, não só uma mas duas vezes, antes de entrar em seu gabinete. — De vez em quando pescam-se cadáveres no canal, comandante. Homens com missões como a tua podem até pensar que são privilegiados e diferentes e presumir que o que lhes acontece é também especial. Crê-me, apesar de nossos esforços para proteger os bons cidadãos de Mediolano, o que houve na Fortuna do Fauno acontece praticamente toda noite em uma ou outra estalagem da cidade. Mesmo se encontrássemos uma ligação entre o ladrão morto e o ataque contra ti, um ladrão é um ladrão e faz o que fazem os ladrões. Quando subimos para procurar pistas no sótão, também demos uma olhada no telhado. Não havia cadáver nenhum ali. Como é que se explica isso?

Eu não tenho explicação, e acho que estais mentindo, pensou Aélio, sem tentar buscar uma alternativa.

— Aqueles que viram o corpo primeiro disseram que o pescoço estava quebrado.

Sido olhou para algum ponto atrás de Aélio e fez sinal para alguém que estava de pé à porta ou no corredor; um aceno de quem dispensa, o qual significava que tudo estava sob controle.

— Positivo. O fato de meus homens não o terem descoberto durante a busca, na manhã seguinte ao ataque, faz-me pensar que ele não teve nada a ver com teu incidente. E até mesmo se aceitarmos a hipótese de que ele esteve no telhado, claramente deslizou e morreu na queda. Acontece com os melhores ladrões.

Ben Matias, em seu breve exame do cadáver, tinha reconhecido uma lesão no pescoço que podia ou não ser proveniente de uma queda. *É possível, também, que lhe tenham quebrado o pescoço no telhado* tinha sido o comentário dele para Aélio. *Mas alguém lhe deu antes uma punhalada no estômago, e aposto que foi o sangue dele que viste em tua cama e no chão.*

Não era um detalhe que Aélio achou conveniente revelar. Ele notou o silêncio do policial sobre o ferimento a faca.

— O corpo — disse Aélio — pode ter sido colocado no telhado de forma a ficar preso até que a neve o fizesse cair.

— Não necessariamente. — Distraído, Sido esticou o braço para pegar uma folha na escrivaninha, colocando-a sobre o tampo e ajustando suas beiradas com as da mesa. Ou adorava organização, ou precisava de um instante para poder ajustar sua expressão facial à mentira. — O espaço entre os dois prédios é pequeno e cheio de lixo. Um lugar perfeito para esconder alguém morto na rua, em um bairro onde as pessoas, se puderem, não dizem nada às autoridades. — E lançou um olhar de relance a Aélio, que sabiamente, por sua vez, havia desviado o seu para um canto do escritório nessa hora. — Por que insistes que há uma ligação entre este cadáver e o que houve contigo?

Aélio já estava perdendo a paciência. Preferiria que Sido admitisse que estava por trás do ataque, porque o jogo sujo, mesmo que quase o tivesse matado, é admissível entre homens de ação.

— Com todo o respeito, *perfectissimus*, permiti-me sugerir uma hipótese pessoal bastante ousada, ou seja, que havia três cúmplices, dois dos quais de fato tomaram parte no ataque. Um desses dois foi morto logo, para eliminar uma possível testemunha, e depois o mesmo aconteceu com o ajudante do açougueiro, que estava vigiando ao lado da treliça, lá embaixo. O terceiro escapou.

Um músculo bem pequeno repuxou a pele sob o olho direito de Sido, contraindo-se e relaxando.

— Excelente! — ele visivelmente obrigou-se a dizer. — Que dedução *fantástica*! Agora temos *três* criminosos, dois sendo muito pouco para uma vítima como o emissário de César. Se não fosse uma bobagem fantasiosa, eu te pediria para pensar na possibilidade de emprestar tua capacidade de dedução ao Estado, trabalhando com os *speculatores*.

Aquela brincadeira fez Sido recobrar o bom humor. Quando ele pôs a mão no ombro de Aélio, amistosamente, deve ter sentido que os músculos do interlocutor estavam tensos, por mais que estivesse fingindo calma.

— Estais me adulando, *perfectissimus* — conseguiu dizer Aélio, apesar da tensão. — Ou pelo menos penso que sim. Temos alguma notícia do açougueiro grego, o empregador do homem que, pelo que consta, eu matei?

— Nenhuma. Mas ele é ardiloso como todos os gregos: podes ter certeza de que não o encontrarão, comandante.

Aposto que não, pensou Aélio. *Ides procurar garantir que nunca mais o encontrarão.*

Com a mão possante ainda apertando o ombro de Aélio (ele poderia quebrar o osso com um gesto simples e rápido, não havia a menor dúvida), Sido levou-o à porta.

—Volta aqui se tiveres alguma outra sugestão para nós.Ver-nos-emos na execução, não? Ambos devemos isso ao juiz.

***Terça-feira**, 12 de dezembro*

— Não recusarás meu convite outra vez, Espartano. Eu te perdoo por desprezar minha festa de aniversário, mas esta noite comemoramos a vigília do Dia de Telus, e a Mãe Terra é uma deusa da qual nenhum de nós pode discordar.

O convite para jantar, tão afável e feito desse modo tão direto, não deixava muita brecha para Aélio fugir. Ele prometeu a Décimo que iria, comprou um exemplar ilustrado do *Etíope* de Heliodoro para lhe dar de presente de aniversário e compareceu ao elegante evento na companhia daqueles que Décimo chamava de *amici quasi fraters* — amigos quase irmãos. Os oficiais que Aélio já havia conhecido estavam presentes, além de mais três, que o escrutinaram com mais do que a leve curiosidade que poderiam sentir por um emissário de César.

Se o ato de reclinar-se em divãs para jantar estava ficando fora de moda, ali representava apenas a primeira de uma série de cerimônias tradicionais. Por ter sido colocado entre Décimo e Úlpio Domnino, no divã do meio, o lugar de honra, conhecido como "assento do cônsul", Aélio sentiu que eles reconheciam a importância de sua missão. O cardápio seguiu a antiga divisão de entrada (Décimo tinha escolhido linguado de Ravena, lúcio lacustre e ovos de faisão), três pratos principais (javali, lebre, faisão) e sobremesa (compotas e maçãs com mel).Vinho morno e frio, diluído com água e misturado com mel por formosos meninos, foi passado de mão e mão em taças da Renânia, com uma intrincada decoração de retículos externos de fios de vidro, desejando longa vida e felicidade à moda romana: BIBE VIVAS MULTIS ANNIS, VIVAS FELICITER.

Durante toda a recepção, as conversas pareceram prosseguir discretamente. Com a desculpa da guerra iminente e da partida para o leste, muito se falou da formação e da carreira de cada convidado, suas viagens e seus conhecidos. Aélio observou como Décimo incentivava os amigos a comer e beber, como se fosse um regente de coro, e ficou esperando sua vez com o desconforto de um estranho que está entre homens que se conhecem pela família, pela educação e pelo serviço que prestam na mesma unidade.

Não foi o tipo de acanhamento que ele sentiu quando viu Roma pela primeira vez da via Aureliana, tão maravilhosa que ele havia passado a noite diante dos muros, contemplando-a. Muito pelo contrário: a insegurança ligada a esse jogo ficava no meio-termo entre a arrogância sem objetivo e a disputa de homens urinando no umbral, da qual Penato, o oleiro, havia falado na Modícia. Felizmente, gargalhadas e comentários sem importância interrompiam as narrações desta ou daquela experiência de campanha. A transferência dos gêmeos para um mesmo comando causou uma hilariante comédia de erros que incluiu a mulher de um general, e as desastrosas experiências do próprio Décimo com a cozinha da Caledônia temperaram sua narrativa sobre a dura missão na fronteira.

Quando chegou a vez de Aélio, a atenção irregular que os convidados prestavam às histórias um do outro transformou-se em um silêncio quase absoluto. Os olhos de todos voltaram-se para ele, afastando-se dos pratos já meio vazios e dos copos cheios; os homens que já estavam meio zonzos assumiram a postura de atentos ouvintes. Sarmácia, Egito, Armênia, Pérsia, os dias na corte: Décimo encorajou-o a falar sobre essas experiências do mesmo modo que havia feito com os outros. No entanto, e isso era mais do que uma impressão da parte de Aélio, sua narrativa atraiu um exame minucioso que somente pela cortesia diferenciou-se de um teste. Ele continuou sentindo que estava sendo avaliado até mesmo depois que repetidos brindes puseram fim à comparação, quando os vivas aos imperadores e às unidades militares se transformaram em sentimentalismo de bêbados girando em torno de cortesãs distantes, namoradas e amantes do sexo masculino, quando era o caso, todos distantes dali.

Ao final do jantar, a ausência do anfitrião, que havia saído da mesa para escolher mais vinho, criou um parêntese estranho que tornou ainda mais intenso o sentimento de exclusão de Aélio. Úlpio Domnino iniciou o diálogo, como alguém retomando uma velha conversa sobre algo que continua enigmático:

— Não adianta, cavalheiros. Nosso amigo Décimo guarda tão bem o segredo que acho melhor desistirmos de nossas apostas ou então mandar os *speculatores* vigiarem-no para descobrir.

— Por quê? — retrucou Lúcio Sinistro, que tinha bebido mais do que o resto e se esforçava por manter-se apoiado no cotovelo esquerdo. Bateu com a mão no divã como um cliente pedindo mais bebida. — Podíamos, em vez disso, incluir Espartano na aposta; ele apostaria alto, como emissário de César que é, tenho certeza.

O irmão de Sinistro, a seu lado, riu dentro do copo do qual estava bebendo.

— Se *nós* não conseguimos descobrir nesses anos todos, como é que um recém-chegado vai conseguir desvendar o mistério? Tu nem mesmo sabes do que estamos falando, não é, comandante Espartano?

Responder que não ou fazer um protesto constrangido contra a fofoca daria ênfase ao fato de que estava se sentindo excluído. Aélio não disse nada, mas mesmo assim lhe contaram o tal mistério. Era em relação à filha de Décimo, cuja existência ele nem sequer havia mencionado a Aélio. Na imaginação fantasiosa dos oficiais, ela era muito rica e orgulhosa, sendo a única herdeira, e dona de uma beleza tão deslumbrante que o pai a mantinha trancada a sete chaves exatamente como Dânae, de forma que nem homem nem deus pudessem levá-la. Também era tão culta que seria vergonhoso para uma mulher exibir tanto conhecimento em público.

— Alguns de nós acham que o nome dela é Plautila — explicou a Aélio um soldado de pele morena, chamado Vívio Luciano —, porque a primeira mulher de Décimo chamava-se Pláutia. Alguns juram que é Pórcia. Simplesmente não sabemos. Ela provavelmente mora em outra cidade, ou aqui, mas com um nome falso. Ele não diz nada, de modo que ficamos só tecendo hipóteses.

— E por que precisam saber?

As palavras de Aélio romperam o que parecia ser uma corda tensa. Úlpio riu. Se um recruta provinciano tivesse apoiado os pés na mesa, ele não acharia tanta graça.

— Como assim, por quê? *Curiosidade*, ora. Uma pirâmide, um labirinto ou uma caixa lacrada existem para que alguém vá lá e procure abri-los ou desvendá-los à força, certo? Tu, mais do que ninguém, deves viver segundo essa máxima!

Aélio tinha levado meses localizando cartas, documentos, desfazendo mentiras e decepções, descobrindo onde se achava um sepulcro, de que sarcófago remover o lacre para desvendar a verdade. Sua última missão tinha lhe mostrado a natureza terrível dos segredos, e não era porque ele quase havia morrido enquanto investigava.

— Perdoa-me — tentou dizer, evitando falar com arrogância —, mas não sinto a menor necessidade de desvendar esse segredo especificamente.

— Mas tu o *revelarias*, se o desvendasses?

— Não.

Depois que todos haviam saído — até mesmo Úlpio Domnino, que se demorou mais do que os outros — Décimo viu Aélio pegar sua capa com o velho e venerável servo no vestiário.

— Tu sabes beber.

— Não é uma virtude.

— Nem um vício tampouco. Beber para esquecer é um vício. Não queres ficar um pouco mais? Conversar sobre os velhos tempos me deixa melancólico.

Aélio achou fraca aquela desculpa.

— Foste tu que evocaste carreiras e campanhas. Poderíamos ter falado sobre a Mãe Terra, em vez disso. — Mas mesmo assim acompanhou Décimo até a sala dos ancestrais.

Como é possível que, no meio da noite, homens que mal se conhecem conversem com mais franqueza entre si do que com seus amigos? Aélio encarou aquilo como o nível seguinte de investigação de Décimo. Controlou-se, mesmo quando a desproporção entre a confiança concedida e o que foi obtido em retribuição ficou grande demais para ser considerada útil para o outro, por mais tentação que Aélio sentisse de retribuir toda aquela franqueza.

— Se leste sobre nossos fundadores, Espartano, deves perceber quão longe nos afastamos de nossos ideais ou de nossas intenções originais.

— Bem, isso depende de a quais fundadores estás te referindo. Rômulo e Remo? Os Sete Reis? Ou queres evocar aqueles que navegaram de Troia para fundar um novo mundo no litoral da Itália?

Décimo balançou a cabeça, negando. O cansaço e a bebida haviam feito seu rosto ficar abatido: o olho esquerdo, principalmente, parecia estar querendo fechar, com a pálpebra caída. Ele estava numa idade na qual os homens conservam a firmeza dos músculos com massagens e exercícios, mas em que o frescor artificial que exibem de manhã não dura muito.

— Tu sabes exatamente a que estou me referindo. A República, o povo, a *vontade do povo*, no sentido de corpo de cidadãos. Olha à tua volta: não temos a menor ideia de quem, nem por onde, ou de quantas centenas de milhares estão adentrando as fronteiras a cada dia. Deves te esforçar para escutar gente falando latim na maioria das cidades. — Fez uma pausa, corrigindo-se e como que pedindo desculpas, com a mão levantada, pela impressão de desprezo que tinha dado. — Não estou me referindo a povos como o teu, vós já sois romanos há alguns séculos.

— A família de minha mãe, talvez, não a de meu pai. Do lado do meu pai não tenho nem uma gota de sangue italiano, muito menos romano. Não podemos todos voltar aos tempos das Guerras Púnicas como tu e conhecer pelo nome todas as gerações que existiram desde aquela época até hoje.

— Sabes aonde estou querendo chegar.

Não, não estava nada claro aonde Décimo queria chegar. Ao longo dos anos, Aélio tinha ouvido opiniões semelhantes de civis, políticos conservadores, os fanáticos ocasionais da cidade. Reclamações, críticas sobre o presente desagradável depois dos bons e velhos tempos e a falta de respeito que as novas gerações tinham para com os mais velhos. Mas o Exército não objetava muito. A integração era parte de sua realidade, servir juntos a um inimigo comum.

— Suponho que estejas te referindo à composição das legiões de fronteira, então — disse Aélio. — Ao fato de que, muitas vezes, são comandadas por pessoas das mesmas tribos contra as quais deviam nos proteger.

— Ora, Espartano, isso é regra na Ásia e na África. Combateste a Rebelião no Egito, deves saber.

— Sim, e vencemos. Se estás sentindo saudades do tempo em que todos eram romanos e o inimigo morava na próxima colina, a 15 quilômetros de distância, terás de reduzir muito o tamanho do Império. Até mesmo, digamos, restringi-lo à própria Roma e suas primeiras colônias.

— Estás dizendo isso *a mim*? Séculos atrás, foi meu ancestral Dentatus que derrotou os malditos samnitas e recebeu como prêmio uma casa de 32 acres no monte Quirinal!

— Gosto das coisas assim, metade do mundo em nossas mãos e a outra metade tentando nos imitar.

Décimo franziu os lábios. Seu rosto cansado, parecendo uma máscara, ficou rígido e, momentaneamente, igual aos rostos dos ancestrais alinhados na prateleira atrás dele.

— Estás enganado. Eles não estão tentando nos imitar: vão acabar com nossa língua e nossos costumes tradicionais até não restar mais nada autêntico. Ou então vão querer que nos tornemos exatamente como eles, o que é pior do que o nada.

— Permita-me lembrar-te de que 14 dos 17 imperadores nos últimos 36 anos vieram das províncias do Danúbio. São príncipes romanos.

— Romanos uma ova. Nem mesmo italianos, e alguns deles analfabetos.

Aélio sentiu o sangue fugir-lhe do rosto, um sinal de raiva do qual não gostava.

— Não ouvi bem o que disseste.

— Queres que repita? Ou queres que escreva, já que sabes ler?

Anotações de Aélio Espartano, redigidas na ***quarta-feira****, 13 de dezembro. Lembrete: Por mais que saibas beber, bebe só a metade do que consegues.*

Por pouco não cheguei às vias de fato com Décimo, contra todos os regulamentos, e somente porque a embriaguez o protegia de uma acusação mais grave de traição. Um barulho de vidro quebrado fez com que eu me voltasse enquanto me dirigia furioso para a porta, pronto para enfrentá-lo caso tentasse atirar alguma coisa em minha direção. Mas na verdade Décimo havia caído para trás, de sua cadeira; tinha batido com a cabeça na quina da mesinha em que ficavam as bebidas, derrubando-a, assim como a luminária ao lado. Ele ficou estendido no chão, os olhos semicerrados, desmaiado ou com uma espécie de derrame, eu não soube dizer na hora, um fio de sangue escorrendo por trás da orelha. O barulho chamou a atenção do servo do vestiário, o qual, mesmo sendo bem velho, correu para socorrê-lo. Resmungou que aquilo acontecia a seu amo de vez em quando, depois de festas com bebida ou de longas vigílias. Levantei a cabeça de Décimo para examinar o ferimento, um corte feio produzido pelo vidro, que vertia sangue e precisava ser estancado. Sua cabeça pendia solta como a de um morto, e embora seus olhos estivessem abertos, duvido que me visse ou a qualquer outra coisa.

O médico que o atendeu em casa assumiu dali por diante. Quando procurei saber como Décimo estava esta manhã, asseguraram-me que estava melhor, embora tivesse esquecido tudo que aconteceu após a chegada dos convidados para o jantar.

Ao meio-dia, quando eu estava lendo a autobiografia de Severo (como todos os encômios feitos pelo próprio elogiado, necessitando muito de exegese e comentário crítico), recebi a visita inesperada do servo liberto dos Minucii, Protásio. Depois de procurar inutilmente por mim no quartel, de onde Duco o enviou a meu novo endereço, ele veio, por sua própria conta, perguntar se eu tinha alguma influência no sistema judiciário de Mediolano. Respondi que não tinha nenhuma, o que é verdade. Além disso, o sucessor de Marcelo viajou para passar fora o fim do ano, e o destino dos cristãos detidos no Prado Gálico está selado. Para quem tanto protestou ter abandonado a superstição, Protásio está claramente muito preocupado com seus antigos companheiros de fé. Perder os líderes de sua igreja local, a nata do kleros, *como ele os chama, a seu ver prejudicará demais o movimento, que levará anos para recuperar-se. Respondi a ele que esta é justamente a intenção das autoridades, mesmo que a acusação oficial seja de assassinato.*

Quanto a isso, ele é inflexível: deve-se procurar o culpado em outra parte (Fulgêncio Penato, dono de olaria na Modícia, continua sendo seu vilão escolhido). Mas admitiu que dois entre os três dos servos das Velhas Termas, já executados, eram suspeitos de serem cristãos. "Não poderia um deles ter matado teu patrão?", perguntei. Ele permaneceu calado. Quando tentei recapitular com ele os momentos antes e depois da descoberta do corpo do juiz na piscina quente, Protásio deu-me uma descrição tão vaga e emocional quanto da primeira vez. Inutilmente, procurou pegadas. Sentiu-se mal. Quando mencionei uma marca de sangue, de mão esquerda na parede, ele me lançou um olhar inexpressivo. Será que estava tão amargurado de pesar e medo que não notou isso? Era possível.

Procurando conservar meu tom o mais neutro possível, perguntei-lhe, então, sobre a relação profissional entre Minúcio Marcelo e a polícia criminal. Ele a definiu como "correta de ambos os lados", mas de forma alguma amigável.

Sempre me sinto desconfortável ao ver um homem idoso, qualquer que seja sua posição social, de pé enquanto eu fico sentado. No entanto, Protásio, mesmo com seu problema nas costas, manteve-se de pé durante toda a nossa conversa, ao fim da qual ficamos olhando um para o outro durante um longo e embaraçoso instante. Eu estava pensando que a casa dos Minucii não fica longe do esconderijo de Casta e imaginando se o servo liberto sabia algo sobre sua breve visita; ele olhou para trás como se estivesse a ponto de revelar alguma informação. Será que leu minha mente? Disse-me que, lembrando-se de meu interesse pelo atiçador de fogo, *revirou seus papéis antigos e não encontrou nada (aposto que a esta altura já eliminou das gavetas todos os resquícios das antigas tolices religiosas!). Contudo, acrescentou: 1 — que Agnus indignou-se contra o juiz*

Marcelo, protestando contra ele num ardente sermão a seus irmãos de fé de Mediolano, e 2 — que ele, Protásio, poderia obter uma cópia do que chama de "epístola pastoral", escrita por Agnus aos cristãos de Aquileia há algum tempo. Se eu estaria interessado? Eu disse que sim. Enquanto ele falava, vi sofrimento, preocupação, piedade, cada um desses sentimentos ou todos juntos estampados no seu rosto. No meu, ouso dizer, estavam estampados minha curiosidade habitual e um interesse muito menos espiritual, uma mistura da impressão que tive da (bela?) diaconisa e da crescente e mundana expectativa pela chegada de Helena logo mais, esta noite.

Quinta-feira, 14 de dezembro.

— Acabaste de sair das termas, pelo teu cheiro de limpeza.

Flávia Júlia Helena não havia mudado nada nos dois anos desde que Aélio a tinha visto pela última vez. Nunca havia sido bonita; consequentemente, o tempo lhe havia concedido a cortesia que não concedia às grandes belezas. Pelo menos foi assim que pensou Aélio, que havia estudado os retratos das imperatrizes do passado. A mulher de Augusto e a de Adriano e até mesmo a noiva síria de Severo, todas tinham mudado, passando de moças encantadoras a matronas carrancudas, se os escultores não haviam mentido; e não era provável que as retratassem tão mais feias do que realmente eram.

A ex-concubina imperial Helena, de olhos cinzentos, magnífica cabeleira ainda castanha e lustrosa, corpo de nadadora e mãos de dedos longos, ainda conservava a aparência presumivelmente agradável de antes. A julgar por seu vestuário, ainda gastava uma fortuna em roupas (Constâncio pagava as contas, para tornar o seu repúdio mais aceitável) e ainda mais em joias. Certa vez Aélio a viu usar tantas pérolas em formato de gotas que até lembrou a ele a deusa Artemis Efésia, com seus muitos adornos pendurados no peito, do pescoço até a cintura.

Quando o conheceu, na corte, dez anos antes, Helena o considerou apenas um dos belos jovens oficiais que habitualmente a impressionavam, e o fez penar durante vários dias antes de levá-lo a seus aposentos. De vez em quando, eles passavam juntos o verão, embora ele não fosse o único a quem ela concedia seus favores, é claro. Embora o pai de Aélio (e não somente ele) dissesse que se lembrava muito bem de quando Helena servia bebidas na adega da família dela, era, agora, a ex-concubina do imperador e — a menos que os mexeriqueiros estivessem totalmente enganados — a mãe de um futuro usurpador do trono (ou talvez de um imperador). Sem dúvida, estava ali para reivindicar os direitos imperiais de seu filho.

Na elegante hospedaria diante do Portão de Prata, onde ela havia passado a noite, eles abraçaram-se e beijaram-se no rosto, depois na boca. Quando Aélio conseguiu finalmente se afastar, por "prudência elementar", como ele mesmo disse, Helena deu-lhe, indiferente, seu endereço na cidade. Ela estava ali para visitar seu velho amigo Cúrio Décimo, segundo disse, e alguns outros conhecidos, durante os feriados.

— Sabes — disse ela, o dedo em riste sacudindo-se para Aélio —, naquela época te escolhi porque eras atraente, e não pela inteligência. Homens inteligentes são tão raros na corte como em qualquer outra parte: por que eu procuraria um deles na Nicomédia? Ainda não decidi se és ou não inteligente. Também não decidi ainda se quero ter um amante que seja de longe tão inteligente quanto eu.

— Bem, sou-te grato. O que vais me dizer a seguir é que na Nicomédia tencionavas examinar meus dentes e meus cascos antes de me escolher entre os outros da manada, mas como eras bondosa decidiste poupar-me.

— Ah, mas mandei examinar teus dentes, sim, e... bom, não exatamente teus *cascos*. Lembras-te da consulta a que compareceste no Exército na primeira vez que foste chamado à corte? Não era necessária, mas achei que seria útil. — Ela riu. — O tamanho, entre outras coisas, é importante para mim. Por que pareces constrangido? Vocês, homens, fazem a mesma coisa quando entram num bordel, ou comentam entre si sobre suas amiguinhas, para saber quem é pequena aqui e grande ali. Ouvi tudo que havia para se ouvir durante minha adolescência.

Por *adolescência*, Helena estava se referindo a seu passado como empregada de uma adega, embora Aélio a tivesse ouvido dizer, uma ou duas vezes, meu *treinamento*.

— Dizes que conheces Cúrio Décimo; posso falar-te sobre ele, por exemplo.

— Não, obrigado.

Ela afagou-lhe o rosto com as juntas dos dedos, para a frente e para trás.

— Tu és maior que ele, embora não sejas tão resistente, mas ele conhece uns segredinhos que não conheces, a menos que os tenhas aprendido nesse-meio-tempo. Fique longe dele, Aélio. Ele é um homem inteligente, e não sei o que pode fazer com essa inteligência. E não confia nele, ele te seduzirá. Não *naquele* sentido, num sentido político. — Ela afastou-se. — Agora vai embora. Tenho que me trocar, e minhas criadas são extremamente desajeitadas, umas inúteis.

Aélio viu-a abrir um baú, inclinando-se sobre ele numa posição muito sedutora, que punha em evidência o traseiro e os quadris.

— Espera. O que queres dizer com ser menos "resistente"?

Ela falou sem se voltar, os braços imersos até os cotovelos num tecido espumoso.

— Ah, nada, nada, afinal de contas tu ainda usavas fraldas. Eras muito apressado.

— Não tenho mais pressa.

— Veremos. Vou ficar por aqui alguns dias, portanto é possível... — Helena não completou a frase. Era seu modo de falar, ele lembrou. Ela iria manter suas opções em aberto, sugerindo uma probabilidade sem dizer exatamente até onde ela levaria. Sua voz sumiu, reduzindo-se até emitir um murmúrio de suspense, deixando um espaço em branco para seu interlocutor preencher. Aélio decidiu que era melhor não lhe dizer que estava hospedado na casa de Décimo.

Ela jogou véus e tecidos leves de algodão para os lados.

— Tu és um dos poucos de quem fiquei amiga nesses anos. Quero te dizer que tive pena de tua mãe, por ter te prendido em minhas garras todo aquele verão.

— Ela nem mesmo soube.

— Achas que não? Coração de mãe é coração de mãe, Aélio. Ela sabe tudo o que seu filho precisa e faz.

Helena virou-se, de súbito impaciente. Não sabia dizer se ela estava cedendo a um impulso ou tomando uma decisão previamente bem ponderada.

— Venha esta noite: estou entediada. Quase todas as fontes de água mineral que visitei estavam cheias de sacerdotes e fiéis com o hábito horrendo de observar tudo e todos. Há duas semanas que não me deito com um homem. — Jogou um tecido transparente preto sobre a cabeça e, quando ele caiu com leveza, envolvendo-a, ela ficou coberta até a cintura, apenas visível por trás de uma névoa escura. — Tive de aturar um chatíssimo oficial da Espanha que estava em Aqua Nigra para curar-se de uma infecção no ouvido, e ele não conseguiu me satisfazer. Fora o problema da orelha, quero dizer.

Beijando-o por sobre o véu, Helena descruzou as pernas, de forma que ele tivesse de passar os braços em torno dela para erguê-la. O pano ficou molhado pelo toque da língua dela.

— Não sei como consegues ficar em jejum durante uma campanha longa.

Aélio tocou-lhe a língua com a sua. Alceste, dizia o poema, ascendeu do submundo envolta num véu preto. *E o véu era tanto uma barreira quanto um convite.*

— Tive boas professoras, Helena.

— Boas professoras uma ova. — E ela remexeu-se atrás da delicada barreira. — Há dez anos já tinhas completado tua educação, e não demorei muito tempo para te levar para a cama.

— Tu me fizeste esperar uma semana.

— Foi? — As experientes mãos dela moveram-se entre eles, não encontrando resistência. — Não sei por quê. Que gentil de tua parte lembrar-te disso.

Com dois dedos, vagarosamente, Aélio puxou o véu. O rosto dela surgiu branco, limpo, e as pequenas rugas nos cantos da boca pareciam aumentar-lhe a perfeição.

— Gastei o chão em frente a tua casa. Teria arrebentado os miolos de meu companheiro de quarto se tivesses preferido ficar com ele e não comigo.

— Bem, essa ideia realmente passou pela minha cabeça, ver-vos os dois brigando por mim.

— Brigando? Éramos os melhores espadachins da unidade, ele e eu; e acabaríamos ferindo um ao outro e, possivelmente, tentaríamos atingir as melhores partes que o outro tinha a oferecer, além de nossos belos rostos.

Helena, então, acariciou-o com tal ousadia que Aélio teve de fazer força para não gemer de prazer.

— Virei esta tarde, se quiseres.

— Hum, sim. Sim, à tarde é melhor que à noite.

Ela já estava desatando as fivelas e erguendo couro e tecido, falando com os lábios roçando os dele. Aélio começou a ver tudo através de um atordoamento avermelhado, como se ela estivesse usando um véu escarlate por cima. O sangue latejava-lhe nos ouvidos.

— Também não estou com fome, então... quer dizer, eu poderia vir, não sei, Helena, até mesmo antes do almoço.

Essas tolices saíram de seus lábios em voz rouca, como que ditas por outra pessoa, porque ele tinha ido até ali com a esperança de que aquilo acontecesse, estava acontecendo, e falar estava totalmente fora de cogitação.

— Antes do almoço, que ideia! Mas não valeria a pena ir para casa e depois voltar correndo para cá... e se dissermos que antes do almoço é exatamente agora?

Eles haviam jogado um jogo parecido, repleto de expectativa, na memorável primeira vez em Nicomédia, num quarto onde não havia cama, somente tapetes que cobriam o chão de parede a parede, e almofadas, das quais Helena tanto gostava. Havia tapetes e almofadas ali também, em abundância, e até uma cama, naquele quarto de hospedaria.

Na primeira vez que dormi com ela, a chuva estava para cair. O céu de Nicomédia estava escuro no meio da manhã, o vento abria e fechava as portas, fazia as cortinas en-

funarem-se para dentro do quarto. Da almofada embaixo dela, Helena puxou uma faixa de seda vermelha por entre as coxas, brilhante e estreita, como se estivesse emergindo daquele lugar cobiçado; ela a puxou devagar até o ventre, o umbigo, entre os seios, até o pescoço. Parecia uma ferida preciosa, partindo-a ao meio. Ajoelhei-me a seu lado e tirei minhas roupas com uma necessidade cega de chorar, trêmulo de tão ávido que estava para penetrá-la antes que a chuva caísse.

Agachada e nua na cama, Helena segurou os seios, deixando os mamilos aparecerem entre os dedos. A maioria das outras mulheres, ainda mais se fossem de sua idade, teria parecido ridícula nessa pose coquete. Mas Helena assim era sedutora, e prometia mais sedução. Ela disse:

— Aélio, sabes que estou certa.

— Não, não sei.

— Sabes.

A manhã e a tarde tinham passado, a escuridão já preenchia a janelinha da hospedaria, e, uma vez mais, ela começou a abaixar o lençol que o cobria. Ele a fez parar, mas ficou com a mão sobre a dela.

— Constantino é o mais esperto deles todos, Aélio querido; ele não pode perder tempo esperando os velhos morrerem ou desistirem, para ter a sua oportunidade. Maximiano não tem intenção de se afastar, não importa o que ele tenha te dito. Ele vai conspirar com o filho para ficar com o poder, e depois com certeza vai haver guerra, porque Diocleciano jamais permitirá que seu cogovernante se aposse do trono.

— Prefiro não pensar nisso. Vi a Rebelião no Egito, e isso, para mim, valeu para o resto da vida.

Helena entrou debaixo do lençol, ao lado dele.

— Portanto, bem vês que precisamos de um homem forte.

Beijos e carícias começaram de novo, a principio só da parte dela.

— Avisa a Constantino que estás interessado, agora mesmo, que ambos terão proveito.

Por mais irritado que estivesse ficando com ela, Aélio retribuiu os beijos e quase deixou de prestar atenção no que ela dizia.

— Não estarias me pedindo isso se achasses que Constantino pode resolver tudo por si mesmo. Duvido que meu proveito seja o que tens em mente ou aquilo que é teu interesse.

— É o que pensas, querido. Mas se tu *és* amigo de Constantino, nem imaginas o que poderias acabar ganhando quando ele chegar lá em cima.

— Teu filho vai ter de arranjar um motivo melhor do que o de não querer esperar sua hora, Helena. Há um sistema, e ele deve respeitá-lo.

— Mas Aélio, Aélio, depois que um homem chega lá... O que foi mais do que uma insinuação, considerando-se o que estavam fazendo no momento.

Sexta-feira*, 15 de dezembro, Festa da Consuália, Festa da Semeadura*

O vidro da janela deformava a vista do exterior. Através da superfície imperfeita, o brilho da manhã parecia esverdeado. O sol que nascia através da névoa sobre os campos expandiu-se, diluindo-se numa opacidade pálida e aguada que assinalava o leste (as estradas, a fronteira, os limites). Aélio voltou-se para Helena, sentada à penteadeira.

Ela prendeu a trança para cima, empurrando meticulosamente os fios de cabelo que escapavam de seu diadema brilhante e trabalhado. O fato de escapar, ora aqui, ora ali, um fio esbranquiçado de tonalidade prateada, que não era exatamente grisalha, tornava-a mais interessante, mais curiosamente desejável. Sua compostura não levantava suspeitas de que não tinha obtido dele o que queria, exceto fisicamente.

— Com quem estás agora? — ela perguntou, olhando-o pelo espelho. — Sei que não te casaste, mas quem é a tua escolhida?

Aélio voltou-se novamente para a janelinha. Afivelando o cinto, estava pronto para ir embora. Dentro de duas horas as execuções dos cristãos começariam, e ele havia prometido a Duco que iriam juntos à arena.

— Ninguém, no sentido a que te referes. Tenho mulheres.

— Mulheres. O que queres dizer com *isso*? Prostitutas, damas, vadias do outro lado da fronteira?

— Essas últimas não.

— Ah, Aélio, por favor! Estás te fazendo de difícil porque não queres me contar. Não é ninguém da corte, ou eu saberia. Há dois anos cortejavas Ignácia, na Nicomédia.

— Não é para me gabar, mas era ela que me cortejava.

— E com sucesso?

— Mais ou menos. — O arrependimento, ou pelo menos certa melancolia, já gerava um vazio na manhã de Aélio. O nome de Anubina estava tão profundamente sepultado nele que por nada neste mundo o pronunciaria.

— E quem é o *teu* preferido?

— Que impertinência, vinda de um homem que aos 25 anos já estava ficando grisalho! — Helena fazia caretas enquanto aplicava a maquiagem. — Quando me converter ao cristianismo rezarei por ti e por teus pecados.

— Sabes, Helena, se esse dia chegar, o Hades, tal como o conhecemos, desaparecerá. Tântalo será capaz de alcançar sua refeição, e a rocha de Sísifo rolará quando ele a empurrar.

— Eu não teria tanta certeza se fosse tu.

— Mas claro. Se um charlatão pode ressuscitar mortos, qualquer coisa pode acontecer. — Aélio estava rindo, e só por isso Helena não ficou zangada.

Quando ela se colocou diante da claridade que vinha da janela, seus olhos, delineados de preto-fuligem, cintilaram como prata.

— Trata de agradecer por tua sorte de ter boa aparência, Aélio Espartano.

— Sim, e por respeitar a privacidade das senhoras.

Em todas as entradas da arena, haviam-se erigido altares temporários para garantir que todos os espectadores pudessem lançar grãos de incenso ao entrarem. Essa medida, obviamente, não se estendia aos cristãos nem à maioria dos judeus, mas incluía os judeus seculares como Ben Matias, a quem Aélio divisou na multidão. O ex-guerrilheiro meteu descuidadamente os dedos no nariz antes de pegar uma pitada de incenso com os mesmos dedos e de a lançar ao fogo.

— É sempre a mesma coisa quando decidem realizar algum desses espetáculos em cima da hora — resmungou Duco, puxando o gorro de pele para cobrir as orelhas enregeladas. — Não se encontra um leão que seja em toda Mediolano, e nos cedem os que foram encomendados em Ticínio. De qualquer forma, os leões não se dão bem neste clima, e menos ainda os tigres. Podes ter certeza, Aélio, vai ser um desses espetáculos sem graça que duram indefinidamente, até que os soldados recebam ordens de apressar as coisas. Mandaram Safrac enviar um grupo de arqueiros. Ora, até que eles têm, sim, alguns animais. O Exército trouxe três ursos da Germânia no outono passado, mas um deles ficou doente e morreu. Portanto, só temos dois ursos e 13 cristãos.

— Queres dizer 12.

— Não, quero dizer 13 mesmo. Na proclamação há 13 nomes, olha.

— Pensei que fossem 12 os presos pelo assassinato de Marcelo Minúcio. Quem é o 13º?

Duco disse que não sabia e não notou a apreensão do colega. Quando chegaram a seus lugares, Aélio quase em seguida levantou-se novamente, dizendo que voltava logo. Enquanto se esforçava para passar pelos espectadores e alcançar a saída mais próxima, viu Helena e Décimo chegarem juntos ao setor ao lado, comportando-se como se fossem velhos namorados.

O guarda a quem Aélio perguntou disse que também não sabia quem era o 13º condenado, mas que podia ser que seu suboficial tivesse os nomes e as identidades de todos. Mas não tinha.

— Não tenho uma listagem comigo, comandante — explicou o suboficial. — Mas posso dizer-vos que ao todo são sete homens e seis mulheres. Um deles foi acrescentado no último minuto.

— Quem é? Homem ou mulher?

O suboficial ergueu as sobrancelhas.

— Tendes alguma preferência?

Não, desde que não seja Casta.

— É que sou um espectador meticuloso — Aélio insistiu —, com um programa errado nas mãos. Irrita-me saber que mudam as programações sem o conhecimento do público.

— É um homem, um grego. Envolvido em um assalto contra um oficial do governo. Mais alguma coisa, senhor? Sabeis, porém, que só há dois ursos, em vez de três, não é?

Anotações de Aélio Espartano

Normalmente não tenho dificuldades em assistir a execuções. A importância educativa da punição pública eu entendo, porque mesmo aqueles que assistem pelo pior motivo (divertir-se com o sofrimento humano) compreendem a mensagem de que desrespeitar a lei resulta em rápida e severa correção. Na minha filosofia, a dor é inevitável, e dela não se deve fugir. É a visão da intemperança na hora de encarar a morte que me perturba, como soldado e como homem.

O infeliz do açougueiro grego, a quem me arrependo de não ter avisado que fugisse depois de o idiota de seu empregado ter feito o que fez, lutou horrivelmente, mas felizmente foi o primeiro que morreu. Em minha opinião, o espetáculo de mulheres com pés e mãos amarrados, tentando arrastar-se para fugir de animais ferozes, foi especialmente desagradável, uma punição existente em nosso sistema legal que acho indigna. Disseram-me que eram as esposas dos cristãos presos após a morte de Marcelo. Embora não acusadas diretamente de um crime, tinham resolvido ser presas com os maridos e com eles executadas na arena, sem dúvida iludidas pelas tolices que seus padres escrevem sobre a glória do martírio, sobre como o seu deus lhes dará coroas de rosas e sobre as feras recuarem perante os santos.

Uma das pobres criaturas conseguiu soltar os pulsos e os tornozelos — a não ser que os carrascos tenham resolvido não apertar muito as cordas, para proporcionar aos espectadores mais uma sensação — e começou a correr ao redor da arena, gritando como se fosse louca. Como não era jovem, o medo foi o que lhe deu uma nova energia, como dizem os livros que costuma acontecer nos incêndios e terremotos. Ela tentou inutilmente escalar a amurada de madeira que separa a arena da primeira fila de assentos. Bateu fortemente na madeira e pediu aos que estavam lá em cima para ajudá-la, conseguindo somente que lhe atirassem bagaços de maçãs e lixo e que incitassem os ursos a persegui-la. Um dos animais, instigado por um soldado, depois de algum tempo realmente seguiu na direção dela. Morosos como os ursos costumam ser, aproximou-se balançando a cabeça, depois perdeu o interesse, porque aquelas que ainda estavam amarradas tinham sido já muito feridas e se contorciam no chão, atraindo-o por causa do cheiro de sangue. Este repelente bailado continuou durante algum tempo e ficou pior com os gritos incessantes da mulher pedindo socorro. Quando a fera finalmente a alcançou (fico com vergonha de escrever isso), a mulher borrou-se toda, no auge do terror, e mesmo de meu lugar relativamente afastado podia-se ver claramente sua túnica branca completamente suja.

Ao ver isso, a multidão desatou a rir estrepitosamente. Apenas algumas mulheres, das fileiras mais altas, onde se achavam sentadas com os servos e os estrangeiros, finalmente começaram a protestar. Nada podia ser feito para salvar a vítima naquela altura. Mesmo assim, levou um bom tempo para que ela parasse de gritar e contorcer-se nas garras do urso. Sua morte fez com que a fera se desinteressasse completamente: até mesmo o urso já estava farto! Com um último tapa, o animal afastou o corpo sem vida e voltou-se para aqueles que ainda esperavam para ser destroçados.

À minha esquerda, quando me recostei no assento, notei que Duco estava olhando para os próprios joelhos, vermelho até as orelhas, o que não era sua cor natural. Ofereceram-se doces e bebidas a Aristófanes, Sido e aos Soldados da Guarda Palaciana em seu camarote não muito distante de nós. Os colegas de Décimo fartaram-se, especialmente Domnino, que esticou as pernas sobre os assentos que Décimo e Helena deixaram vagos a certa altura do espetáculo...

Ben Matias, que estava sentado com os negociantes estrangeiros, empregou cerimoniosas saudações orientais na presença deles, tocando o peito e os lábios. Do lado de fora da arena, em meio à multidão que se dispersava, esperou até que seus companheiros se afastassem e então piscou um olho para Aélio.

— Estou honrado por desejares voltar para a cidade com este humilde empresário das artes funerárias, digníssimo comandante. *Pftt.* — E ele simulou uma cusparada no chão. — Conversa mais hipócrita, *terefah*.

— Impura, é? O que acabamos de ver vai muito além da impureza.

Confiando que seu pulso já estivesse curado, Aélio montou no cavalo. Não desejava nem um pouco ir reunir-se a Duco, que tinha ido beber em algum lugar, enquanto a conversa com o judeu poderia acabar sendo útil.

— Mas e os jogos gladiatoriais, são aceitáveis?

— Os jogos gladiatoriais, para mim, ainda passam. É uma coisa completamente diferente, Baruc.

Ben Matias montava uma mula nervosa. Falou pouco enquanto passavam em fila pela ala dupla de sepulturas que ladeavam a estrada para Mediolano. Com seu olhar experiente, Baruc avaliava lintéis esculpidos esculturas; duas vezes abriu o dedo indicador e o do meio de ambas as mãos em ângulo reto, unindo as pontas dos dedos para formar uma moldura quadrada ideal, através da qual pudesse examinar os monumentos.

— Decoração passável, inscrições de segunda classe — foi seu comentário.

— Para ti isso é bom, não?

— Espero que sim. — Mudando de voz para imitar o tom de um guia turístico, o judeu apontou para o portão da cidade que alcançariam em breve. — A Porta Ticinense, também conhecida como Porta do Palácio. Aqui podes admirar a torre do canto e a entrada mais ocidental de Mediolano, onde a pista de corridas forma uma barreira adicional, com sua grandiosidade esplendorosa. Observa o final, mais ao longe, onde as torres da linha de partida como que alcançam o céu e preparam-te para as elegantes avenidas com edifícios do governo! No outro extremo, há um aglomerado de modestas estalagens. Aqui, nos dias de corrida, o barulho é ensurdecedor, devido aos vivas e ao estrépito das bigas ao contornarem uma curva fechada ou colidirem desastrosamente umas com as outras. A estalagem chamada de Fortuna do Fauno, frequentada especialmente por judeus que tenham negócios em Mediolano, recentemente foi palco de um ataque traiçoeiro...

— Para com isso, Baruc. Preciso de uma informação.

— Pois muito bem... — E Ben Matias enrolou um lenço em torno do pescoço. Alisou gentilmente a barba encaracolada debaixo do lábio inferior, dividindo-a no queixo. — Soube que *passaste a noite* com a Sra. Helena, eufemisticamente falando. Sabias que durante algum tempo ela teve um amante judeu na Nicomédia e gostava tanto dele que pediu a seu amante seguinte que se circuncidasse?

É evidente que havia judeus entre os funcionários que guarneciam os alojamentos temporários de Helena, pensou Aélio, achando certa graça naquela ousadia desrespeitosa.

— Asseguro-te de que não sou eu o amiguinho que ela obrigou a circuncidar-se, Baruc — respondeu ele, sem perder o bom humor. — O que mais podes dizer-me?

— Sobre o quê? Helena, Mediolano ou política? Ah, os três. Eu já devia saber. É triste quando dormir com uma mulher não basta para fazê-la *revelar* os motivos que tem para aceitá-lo. Logo, presumo que não estejas agindo oficialmente, mas por pura curiosidade.

— Por quê?

— Faz diferença para que eu escolha o que dizer.

— Isto é, sem receber uma compensação financeira. Digamos que estou perguntando por pura curiosidade. Que não sigo nenhuma ordem, nem de superiores nem de outra parte qualquer.

Tinham chegado à movimentada encruzilhada em frente ao portão, um cruzamento tão representativo de seu tipo que se costumava chamar simplesmente de *quadruvium*. Aqueles que estavam voltando da arena em suas carroças saltavam para procurar ali perto os fumaçentos restaurantes próximos e as bancas de linguiça ao ar livre. Muitos cachorros recebiam rápidos pontapés por pedir comida, mas mesmo assim ficavam deitados por ali, esperando e sentindo o cheiro de gordura de toucinho frito que pairava sobre o local. Até mesmo liteiras elegantes, com as cortinas cerradas devido ao frio, ao barulho e ao cheiro, paravam perto da banca de peixe frito e da adega.

Ben Matias fez uma careta de repugnância. Se estava para fazer qualquer outra crítica, desistiu quando viu seu companheiro ocupado em comprar toucinho frito envolto em papiro oleoso. Só soltou o ar dos pulmões depois que viu o historiador atirando, de cima da sela, pedaços daquela refeição ao bando de vira-latas.

— Espero que não me toques com essas tuas mãos sujas, comandante.

Aélio olhou-o de cima.

— Ainda estou esperando informações.

— Bem, vamos ver. Segundo o falatório, Helena botou na cabeça que não vai ser passada para trás por outra mulher, seja esposa ou nora. Agora não pode fazer muita coisa com Minervina porque ela acabou de dar um filho a Constantino, mas não se sabe quanto tempo o casamento vai durar. Durante seu passeio pelas fontes minerais, e acredita-me, sei disso por pessoas muito próximas e de muita confiança, ela tentou seduzir todo oficial e político que achasse capaz de apoiar a posição de Constantino. Até mesmo foi para a cama com o filho de Maximiniano, na esperança de deixá-lo de reserva como substituto para seu filhote.

Tirando da sela um lenço, Aélio limpou bem as mãos. Enrolando as rédeas ao redor do pulso esquerdo, direcionou o cavalo para o portão.

— Tudo isso eu mesmo podia ter deduzido, Baruc. O que mais?

— Bem, dizem que aquele que matou o muito pranteado Marcelo, seja lá quem for, também tentou matar o emissário de César.

— Ah, é?

— E que as armas usadas em ambos os casos foram embebidas em veneno, para que, caso o ferimento não fosse mortal, a substância tóxica circulasse pelas veias e fizesse o coração apodrecer. — Ben Matias lançou-lhe um olhar de preocupação piedosa. — Em teu caso, se o porrete que usaram para te deixar inconsciente estava envenenado, podes esperar que eventualmente a morte ocorrerá em, digamos, mais ou menos um mês.

— Isso é invenção tua.

— Juro que ouvi dizerem isso. Outros dizem que o *atiçador de fogo* quer que tu morras para que ele possa ressuscitar-te publicamente durante a festa da Saturnália e converter as massas. Que, como Proteu, ele muda de forma e pode estar em vários lugares ao mesmo tempo, estando agora em Mediolano.

Quanta bobagem, disse Aélio a si mesmo. Mas se o judeu não estivesse ele mesmo mentindo, de propósito, poderia estar repassando rumores falsos sobre homens santos da seita cristã. Sentiu-se mal ao pensar em Casta depois do que havia visto na arena. Será que ela realmente "se fora, se fora, se fora", como dissera a velha ama, e estava a salvo? E a história do veneno que matava lentamente! Não. Não era possível que existisse tal coisa...

— Agora chega, Baruc. Quero que tu investigues uma pessoa.

— Vai custar caro.

O fluxo constante de gente entrando fez com que a presença de guardas e soldados fosse necessária no portão. Aélio cumprimentou com uma vênia os suboficiais que o saudaram, ao passar por eles. Quando fizeram o judeu parar e, como todos os outros, identificar-se, ele nada fez para ajudá-lo e continuou em sua sela, sorrindo.

— Quando preparares a fatura, então — disse ao judeu quando novamente se reuniram —, lembra-te do que *eu* sei: que embora oficialmente sejas "especialista em arte funerária", como te denominas, assinas contratos e te divides em uma dúzia de diferentes atividades. Todas elas lícitas, dizes publicamente, e, portanto, não dás a menor importância se agentes do governo forem verificar. Duvido que não te importes. Estás sempre tão inteirado de tudo o que acontece na cidade que alguém deve te passar informações várias vezes por dia. O que achas dessa minha contraespionagem?

— Razoável. Quem queres que eu investigue?

Capítulo 7

De Aélio Espartano para Termutis.
Saudações.

Devo-te agradecimentos pelas boas-novas que me deste sobre a saúde de Anubina e desejo-te felicidades neste final de ano. Sabe que até mesmo na distante Mediolano é possível encontrar oficiais que têm lembranças agradáveis da estada deles em Antinoópolis, por causa de tua hospitalidade. Aliás, um conhecido chamado Lolo Antíates me pede que te transmita sua mais cálida afeição, a ti, a Demetra e a Thenpakebkis (se é que escrevi seu nome corretamente).

Com relação ao desejo de Anubina de ter filhos do sexo masculino, nem é preciso dizer que, se ela não tivesse recusado minha proposta de casamento, provavelmente estaria grávida agora. Não entendo por que não quer se unir a mim. Tu a conheces há mais tempo do que eu, portanto te solicito que me expliques seu comportamento. Quanto a tua dificuldade de falar diretamente com ela sobre esses assuntos, não acredito. Não tens o nome da cobra venenosa do Nilo à toa, Termutis. És uma mulher de infinitos ardis, e tua diplomacia é proporcional a eles. Fala bem de mim a Anubina e insiste particularmente no fato de que seus filhos comigo seriam sempre bem sustentados e também bonitos (se me permites dizer). A vida dela, bem como a de sua filha, seria a de uma verdadeira madame.

Assim, ansiosamente aguardo mais notícias. Enquanto isso, renovo meus desejos de boa saúde e de sorte a ti, envio saudações a teu irmão Theo e peço-te que envies tuas cartas seguintes ao correio militar da Savária, pois de lá certamente as enviarão para onde eu estiver.

Redigido em meus aposentos em Vicus Veneris *(endereço perfeito para uma destinatária como tu), em Mediolano, Itália Anonária, no primeiro dia festivo da Saturnália, XVI dia das calendas de janeiro, 17 de dezembro.*

***Segunda-feira**, 18 de dezembro*

— Não sou de me desculpar. — E Décimo ficou parado no batente da porta do anexo enquanto o porteiro escravo recuava, cabisbaixo, para deixar Aélio ver quem tinha ido visitá-lo depois do escurecer. — Posso entrar?

Aélio dispensou o servo com uma vênia.

— Esta casa é tua.

Uma leve camada de neve cobria a capa que Décimo tinha jogado nos ombros para contornar sua mansão até o anexo. Ele falou:

— Pensei que deverias saber que Sua Tranquilidade decidiu aceitar tuas credenciais. Tens uma audiência com Aristófanes amanhã à terceira hora da manhã.

Era uma notícia inesperada e que chegava tarde, mas ainda era boa. Mesmo assim Aélio perguntou:

— Por que não recebi notificação oficial?

— Vais receber. Ouvi dizerem isso este fim de tarde, quando passei por Aristófanes em um dos corredores; ele estava conversando com seu secretário. — Décimo tirou a capa e sacudiu-a. Nada além de minúsculos flocos infinitesimais já se derretendo caiu dela. Estava parecendo menos arrogante do que de costume, ou simplesmente não estava disposto a gracejos.

— O camareiro-mor está consideravelmente preocupado com a forma como te recebeu da primeira vez.

— Entendo.

O anexo dava diretamente para uma pequena sala de estar, com iluminação fraca, mobiliada com cadeiras de vime em torno de uma mesa baixa e decorada com um altar da família em um nicho na parede. Aélio convidou-o a sentar-se. Com os braços cruzados, ficou de pé.

— O aquecimento está funcionando bem? — indagou Décimo.

— Sim.

Fazia uns três dias que eles não se viam, durante os quais as comemorações da semana do fim do ano em honra de Saturno e a colheita haviam começado, trazendo alegria e festas, procissões e bailes de máscaras. Na verdade, Aélio tinha evitado Décimo. Agora sua falta de receptividade, embora isenta de hostilidade aberta, deixava o outro sem muita escolha.

— Eu me exaspero às vezes, é um traço de minha personalidade — resmungou ele, para justificar as palavras empoladas que ia proferir depois. — Deveria ter demonstrado respeito pelo orgulho que sentes por tuas vitórias.

Aélio continuou de pé ao lado da cadeira, mas não se sentou.

— Não precisas me tratar com essa condescendência.

As palavras eram merecidas. Décimo reagiu a elas como alguém que reconhece a crítica, o que já é quase aceitá-la.

— É que não consigo mais beber até cair como antes, só isso.

— Então deverias tomar cuidado com quem chamas para tuas festas. — Não era o tom que Aélio planejava usar caso aquela conversa acontecesse. Tinha resolvido esquecer o incidente e deixar o tempo passar até o dia em que as unidades militares partissem de Mediolano; se não, acabar com o assunto o mais rápido possível. Porém, percebeu um certo ressentimento incontido por trás de suas próprias palavras, ou uma sensação justa de ira. — Se foi ou não para testar a lealdade de seus colegas que encenou aquilo, devo dizer que não gosto de ser testado nem de ser conduzido a uma situação de confronto político de maneira inescrupulosa, para me fazer cometer alguma impropriedade. Já estive na corte várias vezes desde que tinha 19 anos, Décimo: conheço a etiqueta e também as rodinhas de mexericos, sei como respeitar a primeira e evitar as segundas. Pode ser só um traço de personalidade, mas minha lealdade é inquestionável. Não vais conseguir me pegar desprevenido.

Décimo tinha escutado tudo com pequenos, porém cada vez mais intensos sinais de impaciência. Passou os olhos pela sala mal iluminada, avaliando quinas e objetos que conhecia muito bem.

— Todo mundo é pego desprevenido um dia.

— Eu não.

— Nós dois temos ferimentos suturados nas cabeças para provar o oposto.

— Não compararemos as circunstâncias nas quais recebemos esses ferimentos. — Aélio contornou a cadeira e sentou-se nela. Do outro lado da mesa de três pernas, Décimo devia ter esgotado a quantidade de boa disposição que tinha para gastar com os outros. Dando um tapa nos descansos dos braços, pareceu indeciso entre o desejo de ir embora e uma inclinação para continuar a conversa de um ponto de vista diferente, altivo. Em voz provocadora, transformando-se de visita em senhorio, disse:

— *Futuisti puellam meam*, como disse o poeta.

Aélio nem sequer permitiu-se piscar.

— Eu poderia dizer o mesmo. Helena foi minha amante, tanto quanto foi tua.

— Ora, que importa quem dorme com quem, não sou de distinguir essa daquela. — Olhar firme um para o outro não estava levando a nada. Décimo continuava insistindo só porque não queria dar a Aélio a satisfação de abaixar os olhos. — Como aquela troiana do mesmo nome, Helena faz os homens se matarem por sua causa, e não só por sua causa. Para teu próprio bem, digo que fiques longe dela.

— Interessante dizeres isso a mim. Ela também me alertou para ficar longe de ti.

— Espartano, nem mesmo dormir com ela é seguro, embora seja uma delícia, devo admitir.

— Prometi que não falaria dela.

— É mesmo? Ela adora que seus amantes comparem experiências. Não acredites em nada que Helena diga sobre tuas habilidades no amor ou sobre as de outros. Ela vive se gabando de outros homens na nossa frente e, espero, de nós diante de outros.

Era outra armadilha, diante da qual Aélio ficou figurativamente de pé, avaliando o perigo e resolvendo não avançar. Décimo confundiu essa atitude com incerteza.

— O que *tu* vieste fazer aqui? — disse então, como se Aélio é que devesse pedir-lhe desculpas. — Vens como emissário imperial, e então ficas indefinidamente fazendo perguntas sobre assuntos que nada têm a ver com tua missão oficial... Mediolano não é tão grande que tal comportamento passe despercebido. Depois de tua missão em Roma no ano passado, prenderam funcionários públicos aqui e em toda a Itália; os últimos, apenas uma semana antes de chegares. As pessoas desconfiam que sejas um *agens in rebus*, mas, se fores mesmo um agente secreto, estás meio a descoberto.

Mas que besteira. É nisso que dão a falta do que fazer e o tédio que as pessoas sentem em cidades como esta.

— Não tenho obrigação alguma de explicar minha posição em Mediolano a ti nem a ninguém mais, Décimo. Pensa o que quiseres.

Décimo continuou a tamborilar com os dedos nos braços da cadeira, uma sequência que começava com o indicador e terminava com o dedo mínimo. Lançava olhares furtivos para vários pontos, evitando o rosto de Aélio.

— Então também vais para o oriente.

— Recebi ordens nesse sentido.

— Os nomes dos oficiais transferidos para a fronteira estão expostos no palácio, é por isso que sei. Dizem que anunciarão as unidades específicas que estarão sob o comando deles em breve. Não sei se é um prêmio ou uma punição: e tu?

— Ordens são ordens.

— Ah, já chega, Espartano! Não tolero essa tua atitude empertigada. Homens que vão à guerra juntos não deveriam comportar-se assim um com o outro.

Aélio inspirou profundamente.

— Isso é verdade, em termos gerais. Portanto, comporta-te como bom companheiro de armas e aceita que eu me encontrarei com Helena amanhã.

— Onde, a que horas?

— Não é da tua conta.

Terça-feira, 19 de dezembro, Opália, Festa da Fortuna

Na segura hora da manhã, um funcionário de baixo escalão da equipe do camareiro-mor veio entregar a convocação a Aélio. Ele teria esperado para oferecer acompanhamento adequado (tinha seis soldados consigo) se seu convocado não tivesse insistido em ir com a própria escolta.

Uma nevasca persistente silenciou todos os sons humanos nas ruas. Sons discretos de água batendo contra as margens vinham do canal, onde a água batia contra pequenos obstáculos, e pardais beligerantes piavam desvairados em um parapeito, no qual disputavam migalhas ou sementes espalhadas para eles. O cheiro limpo da neve, tão familiar para Aélio desde a infância, adquiria, de lugar para lugar, um sabor de carvões em brasa, árvores novas e serragem usados na lareira, sopa fervendo em caldeirões de ferro. Odores relacionados com a vida doméstica e mulheres, em sua mente.

Mas Helena sem dúvida estaria ainda adormecida àquela hora, talvez só, talvez não, e o sono evitava que ela se preocupasse com essa ruga, aquela pele flácida, a maciez da importantíssima parte interna das coxas. Casta estava fazendo... o quê? Enfrentando o tempo, sentada em algum posto de vigilância hostil, orando para seu deus, pensando vagamente em um oficial que tinha ido até a casinha mal iluminada perto do templo de Nêmesis. Em sua casa azul diante da porta da cidade ou em sua oficina de Antinoópolis, Anubina já estava de pé havia duas horas pelo menos. Sua mãe, esposa e mulher de soldado, desde antes do alvorecer. Aélio esperava, contra toda a probabilidade, que uma das quatro pelo menos estivesse pensando nele naquele momento, enquanto ele pensava nelas.

Ao atravessar o bairro judeu em direção ao bairro do Palácio, ele ordenou que o chefe de sua escolta levasse uma mensagem a Baruc ben Matias. As ruas, escorregadias e enlameadas no resto da cidade, tinham sido varridas nas cercanias da residência de Maximiano. Os soldados e os guardas do palácio estavam parados, pisando firme nas esquinas, às portas. Os canais passavam ameaçadoramente cheios nos pontos onde a neve tinha sido atirada em seus leitos, ao ser removida da rua.

Em seu minúsculo gabinete, Aristófanes estava de verde naquela manhã. A cor o fazia parecer também esverdeado, em comparação ao amarelo dourado de fruta madura que tinha usado durante a primeira entrevista. Os apliques ovais bordados na frente de sua túnica representavam arqueiros e cavalarianos, contornados com pontos pretos e fios prateados que detalhavam a armadura e as armas. Eram bordados egípcios, pelo que Aélio percebeu. A loja de Anubina produzia apliques assim, minuciosamente decorados, que eram vendidos separadamente ou já aplicados em tecido.

Dessa vez, o eunuco procurou certificar-se de que, ao chegar, Aélio o encontraria de pé. Seus pezinhos comparativamente pequenos, retesando o tecido das sandálias, precisavam sustentar uma massa humana cheia de cortesia, mas isenta de desculpas. Como se a primeira entrevista tivesse envolvido dois homens diferentes, e eles estivessem se vendo pela primeira vez, Aristófanes pediu as credenciais de Aélio. Não fez nenhuma repetição em voz irritada naquela manhã, não fez gestos com a mão direita apressando Aélio enquanto fazia esse pedido.

Aélio dançou conforme a música. Ele devia ter recebido ordens diretas de Diocleciano para aceitar a mensagem imperial, sem a menor dúvida. Poderia ou não significar que ele seria recebido por Maximiano depois dessa entrevista. Provavelmente não, o que economizaria o tempo de todos e evitaria constrangimentos.

— Sua Serenidade lerá a mensagem de seu colega e irmão de púrpura, comandante, e terá prazer em enviar uma resposta na quarta-feira pela manhã. — Surpreendentemente, o sotaque grego tinha desaparecido quase completamente da voz do camareiro-mor. Esquecimento? Admissão de que fingimento não adiantava mais nada? Sob o nariz semelhante a um botão, sua boca formava uma lua crescente voltada para cima, na gordura das bochechas, quase um sorriso.

Aélio abaixou a cabeça.

— Agradeço a Sua Serenidade pela consideração.

Era compreensível a amarga relutância de Maximiano em renunciar ao trono que já vinha ocupando junto com o outro coimperador mais velho havia 21 anos. De acordo com a irrevogável decisão de Sua Divindade, em menos de quatro meses todos os servos da corte, burocratas e parasitas da Nicomédia, de Mediolano, Tréveri e Sirmium perderiam os empregos ou teriam de se reinventar para agradar os novos quatro monarcas do Império. Seus clientes, por sua vez, cairiam, também e, enquanto os profissionais, incluindo juristas e comandantes de regimento, continuariam em seus postos, segundo se esperava, gente em cargos mais altos teria de procurar novos empregos. Os quadros da polícia criminal também iriam mudar. Da noite para o dia, os cargos de Aristófanes e Sido tinham se tornado instáveis.

A reunião com o camareiro-mor durou o tempo necessário para combinarem a hora em que Aélio poderia voltar na *quarta-feira* para receber a resposta oficial de Maximiano. A aceitação dos termos de Diocleciano estava fora de cogitação; mesmo assim, muita coisa pode acontecer com um emissário imperial, *até mesmo em algumas horas*. Por via das dúvidas, Aélio planejou enviar uma missiva a Sua Divindade ainda pela manhã.

Depois da sensação de desorientação que tivera em sua primeira visita ao palácio, ele estava começando a entender o labirinto de corredores e salas. Havia um sentido naquela confusão: segundo a posição dos funcionários de cada sala, gesso, travertino ou tijolos revestiam as paredes. As placas com os nomes nas portas, o número de sentinelas no limiar, a presença e a qualidade dos tapetes transmitiam a presunção de costume, mas maio passaria como uma enchente sobre aquelas frágeis manifestações de fama.

No início do corredor de Sido, a porta que dava para seu gabinete estava aberta; Aélio viu a escrivaninha vazia. Segundo Décimo, o secretário de Aristófanes tinha sugerido que o próprio *speculator* chefe desse a notícia da convocação a Aélio. Aristófanes tinha ponderado um momento sobre o assunto, depois respondera que não. Mas Sido sabia da mudança na política, estava claro, e talvez fosse um homem mais perigoso agora do que quando seu cargo era inexpugnável.

Girando nos calcanhares para retomar o caminho sinuoso em direção à saída, Aélio colidiu com dois guardas palacianos. Eles haviam-no seguido em silêncio, apesar de qualquer som reverberar nas abóbadas do edifício, ampliando-se.

— Comandante. — Sem explicações e quase de braços dados com Aélio, os soldados escoltaram-no de volta até a porta do gabinete de Sido, encostando nos lados desarmados do corpo dele com quadris cheios de armas.

Como que conjurado por poderes mágicos, Sido estava sentado à sua escrivaninha. Sozinho no gabinete, agiu como se tivesse acabado de ouvir Aélio chegar ou simplesmente tivesse por acaso erguido o olhar do que estava fazendo naquele momento, sua cabeça taurina e a ameaçadora montanha de músculos assumindo uma postura entre vigilância e agressividade.

Levado pelos guardas até o gabinete, Aélio obrigou-se a cumprimentar o homem como devia.

— Estás com pressa, comandante?

— Não, não exatamente, só estava tentando encontrar a saída.

Estava longe de ser verdade. Aélio tinha feito um desvio de propósito para ver o chefe da polícia criminal pessoalmente. Nos dias anteriores, sob uma pressão amistosa, ele tinha obrigado Duco, o bretão, a confessar tudo o mais que sabia sobre o chefe de polícia, ou seja, que Sido aceitava suborno de fornecedores e abastecedores do Exército. Daí os fabulosos contratos para a construção dos muros (daria para construir quilômetros de muro com tanto tijolo, argamassa, suportes de ferro, pedras de cantaria) terem aumentado feito massa de pão. "Sido está envolvido com as olarias, os produtores de tubos de chumbo, os criadores de tropas de mulas para exército, tudo que imaginares, Aélio. Estás vendo por que digo que me meto em encrenca quando abro a boca? Não mexe com ele."

O policial apoiou as juntas dos dedos na mesa e ergueu-se atrás dela.

— Por que estás te retirando? Aproxima-te.

Se era um convite, o tom em que foi feito lembrava uma ordem. Aélio analisou-se internamente, buscando traços de raiva. Percebendo que estava razoavelmente controlado, afastou-se dos guardas com toda a naturalidade e deu mais um passo para dentro do gabinete.

— Mais perto, mais perto. — A cabeça eriçada de Sido ocupava o centro do mapa de Mediolano, pendurado na parede, marcando o lugar onde era antes a velha casa da moeda. — Aproxima-te mais um pouco. Tenho uma coisa para te mostrar.

Se Aélio fosse inexperiente, teria identificado o utensílio oval de metal sobre a mesa de Sido como uma terrina para servir peixe; o lúcio criado no lago de Décimo tinha sido trazido à mesa exatamente em uma terrina daquelas.

— Aproxima-te mais, Espartano. — Quando o homem abriu a terrina sob o próprio nariz, Aélio viu que dentro havia uma boa quantidade de sal comprimido, sob uma camada finíssima de salmoura, e sentiu um aroma indefinido de picles subindo do recipiente.

— Olha! — O chefe da polícia criminal estava lhe entregando um estilete, de seu estojo de escritório. — Vê o que há enterrado neste sal.

Afastando uma colherada, Aélio viu a mão de um homem. Coisas enrugadas e brancas que costumavam ser dedos formavam seus apêndices inertes de unhas azuladas.

— Achavas que eras o único que havia notado uma mancha de sangue no formato de mão ensanguentada na sala onde Marcelo foi assassinado? O bom das Velhas Termas é que não são necessários muitos empregados por lá e pode-se revistá-los com rapidez.

Aélio estava com os olhos fixos na terrina. Não sentia nojo, não exatamente, dada sua experiência em campos de batalha; era mais um mal-estar, agourento e inquieto.

— Então esta mão pertencia a um dos escravos que foram presos e executados sumariamente. — Ao dizer isso, pôs o estilete de lado. — Estou certo?

— Não. É do secretário do juiz, o ex-cristão Protásio. Os dedos dele e o tamanho da mão correspondem à mancha na parede.

Subitamente o mal-estar quase se transformou em nojo. *Ele sabe que a mancha se encaixa na mão esquerda de qualquer um*, disse Aélio consigo mesmo, recuando rigidamente um passo para longe da mesa. *Ele sabe que a mancha de sangue podia pertencer a qualquer um que tivesse ajudado a tirar o juiz da piscina.*

— Se não me engano, o clero cristão foi condenado pelo crime — observou.

Sido tornou a pegar o estilete. Começou a espetar a mão morta com ele, esguichando salmoura ao redor.

— *Ele* foi quem matou diretamente o juiz. E quem pensas que o contratou para cometer esse crime? Uma vez cristão, sempre cristão. Os líderes dessas pessoas tomam todas as decisões por elas.

Os dedos pálidos de unhas azuladas, encolhidos como estavam, lembravam os de uma mulher. Aélio recuou mais um passo, dessa vez com menos equilíbrio.

— Bem, presumo que isso encerre o caso do assassinato.

— Exato. — Deliberadamente, Sido aproximou o estilete dos lábios e provou a salmoura com a língua. — Vou ser transferido para a Síscia. — Pronunciou a frase, totalmente desconectada do assunto do qual estavam tratando, como se fosse uma decorrência lógica e decepcionante do assunto, e de algum modo envolvendo Aélio.

— Tens sorte — comentou Aélio. Sentiu uma necessidade súbita de desviar os olhos daquela obscena degustação da ponta de metal do estilete. — Minas de ferro, fábricas de armas, casa da moeda do Exército. É um cargo e tanto. — Até mesmo com a atenção concentrada no mapa da cidade, aquela ação de espetar a mão decepada já estava se transformando rapidamente de mal-estar em nojo. — Com sua permissão — acrescentou —, preciso tratar de alguns assuntos.

Sido deixou-o fazer a continência e começar a sair, e só então disse:

— Fica descansado, comandante, não será a última vez que nos vemos.

— No serviço público raramente é assim.

— Tu agiste contra mim.

Nos dramas teatrais, a plateia tremia ao ouvir frases como essa, pronunciadas em voz ameaçadora pelo ator que desempenhava o papel de espírito do deus vingativo. Na vida real, a acusação fez Aélio girar nos calcanhares como se tivesse sido puxado.

— Eu? Que motivo teria *eu* para agir contra vós? — Embora ele pudesse pensar em vários motivos, todos razões suficientes.

Sido, de pé atrás da mesa, dominava o centro da ampla sala vazia. Seus punhos pressionaram a superfície de madeira, dando a impressão de que, em um súbito impulso, poderia empurrar o pesado móvel para a frente a fim de derrubar seu interlocutor.

— Tu não serás historiador nem emissário de Sua Divindade para sempre.

Que intriga palaciana estaria por trás dessa transferência de Sido? Certamente não era por causa de sua corrupção, muito menos pela suspeita de que houvesse planejado o ataque na Fortuna do Fauno. Aélio não viu necessidade de contradizer essa frase. Em Tréveri, Constâncio tinha mencionado seu interesse em mandar um estudioso em sua equipe, agora que iria passar de vice-imperador a governante principal. Aélio havia resolvido responder depois de 1° de maio, porque, como tinha dito, "Até lá Diocleciano é meu imperador. Cresci a seu lado, e preciso servi-lo até o fim".

Para Sido, que continuava a olhar para ele com a cara fechada e os punhos cerrados, ele só podia dizer a verdade:

— Garanto-vos que não tive nada a ver com vossa transferência, *perfectissimus*. — Vocabulário, tom, postura: tudo sob controle. Seus olhos — Aélio que se conhecia muito bem — deixaram entrever a crueldade sorridente de um soldado que responde a um desafio.

Ben Matias não quis conversar em ambiente fechado.

— Vamos andando até a sinagoga — convidou. De capa de pele com capuz, ele, barbado como era, lembrava um personagem ardiloso da mitologia. "Ulisses", disse, Aélio, de brincadeira, e o judeu riu. A neve começou a cair de novo, em grandes cristais molhados que se precipitavam pesadamente e em linha reta. Comparado às comemorações em todos os outros pontos da cidade, o bairro judeu estava silencioso, apesar de também haver festividades de fim de ano ali.

— Os homens sobre os quais indagaste, comandante, Cúrio Décimo fala com eles com frequência. Vívio Luciano, Úlpio Domnino, um sujeito que atende pelo nome de Oto e alega pertencer ao clã dos Salvii e um outro chamado Frugi, que só sei que é gordo. Além desses dois, os gêmeos, Destro e Sinistro, os únicos que não são aristocratas de berço, mas, segundo amigos que moraram em Roma me garantiram, são de pura origem urbana, plebeus desde há muito tempo; o pai deles foi sagrado cavaleiro por Aureliano.

— E o que eles fazem?

— Tu fazes perguntas demais. Sou um judeu inteligente, não um mágico. São oficiais, tu és oficial, o que é que vós oficiais fazeis quando estão juntos?

Aélio ignorou a pergunta.

— Todos trabalham na corte, não trabalham?

— Não. Oto é um contato com os fabricantes de armas de Ticínio. É um clube, não tem segredo nenhum aí. O nome do grupo é Fraternidade de Cato. Têm os próprios estatutos e calendário e encontram-se para almoçar ou jantar nas casas dos membros, revezando as residências.

— Cato, o Velho ou o Jovem?

Ben Matias deu de ombros.

— Não sei. Faz diferença? Se li corretamente a história romana, os dois eram uns conservadores arrogantes.

No jantar de Décimo, não se havia mencionado nenhum clube. Aparentemente era só uma reunião ocasional de romanos nativos.

— Algum mexerico sobre a política deles? — indagou Aélio. — Minha pesquisa paralela no quartel fez todos se calarem.

— Nenhum tipo de política que os meta em encrenca. Décimo parece ser um informante imperial de alto nível, mas tu também és.

Eles já tinham avistado a sinagoga, um belo edifício no fim de um beco com residências particulares dos dois lados. Nem lojas nem lugares públicos davam para a calçada estreita. Ben Matias deu uma piscadela marota:

— Somos como os amigos de Décimo, comandante: gostamos de estar entre os nossos. As casas pertencem à sinagoga e são alugadas para gente conhecida nossa.

Aélio assentiu distraidamente.

— Mais alguma coisa sobre Décimo?

— Ele se envolveu em um litígio com parentes por causa de uma herança faz sete anos, e o juiz Marcelo presidiu o julgamento do caso.

— *Mentira.* Ele perdeu ou ganhou?

— Perdeu. O processo está arquivado no tribunal.

O interesse súbito demonstrado por Aélio foi tão evidente que no meio do mato grisalho que era a barba de Ben Matias surgiu um sorriso malicioso escancarado.

— Estás vendo por que não se pode ser amigo de um romano? Vós fazeis mexericos e espionai-vos mutuamente. Não, não procurei saber mais sobre o processo. Estou fazendo tudo de graça, lembra-te. Uma outra novidade: meu cunhado me contou que um escândalo que ameaça ficar feio está abalando a cidade de Tréveri. Várias pessoas já foram presas. O próprio Isaque foi com a esposa para o campo. Mas ele tem bons advogados, portanto esperamos que tudo se resolva, no caso deles.

— Ainda ligado ao oleiro? Envolvendo os herdeiros de Lupo?

— Envolvendo o próprio Lupo! Vários indivíduos, desde médicos até coveiros, estão sendo processados por terem participado no engodo que foi a ressurreição de Lupo. — Como Aélio havia parado de caminhar para escutar, Ben Matias puxou-o pelo cotovelo, demonstrando intimidade. Longe da neve, eles ficaram parados sob um beiral que se projetava de um dos prédios.

— Os parentes do oleiro estão querendo tirar o corpo fora. Eles agora juram que foi Lupo, quando ficou doente, que pediu que chamassem o *atiçador de fogo* para acudir a sua cabeceira.

— E isso faz diferença?

— Pois faz. Seja lá como foi que o curandeiro cristão conseguiu isso, Lupo realmente melhorou. Aí ele e Agnus resolveram elaborar um plano para fazer as pessoas pensarem que Lupo havia morrido e prepararam uma encenação complicada para fingir que tinha havido uma ressurreição dos mortos. As vantagens para a carreira do *atiçador de fogo* eram óbvias. Não existem muitos homens santos, mesmo entre os cristãos, com poder para isso. Quanto a Lupo, a ideia era que sua olaria ficaria mais procurada depois de ele se tornar famoso por ter voltado do mundo dos mortos. Então lá se vai o valor dos meus tijolos da primeira fornada.

— Deixando de lado os detalhes, é exatamente o que pensei que teria havido. Que provas existem de que Agnus manipulou toda a situação?

— Uma carta anônima, mostrando pela riqueza de detalhes que havia sido escrita por um dos diretamente envolvidos, chegou ao gabinete do promotor público. Parece que, até mesmo entre os cristãos, ocasionalmente aparece um traidor; Agnus deve ter pisado no santo calinho de um de seus comparsas. Ainda bem que o nome de Isaque não foi citado na carta. No fim das contas, o charlatão está sendo procurado, e, por associação, sua ajudante. E não só na Bélgica Prima, onde foram vistos pela última vez. Já estão sendo emitidos mandados de busca e prisão para outras províncias do Império.

— Entendo. — Aélio voltou a caminhar. Lembrou-se da manhã na qual tinha ido até a olaria de Lupo, das mulheres com seus véus que permaneciam agachadas nos campos molhados, esperando para ver o homem que tinha voltado dos mortos; de como ele havia olhado para elas, e elas para ele, cobrindo os rostos. Aparentando mais indiferença do que realmente sentia, perguntou: — Que papel desempenhou a diaconisa nessa encenação? Por acaso descobriste?

— Segundo Isaque, o nome dela também não é diretamente mencionado. A carta é uma invectiva contra a hipocrisia e a prestidigitação de Agnus, mas Casta de fato é a assistente mais próxima dele, sendo assim... Ora, até mesmo Constâncio, que até agora vem sendo indulgente com os cristãos, ordenou que os chefes do movimento deles sejam detidos para interrogatório, baseado no princípio de que, se não é possível pegar o ladrão que fugiu, se pega o ladrão que está mais à mão. Depois que as autoridades puserem as mãos nos dois, o *atiçador de fogo* pode considerar almoço de feras no circo, podes acreditar, e quanto à tal moça, não vão se contentar, em apenas tirar as roupas dela, desta vez. Fico por aqui, comandante. Preciso voltar ao trabalho.

— Tudo isso está muito bem, Baruc, mas não nos diz quem envenenou Marco Lupo.

— O que importa? Manda o que me deves à minha casa.

E puxando o capuz de pele mais para perto do rosto, Ben Matias fez um gesto entre uma vênia e uma reverência para se despedir.

— Feito os padeiros, deixa-me acrescentar à dúzia mais um pão grátis, embora eu não entenda, de jeito nenhum, por que eu deva me dar ao trabalho de te alertar: deixa as coisas como estão. Não cheguei a este ponto em minha vida sem ser capaz de farejar perigo no ar. Nesse assunto há perigo. Não sei sob que forma, mas consigo perceber seus movimentos de serpente. Se pensavas que os inimigos se ocultam nas sombras, em um lugar ensolarado como o Egito, imagina o quão mais longas serão essas sombras aqui nas províncias setentrionais.

O tribunal de Mediolano erguia-se no Mercado, sobre a Artéria Principal, uma das duas primeiras ruas do traçado original da cidade. Por causa dos feriados, havia poucos empregados presentes. Isso acabou sendo bom para Aélio, porque o deixaram procurar o que queria nos arquivos sozinho. O prédio não tinha aquecimento. Aélio precisou ficar andando para lá e para cá enquanto lia uma ou outra relação de processos ligados a propriedades e direitos de herança. Os bons cidadãos de Mediolano pareciam entrar frequentemente em litígio quando o assunto era dinheiro. Sob o nome de Décimo, havia quatro litígios diferentes: *M. Cúrio Décimo versus P. Cúrio Liviano* (dois processos); *M. Cúrio Décimo versus Publília Otacila* (sua terceira esposa); *M. Cúrio Décimo versus o espólio de C. Pupieno.*

Um simples balde de carvões em um braseiro representava o único alívio contra o frio naqueles arquivos com altas abóbadas. Aélio ficou parado com as costas voltadas para o calor que o balde emitia, lendo com cada vez mais interesse como, alegando uma teia intrincada de parentescos, Décimo havia tentado provar que a viúva de Pupieno, Annia Cincia, que "mal havia atingido a maioridade e mal-aconselhada por fanáticos", não poderia ter se desfeito da vasta herança deixada a ela pelo marido falecido "em favor de partes não ligadas a ela por parentesco consanguíneo". A disputa havia se arrastado durante meses, ao cabo dos quais Minúcio Marcelo tinha pronunciado sentença a favor da jovem viúva. A lista de propriedades era extensa: desde uma mansão em Lomello até a vila nos subúrbios, completa, incluindo lago de peixes, fazenda ativa, estábulo, pastos e bosques; além da vila, imóveis alugados a particulares e a comerciantes em Mediolano até outros terrenos em toda a região. Tudo isso, presumivelmente, Annia Cincia tinha dado aos cristãos e, após o início da perseguição religiosa, ficara entre os imóveis confiscados pelo Estado.

Esse era um pequeno detalhe que Décimo não havia revelado ao contar a história de sua prima distante. Aélio pôs-se a imaginar o que o falecido Protásio poderia ter a relatar sobre esse processo, se é que sabia de alguma coisa. Integrante da aristocracia conservadora, dificilmente encaixava-se no perfil de um assassino, mas a perda de um processo no tribunal por causa de uma decisão contrária a seus interesses era ainda a mais plausível explicação para a morte de Marcelo. A hierarquia cristã não tinha sido usada como bode expiatório? O fato de Décimo ter saído à francesa da execução na arena, com a desculpa de ter Helena como companhia, assumiu um novo significado, muito inquietante. Era bem verdade que havia se passado um certo tempo. Sete anos é um período muito longo para se nutrir um ressentimento vingativo, mas ele talvez pensasse que não conseguiria recuperar totalmente a herança de Pupieno até a recente desapropriação dos bens da Igreja, que voltara a colocá-la na berlinda. Aélio estava recolocando os processos na estante quando seu olhar encontrou um documento fino que não tinha notado antes. Também estava sob o nome de Décimo e dizia respeito a um ato de interdição de sua filha Pórcia, de 22 anos, "por degeneração moral".

Pensativo, Aélio saiu do tribunal sob uma nevasca pesada, menos úmida, que aderia a tudo. Protásio tinha lhe dado, com seu endereço, os quartos alugados onde ele estava enquanto os herdeiros de Marcelo decidiam o que fazer com o solar da família. Ficava ali perto, atrás da casa da moeda do governo, uma construção que estivera fechada nos últimos anos. Ao passar pela porta de bronze marcada por pregos, Aélio refletiu que havia bem pouca chance de que tornasse a abrir em breve; hoje, a maioria do dinheiro necessário para pagar os soldados era cunhada diretamente na região do Danúbio.

Não adiantava perguntar se o coitado do liberto idoso tinha deixado mensagens para ele antes da morte. Aélio prosseguiu pesaroso sua caminhada para o alojamento privativo em que, a meio caminho entre o Mercado e o teatro da cidade, Helena estava instalada.

Helena ainda estava se vestindo. Dispensou a mocinha que penteava seus cabelos e terminou a tarefa de escová-los sozinha, enfiando grampos de marfim na trança reluzente que lhe circundava a cabeça.

— Não me disseste que estavas hospedado na casa de Décimo! Estou tão indignada, Aélio, que acho que nem quero te ver.

O movimento de suas mãos, enfiando os grampos no cabelo, fez Aélio lembrar-se, com incômodo, de Sido espetando a mão do morto.

— Não fui eu que disse a ele que te conhecia.

— Mas ele mencionou-te a *mim*, seu tapado!

— Quando? Enquanto o restante de nós assistia à execução dos cristãos?

— Não, foi quando jantamos juntos, depois da execução. Ano passado, despedimos-nos de forma tão ruim, que decidi que precisávamos conversar. Não para fazer as pazes. — Helena, maliciosamente, elevou a voz, para ter certeza de que Aélio não pensaria isso. — Foi para que eu tivesse oportunidade de ser um pouco mais civilizada, uma vez que quebrei uns vasos antigos dele em nossa última briga. Eu estava a ponto de jogar água na fervura dele, só um bocadinho, dizendo que vim aqui ver uma antiga paixão minha. — E apontou para Aélio com pequenos movimentos bruscos do indicador, como se espetasse o ar. — Mas ele foi mais rápido: "Estou com um hóspede lá em casa", disse, "que estou surpreso por não teres levado para a cama na Nicomédia! Alto, pele branca, olhos azuis."

— Há centenas de soldados que correspondem a essa descrição — começou a dizer Aélio. — Como soube que Décimo estava se referindo a mim?

— "Ele é historiador de Sua Divindade", disse Décimo. Aborrece-me pensar em dois dos meus amantes na mesma casa, comparando suas experiências.

— Verdadeiros cavalheiros jamais fariam tal coisa.

— Pois sim!

Almoçaram juntos, sentados a uma mesa tão pequena que suas cabeças poderiam tocar-se caso apenas se inclinassem um pouco para a frente. Com um misto de camaradagem e coquetismo, Helena contou-lhe que estava caidinha por alguém que tinha visto na corte, para Aélio saber que ela tinha exercido sua diplomacia também por lá.

— Qual é o nível do cargo dele? — indagou Aélio.

— Quase o nível máximo.

— Quase o nível máximo é o eunuco.

— O eunuco e um brutamontes de olhos cinzentos.

— Não me digas que foi Sido!

— Por que não? — E ela imitou a surpresa dele, sorrindo. — Ele me recorda Constâncio quando jovem. E é *político*.

— Se consegues confiar nele...

— Não confio em nenhum dos homens com quem durmo, Aélio. Eles não iriam para a cama comigo se fossem confiáveis. — Ela mordiscou uma azeitona verde, expondo o caroço um pouquinho de cada vez. — Tu, por exemplo. Sou tua amiga, mas não posso confiar em ti.

— Porque digo que teu filho precisa esperar sua vez? Sua Divindade já...

— Sua Divindade, Sua Tranquilidade, Sua Serenidade... Sua Imbecilidade! São uns *velhotes* decrépitos, Aélio, todos eles.

— Não dirias coisas perigosas assim se não confiasses em mim, Helena.

— Não diria, é bem verdade. Confio em ti, mas isso me incomoda. — E ela jogou o caroço da azeitona na direção dele. — De qualquer forma, acho um desperdício de virilidade essa marcha até a fronteira.

— Sabes disso também?

Seus olhos faiscantes retiveram-no.

— Querido, meu filho *será* imperador. Preciso saber de tudo que acontece.

Anotações de Aélio Espartano

Eventos e revelações estão superando uns aos outros tão rápido que não sei dizer se estão se desenrolando ou ficando ainda mais enrolados. Uma constante parece estar presente em tudo: os cristãos são suspeitos e acusados independentemente de qualquer prova. É uma característica dos processos abrangentes atribuir aos inimigos do Estado todos os crimes, mesmo aqueles que na verdade têm outros culpados. Dizem, e Suetônio garante, que na época de Nero os cristãos foram acusados de atear fogo a Roma. Sem consultar Suetônio (que desconfia que o próprio imperador pôs fogo na cidade para poder reconstruí-la ou segundo outros motivos pessoais), fica óbvio para todos que visitaram os bairros superpopulosos da capital do mundo que incêndios acidentais facilmente acontecem sem intervenção humana. Não faz muito tempo, houve um incêndio devastador no palácio imperial, na Nicomédia. Os cristãos que eram operários na obra logicamente foram considerados suspeitos e levados a julgamento por esse motivo.

A aplicação dos éditos contra os cristãos em Tréveri, assim como em Mediolano, nem sequer necessita de desculpas. Não estou inclinado a ver o dedo de zelosos servidores do Estado (nem mesmo os speculatores*) no assassinato de Marcelo e na subsequente destruição da liderança da Igreja nesta cidade. Já um aristocrata peçonhento e ganancioso, por outro lado...*

O caso de Lupo é ainda mais complicado. Não me preocupa o fato de que a história ponha em dúvida a boa-fé do atiçador de fogo*, respeitado como homem santo. Não seria a primeira vez que um charlatão conjura truques e é desmascarado. O assassinato de Lupo, que ocorreu depois, intriga-me porque parece um crime cometido* *para silenciá-lo. Mas por que Lupo daria com a língua nos dentes sobre o homem santo? Um homem cuja riqueza se deve a seus status como alguém que foi beneficiado por um milagre não ameaçaria revelar a farsa à qual se prestou de livre e espontânea vontade. Portanto, talvez tudo seja uma conspiração por parte de parentes, para herdar a fortuna, ou por parte de concorrentes de Lupo, que temiam que o "ressuscitado" tivesse alguma vantagem sobrenatural sobre mais de um comprador de tijolos crédulo quando apresentasse suas propostas.*

Resta o fato de que não se conseguiu encontrar Agnus em parte alguma quando descobriram o corpo de Lupo. Ele "saiu da cidade", conforme Ben Matias diria, deixando sua assistente arriscar o pescoço em seu lugar. Se eu não tivesse alarmado a moça ao procurá-la no endereço da Solis et Lunae, ela provavelmente teria ficado e sido capturada. Se o atiçador de fogo *continuar com essa velhacaria toda, Casta vai precisar tomar cuidado para não cair antes dele.*

***Quarta-feira**, 20 de dezembro*

No dia seguinte, no palácio, a presença militar havia dobrado. A caminho de sua terceira entrevista com Aristófanes, Aélio limitou-se a perguntar-se por quê. Ele só se deixaria levar pela curiosidade depois de ter em mãos o aceite da abdicação de Maximiano e de despachar um mensageiro de prontidão a Aspalato, para relatar o ocorrido. Em um dos pátios externos, não demorou a descobrir que as missões e os comandos específicos estavam sendo comunicados naquele dia àqueles que partiriam para a fronteira. Ele mesmo descobriu que sua antiga unidade de cavalaria de mil homens o aguardava em Mursela. Essa cidade da Savária era o local em que se reuniam as tropas do Exército e de onde seria lançada a campanha, sem esperar a primavera, um sinal de pressa que indicava a gravidade do perigo.

O oficial chamado Safrac, reconhecível pelo uniforme dos arqueiros sírios, estava falando com um grupo de colegas do quartel Maximiani Juniores. Duco apresentou-o a Aélio, e logo estavam todos debatendo a guerra iminente.

Safrac foi pessimista:

— Antes de partir para a Itália, sugerimos às autoridades civis a retirada dos colonos e dos colonizadores até uma distância mínima de 45 quilômetros da estrada militar e da fronteira em si. Não receberam bem a sugestão, embora os governadores da Panônia e da Moésia tenham, a princípio, concordado com a medida. As famílias cultivaram as terras, construíram casas, veem os lugares que colonizaram como sua pátria permanente. Mas não será assim. Por mais alta que seja a natalidade em nossas províncias fronteiriças, é bem mais alta em Barbaricum.*

— Durante a campanha persa — disse Aélio —, até mesmo no Eufrates, ouvimos relatos em toda parte sobre migrações para oeste e para leste. Povos inteiros, não hordas, movimentando-se de lugares mais longínquos do que a Báctria e Paramisos, além das terras conquistadas por Alexandre. Não sei até que ponto é verdade. Ou por que, sendo aquelas terras tão férteis, seus habitantes estavam migrando para a Europa.

— Posso te afirmar que não é como dizes. — E Safrac gesticulou, parecendo alguém nascido e criado na Itália, com exceção dos olhos, puxados e estrangeiros. — Ou melhor, é verdade que inúmeras tribos estão vindo para o ocidente, mas não são povos de se fixar em lugar algum. São nômades que vivem de seus rebanhos e movimentam-se constantemente. Não querem nada com a cultura que temos, só saquear. Se formos sábios, vamos lhes oferecer alguma coisa, uma espécie de acordo comercial com eles, porque certamente não poderemos detê-los todos.

— Bom — interveio Duco —, podemos negociar com muitas das tribos que se encontram além das fronteiras.

— Não podemos nos deixar tapear pelos que moram mais perto de nossa fronteira; eles vêm habitando perto de nós durante tempo suficiente para se tornarem semicivilizados. Os tios de minha mãe conheceram estrangeiros bárbaros na Báctria que eram diferentes de tudo que já haviam visto antes: embrulham carne, metendo-a sob as selas e comendo-a crua, e suas mulheres dão à luz em cima das montarias.

* Parte do continente que os Romanos não dominavam, mas os povos conhecidos como "bárbaros". (*N. da T.*)

— Parece-me um pouco de exagero. Dar à luz, quero dizer...

— Duco, meus tios viram, com os próprios olhos, uma criança nascer na sela de um cavalo. A mulher se apoiava colocando os pés em argolas de metal usadas para se firmarem sobre o animal ao montar. — Safrac bateu palmas, em um contentamento escandalizado. — Podes imaginar isso, os pés apoiados em argolas presas nas selas? O que aconteceria com as táticas da cavalaria? Só os bárbaros podem vir com umas invenções assim.

***Quinta-feira**, 21 de dezembro, Divalia, Festa do Sigilo*

Continuação das anotações de Aélio Espartano

Diante da guerra iminente, continuo pensando na morte de Lupo e na de Marcelo, e no atiçador de fogo. *Estarei eu perdendo toda a noção das proporções? E se um charlatão matou alguém para proteger seus segredos? E daí se um velho juiz foi esfaqueado? Não seria a primeira vez. Por que isso me incomoda? As autoridades da Germânia e daqui estão satisfeitas com o fato de que, depois das primeiras prisões, a justiça será feita. Sou o único que continua sem se conformar, sem aceitar que as coisas foram como dizem. Ben Matias fareja perigo, mas, como ele mesmo admite, gente de sua raça tem bons motivos para farejar perigo.*

Além disso, até que ponto é equivocado dizer que os mortos não falam? O coitado do Protásio está sendo mais útil para mim depois de morto do que quando vivo. Um servo trouxe-me uma carta dele na tarde de ontem, enquanto eu estava envolvido com a atormentadora questão histórica da influência da esposa e da cunhada de Severo sobre a política imperial. Para poder ler a carta em paz, saí da propriedade de Décimo e fui para um barzinho discreto. A carta confirmava que meu anfitrião lutou com unhas e dentes para evitar que a herança de Pupieno terminasse nas mãos dos cristãos; tanto que suas relações com os Minucii, até aquele momento exemplares e afetuosas, se romperam abruptamente depois da sentença contrária a seus interesses. Décimo foi contrário à reordenação de Marcelo como juiz, chegando até mesmo a influenciar as famílias influentes de Roma para que deixassem de apoiá-lo, famílias essas ligadas a ele pelo clã. Isso, sim, é algo que preciso ter em mente!

Com relação a meu outro pedido ao falecido Protásio (de que ele conseguisse para mim uma amostra de algo escrito pelo atiçador de fogo*), a carta nada continha, mas hoje o mesmo servo discreto dos Minucii veio até meus aposentos à primeira hora da manhã, trazendo uma cesta de maçãs.*

Eu estava de pé e achei aquela uma hora meio esquisita para se entregar um presente de Saturnália. Portanto, como Cleópatra, bravamente meti a mão entre as frutas para procurar, como diz o poema, "o que se oculta em meio à saborosa dádiva". Ao contrário da rainha, que encontrou as presas de uma serpente, encontrei um cartucho sob as maçãs. Nele estava uma homilia pastoral de Agnus, também prometida a mim. Aparentemente enviada de Placência, onde ele pregava e realizava curas na época, à comunidade cristã então próspera de Aquileia na fronteira entre Itália e Ilírico, a homilia é longa e cheia de admoestações. O servo também relacionou a última mensagem de Protásio a mim, dizendo que eu "degustasse as frutas e não deixasse nada para os outros provarem". Portanto, destruirei a homilia depois de relatar, a seguir, os elementos que me dão uma ideia da personalidade do atiçador de fogo.

"Amados irmãos em Cristo, cuja fortaleza é, segundo a profecia, testada pelas mãos dos ímpios e pelas manhas do demônio, em resposta a vosso pedido de instruções sobre como preparar-se para o julgamento supremo e para os sofrimentos, nosso amor e ministério compelem-nos a instruir-vos em conformidade com as circunstâncias."

E seguiam-se sugestões temerárias sobre como tentar a paciência de um juiz recusando-se a responder ou repetindo sempre a frase "Sou cristão", táticas que eu mesmo ouvi no Egito e confirmo que são mesmo irritantes. Abaixo, Agnus encontra seu primeiro alvo.

"...E o que dizer dos cegos que se entregam de coração à ímpia prática da vida militar? Não fazem eles do assassinato e da pilhagem sua ocupação diária? Não trazem consigo insígnias que representam deuses e animais obscenos? Melhor seria que todos perecessem nas guerras iminentes, para que sua raça sedenta de sangue seja extinta para sempre! Como os abençoados mártires Júlio, o Veterano, Dásio e Expedito provaram, o Exército não representa senão tentações para os cristãos. Bem mais preferível é a coroa do martírio..." [e daí por diante.]

"Quanto aos ensinamentos de Platão, Aristóteles, Plotino e os mentirosos inspirados pelo demônio que adotam o nome de epicuristas e estoicos, é precisamente a aparente moralidade de suas instruções que as torna perigosas. Enquanto eles ensinam probidade na vida, na verdade glorificam os falsos deuses cujas histórias, conhecidas de todos, até das crianças em idade escolar, são abominações repletas de lascívia e fornicação.

"O Exército e os falsos mestres precisam ser evitados: mas, de todos os perigos dos quais os homens cristãos devem se proteger, as mulheres são o pior. Seus corpos são abismos de perdição. Sendo mensalmente conspurcadas por humores fétidos, de mente debilitada e com tendência a acolher toda espécie de crenças irracionais, elas estão abaixo dos meninos ignorantes e dos bárbaros que não são capazes de falar grego nem latim. A sensualidade delas é um visgo que cega os homens e os impede de enxergar claramente, por isso Eros é representado com uma venda nos olhos. Não vos esqueçais de que a primeira mulher que foi criada arrastou o homem para o pecado!"

Nem vou mais ler o resto do texto. Como se pode ver de imediato, o machado teológico de Agnus cai sobre várias categorias de seres humanos, apontando-as como pecaminosas. O estranho é que ele cita uma deidade como Eros para reforçar seu argumento contra as mulheres, deidade essa cuja autoridade ele deveria rejeitar. Ninguém acreditaria, lendo suas pomposidades pretensiosas, que o atiçador de fogo *não se importe de descer a ponto de cometer hipocrisias e encenar farsas.*

Helena vem ameaçando de vez em quando tornar-se cristã, o que me faz querer rir. Como ela reagiria se fosse chamada de "abismo de perdição"? Esse desprezo pelas mulheres diz-me que, se Casta fosse presa ou condenada à morte, Agnus nem sequer consideraria isso um grande prejuízo para si ou para sua superstição.

***Sábado**, 23 de dezembro, IX dia antes das calendas de janeiro*

— Calças de couro. Significa que vais partir para uma campanha militar?

— Com certeza não é porque fiquei sem calças de lã.

—Vais para onde?

Aélio não quis revelar. Indicou a direção das lápides encostadas na parede de Ben Matias.

— Para ti, de qualquer forma, é bom negócio.

— Não me julgues mais cínico do que sou, comandante. Além disso, qualquer ameaça ao Império prejudica o comércio. — Ben Matias prendeu o polegar no avental atado a sua cintura. — É bem verdade que desenvolvi um método bastante eficiente de produção, colocando cinco escultores de lápides um ao lado do outro: o primeiro só prepara a frente da lápide; o segundo cinzela o painel onde ficará o retrato; o terceiro esculpe os traços básicos: homem ou mulher, militar ou civil; o quarto entalha a inscrição padronizada, deixando o nome em branco; e o quinto acrescenta palavras ou detalhes quando necessário.

— Uma ideia magnífica. — Andando pela sala de um lado para outro, Aélio olhava os esboços e modelos. — E a *minha* lápide, aquela que entalhou em Confluentes?

— Deixei-a por lá, como amostra, na filial. — Supersticiosamente, o judeu tocou a virilha. — Seria mau agouro dar-te a lápide ao partires para Barbaricum. Gostarias de tinta à prova d'água e de sol?

— Se tiveres preto e amarelo, essas cores seriam úteis para mim. — Aélio parou diante de um busto pronto. — Um retrato de Sua Divindade? É mesmo ele, parece até real!

— Obrigado.

— Só que parece tão preocupado quanto ele é na realidade.

— *Exato*. Os artistas, em última análise, tentam transmitir o patos exato da vida, comandante. Já na Antiguidade, o grego Scopas entendia que um governante guerreiro como Alexandre precisava ser representado como se fosse escravo do destino, uma figura semelhante a Aquiles e de uma beleza fadada à perdição. Por que achas que o grande macedônio é representado com a cabeça virada para um lado, o olhar voltado para cima, como se fitasse angustiado algo acima dele, como se uma águia ou um deus estivesse passando sobre ele? Era assim que os antigos achavam que deveriam representar a natureza de escolhido do herói. Ultimamente, temos uma forma mais contida de transmitir o drama das vidas individuais. Em minha concepção, o rosto deve mostrar as marcas do pensamento, da preocupação, da responsabilidade. Se o rosto for jovem demais para estar enrugado, e estou pensando no Gordiano III ou no animalesco Elagabalo, que morreram ainda adolescentes, precisa ter rugas mesmo assim, porque nossa mente mostra o peso e o desgaste da existência bem antes de o corpo exibi-los. Duas, três linhas horizontais na testa, rugas dos lados da boca. Os olhos devem estar abertos, fixos em um ponto à frente. Quero dar uma impressão de ter paralisado o rosto em uma expressão de expectativa e ao mesmo tempo passar a determinação necessária para enfrentar o perigo de olhos abertos. Nada das curvas e contorções tão adoradas na época de Marco e Antonino, quando os caixões de mármore eram todos decorados com uma profusão excessiva de soldados e cavalos, mênades, sátiros embriagados, todos esculpidos quase em alto-relevo, para acumularem poeira com mais facilidade. — Ben Matias passou as mãos sobre a cabeça de granito inteira, em gestos rápidos, como que para remover elementos e purificar. — Menos, menos, menos, simplificação! Bastam algumas rugas expressivas.

— A simplicidade é uma virtude na maioria dos empreendimentos, creio eu. — Aélio contemplou a oficina ao redor. Era hora de despedir-se. A hora da partida que se aproximava já tornava os objetos e as visões estranhamente distantes dele, um fenômeno que tinha observado em si antes. Coisas comuns e seus detalhes tornavam-se novos e alarmantes. Fascinado, ficou olhando a forma como o pó que vinha do avental de Ben Matias buscava convulsivamente o exterior, quando ele parou no batente da porta para olhar o dia límpido.

— Estás vendo que minha oficina fica fora do bairro judeu. Como judeu, estátuas funerárias deviam ser uma abominação para mim. Como artista, elas me parecem a única coisa que me separa do esquecimento da morte. Eu as entalho por angústia e desejo de garantir que minha obra seja duradoura, permaneça. É assim, comandante. Vais para a guerra com teus grandiosos exércitos: o que restará de vós todos? Histórias contadas à luz? Relatos históricos? Podes escrever tua própria história, para ter certeza de que seja contada corretamente, mas será a tua versão a que vai prevalecer ou a do inimigo?

A correspondência entre seus sentimentos e as palavras de Ben Matias deixaram Aélio pensativo, quase tristonho. Então, disse:

— Se não me engano, pois de forma alguma sou especialista no campo, os judeus confiam na permanência de suas próprias escrituras, sem necessidade de imagens esculpidas.

— Por favor, não estragues minhas teorias, comandante. Não estamos discutindo teologia, estamos falando de simplicidade e permanência. Prefiro pórfiro e granito, porque são quase indestrutíveis e muito difíceis de esculpir; assim, forçosamente, os retratos sairão simplificados.

A despedida de Aélio e Ben Matias foi tipicamente curta, irônica. O judeu disse que "nunca se sabe, judeu é feito salsinha, encontra-se em todos os pratos, em todas as mesas". Eles poderiam encontrar-se até mesmo na fronteira se Aélio por acaso parasse em Intercisa.

— Por que não? — respondeu Aélio. — Tenho amigos no Primeiro Regimento dos Trácios, que se encontra aquartelado por lá.

Despedir-se de Helena foi ainda mais fácil. Ela estava perdidamente louca por Sido, segundo confessou; beijou Aélio em ambas as faces e disse para ele se comportar e não se esquecer do que ela havia lhe dito.

— Quando estávamos na cama ou em outros momentos?

— Seu cachorro impudente, sabes muito bem do que estou falando. E ela mordeu-lhe o lóbulo da orelha, dando-lhe um último beijo. — Lembra-te do que eu te disse sobre quando um homem chega ao topo.

Quanto a Cúrio Décimo, as ocasiões de encontrar-se com ele haviam se tornado raras na última semana que Aélio passou em Mediolano. Décimo estava fora, visitando parentes e cuidando de outros assuntos na região; na tarde do penúltimo dia, veio visitá-lo, com o pretexto de que precisava devolver o depósito pago pelo anexo.

— Tu não passaste aqui nem três semanas. Seria desonestidade minha ficar com este dinheiro.

— O governo agradece — respondeu Aélio. Mas ele estava sorrindo. — Queres entrar?

— Eu estava esperando que me convidasses.

Como da outra vez, sentaram-se nas cadeiras de vime, uma de frente para a outra. Pouco tempo antes, havia-se queimado incenso do altar da família no nicho da parede; Décimo não deixou de perceber o aroma oleoso e abertamente aprovou o ato de devoção de Aélio.

— É bom fazer isso de vez em quando. Estas paredes não testemunham muitas manifestações religiosas tradicionais.

Aélio olhou-o com atenção. A máscara de polidez e desdém não encaixava mais tão bem no rosto de Décimo, depois da bebida. Comentários sobre a observação feita eram desnecessários, portanto Aélio nada disse. Descobriu que tinha muito pouco a dizer a Décimo, aliás. Os processos do tribunal, as palavras de Protásio, suas próprias observações, tudo isso formou uma imagem gêmea do homem, bem mais sinistra e plausível do que o disfarce implicante que via diante de si.

— Agora é hora de sentir medo, não é?

O uso de familiaridade para encobrir uma armadilha, outra vez. Aélio ouviu as palavras penetrarem-lhe feito espetos, como se tivesse pisado na armadilha apesar da vigilância.

— Mas eu não tenho medo — disse, devagar.

— Não, e nunca tropeças. Eu sei. — Décimo sorriu, mostrando aqueles seus dentinhos feios. — Vamos viajar juntos, servir juntos; a verdade de vez em quando deve ser dita. Mesmo no teu exército pan-romano, Aélio Espartano. Oficiais e cavalheiros buscam a companhia de seus iguais antes de uma campanha e abrem seus corações, com camaradagem.

— E *tu*, estás com medo?

— Não sei o que é medo.

E foi assim que abriram os corações um para o outro.

Depois, Aélio ficou acordado até tarde. A visita de Décimo tinha-o interrompido no ato de abrir o lacre de uma carta de casa, cuja caligrafia ele não reconheceu a princípio. Agora, ao abri-la, percebeu que tinha sido enviada um mês antes; de entreposto em entreposto militar, só então havia chegado até ele. Isso em si não era novidade. O que o surpreendeu foi o remetente. Sua mãe nunca tinha enviado notícias diretamente a ele. O tom e o estilo da carta revelavam uma capacidade de articulação que ele nem desconfiava que ela tivesse. Sabia que ela era alfabetizada, mas todas as comunicações (escassas, aliás) que ele recebera dos pais ao longo dos anos tinham sido redigidas pelo pai, que assinava pelos dois. De fato, só porque ainda estava "indisposto", como disse Aélia Justina, é que ela tinha escrito para informar ao filho como iam as coisas na província.

Ela referia-se a outra carta, provavelmente extraviada, em que se mencionavam obras que estavam sendo feitas na casa da família. Tudo confirmava um clima de mau presságio na Panônia e em todos os outros pontos da fronteira.

... Todos estão fortificando suas casas ultimamente, Aélio. Todos estamos cientes de que o que ocorreu há quarenta anos pode acontecer de novo e não queremos ser pegos desprevenidos. Em toda parte, carpinteiros e pedreiros trabalham, pode-se dizer que não há gente desempregada nesta província. Os aplicadores de mosaicos e os cortadores de pedras itinerantes estão ganhando rios de dinheiro. São, em sua maioria, itálicos de Aquileia e Grados, alguns deles ex-soldados que entendem as necessidades e o gosto dos colonos militares.

O Exército está fingindo não ver que nossa reação é uma resposta civil independente a potenciais ameaças externas. Cada homem é um soldado, um cidadão-soldado, se assim preferires, e cada casa, uma guarnição. Como verás quando, se os deuses permitirem, vieres nos visitar, é um fenômeno que está acontecendo praticamente em toda parte. Acrescentam-se a cada casa duas ou quatro torres projetadas, em geral de dois andares, que também fazem as vezes de silos e lugares onde se guardam frutas secas e implementos agrícolas. Depois que se trancam as portas, qualquer invasor teria de necessariamente lutar apenas para poder entrar. Naturalmente, a luz não é muita no interior, por causa desses reforços, e os aposentos ficam meio apertados às vezes; mas todos estamos satisfeitos por fazer nossa parte, pois vemos isso como mais uma linha de defesa fronteiriça para a proteção do Império. Os solares romanos são bem mais descontraídos, e mais belos, com suas varandas abertas e seus jardins com canais e chafarizes. Mas praticamente não há portas que se possam trancar nessas propriedades, e, se a vida nos trouxer provações, enfrentaremos o que tivermos de enfrentar...

Domingo, *31 de dezembro, véspera das calendas de janeiro*

Diante da Porta Prateada, um mendigo perneta veio mancando desde o outro lado da rua, apoiado em uma muleta improvisada. Na cabeceira da ponte, sentou-se nas pedras do calçamento contra o parapeito, para se proteger do vento. Pedaços de uniformes militares não identificáveis cobriam-lhe a nudez, e trazia no único pé um coturno que não lhe cabia direito, sobre uma meia de tricô com a ponta esburacada no dedão. Seu coto direito, atado ao tecido puído das calças com um barbante, tinha sido cortado acima do joelho.

Azulado de frio, era uma figura lamentável quando olhou pela primeira vez para Aélio, o qual vinha lentamente e olhou em sua direção.

— Tende caridade para com um homem que deu tudo o que tinha a Roma e ficou aleijado na guerra!

Aélio estalou a língua para o cavalo parar.

— Em qual campanha?

— Na Armênia, meu ilustríssimo comandante, e depois na Pérsia. Estava em Dafne, perto da Antióquia, quando tomamos o aposento do harém do rei persa... e eu estava presente quando entramos em Ctesifon. Caridade para com um soldado!

— Em que unidade? — Com as costas voltadas para o vento forte, Aélio inclinou-se da sela para depositar uma moeda na mão do homem.

— Os soldados do Estandarte do Urso, *Ala Ursiciana.*

Aélio depositou na mão dele uma segunda moeda.

— E teu coronel?

— Ah, comandante. — E o mendigo chamou atenção de Aélio e manteve a palma da mão aberta, em expectativa. As juntas dos dedos dele estavam com úlceras de frio, e as pontas dos dedos, rachadas e sangrando, sob uma crosta de sujeira. — Foi salvando esse homem que perdi minha perna, quando ele caiu e não conseguiu sair de sob o cavalo morto. Uma chuva de flechas caiu em mim enquanto eu corria em sua direção. Ele ordenou-me duas vezes que salvasse minha própria pele e duas vezes fui ferido, mas não desisti. — As moedas tilintaram na mão do homem, que pedia mais. — Deveríeis ter me visto.

Aélio deu um sorriso irônico.

— Deveria ter te visto, sim. *Eu* é que liderei os soldados do Estandarte do Urso em Dafne e Ctesifon.

— Vós? E... não caístes do cavalo?

— Não caí nenhuma vez durante toda a campanha. E chamamos nossos cavalos de *montarias*.

O mendigo ficou cabisbaixo. A pele fina do pescoço recordou a Aélio a de uma tartaruga, mas até as tartarugas eram menos subnutridas e mais limpas.

— Comandante, faz-se o que se pode para conseguir comer.

— É verdade.

— Ninguém quer ouvir se dissermos que perdemos a perna debaixo de uma roda de carroça. É *comum*. E as ruas estão geladas demais nesta maldita época do ano. — A mão continuou, relutantemente, meio aberta. — Agora ides querer que eu devolva vossas moedas.

Aélio olhou para a frente, para a extensão da ponte. Inspirou pelos lábios como os homens fazem às vezes quando estão em dúvida ou aborrecidos. Não vinha ninguém do outro lado, e atrás de si viu que as pessoas estavam ocupadas nas bancas do mercado. Abriu o broche que prendia seu manto militar, um tecido de primeira qualidade, da Aquitânia, e o entregou ao mendigo.

— Pergunta aos soldados em que unidade serviram, antes de inventares tuas histórias.

Incrédulo, a princípio o mendigo não quis aceitar, mas, vendo a impaciência do oficial, agarrou o manto e envolveu-se ciosamente nele, passando-o duas vezes ao redor do corpo e puxando a perna sã para embaixo dele, a fim de aquecê-la.

— Que os deuses vos deem isto em dobro, comandante.

Aélio sorriu, zombeteiro.

— Aí será um grande demais para mim.

Aélio tinha uma regra segundo a qual não dormia na própria cama (fosse no acampamento, no quartel ou em outros locais) na véspera de se dirigir a uma campanha militar. Dormia em estalagens, casas de amigos, ocasionalmente até mesmo ao ar livre. Tinha de ser sozinho, por mais que os outros preferissem ir beber em festas ou buscassem a companhia de uma mulher, ou passassem a noite na farra em bordéis, de onde saíam cambaleantes pela manhã, e os olhos sonolentos sem conseguir raciocinar.

Ele precisava pensar com clareza. Já tendo redigido seu testamento na vigília de sua missão no Egito, na época da Rebelião, agora enfrentava preocupações menos pragmáticas. Era a fase que se seguia à do estranhamento de objetos familiares. Ele já havia caminhado pelo anexo como um estrangeiro que nunca tivesse visto aquele lugar. Até mesmo o encanto desenfreado das figuras pintadas acima de sua cama, os anões e babuínos egípcios, tornou a surpreendê-lo; aquilo o fez imaginar o que era o hábito, afinal de contas, já que ele podia tão facilmente esquecê-lo. Depois vinha o exercício consciente de familiarizar-se com as coisas ao seu redor, e a percepção de que a proximidade com os objetos, as texturas e as formas do quarto onde se estava podia debilitar a decisão de separar-se delas, talvez para sempre.

Sempre que possível, Aélio fazia as malas com antecedência e despachava seus pertences antes de viajar, para não ter de revê-los sob o ponto de vista de que poderiam se tornar os pertences de um morto, como o elmo encontrado no pântano do norte. Quem poderia saber o que o homem que o usava pensava, na noite antes de partir para a marcha através da floresta de Teutoburgo? Aélio imaginou como aquele homem tinha posto de lado o elmo ornamentado, o envolvido com todo o cuidado, prevendo que iria usá-lo. Será que tinha pensado no elmo quando o mataram, como dizem que os homens costumam, estranhamente, fazer, pensando em algum objeto doméstico desprezível antes de morrer?

Um oficial, companheiro de batalha, mortalmente ferido na Armênia, tinha pedido o próprio lenço de pescoço antes de morrer, de forma tão insistente e irritada que tinham ido buscá-lo, por inútil que fosse, e ele morrera chupando-o como um bebê. Essa imagem tinha ficado gravada na mente de Aélio com uma espécie de horror mesclado com constrangimento.

Uma semana antes, havia escrito um bilhete conciso para os pais, informando-os de que partiria para a fronteira. Em sua última noite em Mediolano, seu *lugar diferente* era uma estalagem perto do quartel, onde seus cavalarianos também estavam, prontos para partir.

Segunda Parte

Fogo

Capítulo 8

Anotações de Aélio Espartano:

Tanto seguindo para o norte como para o sul, somente uma província (Nórica no primeiro caso e Dalmácia no segundo) separa a Itália da Panônia, a leste. Apesar de parecerem distantes para aqueles que tecem comentários sobre seu estado fronteiriço, as quatro unidades administrativas que formam a Panônia ficam apenas a um terço do caminho entre os Alpes Italianos e a extensão máxima do Império na Europa, em Bizâncio.

A Panônia, cujo nome dizem que deriva da divindade dos bosques, Pã, é um território imenso, com planícies, florestas, lagos e altas montanhas. Os habitantes também são chamados de danubianos, porque o Danúbio delimita externamente a região, e as populações ribeirinhas, habitantes de suas extensas margens, há muito reverenciam o espírito do grande rio. Fisicamente, mulheres e os homens panonianos são altos e fortes, mais louros do que morenos, de olhos cinzentos e azuis, resistentes ao cansaço e ao mau tempo. Seu orgulho natural é temperado por paciência e boa vontade, o que os torna excelentes recrutas e valorosos oficiais. Suas mulheres são recatadas, respeitáveis e férteis.

Pouco antes de meu nascimento, nosso senhor Aureliano, o reconstrutor do Exército, teve a sabedoria de abandonar as terras transnubianas, impossíveis de se governar, que formavam a província da Dácia. Assim, um enorme território, conquistado cerca de duzentos anos atrás pelos deificados Trajano e Adriano, foi devolvido a Barbaricum. Desde a época desses dois príncipes guerreiros e durante os reinados de Septímio Severo e seu filho, Caracala, abominável sob outros aspectos, a fronteira fortificada a que chamamos de Limes, ou Limite, tornou-se contínua, consistindo em rio, fosso, muro de pedra, torres de vigia, fortins, quartéis e acampamentos militares completos, ligados por vias militares expressas e pontes fortificadas, foi reforçada ocasionalmente por contrafortalezas na margem inimiga.

Aqueles que, como nós, nasceram na Panônia e na Moésia, províncias que ficam na mesma área geográfica, dependem dos historiadores gregos e romanos para narrar nossa própria antiguidade, que remonta a tempos antes de Alexandre da Macedônia, seiscentos e tantos anos. Constatou-se que temos sangue celta; e mais: que as tribos (Boii e Scordisci, principalmente) que constituem o núcleo étnico da população simplesmente não nasceram lá, mas vieram, como já ressaltei em alguma outra parte, da Gália, trezentos anos antes de Júlio César (aliás, até meus ancestrais paternos eram boi, que colonizaram um vasto território denominado montanhas Boii, Boêmio ou Boêmia, mas comumente chamado de Boêmia). Não tendo logrado, depois de um ataque temerário, conquistar Roma, esses celtas fugiram para o leste e colonizaram as margens dos rios Sava, Drava e Tamis, todos tributários do grande Danúbio. Como ainda eram bárbaros, lutavam contra os nativos e entre si.

Nove anos após a morte de Júlio César, seu herdeiro, Otaviano Augusto, ocupou a capital panoniana, Síscia, e, durante os cinquenta anos seguintes, a região alternou-se entre a paz e a revolta impossível. Sob os governos do deificado Vespasiano e de seus filhos, a Panônia viu chegar um destacamento permanente de legiões, e a primeira organização de Limite, o que deu ensejo às grandes campanhas dacianas de Trajano e Adriano. Marco Aurélio, o príncipe filósofo, escreveu suas Meditações enquanto se achava na Panônia, falecendo logo depois, vitimado pela Grande Peste, que quase arrasou a população do Império há 120 anos. Severo e sua dinastia trouxeram uma prosperidade sem precedentes à nossa região. Entre aquela época e a de agora, incursões bárbaras, guerra e dois imperadores nascidos na Panônia (Décio e Probo) simbolizavam nossa história. Há sete anos, soldados panonianos, que têm a reputação de serem os melhores do Império, foram escolhidos para lutar nas campanhas vitoriosas da Pérsia.

Atualmente, as cidades panonianas e os assentamentos pacíficos são obrigados a enfrentar um grande número de inimigos vindos do outro lado do rio: quados, marcomanos, godos, sarmácios e seus aliados roxolanos, gépidas, suevos, vândalos etc.

Se o objetivo dos dois fosse chegar às províncias danubianas, para evitar passar pelos desfiladeiros das altas montanhas entre a Itália e o leste, é razóavel que Agnus e Casta tivessem, cada qual por si, procurado as estradas das planícies. Viajando na mesma direção com seus legionários e as unidades de Mediolano, um total de mil soldados, Aélio traçou o possível itinerário do *atiçador de fogo*. Pontirolo, Bérgomo, Bríxia... Em cada parada, se houvesse ocasião, ele perguntava sobre os inquéritos referentes a acusações religiosas. Em Bérgomo, contaram-lhe sobre um tumulto entre os "orientais", isto é, cristãos e judeus, por causa de um falso profeta e suas alegações. Nenhuma palavra sobre quem o profeta pudesse ser. Dois homens haviam morrido na confusão, e vários cristãos foram presos.

Mais dois mortos, e prisões que provavelmente resultariam na pena de morte. Àquela altura, qualquer que fosse o papel que o pregador itinerante estivesse desempenhando nos embustes, incitações a distúrbios e até assassinatos, o desejo que Aélio sentia de delatá-lo tinha ultrapassado a mera curiosidade. Além da magnânima permissão de Sua Divindade para *aprender mais sobre a prática supersticiosa da assim chamada ressurreição operada por Agnus, ou Pyrikaio ou o* atiçador de fogo, *como é também conhecido*, ele queria confrontá-lo cara a cara. A probabilidade de um tal encontro era muito baixa, mas quando fizeram uma parada para pernoitar no posto militar de Bríxia e ele ouviu detalhes sobre o distúrbio em Bérgomo, Aélio teve certeza de que o mestre de Casta estava de alguma forma envolvido. A controvérsia girava em torno de um menino doente, filho de uma judia e um cristão apóstata, cuja cura em Tréveri tinha sido relatada de forma diferente às comunidades judaica e cristã locais. Acusações de trapaça e alegações de ter havido um milagre resultaram em violenta desordem. Além desse incidente, Aélio recebeu, pela primeira vez, uma descrição do *atiçador de fogo*; por sinal, mais de uma.

Ela chegou sob a forma de um relatório do comandante da unidade enviada de Bérgomo para a Bríxia, a fim de acalmar os distúrbios. Embora o curandeiro tivesse passado ali recentemente segundo se supunha, o comandante não o havia visto em pessoa, mas detalhes interessantes sobre ele tinham surgido daqueles que o viram. A impressão que tiveram era a de um homem absorto ou distraído por ideias; não olhava diretamente para o interlocutor, ficava, em vez disso, "como se estivesse procurando, acima da cabeça do outro ou ao redor, presenças ou sinais". Não deixava ninguém tocá-lo ou aproximar-se dele a uma distância menor do que 2 metros. Dormia e comia sozinho, ninguém o via comer nem beber; muitos acreditavam que jamais havia tido refeição nenhuma, "vivendo, sabe-se lá como, da chama de seu próprio espírito". De cabelos compridos e aparência desleixada, caminhava descalço, não se importando com o tempo nem com o terreno em que pisava; no entanto, seus pés não pareciam feridos nem desgastados pelas perambulações. Seu corpo era algo que ninguém nunca tinha visto, além de mãos, pés, cabeça e pescoço, pois ele usava sempre uma túnica de mangas compridas, de cor preta. Isso de acordo com uma das descrições. Outras diziam que em nada era diferente de outros homens, usava roupas comuns próprias para sua idade, barba aparada, cabelo curto. De que outra forma poderia passar despercebido pelas províncias onde as autoridades viviam a postos, procurando fanáticos religiosos?

O relatório não mencionava nenhum auxiliar, mulher ou não, o que vinha apenas confirmar que Agnus e Casta estavam viajando separados.

O exército continuou atravessando o norte da Itália, à mercê de um tempo que se alternava entre nevascas e dias claros de um frio de rachar. Cúrio Décimo e seus amigos de Mediolano formavam um grupo fechado, quase que impenetrável para o resto. Toda vez que chegavam a uma das cidades militares ou a um dos fortes ao longo do caminho, tinham compromissos a cumprir e visitas a fazer a seus conhecidos. Ocasionalmente, Aélio procurava a companhia do aristocrata.

Já que suas relações, até aquele momento, haviam sido caracterizadas por uma franqueza notável, Aélio a princípio ficou preocupado pela ideia de ser visto frequentemente com Décimo, por causa das suspeitas que tinha do papel desempenhado por ele na morte de Marcelo. Porém, considerando a vida de um Exército em marcha, logo estava dizendo a si mesmo que oficiais educados dificilmente poderiam evitar-se. De sua parte, Décimo parecia estar particularmente satisfeito em relação a como as coisas estavam se desenrolando: parecia até achar graça. Com certeza estava atribuindo a mudança de Aélio à sua companhia encantadora. É verdade que, no começo, ele havia comentado: "Está um cheiro acentuado de fumaça no ar. Onde há fogo?", porém Aélio fingiu não ter compreendido.

Ao sul do lago Lário, numa espetacular manhã de sol brilhante, quando a brancura da neve sobre as cadeias das altas montanhas chegava a ofuscar, como se a serra fosse uma muralha feita de espelhos, Sido e um contingente de *speculatores*, protegidos por capas de pele, alcançaram a galope as unidades militares. Cascalho e pedaços de gelo voavam, espalhados pelas patas dos cavalos. Um dos gêmeos — Destro ou Sinistro — mal conseguiu evitar que sua montaria se espantasse. Ele gritou bem alto: "Filho de uma puta!", na esteira cintilante erguida pelo animal de Sido, e seu irmão, rindo, acrescentou: "Filho da puta, mas sortudo." Depois explicou, desdenhoso, aos colegas ao redor:

— Marcelo morreu bem a tempo, antes que as acusações de suborno o derrubassem do posto na polícia...

Aélio, que cavalgava à frente do grupo, diminuiu um pouco a marcha, para escutar melhor. Mas só ouviu o aparte de Décimo, achando graça:

— Por que dar crédito a Sido pela morte do juiz? Dá crédito a quem é devido.

Nada mais se acrescentou, mas os romanos riram como se isso tivesse sido uma piada.

Domingo 7 de janeiro do ano 305, Verona.

Como ocorre às vezes, a carta que sua mãe lhe enviara antes da que ele recebera chegou às mãos de Aélio no sexto dia após sair de Mediolano, em Verona, onde o exército parou para comprar suprimentos e equipamento no arsenal local, depois atrasando-se uma noite inteira por causa de uma nevasca. *De Aélia Justina ao comandante Aélio Espartano, com amor, saudações.*

Querido filho,

Estou te escrevendo na esperança de que esta te alcance onde quer que estejas e te encontre bem de corpo e de espírito. É, antes de mais nada, para te pôr a par de uma coisa boa que nos aconteceu que me comunico contigo sem esperar que teu pai se recupere da ligeira indisposição.

Como deves lembrar, quando teu pai adquiriu esta propriedade, seis anos atrás, já visando à aposentadoria, ele o fez com os recursos de uma herança recebida de um parente distante, que morreu sem deixar descendentes. Esse homem era sobrinho daquele Resato, cuja propriedade foi destruída pelos bárbaros há 44 anos, durante a guerra que devastou nossa província. Naquela ocasião, Resatos e toda a sua família foram exterminados. Tal era a desordem naqueles tristes dias (lembro-me bem, embora fosse criança) que a casa, queimada e destruída, foi deixada nas condições em que estava, com os corpos dentro, onde haviam sido mortos. No povoado corria o boato de que a casa de Resato era mal-assombrada, e por isso ninguém deixava que nós, crianças, brincássemos perto das ruínas. Não somente isso, até mesmo a estrada rural que conduzia àquele desafortunado lugar tinha a fama de ser visitada por fantasmas, tanto ao meio-dia como no meio da noite. Agora todos os corpos estão enterrados num lugar que se situa bem na ponta de nossa propriedade. Sem dúvida te lembras desse lugar, porque costumavas caçar lagartos bem ali, e uma vez até ralaste muito os joelhos, caindo do monumento a Resato.

Na época da invasão, teu avô materno servia no campo de Ala Nova, e minhas irmãs e eu crescemos aqui. Lembro-me perfeitamente do velho Resato e de Blanda, sua mulher; e menos de seus filhos, que eram mais velhos que eu. Mas é como se eu visse Blanda na minha frente, como ela era então, no dia em que nós, ainda meninas, levamos ovos frescos de presente, para agradecer a eles por alguma gentileza que nos fizeram.

Bem, acontece que, há cerca de duas semanas — a época do ataque foi há tantos anos, mas me lembro sempre com respeito, de que trazia as libações de costume para verter nas sepulturas —, estive pensando comigo mesma se essas sepulturas das quais cuidamos tão cuidadosamente, como se fossem de nossos próprios pais, receberão igual manutenção depois que seu pai e eu partirmos. Divagações de uma senhora idosa, tu pensarás, porém, há dias em que vejo os empregados trabalhando em nossa casa e começo a ficar supersticiosa, temendo que alguma desgraça caia sobre nós ou nossos filhos. Na verdade, algumas vezes parece que posso visualizar uma época em que não restará pedra sobre pedra desses povoados e comunidades, e a floresta e os animais se apossarão de novo deste local, ou novas pessoas, estrangeiros ou bárbaros, estarão morando aqui em nosso lugar. E não posso deixar de imaginar o que vão pensar — se é que vão pensar alguma coisa — quando encontrarem um tijolo, um pote jogado fora ou qualquer outra coisa que marque nossa passagem por este lugar. Não saberão nossos nomes, nem o que era importante para nós, nem a quem amávamos, nem do que gostávamos, em que deuses acreditávamos e quais reverenciávamos. Tais são os pensamentos que ocorrem quando alguém se senta para contar uma coisa como a que te contarei a seguir.

Durante a ampliação da casa (decidimos construir uma varanda e acrescentar duas torres na frente, a fim de proteger a propriedade), precisamos fazer algumas reformas. Ontem, antes que os operários chegassem para começar a cavar os alicerces para a ampliação, seu pai disse que ia cortar os arbustos, a fim de abrir caminho para os homens até a frente da casa. Eles são — eram — meus arbustos favoritos; sendo assim, trocamos palavras ásperas um com o outro, e, depois de uma briga e tanto, uma chuva repentina fez com que seu pai desistisse desse intento, temporariamente. Estava escurecendo também, então entramos, e como não falamos mais nada um com o outro, fomos cedo para a cama.

Imagine quem me apareceu em sonhos: Blanda, exatamente do mesmo jeito que eu me lembrava dela. Julguei ter ouvido alguém batendo à porta, fui abrir e encontrei-a na entrada, sorrindo. Em meu sonho, como não me lembrava de que ela estava morta, pareceu-me natural convidá-la para entrar. Queria mostrar-lhe como tínhamos reconstruído a casa que havia sido dela e como cuidamos bem de tudo. Ela, contudo, não queria entrar e pediu-me que não a abraçasse. "Só vim te dizer para amanhã, antes de os operários chegarem, cavares a terra sob a pereira que projeta a sombra sobre a mesinha de pedra, no jardim. Escondi minhas melhores coisas lá. Até hoje ninguém as encontrou, e quero que fiques com elas."

Podes imaginar como me senti, já tendo ouvido profecias que os que já se foram vêm mesmo, às vezes, durante nosso sono; porém nunca esperei que acontecesse comigo.

Admirada por ela saber que estávamos fazendo obras na casa (tolice minha, porque supostamente os mortos sabem tudo sobre todos), agradeci a Blanda e tornei a perguntar se não gostaria de entrar e sentar-se um pouco. Ela continuou sorrindo, repetindo que não ia (ou não podia) entrar, mas que em breve meu marido lhe levaria um par de brincos, que ela descreveu em detalhes.

Bem, querido filho, esta manhã acordei numa grande confusão. Quando contei a teu pai sobre o sonho, ele achou que era o jeito que eu, como mulher, havia encontrado para admitir que estava errada sobre os arbustos, usando sonhos para me desculpar. E lá se foi ele, bem cedo, radiante e feliz, e começou a cavar — primeiro arrancando os arbustos, depois fazendo um buraco exatamente onde eu lhe havia dito que fizesse, conforme o sonho, embaixo da pereira. Ele andou engordando nos últimos dois anos, por isso recomendei-lhe que não se esforçasse demais, mas, como ele nunca me ouve, insisti um pouco mais e só então desisti. Acredite se quiseres, tendo cavado uns dois palmos, a pá bateu em alguma coisa dura. Era metal, uma espécie de cofre. Ele continuou cavando, cada vez mais furiosamente, e num certo ponto me pediu para mandar os servos e todos os operários embora, o que fiz, dando-lhes uma desculpa qualquer.

Para encurtar a história, ele tirou do buraco uma caixa como essas em que se guardam coisas valiosas. Quando a abrimos, com alguma dificuldade, encontramos um jogo de vasos de prata com duas taças douradas, um pequeno tesouro em moedas de ouro da época de nosso senhor Aureliano, além de algumas joias femininas. Entre estas, perfeitamente reconhecível, o par de brincos que Blanda havia descrito no sonho. Teu pai ficou fora de si de felicidade com o que encontramos, e eu também fiquei feliz, pois essas coisas darão belos presentes para vós, nossos filhos.

A única coisa sobre a qual não sei o que pensar são as palavras de Blanda quanto a teu pai levar os brincos para ela. Não quero me transformar numa dessas velhas que começam a acreditar em toda espécie de mau agouro... mas, por via das dúvidas, sugeri-lhe que cavássemos um buraquinho bem discreto o mais perto possível do lugar onde a senhora estava enterrada e colocássemos os brincos dentro dele. Porém, meu coração não está em paz. Fico dizendo a mim mesma que é só porque teu pai, que pegou um resfriado depois de suar tanto enquanto cavava, agora à noite está febril. Logo que ele melhorar, eu me sentirei muito melhor.

Espero que estejas bem, meu querido e único filho. Rogo às deusas Magla, Mamula e à Deusa-Mãe Panoniana para que te protejam sempre. Escrita por minha própria mão e na propriedade de Aélio Esparto, região da Savária, província da Panônia Sávia Superior, no dia 19 de novembro, 12º dia das calendas de dezembro.

Foi talvez a mais longa conversa, tanto em palavras quanto por escrito, que sua mãe já havia tido com ele. Afora o estranho conteúdo da carta, Aélio gostou da diferença entre os rápidos e mal escritos bilhetes de seu pai e esse atencioso, vívido e suave modo de comunicação. Ficou encantado. Por que a mãe o deixara falar por ela todos esses anos? *Sou muito mais parecido com minha mãe do que com meu pai*, pegou-se pensando. As notícias sobre a enfermidade do velho ficaram em segundo lugar, comparadas com a descoberta de Justina como boa interlocutora.

Na noite seguinte (as unidades tinham deixado Cadianum para trás, e, aproveitando o tempo bom, prosseguiram mais do que costumavam), foram surpreendidos pela escuridão estando ainda distantes dos alojamentos mais próximos. Armar tendas não era fácil, mas tiveram de fazê-lo. Os oficiais procuraram abrigo aqui e ali em fazendas, exceto Aélio e Cúrio Décimo, que decidiram enfrentar a situação nas ruínas de uma propriedade destruída por guerras anteriores e pelo abandono.

Foi uma dessas decisões tomada de comum acordo, sem nenhum motivo aparente. Fizeram uma fogueira, mastigaram biscoitos de marinheiro e conversaram sobre coisas que, aparentemente, não tinham nada a ver com os objetivos ocultos que cada um dos dois tinha para aquela conversa.

Décimo optou por dar uma grande volta, discutindo filosofia.

— Dizes... concordando com Sêneca, se não me engano... *in regno nati sumus*, pelo que entendo que queres dizer que, de um jeito ou de outro, estamos, desde que nascemos, num mundo que nos escraviza com suas leis. Se é assim, Espartano (e, vamos admitir, Sêneca não deixou que a filosofia atrapalhasse seu enriquecimento nem seu ofício como conselheiro de tirano), então só posso argumentar em resposta que ninguém pode nos obrigar a permanecer num mundo assim.

— É verdade. Porém, se todo homem virtuoso desistisse, isso não deixaria o mundo entregue justamente aos maus e aos corruptos? Digo-te que, conscientes como estamos das dificuldades da situação, temos de encará-la e fazer o melhor que pudermos.

— Eu não estava pensando em suicídio. Já te contei qual é o apelido de Mediolano? Cidade Opulenta, porque produz muito, e muitas mercadorias passam por seus portões. É como um imenso coração e intestinos juntos, bombeando e evacuando. Dificilmente o que eu chamaria de cidade com ideais republicanos. Entretanto, há um motivo pelo qual meus amigos e eu nos encontramos regularmente em Mediolano, Espartano. Como historiador, sem dúvida te lembras de que, antes dos idos de março, há cerca de 350 anos, Bruto governou justamente essa cidade. A república continuou respirando lá até mesmo quando havia parado de respirar em Roma.

Aélio teve o cuidado de manter sua atenção concentrada no fogo, para não demonstrar muito interesse.

— Pelo que estou entendendo, é a Bruto, o republicano, que estás te referindo, e não a Bruto, o assassino.

— O *tiranicida*, queres dizer. — E Décimo riu. — Bruto era um indivíduo, não diversos atores costurados numa mesma pele. Quintílio Varo, que conduziu o dono de teu lindo elmo à morte na floresta de Teutoburgo, era filho de um dos cesaricidas. Ora, um de meus ancestrais maternos até estava ao lado de Bruto nos idos de março. *Assassino* é uma palavra horrorosa. Em minha família, não a pronunciamos.

A resposta de Aélio, qualquer que tivesse sido, não chegou a seus lábios. Agachou-se junto ao fogo e, de soslaio, observou o colega atiçar as chamas com uma vareta comprida, cuja ponta refulgia. Será que Décimo estava dando voltas para chegar ao assunto de assassinato, desafiando-o a discutir o tema e tocando no caso do juiz Marcelo? Suas declarações eram significativas e políticas, mas não era só isso. Uma escuridão insegura e instável avolumou-se, vinda dos cantos do aposento, um preto fuliginoso, como uma presença. Por entre as vigas, o céu alcantilado parecia inteiramente negro, como se um saco cheio de galhos finos e toras em brasa fosse capaz de desligar os céus. As palavras de Décimo também atiçavam e reavivavam o fogo. O que quer que fosse, pretensão ou desejo de provocar, elas despertavam e alfinetavam um conceito de liberdade que os mestres estoicos de Aélio interpretavam literalmente, a ponto de justificar o suicídio diante da possibilidade da desonra.

Décimo interpretou o silêncio de Aélio como uma não resistência a suas ideias. Preguiçosamente, atiçando as chamas, disse:

— Veja o Pertinax e o Macrino, por exemplo, historiador: eles não influíram para libertar Roma dos monstros Cômodo e Caracala, tornando-se imperadores no lugar deles? Sempre haverá oficiais bem-intencionados que se unem... *se unem*, não conspiram... para derrubar o tirano e salvar a honra do país. Eles sempre correrão o risco de serem descobertos, acusados, julgados e executados. Morrer em batalha não é tão nobre quanto ser executado nas mãos de um tirano. — A vareta em sua mão incandescia sem pegar fogo. — Não é possível que aproves o modo como Roma está sendo governada hoje em dia.

Pesando suas palavras, Aélio achou dificuldade em dizê-las.

— Ora, e na época da república, Roma era mais bem governada? Conflitos sociais e guerras civis eram frequentes naquele período. Homens poderosos tinham exércitos particulares poderosos, que tinham controle sobre a cidade e seus territórios. *Matavam impunemente.* Creio que inventamos um passado virtuoso para compará-lo com nosso presente desfavoravelmente. Nada do que estudei nas obras dos grandes historiadores indica a excelência dos "bons e velhos tempos", Décimo. Houve homens extraordinários na república, como também há agora. Talvez estejas aborrecido pelo fato de que nunca homens simples do povo realizaram tanto e subiram tão alto como agora.

— Por isso também.

O vento do lado de fora rondava o prédio como um lobo, procurando uma fenda para forçar a entrada. O som tinha um tom baixo e insistente, um som como o das noites de vigília, quando se ficava sozinho, de pé, apenas com as botas e a capa. Aélio lembrou que tinha havido outros momentos em que, sentado com alguém, conversando, ele havia se sentido distante do lugar e do momento. *É porque estou acostumado a não pertencer, não me apegar*, disse a si mesmo. *Porque, ao contrário do homem que está sentado à minha frente tão amargurado, não tenho toda uma gloriosa teia de ancestrais a me amarrar aqui e ali, atando-me a Roma como uma mosca enredada por uma aranha.* E sentiu dó de Décimo, como os soldados que ocasionalmente são atingidos por um sentimento doloroso da miséria de um homem. Parecia-lhe que, mesmo sendo durão e orgulhoso como era, Décimo estava se debatendo num casulo de teia de aranha, incapaz de se libertar. Entretanto, esse mesmo homem era capaz de encontrar não apenas um, mas dez motivos diferentes para justificar um assassinato, disso Aélio tinha certeza. Mas arrancar dele uma confissão, fazendo-o *tropeçar*, aí já era uma outra coisa, muito arriscada.

Domingo, 14 de janeiro

Foram da Itália Anonária para Norico em meados de janeiro. Aquileia, Concórdia, Tergeste, Emona, foi preciso pesquisar em cada um desses lugares antes de continuar a jornada. Em Aquileia, onde o cristianismo, segundo se dizia, era forte e difundido, Aélio encontrou a pista do *atiçador de fogo*, graças a um pernoite num quartel não longe da cadeia da cidade. Cristãos de língua grega aguardavam o julgamento lá, depois de terem desobedecido à lei reunindo-se e fazendo uso de seus livros sagrados proibidos. A epístola de Agnus, escondida por Protásio em uma cesta de maçãs, havia sido enviada de Aquileia, portanto, Aélio tinha quase certeza de que ouviria falar mais sobre o curandeiro. E ouviu, mas não da boca dos cristãos.

O carcereiro da cadeia falava mais do que os prisioneiros. Agnus tinha estado à frente de uma congregação na cidade alguns anos antes, sem criar controvérsia, até que a filha de um alto funcionário tinha se convertido à sua seita.

— A fila de pretendentes dela ia daqui até a esquina — explicou o carcereiro —, e era a queridinha do papai. Um belo dia, virou cristã, começou a jejuar e mortificar a carne, deixou de escutar a voz da razão e, dentro de um ano ou um pouco mais, começou a ir se derretendo feito cera de vela e morreu. Claro que o pai foi atrás dos cristãos, embora eles já tivessem tido a chance de se multiplicar feito ervas daninhas naquela época. Agnus, naturalmente, já havia ido embora, para pregar em alguma outra parte. Há um mandado de prisão ainda vigente contra ele, faz anos. Duas semanas atrás, informantes nos disseram que havia rumores de que ele estaria em Aquileia, de passagem. Aí pensamos: "Não podemos deixar outras moças nossas sofrer por causa de seus truques." Nós nos mexemos, prendemos algumas pessoas. Tarde demais. E agora anda atendendo pelo nome de *atiçador de fogo*, é? Bom saber.

— Não entendo por que a filha do alto funcionário deixou-se definhar até morrer.

— Por quê, comandante? Porque, para os cristãos, as mulheres são a prole do demônio, e seus corpos pecadores devem ser punidos. Já ouviste algo mais ridículo? As mulheres não têm cérebro, só corpo!

Emona era a última cidade do exército ligada administrativamente à Itália. Sua localização na estrada do Âmbar já lhe atribuía o sabor cultural da região panoniana; o dialeto, os muros fortes e as vigias quadradas anunciavam a proximidade da fronteira, embora as lojas e as facilidades urbanas fizessem parecer outra coisa. Aélio anotou suas impressões do lugar:

Meus legionários tiveram permissão para tirar a noite de folga, a fim de realizar suas práticas religiosas no santuário local do deus Mitra, porque este culto tem relação com o do Sol Invencível, praticado daqui até o Danúbio. O santuário está situado no porão de um edifício próximo ao lugar onde Décimo e seus amigos — "os romanos", como Duco os chama — estavam jantando juntos. Perto da meia-noite, enquanto eu estava sentado lendo, o chefe da guarda veio procurar-me. Seguindo ordens minhas de avisarem sobre qualquer coisa fora do comum, ele comunicou que havia ouvido por acaso uma discussão em vozes altas entre meus colegas da cidade. Não era exatamente algo inédito. Se beberam como os vi fazer em Mediolano, seria de se admirar não terem quebrado tudo.

Do outro lado da fronteira, depois do rio Sava e de um posto de estrada cujo significativo nome era *Coletores de Impostos*, a cidade seguinte de alguma importância era Celeia, "Porta de Nórica". Portanto, as unidades fizeram uma parada oficial para oferecer sacrifícios visando a um bom começo e a um bom fim de campanha. Chegaram ao pôr do sol, com um vento soprando do leste, cortante como uma lâmina, que obrigava os homens e os animais a procurar abrigo. Os oficiais foram para uma estalagem diante do portão ocidental, cansados demais para comer ou fazer qualquer outra coisa que não fosse dormir.

***Segunda-feira**, 15 de janeiro*

Duco estava sacudindo-o. Aélio virou-se na cama, ainda tonto de sono, mas já alarmado.

— O que foi, dormi demais? — resmungou.

— Não, está na hora de acordar, mas surgiu um problema. — O bretão ainda não havia se vestido. Na fraca luz da lamparina, seu cabelo ruivo estava eriçado como um porco-espinho. — Um dos romanos morreu.

— Morreu? *Como? Quem?*

— Foi o chamado Frugi. Estava dormindo a duas camas depois da minha. Simplesmente não conseguimos acordá-lo. Não ouvi nada, Aélio.

Aélio já estava vestindo as calças.

— É bem verdade que estamos todos mortos de cansaço.

Ele estivera sonhando com uma estranha combinação de rostos e acontecimentos; esqueceu-os logo ao acordar, lembrando apenas que Anubina e Casta de alguma forma estavam no sonho.

— Quem mais está acordado?

— Oto e um dos gêmeos.

— E Décimo?

— Ainda dorme.

— Vai acordá-lo. Não, deixa que eu vou. — Aélio sentia as tábuas do assoalho frias sob seus pés descalços, enquanto ia com pressa até o outro quarto.

Assim como o quarto em que havia dormido, este outro era também quadrado e grande o bastante para conter quatro ou cinco catres. Décimo só acordou depois de o sacudirem e o chamarem várias vezes. Ouviu as notícias com os pés fora da cama, parcialmente sentado. Seus olhos estavam vidrados.

— Bobagem — respondeu, e deu uma risada abafada de descrédito.

Dentro de instantes, os homens todos estavam de pé, cada qual mais vestido ou despido que o outro. Úlpio Domnino encostou a mão no rosto e no pescoço congestionados do colega morto.

— Ele está gelado. Deve ter morrido pouco depois de nos recolhermos. Não parece ter se contorcido, então deve ter sido uma coisa repentina, algum tipo de derrame. Quem falou por último com ele?

Oto levantou a mão, sem abrir a boca.

Poucas horas antes, cada um deles havia se deitado no primeiro catre que por acaso encontrou. Duco, Décimo, Frugi e Sinistro tinham ficado com o quarto mais perto das escadas. Aélio, Vívio, Luciano, Destro, Oto e Domnino, no quarto ao lado, que se comunicava com o primeiro por uma passagem sem porta. Aélio olhou para o corpo gordo de Frugi, esticado no colchão anônimo. De toda a corte de Décimo, ele havia sido o que menos chamara atenção, um homem obstinado de poucas palavras, até mesmo durante a festa, quando todo mundo tinha se gabado de sua carreira. Ele é que tinha dito que a filha de Décimo devia ser fabulosamente rica.

— Quem está de guarda lá embaixo? — indagou Úlpio Domnino, olhando para Aélio enquanto falava. — Teus legionários?

— Sim. Responsabilizo-me por eles. Por quê?

— Só estou perguntando.

Convocados sem serem informados do motivo, os legionários confirmaram que ninguém tinha entrado na estalagem depois dos oficiais. A cobertura de neve intacta ao redor do prédio provava isso. Quatro homens tinham se revezado naquele turno de vigia; o segundo turno tinha começado apenas uma hora antes.

— Isso é duplamente ruim — disse Duco, dando voz ao pensamento de todos. — Um colega morto é um sinal de *muito* mau agouro para a campanha.

— Sim, sem contar que os policiais podem nos atrasar. — Décimo bocejou, cobrindo a boca com as mãos e abrindo-a tanto que parecia que seu queixo ia cair. Entre dois bocejos, disse as seguintes palavras: — Espartano, tu disseste que te responsabilizas pessoalmente por teus homens.

— Sim. E daí?

— Não me compreendas mal. Estou pensando o que no mínimo a metade de nós está pensando: Frugi morreu, e envolver as autoridades da cidade não o trará de volta à vida. Que diabo! Por que não temos o fabuloso *atiçador de fogo* aqui conosco?

— Deveríamos pelo menos chamar um médico aqui, para certificar-nos de que foi morte natural.

Se Aélio tivesse jogado uma enorme pedra numa poça, os homens não teriam recuado mais automaticamente.

— O quê? O que estás dizendo? Estás maluco?

Décimo acalmou as vozes traçando um vagaroso semicírculo com a mão direita no ar.

— Estás ofendendo todos nós agora, Espartano, inclusive a ti. O pobre Frugi comeu e bebeu demais; aqueles de nós que conhecem a família podem te contar que o pai dele morreu de um derrame no Senado e o tio, sentado numa latrina. Devemos dar a ele a oportunidade de nos fazer uma última cortesia, não atrasando nossa marcha. Quem aqui conhece esta cidade?

Os gêmeos, Oto, e até mesmo Duco pareceram aliviados pela sugestão de Décimo, de que Frugi fosse vestido e levado para fora enquanto ainda estava escuro. Oto havia servido em Celeia dois anos antes e sugeriu um pequeno povoado além das muralhas, a oeste, 1,5 quilômetro atrás.

— Lá só existem bordéis. As meretrizes são egípcias e sírias, e te afirmo que conseguem matar um homem de tanto sexo.

— Não digas besteira.

— Ora, Aélio, agora te responsabilizas pelas prostitutas egípcias também?

— Espartano está certo, eu também não gostei da ideia — interveio Úlpio Domnino.

Décimo pegou seus coturnos, que estavam ao lado da cama, calçando-os.

— Bem, vós sois dois, nós somos quatro. Cinco, se contarmos Frugi, que jamais desejaria atrasar nossa caminhada para a frente de combate. Espartano, como não queres tomar parte nisto, ordena a teus homens que se retirem antes que nos vejam levar nosso amigo para baixo.

Não é preciso dizer que o clima durante os sacrifícios oferecidos pela manhã no altar do posto militar foi sombrio, contendo uma espécie de reparação não enunciada. Os policiais, ao encontrarem o corpo de Frugi, ao raiar do dia, atrás do bordel conhecido como Príapo Vermelho, consideraram o caso um acidente, sem qualquer ligação com as prostitutas.

Anotações de Aélio Espartano em 26 de janeiro:

Nossa marcha continuou ao longo da estrada militar Celeia-Poetóvio-Sala-Savária. Hoje à noite acampamos fora da Savária; e amanhã, nossas unidades se separarão após uma breve cerimônia na cidade. Os guardas palacianos e outros soldados da guarnição de Mediolano dirigir-se-ão para sudeste, rumo a Hercúlia, e depois atravessarão a fronteira em Intercisa. Encontrarei meus cavalarianos em Mursela pelo caminho de Basiana e, pelo que sei, seguirei o rio Marus na direção da corrente, de Arrabona até Barbaricum.

Desde a morte de Frugi, fiquei observando meus companheiros romanos. É impressão minha ou existe um nível de ansiedade dentro daquele grupo? A pressa com que lidaram com o falecimento de um amigo os incomoda, acho eu. Úlpio Domnino, de vez em quando, procura meu olhar, ele que era o mais arrogante da legião de Décimo. Quer falar, mas não ousa. Décimo mantém uma vigilância cerrada sobre os companheiros; eles sempre comem e se alojam juntos, sem exceção. Deixam Duco de fora, e até mesmo comigo ele se abre menos do que costumava fazer. Será que suspeitamos um do outro secretamente pelo que aconteceu com Frugi, não estando tão certos de que tenha sido morte natural? Mas qual motivo teríamos, qualquer um de nós, para matar um colega tão insípido?

O tempo, na melhor das descrições, tem sido estranho. A Itália é conhecida por ter invernos suaves; no entanto, estamos encontrando neve de Mediolano até Tergeste. Nórica e Panônia costumam ser sinônimo de mau tempo; entretanto, só caiu neve uma vez desde que partimos de Celeia. Como qualquer soldado, não posso esconder que tudo aqui me faz sentir em casa ou bem perto de casa. Meu pai serviu em todos os principais postos da região que estamos atravessando; minha mãe, enquanto ainda estava casada com o irmão mais velho de seu atual marido, morou em toda parte desta fronteira. O lar onde estão desfrutando da aposentadoria de meu pai fica a menos de 60 quilômetros a oeste daqui, no sopé das montanhas que se alongam na direção de Scarbantia.

Em Poetovio, cidade do procurador Augusti e, por isso, sempre movimentada em questões burocráticas, atravessamos a ponte que levava ao território panoniano. Lá, paramos para oferecer sacrifícios na colina do templo de Júpiter, de onde se divisavam as ruas muito bem dispostas, abrindo-se em leque até o rio Drava (fiz uma rápida parada de cunho pessoal no santuário de Ísis e Serápis, para fazer uma oferenda por Anubina e Taesis). Sala, no lago Pelso, vem se expandindo, com a construção de casas de veraneio. Ao contrário do que minha mãe escreveu, essas casas não têm proteção alguma; até mesmo o menos agressivo dos atacantes não teria a menor dificuldade em saqueá-las. Quem imaginaria que eu voltaria a farejar a pista de Agnus numa cidade turística?

Os policiais locais estavam à caça dele, "um perigoso charlatão cristão, acompanhado por uma pecadora pública". Foi o que disseram quando passamos pelo posto de controle. Observei a eles que sabia que a assistente do atiçador de fogo *era uma vítima da superstição, não se tratava propriamente de uma mulher imoral. Devo entender que os dois estão novamente viajando juntos? Se o caso for esse, pode ser muito perigoso para Casta.*

Hora do jantar. Depois de me ignorar por dias, Cúrio Décimo solicita o prazer de minha companhia; o prazer é todo dele, mas aceitei o convite. Transcrevo abaixo, por ser esquisitamente engraçado, o diálogo que precedeu o convite.

Décimo: "Tens filhos?"

Eu: "Acho que tenho uma filha."

Décimo: "Achas?"

Eu: "A mãe dela não me deu certeza."

Décimo: "É duro não ter herdeiros."

"Ainda mais quando se deserda a própria filha sob alegação moral", falei comigo mesmo, lembrando o sumário que tinha visto nos arquivos.a. Mediolano em seu nome e no de Pórcia. Ainda assim, respondi:

"Bem, não estou com muita pressa, mas espero tê-los. Se minhas irmãs são um indicador da habilidade da família de se perpetuar, não vou ter problemas nesse sentido."

Só serviram vinho local, batizado com a devida quantidade de água de neve derretida, junto com diferentes tipos de peixe cozido; a elegância dos pratos era garantida pela abundância do "molho dos aliados", uma saborosa mistura de temperos e sangue de cavala.

Décimo estava esquisito. O local que havia conseguido para aquela noite, não distante do acampamento, tinha a aparência simples de uma sala de aluguel, mas mesmo assim a mesa havia sido posta com seus delicados copos de vidro trabalhado do Reno, *sous-plats* de prata e toalha bordada.

— De Antinoópolis — disse ele, como se Aélio não tivesse reconhecido os diminutos pontos que decoravam a beira da toalha e dos guardanapos. — Não nos disseste que serviste lá durante a Rebelião? — Como era seu hábito, Décimo tirava pequenos pedaços do miolo do pão que estava à sua frente e, distraidamente, brincava com eles. — E por falar em rebelião, acho que nossa amiga em comum, Helena, falou contigo sobre os sonhos de grandeza do filho. Alguma coisa na atitude dela, durante um momento íntimo, fiz-me pensar que estavas inclinado a apoiar a sua ambição de mãe.

— Helena perde a cabeça quando está debaixo de um homem, devias saber disso.

— Um pouco grosseiro, mas entenderei como um "não".

— Nunca misturo política com amor.

— Sim, sim, e nunca tropeças, e nunca és pego de surpresa. — Décimo revirou os olhos. — Eu disse a mesma coisa a Helena, que eu não apoiaria Constantino nem que ele fosse o único pretendente ao trono.

— Ele nem mesmo é pretendente, Décimo.

O romano o observava com a cabeça baixa, quase apoiada no ombro esquerdo, e fazia uma bolinha de miolo, alisando-a entre as palmas das mãos.

— Tens de entender de uma vez por todas, Espartano, que não colho informações para Sua Serenidade, como tantos guardas imbecis de Mediolano parecem pensar. Eu não faria nada para Sua Serenidade além de cumprir com meu dever como oficial da guarda do palácio. — Rapidamente, de forma fluente, acentuou muito bem as palavras dessa frase, não dando tempo a Aélio para responder. — Resta o fato de que, quaisquer que sejam os sonhos de Helena, um vácuo de poder se formará assim que o sol se puser no dia 1º de maio. Maximiano apenas fingirá que está passando o poder para seu filho mais velho, Flávio. Constâncio está doente e tem, no máximo, uns poucos meses de vida. Digo-te que a disputa será entre Maxêncio e Constantino, e será sangrenta. Sabes disso tão bem quanto eu, banques ou não o inflexível por teus próprios motivos. *Não!* Isto *não* é traição, Espartano! Não me enfureças com esses teus modos insuportáveis de santarrão.

A bolinha de miolo de pão, atirada por Décimo com o indicador e o polegar, descreveu um arco e caiu dentro do copo de Aélio, que a viu mergulhar no vinho. Antes que ela tivesse tempo de dissolver-se no fundo do copo, ele agarrou-o e violentamente atirou seu conteúdo no chão.

Décimo sorriu.

— Ah, até que enfim uma reação de verdade. O que estou te dizendo, caro colega, é que mais cedo do que pensamos teremos de fazer uma escolha, porque há mudanças poderosas vindo por aí. Ou queres ficar como um galho no meio da lareira política, esperando pela conflagração para finalmente virares carvão?

— E acho que já pensaste bastante sobre essa questão, não é, Décimo?

— Durante *anos.*

— Chegando a que conclusão eminentemente tradicional?

— Ha! Tradição! — E Décimo tomou um trago de seu copo, estalando os lábios. — Não tens a menor ideia do que essa palavra significa. *Dicunt Homerum caecum fuisse.* A tradição não somente diz que Homero era cego, ela perpetua outras informações que não podemos verificar pelos fatos ou que são inverdades patentes. Se fôssemos seguir a tradição no sentido a que te referes, terias encontrado homens de um olho só e homens com as caras na barriga no Egito Superior, na direção das fontes do Nilo. E aposto que não encontraste tais coisas. *Minha* interpretação de tradição é outra coisa totalmente diferente. Tu, como todos os estrangeiros, não tens tradições e podes apenas oscilar entre a ingenuidade e a desconfiança.

— De quem, em particular, sou culpado de desconfiar?

— De mim. Encontraste Annia Cincia no mês passado e não me contaste.

Um formigamento no rosto fez Aélio perceber que estava ficando pálido.

— E tu tentaste *destruir* Annia Cincia com teus processos, como destruiste tua própria filha.

— Ha! Que é que tu sabes, rapazola.

Comeram o resto do jantar em silêncio quase total. Aélio sentia-se magoado e irritado, não entendia os motivos pelos quais não tinha saído da mesa. As armadilhas que ele vinha tentando evitar estalavam a seu redor, e, para não tropeçar, ele havia resolvido simplesmente não sair do lugar.

A uma certa altura, Décimo levantou-se, apoiando as mãos cobertas de anéis na toalha delicadamente bordada.

— Covarde tu não és. Eu *te desafio* a me seguir, sem saber para onde vamos.

Do lado de fora, a noite estava negra como a garganta de um lobo; a 1,5 quilômetro de distância, as poucas luzes do quartel tremeluziam, mergulhadas na escuridão. Um vento penetrante soprava do norte, onde as estrelas pareciam estar resistindo a serem arrancadas de seus lugares.

A estrada pela qual Décimo cavalgou, seguido por Aélio, ofuscava-os como se fosse leite derramado num breve momento em que um servo ficou com uma lanterna à porta; depois, também ela escureceu. Ouviam-se cascalho estalando sob as patas dos cavalos e a água batendo em árvores distantes, emitindo sons tristes. Aélio cavalgava sem pensar, porque havia sido desafiado e porque a curiosidade o instigava. Pensamentos racionais eram-lhe arrebatados tão logo se formavam, como se o vento o estivesse despindo dos preconceitos e das verdades fáceis. Terrores da infância, muito antes esquecidos, habitavam a escuridão e aqueles ameaçadores sons das florestas do norte. Lembrou-se, saindo de seu crédulo passado, do conto da noiva infiel que segue um visitante noturno para dentro da cova onde se jogavam animais mortos e onde ele se transforma no esqueleto de seu vingativo amante morto.

Décimo não disse nada, mas devia conhecer muito bem a estrada. A certa altura, dobrou onde as árvores cresciam mais perto da margem e onde suas copas, por causa do vento, produziam um som semelhante ao de grandes touros mugindo. A camada de cascalho tornou-se mais profunda, e os cascos dos cavalos passaram a escorregar de vez em quando. No bosque, a escuridão tornou-se quase que insuportável. Quando se dissipou, sem aviso, viu-se uma clareira a tremeluzir, mas a lua tinha acabado de surgir no horizonte. Adiante e abaixo deles, uma casa de campo no vale espraiava seus terraços e varandas laqueados de branco pelo luar como se fosse um lugar encantado ou a terra dos mortos.

Décimo esporeou o cavalo, chegou a casa primeiro e estava desmontando quando Aélio o alcançou. Nada se via da fachada com a sombra projetada pela Lua, e não se ouvia nada além do gemido das dobradiças quando a porta se abriu.

Do lado de dentro, era uma casa em estilo romano, com um vestíbulo elegante. Décimo acendeu um lampião, sussurrou umas poucas palavras com alguém através da fresta de uma porta lateral e continuou seguindo na direção de uma escadaria. Aélio o seguiu com um estranho aperto no coração, prendendo a respiração. Um afresco de Eurídice sendo resgatada do Hades apareceu de repente a seu lado, ondulando à luz da lamparina. Orfeu olhava para trás, ansiosamente. A mítica noiva, coberta por um véu, recuava num gesto rígido de braços levantados, as palmas das mãos para cima, como alguém que irremediavelmente cai no esquecimento. A ideia, ou a certeza, de que a tão falada filha de Décimo morava ali dominou Aélio como se fosse uma chama de fogo gelada.

Décimo não disse "Espere aqui", mas prosseguir sem permissão parecia impróprio. Aélio parou no limiar de um aposento grande demais para um quarto de dormir, cuja escuridão foi abrandada pelo lampião trazido pelo colega. A princípio pensou que a cama estivesse vazia; nada, a não ser um monte de cobertas. Uma cama refinada, com reluzentes detalhes em marfim e folheados a ouro, num cômodo atapetado e quente.

Colocando o lampião de lado, Décimo reclinou-se sobre o colchão, e o monte de cobertas se moveu. Uma *coisa* estava deitada na suntuosa cama. Quando se moveu, Aélio conseguiu distinguir a cabeça deformada, uma testa abaulada e inchada dos lados, um crânio todo encaroçado, escassamente coberto por cabelos ralos e compridos. Na parte inferior do rosto achava-se um inchaço parecido com um tumor que era mais do que um queixo, alto e grosseiro, a esmagar o nariz e os lábios, quase impossíveis de se ver entre aquelas protuberâncias. A cabeça pendia do peito da criatura, os olhos sonolentos e pesados como um gatinho recém-nascido. Braços curtos de criança saíam de seus ombros, as mãos eram grandes, longas e brancas. Quando Décimo a fez sentar-se, as mãos dela começaram a se mover devagarzinho, incessantemente; sons inarticulados saíam de sua boca escondida. Décimo acariciou-a, embora a criatura parecesse não ter consciência de estar sendo afagada. Somente o alimento — doces — colocado na frente dela pareceu causar uma reação, e ela buscou alcançá-los sem usar as mãos, tentando lambê-los diretamente da mão de Décimo. Porém, o formato do rosto não a ajudava, e ela ficou furiosa. Com as mãos pendendo inertes, a cabeça deformada lutou para superar o próprio peso, gritos agudos impotentes saindo de dentro dela. Décimo então colocou os doces dentro da boca da filha, um a um, acalmando-a. Sentado na cama, ajeitou os cabelos finos e pegajosos por cima da orelha dela, embalando aquela cabeça monstruosa contra peito.

Quando Décimo saiu do quarto, fechando em silêncio a porta atrás de si, Aélio estava de pé no corredor, encostado na parede, os braços cruzados, cabisbaixo. Não disse nada quando o outro passou diante dele, com a lamparina em punho. Tampouco falou quando Décimo, a meio caminho das escadas, virou-se e disse, em costumeiro tom escarninho:

— Se vieres um instante até a biblioteca, vou emprestar-te um insuportável panegírico de Severo escrito por um poeta sírio. — E, vendo que Aélio ainda não estava reagindo, soltou uma gargalhada maldosa. — E então, vens ou não vens? Temos uma guerra a travar.

Durante a volta, estando Aélio ainda mudo, Décimo manteve-se tagarelando, agindo como se nada tivesse acontecido. O vento havia amainado. Aquele falatório humano desgastava o silêncio das árvores e dos campos que os cercavam, até ali ainda não quebrado. A escuridão também continuava intocada, depois que uma comprida nuvem escurecida pela névoa escondera a lua nascente.

— Dá até para ouvir o som da tua mente girando feito moinho — disse a voz elegante de Décimo. — Estiveste pensando no assunto desde o jantar. Por que te atormentas, ficando na ignorância? Posso dizer-te onde está o *atiçador de fogo*: em Barbaricum. Se ainda estiverem juntos, ele e minha prima distante devem ter atravessado a fronteira entre Carnuntum e Ala Nova o mais tardar esta tarde.

Aélio arregalou os olhos na escuridão.

— O que queres dizer... *Como?*

— Exatamente o que eu disse. *Como* é problema dela. Não desisti da ideia de pôr as mãos na propriedade que ela, sem nenhuma consideração, deu aos cristãos graças ao juiz Marcelo. Então, digamos apenas que, durante um breve encontro em Mediolano, emprestei a ela a quantia de que precisava para sair da Itália e sumir da minha frente. Eles vão apanhá-la, mais cedo ou mais tarde.

— Não tens a menor noção de valores morais.

— Moral é coisa para roceiros e caipiras romanizados, como tu.

*Savária, capital da Panônia Prima Sávia, 27 de janeiro, **sábado***

Aélio quase não dormiu, mas sua mente estava lúcida de manhã. Entrando na Savária, foi obrigado a admitir que era necessária uma longa nota de pé de página, na biografia que estava fazendo de Severo, referindo-se à reconstrução das cidades danubianas depois das guerras marcomânicas. Era bom ver as ruas de Savária, largas e bem pavimentadas, o aqueduto e os banhos, o palácio do governador e os gloriosos templos depois da marcha de quase um mês. Próximo ao afortunado quarteirão ocupado pelos negociantes de Aquileia, ficava um bairro judeu muito rico, onde Aélio tinha concordado em entregar umas cartas comerciais a um dos infinitos parentes de Ben Matias e pegar recados e cartas que tivessem chegado do judeu para o amigo.

Os conhecidos de Ben Matias não tinham correspondência para Aélio, mas, no entreposto militar da cidade, ele encontrou um recado de sua mãe esperando ser recolhido pelo primeiro mensageiro que passasse e entregasse com urgência. *Teu pai não está melhorando*, dizia; *mandei chamar tua meia-irmã, tuas irmãs e seus maridos. Se houver a possibilidade, deves vir.*

O tempo agora era ainda mais escasso do que durante a marcha. A cerimônia e a parada militar diante do governador, além da partida oficial das unidades para diferentes missões na fronteira, tomariam a maior parte do dia. Todo o regimento, o *Ioviani Palatini*, alojado em um quartel a dois dias de viagem dali, em Mursela, afora uma coorte de sua antiga ala de cavalaria da campanha da Pérsia, adicionada permanentemente à sua unidade, tinha vindo à cidade para encontrá-lo, e os legionários já se haviam reunido a eles no quartel da cidade. Apressadamente, Aélio escreveu uma resposta à mãe, explicando que seguir para as novas posições designadas era sua prioridade. Ele iria assim que pudesse. Como endereço de remetente, ele deu o do forte militar em Arrabona, a menos de duas horas de viagem a partir da fronteira.

Na terceira hora da manhã, as unidades encontraram-se para um sacrifício comum no altar provincial — *ara Provinciae* — e para ouvir as previsões de vítimas vivas. As previsões eram favoráveis, mas Aélio, assim como seus colegas, sabia muito bem que as entranhas limpas, rosadas e saudáveis dos animais eram guardadas pelos sacerdotes para tais ocasiões. O próprio *praeses*, com trajes e insígnias de governador, testemunhou a distribuição de bandeiras, águias e estandartes tipo biruta com cabeças de dragão aos soldados, enfileirados ao longo da rua que ia do centro comercial até a porta oriental da cidade.

Além das muralhas, desde o amanhecer, uma cerração vinda do nordeste tinha se espalhado, parecendo uma maré esbranquiçada, como se o inimigo do outro lado da fronteira estivesse construindo seus próprios baluartes contra aqueles soldados da infantaria e aqueles cavalarianos trajados tão vistosamente e portando tão formidáveis armamentos.

***Sábado**, 30 de janeiro, três dias para as calendas de fevereiro*

O comandante do posto de Arrabona tinha sido colega de seu pai durante a última missão para a qual Aélio Esparto havia sido destacado, e a primeira coisa que disse a Aélio quando ele se apresentou com seu regimento foi: "Um mensageiro da parte de tua mãe chegou hoje cedo, Aélio. Conheço dona Justina há trinta anos e ela nunca me pareceu excessivamente dramática. Estava ansiosa principalmente para que sua mensagem chegasse a ti, porque a situação de teu pai piorou e ela teme pela vida dele. Três dias não vão fazer muita diferença em tua partida para Barbaricum, portanto sugiro que vás para casa e cuides dos assuntos de família."

Capítulo 9

Propriedade de Aélio Esparto no Nordeste da Savária, 1º de fevereiro, ***quinta-feira***

"Marido, como a casa está escancarada,
Como a pedra chave caiu da porta!
E agora, quem cuidará de nós?
E agora, quem falará por nós?
E agora, quem nos protegerá?
E agora, quem cuidará das crianças?
Ai, amor eterno, vida minha!
Quem contará à família, meu marido?
Quem chorará contigo, meu marido?
Quem caminhará ao teu lado, meu marido?
Quem visitará teu túmulo, meu marido?
Ai, amor eterno, vida minha!"

O lamento de sua mãe através da porta aberta e as palmas entusiásticas ao fim de cada verso enchiam o ar como o piado lamentoso de um pássaro, como o som seco de machados nos bosques. Não havia ninguém no vestíbulo para recebê-lo, nem sinal, vindo de dentro da casa, de que tinham ouvido ele chegar. Apenas quando sua sombra, comprida ao sol nascente, alongou-se pelo chão e chegou ao batente da porta do quarto foi que os lamentos estridentes pararam de chofre, como se a voz tivesse se extinguido.

Continuaram vindo gemidos lá de dentro, mulheres soluçando, mas Justina saiu do quarto, enxugando os olhos. Tinha prendido os cabelos num coque austero, seu penteado habitual. O quanto suas reclamações amargas e recriminações haviam sido frequentes e o quanto haviam se sobreposto a seu pesar, isso ficou claro pela forma como ela retomou sua lucidez de esposa de militar.

Ela não disse "Chegaste tarde, tarde demais", nem nada do gênero. Abraçou-o e depois o afastou, segurando-o ainda perto de si, com as mãos dele nas suas, para dar uma boa olhada no filho. Poderia também ter feito outro comentário esperado: "Ficaste grisalho", mas não fez. Aliás, lembrou-se Aélio, sua mãe raramente dizia o óbvio ou comentava o que estava em evidência para todos.

— Fizeste boa viagem? — foi a primeira pergunta que fez. E, com a mão direita erguida, ordenou-lhe delicadamente que não respondesse com uma desculpa por seu evidente atraso. — Deves ter tido teus motivos — acrescentou apenas.

Os sons de choro vindos do quarto ficavam mais fracos, mais longos e mais trêmulos, sinal de que as carpideiras contratadas já haviam passado do estágio violento do velório. Alertadas de que o filho do morto estava para entrar, abandonaram a posição anterior ajoelhadas ao redor da cama, e puseram-se de pé. Seus rostos, machucados pelos próprios socos, arranhados com as próprias unhas até que saísse sangue, eram como os de mulheres possuídas por algum demônio. Chumaços de cabelo arrancados de suas cabeças estavam espalhados sobre o corpo do velho. Para o corpo, elas disseram, em uma só voz: "Aí vem Aélio teu filho, visível para ti mas não para a Morte." De um braseiro em que a galhos de árvore queimavam devagar sobre uma camada de brasas e incenso, soltando um perfume penetrante, elas ergueram ramos e jogaram uma nuvem de fumaça na direção de Aélio, tornando-o invisível para a Morte.

— Aí vem ele, a viga mestra e a porta que mantêm a casa segura.

Justina observou que o filho contemplara o morto. Sete moedinhas tinham sido colocadas nos olhos, na boca, nas mãos e nos pés do velho para pagar sua passagem para o outro mundo; a da boca representava uma oferenda da mulher; as dos olhos eram do filho; as das mãos, das filhas; e as dos pés, dos cunhados.

As carpideiras puseram-se de pé ao lado da cama para receber sua recompesa. Justina colocou uma moeda nas mãos em concha que cada uma delas estendeu, beijou-as todas nas duas faces foi beijada também. Depois, fez circular o que havia restado do banquete funerário em cestinhas, pois era preciso comer todo o pão e a carne do jantar ritual, sem desperdiçá-los.

— O resto dei para os mendigos — sussurrou ela para Aélio. Só depois que todas as carpideiras tinham saído, agradecidas e olhando de soslaio para o filho que tinha chegado atrasado para o funeral do pai, foi que Justina fez um gesto para Aélio segui-la até a cozinha. Ali, a lareira estava apagada, as cinzas espalhadas sobre as achas e as brasas para que nenhuma chama ardesse na casa de um homem morto. Um único copo cheio de vinho e uma côdea de pão estavam na mesa, pois o espírito voltaria durante a noite para beber e comer pela última vez, enquanto a família passava as horas de escuridão em outra parte.

Ela falou:

— Há três noites, sonhei que estava colhendo ramos verdes, que, como sabes, é mau sinal. Na noite seguinte, sonhei que estava dobrando lençóis brancos, outro sinal de mau agouro. — Pondo a mão na palma da mão do filho, virada para cima, encostou a testa no peito dele. — Ele perguntou por ti, e eu lhe disse que estavas a caminho.

Aélio manteve os lábios comprimidos. Era difícil decifrar seus sentimentos, até mesmo para ele próprio. Deixou as palavras da mãe calarem, respirando devagar.

Ergueu a mão até a face do filho, mantendo-a ali como fazia toda vez que se encontravam depois de muito tempo: uma forma afetuosa de conferir o rosto do filho, comparando-o com suas lembranças.

— Entrei em cada aposento da casa, e disse a todos os objetos que seu pai estava morto, e segurei um espelho diante de cada coisa de valor para que a imagem refletida seguisse seu pai até o outro mundo. E enumeramos em voz alta todas as propriedades e animais que pertenciam a ele, de forma que, através de seus nomes, eles também possam segui-lo até o outro mundo.

Da porta dos fundos, ela apontou para ele a primeira casa onde eles tinham morado depois de o marido se reformar do Exército, uma fazendinha no ponto mais distante da propriedade, agora utilizada somente quando netos e amigos vinham visitá-los. Ali, enquanto ela e o marido esperavam a reforma do solar, ela havia trazido os lençóis usados durante seus primeiros anos de casamento, as velhas panelas e caçarolas, as cobertas e a cama do casal, que jamais tornaria a usar.

— Quando te casares, Aélio, leva tua noiva para aquela casinha e faz teu primeiro filho lá.

Como ele havia dado pouco valor à mãe, pensou Aélio. Justina era como uma estrela fixa, pequena na escuridão mas ponto de referência para todos e tudo na família.

— Tuas irmãs e os maridos estão na Savária procurando advogados. — Ele ouviu-a dizer isso com naturalidade, sem rancor, só para lhe comunicar o fato. — Teu pai era supersticioso e apegado demais à vida para escrever um testamento, portanto agora teus cunhados insistem em receber de volta o milhão de sestércios que cada um de vós três emprestou a ele para comprar o terreno.

Aélio descobriu, ao abrir a boca, que o som de sua voz era novo na casa, que ele não havia pronunciado nenhuma palavra ali desde o momento em que tinha chegado.

— Meu pai nos devolveu os 3 milhões em seis meses. Eu estava presente!

— Gargílio e Barga dizem que não, meu filho. A juros de seis por cento, em cinco anos, a dívida chegou a mais de 2,6 milhões, alegam eles, mais da metade do valor do terreno inteiro. E metade disso, segundo a lei, deveria ir para tuas mãos. Isso tira de ti mais da metade de tua herança.

— Pelo que entendo, tira de ti toda a tua. Não quero nada. Mãe, meus cunhados servem em escritórios provincianos daqui; eles recebem um bom salário, assim como eu. Certamente não é justo que tenhas aturado meu pai durante 35 anos para acabar com só uma fração de seu espólio. — Falou olhando para outro lado, não por vergonha, mas porque não queria que a mãe visse a amargura nele. — Todos fomos embora ou nos casamos assim que pudemos, mas tu precisaste ficar.

— Eles querem vender a propriedade.

— Teriam de ganhar o processo primeiro, e jamais ganharão. Qual é o plano deles, obrigar-te a morar na casa de um deles? Eu não te deixarei depender da hospitalidade de um posto militar; e também não é adequado para uma viúva de coronel reduzir-se a ser hóspede dos genros. Quanto à prata e ao dinheiro escondido descoberto graças a teu sonho, tudo pertence a ti, por direito.

De tudo o que Aélio disse, com uma coisa ela pareceu concordar.

— Passei muitos anos viajando. — Falou com as mãos nas dele, sentindo os calos adquiridos no manejo da espada. — Segui teu pai para todos os lugares aonde o Exército nos levou. Todos vós nascestes em lugares diferentes, e aqueles que morreram quando ainda eram bebês foram enterrados em um trecho de terra fronteiriça que vai de Oesco até Castra Regina. Já faz cinco anos que ele se reformou, e nesses cinco anos finalmente conseguimos ter uma vida estável, plantamos uma horta, tínhamos nossos servos e animais. Não tenho vontade de me mudar mais uma vez, muito menos de ficar me mudando de um lugar para outro. Há momentos, Aélio, em que penso que apenas a morte nos permite permanecer em um só lugar.

Vistos da porta dos fundos, os morros que Aélio tinha escalado quando menino traçavam uma linha que, como todas as elevações dali até Nórica, corria de nordeste para sudoeste. O ponto mais alto, recordava-se da época em que o pai havia sido mandado para a Savária, oferecia uma vista bastante ampla do quartel, da cidade, das escuras florestas e de mais além, incluindo as planícies, até a distante Scarbantia e o lago Pelso Superior. Ali perto, mesmo sob a camada de neve, o trabalho feito até aquele ponto para plantar um jardim formal entre os vinhedos mostrava a abundância de soldados reformados por merecimento, mesmo numa época difícil, com inflação e guerra. Na claridade do céu ocidental, Aélio conjurou o rosto do pai, translúcido pela morte, isento de paixões, aquele corpo grande que, durante mais de quarenta anos, havia servido ao Estado e regido a família. Então pensou que devia dizer o que disse:

— Eu poderia fingir que vim tão rápido quanto pude, mãe, mas não é verdade. Não tinha intenção de viajar com mais rapidez do que a de um cavalo me levando em um dia normal. Meu pai fez tudo o que podia e mais ainda para me preparar para o mundo e para aumentar minhas chances de sucesso. Sou-lhe grato por isso, mas não o amava, e agora não consigo fingir. Ele era violento conosco e com os soldados que comandava. Nada fez para cultivar a alma que lhe foi dada pelos deuses, nem para reconhecer a inteligência concedida pelos deuses à sua esposa. Tu mereces a herança pela paciência e pelo amor; eu não, porque nunca o amei nem o respeitei. Em minha carreira, até hoje, conheci meia dúzia de homens que foram pais para mim, mais do que ele jamais foi. — Chamaram-lhe atenção pilhas de tijolos a serem usados para completar as torres, a cor vermelha contrastando com a neve. — Quanto a meus cunhados, que façam o que quiserem. Que eles contratem advogados e tentem te tapear e ir contra a lei. Tu sairás vitoriosa disso tudo, e eles terão de vir até a tua porta prestar o respeito que te devem, assim como minhas irmãs e seus filhos.

Justina pareceu subitamente cansada. Nos dois dias desde a morte do marido, ela sem dúvida tinha tomado conta de tudo, e agora que a família tinha se reunido, suas energias estavam se esgotando, ou melhor, ela temia os desentendimentos.

— Como pode acontecer isso, Aélio? Aqueles que mais se parecem conosco fisicamente são os mais diferentes de nós. Tu lembras teu pai e ainda mais teu tio, embora sejas mais belo do que eles jamais foram. Só que, no fundo, e não é apenas por tua educação, não lembras nenhum de nós, a não ser eu, um pouco. Pergunto-me se isso será bom ou mau, porque me preocupo muito, *pressinto* coisas, e esta época não está muito para aqueles que pressentem, como eu. Teu pai era o que chamam de bom marido: nunca trouxe as amantes para casa, nunca engravidou uma criada, mandava dinheiro periodicamente quando estava longe e construiu uma carreira. Nunca me faltou nada, materialmente falando. Tu eras o preferido dele; acho, mesmo que secretamente, que esperou até o fim que te envolvessem em alguma intriga, ou que te envolvesses em uma por ti mesmo, ou que procurasses o poder como outros que lutaram ao lado dele. Ultimamente, o trono está aberto a todos, como ele diria. Não sabes quantas vezes tremi ao pensar que alguém poderia ouvir-nos e acabar com nossa vida; acabar *contigo* e com tuas chances de crescimento. — Ela ficou parada ao lado do filho, uma mulher alta forte, de cabelos louros ficando grisalhos, de pele clara. — Ou talvez ele tenha feito isso por si mesmo. Tu és um filho que sobreviveu à infância; ele apostou tudo em ti. Apesar de toda a arrogância, teu pai conhecia seus próprios limites. Em ti, ele viu o que tinha vislumbrado em outros que subiram muito desde a época em que foram seus companheiros de serviço militar.

— Então errou ao confiar minha educação aos filósofos.

— Conta-me, quanto tempo ficarás por aqui?

— Parto amanhã de manhã cedo. — Aélio percebeu que não tinha pedido detalhes da morte do pai, nem passado mais do que um instante ao lado do corpo, mesmo que por obrigação. Quando finalmente perguntou como a doença havia progredido, e Justina respondeu, ele ouviu passivamente, ainda pensando no logro tramado por seus cunhados. Então, algo que sua mãe disse o fez prestar uma atenção enorme:

— Mais para o final da enfermidade, quando percebeu que nenhum médico poderia salvá-lo, seu pai começou a dar ouvidos a qualquer um que prometesse que sua saúde podia ser restabelecida. Finalmente, ouviu dizer, por uma serva de um vizinho nosso, uma mulher obtusa que vive murmurando consigo mesma o tempo inteiro, que existia um homem capaz de operar milagres na Savária. Ele ficou furioso quando dissemos que uma viagem no inverno certamente o mataria. Então tivemos de agasalhá-lo e levá-lo para fora de casa durante uma nevasca. Viajou apenas alguns quilômetros até que teve outro ataque; quando atravessamos a porta de volta, ele já estava morto.

O que Ben Matias tinha dito? "Farejo perigo." Aélio ouviu as palavras da mãe e, de repente, percebeu que a curiosidade que havia se iniciado no leito de morte de Lupo tinha-o levado através de metade da Europa até sua casa, que a morte do pai era, de alguma forma, parte de um jogo que o ligava ao santo ou charlatão esquivo. Será que o perigo o seguiria até mesmo à casa de sua mãe? Ele fez a pergunta só porque sentiu que devia:

— Quem é esse milagreiro, e onde está ele agora?

— Acho que ele atende pelo nome de *atiçador de fogo*, Aélio. Não sei o nome verdadeiro. As carpideiras ouviram dizer que se mudou da Savária para Contra Florentiam, onde, dizem, a esposa do comandante sofre de um fluxo de sangue.

Contra Florentiam era uma contrafortaleza construída do outro lado do Danúbio, a mais de 350 quilômetros dali. Se Agnus quisesse atravessar o rio, era improvável que escolhesse um lugar como esse; era mais provável que tivesse ido para Ala Nova ou Gerverata, na direção norte. Depois do comentário da mãe, Aélio sentiu-se como um cão de caça que volta a farejar o rastro. Antes já vislumbrada, suspeita, não definida, a probabilidade de culpa de Agnus nas mortes de Tréveri e Mediolano surgiu por um breve segundo diante dele como uma língua de fogo ou como a cauda vermelha de uma raposa correndo para se esconder. Por um instante, ele ficou sem saber o que fazer com essa intuição, a qual embotou a realidade da visita à casa de seus pais, e apenas o toque de Justina em seu braço o manteve ancorado a seus deveres como filho único de um pai morto.

Ele voltou para dentro e durante algum tempo ficou parado sozinho no quarto do pai. O sepultamento — ou inumação, ou sepultamento, conforme a tradição familiar — estava marcado para o início da tarde. Antes que os parentes, vizinhos e representantes militares da última lotação de Esparto começassem a chegar, Aélio teria tempo de ir conversar com o juiz distrital da Savária e voltar. E, com esse objetivo em mente, partiu a cavalo.

Durante uma semana, a viúva, a família e os servos deveriam evitar passar por encruzilhadas porque o morto poderia apegar-se a eles enquanto devia ser capaz de seguir seu próprio caminho. Um caminho já havia sido aberto na neve em torno do lugar onde duas estradinhas cruzavam-se, uma levando à propriedade, outra à casa de outro reformado. Encruzilhadas assim, porém, eram comuns entre aquele ponto e a Savária. Duas vezes, enquanto a mãe podia vê-lo da porta, Aélio evitou as encruzilhadas, mas da terceira vez seguiu direto. Logo estava passando pelo terreno da família arado pouco antes, ao longo da estrada militar que seguia do cinturão residencial até os povoados, e deles até o grande rio.

Savária

O original do formal de partilha havia se perdido em um incêndio no tribunal, dois dias antes. Essa foi a primeira coisa que Aélio ouviu do juiz. A segunda foi que, desde a época da sua expedição, todas as testemunhas que o assinaram, exceto uma, tinham morrido; e, segundo as últimas notícias, a testemunha sobrevivente tinha partido para servir em alguma parte remota do norte da Britânia. Aélio tinha sua cópia guardada na Nicomédia, mas seus cunhados alegaram, naturalmente, que não tinham cópia nenhuma.

Ele estava mal-humorado quando saiu do gabinete do magistrado. Suas perguntas incidentais sobre os processos contra os cristãos locais confirmaram que vários deles tinham sido detidos ou executados. Mas entre eles não havia nenhum milagreiro, nem mulheres. Alguma queixa sobre milagres ou mortes estranhas na cidade? Os escriturários o olharam como se ele tivesse duas cabeças. Não, ou pelo menos eles não tinham ouvido falar de nada disso.

Só havia sobrado tempo para visitar o quartel da cavalaria onde Duco estava com seus comandados esperando a transferência para a frente de batalha. O bretão não esperava ver Aélio na cidade, informou-se do motivo, deu-lhe suas condolências e convidou-o para uma bebida. Enquanto tomavam cerveja, concordaram que se passariam semanas de reconhecimento armado, escaramuças e patrulhas em Barbaricum antes que as unidades se unissem a uma força de ataque no fim do inverno. Além disso, os primeiros 17 dias de fevereiro eram *nefasti*, portanto não se iniciaria neles nenhuma campanha, a não ser que fosse inevitável.

Depois que a cerveja tornou a conversa sobre a guerra mais descontraída, Duco recobrou seu jeito tagarela:

— Não te contei a verdade em Celeia, Aélio — disse ele, contrito. — Ouvi, sim, alguma coisa na noite em que Frugi morreu. O chão rangeu um pouco, só o suficiente para me fazer perceber que alguém estava andando na ponta dos pés de um catre até outro... o de Frugi. Já estou no Exército faz tempo suficiente para não prestar atenção ao que os homens fazem quando dormem juntos no mesmo lugar. Aquelas coisas, tu sabes.

Aélio piscou, o único sinal que lhe traiu a impaciência.

— Sim, sei o que queres dizer. Identificaste algum dos sons? Parecia uma conversa ou o quê?

— Só ouvi os lençóis farfalhando, um gemido e um sussurro. Como pensei que fosse outra coisa, virei-me para o outro lado e cobri a cabeça. Quando todos nos levantamos após a morte dele, pareceu constrangedor mencionar isso. E também, como Frugi morreu de derrame... — E quando estava para tomar novo gole, Duco recolocou a caneca na mesa, devagar. — Foi disso que ele morreu, não foi?

— Quem era, Duco, tu sabes? Pensa na disposição dos beliches no quarto.

O bretão não respondeu imediatamente. Terminar a cerveja era uma boa desculpa para ele poder se recuperar e expressar suas próprias dúvidas:

— Por que Décimo iria se levantar no meio da noite para ver como estava um colega? Frugi nem estava se sentindo mal na noite anterior.

Uma vez mais aquela sensação de cão de caça que fareja a presa nas proximidades. Aélio vislumbrou pistas, sentiu um cheiro no ar, mas estava atrás de uma presa diferente. Ou então a presa, não identificada, que tinha estado ali o tempo todo. O estupor nos olhos de Duco alertou-o para não ir além do que já havia dito. *Eu sabia que não devíamos ter nos livrado de Frugi sem verificar se ele morreu de morte natural*, pensou Aélio. Ao colega, disse apenas:

— Preciso voltar para casa, para o sepultamento de meu pai. Encontraremo-nos novamente do outro lado da fronteira, quando for possível.

Na propriedade de Aélio Esparto, depois do sepultamento, a família reuniu-se na ampla sala de jantar, o melhor aposento da casa. Suspirando, Aélia Belatusa descreveu círculos com as mãos sobre o ventre. Daria à luz em breve, anunciou (como se não tivessem percebido), e ficaria com a mãe até o parto.

Até hoje só tive filhas, mas, se for menino, se chamará Aélio Espartano. — Eu senti o bebê chutar quando me inclinei para beijar meu pai; acho que será nosso pai reencarnado.

A irmã e a meia-irmã trocaram como que um olhar de despeito.

— E nós, o que somos, estranhas? Se somarmos todos os nossos filhos, temos três homens.

— Não. — Era Justina, intervindo calmamente. — O nome Aélio Espartano está reservado para o primogênito do vosso irmão.

— Do jeito que ele vai, mamãe, não vais estar mais viva quando o primogênito de Aélio nascer.

— Muito pelo contrário, Belatusa, pretendo viver o suficiente para ver o *neto* de Aélio.

Aélio ouviu a conversa ao entrar, vindo do jardim. Até agora, vinha observando um corretor imobiliário nervoso trazido da cidade pelos cunhados para examinar a propriedade na companhia do chefe dos libertos de Justina. Quando Aélio entrou, os parentes consanguíneos e agregados voltaram-se para ele, parando de falar. Sua irmã Belatusa soltou mais um suspiro. Ia de um lado para outro, arrastando os pés e gingando, os olhos avermelhados de tanto chorar, e, da mesma forma como tinha feito ao dar um último beijo no defunto, mantinha as mãos na altura dos rins, os braços bem abertos. Aélio raramente a vira em um outro estado desde o casamento dela. A outra irmã, a "caçula", tinha dado à luz dois meses antes e ainda estava com a cintura grossa. Quanto à filha de Justina do primeiro casamento, tinha deixado o marido e os filhos em casa para vir prestar homenagem ao morto e, embora não tivesse nenhum direito à herança, "ajudar na venda dos bens".

Belatusa sentou-se com um ar de exausta.

— Todos nós vamos acabar ficando de cabelos brancos enquanto esperamos o filho do Aélio, mamãe.

O marido dela, Barga, riu.

— Até ele já ficou grisalho de tanto esperar!

De peito estufado, com seus uniformes espalhafatosos e excessivamente ornamentados, Gargílio e Barga não tinham ainda trocado dez palavras com o cunhado até aquele momento.

— A questão é: será que ele está espalhando sua semente por aí? — disse Gargílio, respondendo ao gracejo de Barga e pegando no saco. — É o que o velho Esparto costumava dizer: "Aélio não está espalhando a semente, não sei o que há de errado com ele." É verdade, meu cunhado, ele dizia isso. E ficava imaginando se aqueles professores gregos que ele arranjou para ti não te deixaram meio *esquisito.*

Foi só por causa da presença da mãe que Aélio não lhe deu um soco na cara. A intenção, porém, deve ter ficado bem clara em seu rosto, dada a forma como Gargílio fingiu retribuir um soco quando Aélio o repreendeu.

— Não ergue a voz nem usa esta linguagem na frente da minha mãe, seu ordinário.

As moças intrometeram-se na hora, aos gritos, especialmente Belatusa. Foi ótimo o liberto de Justina vir anunciar que o corretor estava para ir embora e queria falar com os homens da família. Barga e Gargílio correram para chegar antes de Aélio lá fora, onde os três ouviram uma proposta, abaixo do valor do mercado, o que já era esperado, e isso se o corretor resolvesse comprar.

— Podeis tentar vender a propriedade vós mesmos, mas ultimamente está difícil encontrar alguém com dinheiro suficiente.

Barga soltou uma cusparada, com desprezo.

— Podes apostar que vamos vender nós mesmos. — E com a mão em concha cochichou algo no ouvido de Gargílio.

— És o herdeiro — disse o corretor a Aélio. — Se houver dívidas a pagar pela propriedade, é melhor acertar tudo, para poderes obter o máximo ao vender.

Aélio viu tudo vermelho, mas conseguiu manter a calma. Esperou até a pequena carroça coberta que levava o corretor desaparecer atrás dos velhos abetos que flanqueavam o portão. Depois empurrou Barga para um lado, virou-se para Gargílio e lhe deu um direto de direita no queixo, fazendo-o girar e cair da varanda, sobre a neve que havia se acumulado sob a pereira onde a mãe encontrara o tesouro.

***Sexta-feira**, 2 de fevereiro*

Apesar das tensões na família, os hábitos e costumes de luto foram respeitados. A lareira ficou apagada (como deveria durante sete dias), e usaram-se facas de cobre no jantar, porque o ferro evitaria que o espírito do morto partilhasse da refeição. Durante a noite, as filhas e os cunhados foram para casas de amigos, a pouco mais de 1 quilomêtro dali; Justina e Aélio ficaram com um número mínimo de servos na casinha à margem do terreno.

Pela manhã, Aélio levantou-se cedo, mas não antes da mãe. Em um dia límpido e perfeito de inverno, ela havia caminhado até as longas estrebarias em estilo militar, para supervisionar a disposição de seus equipamentos, a selagem da montaria e para colocar a espada de cavalaria do pai de Aélio na bagagem do filho.

Aélio encontrou-a lá. Sem falar, terminaram de organizar as coisas, depois voltaram à casa principal, para se despedirem. Ele beijou as mãos da mãe, ambos na varanda da frente, um gesto que reservava para quando se despedia dela.

— Estás mesmo querendo tanto assim que eu me case? — indagou ele. Sentia dentro de si uma enorme necessidade de falar de Anubina. Nunca tinha tocado no assunto e continuava a manter o segredo até aquele momento, porque podia não ser a hora para aquela conversa. Tudo dependia do que ela responderia.

Justina o surpreendeu:

— Não fui eu quem te enviou por carta os nomes daquelas moças. Teu pai usou meu nome porque achava que a mãe era quem deveria fazer isso, procurar possíveis esposas para o filho. Eu seria a última pessoa a impor uma esposa a um filho meu, muito embora entenda que estou me furtando a um dos meus deveres.

Então, rapidamente, porque o cavalariço traria o seu cavalo a qualquer momento, Aélio contou-lhe sobre Anubina, sobre o romance entre eles e sobre a menininha que talvez fosse sua filha. Justina ficou calada durante algum tempo. Seus cabelos louros e sua pele clara ao sol faziam-na parecer grande e fulgurante até mesmo em roupa de luto como estava.

— Precisas entendê-la, Aélio — disse então. — *Eu* entendo. Ela foi comprada e vendida, pertenceu a ti porque tu pagaste por isso. Não significa que não a amaste mesmo assim, mas ninguém perguntou a ela se queria, perguntou? *Tu* perguntaste? Quem me perguntou, quando meu primeiro marido morreu? Ele deixou no testamento a ordem de que eu deveria me casar com o irmão dele, teu pai. E teu pai prontamente se casou comigo, porque ele também havia enviuvado e queria filhos homens. Ninguém me perguntou nada. Então, dei à luz duas vezes em um ano e meio, duas filhas, e ele já estava se arrependendo do trato quando eu engravidei de ti. — Ela encostou a palma da mão no peito do filho. — Mas ele também nunca te perguntou se querias te tornar soldado.

— Ora, o que mais eu poderia fazer? Sou filho de soldado.

— E Anubina é órfã de soldado, e a mãe a vendeu para um bordel. Quantos a possuíram antes de ti, contra a vontade dela ou não?

— Mas ela se casou com um fazendeiro; foi por vontade dela.

— Não; muito provavelmente foi porque ela estava grávida da filha e queria um homem em casa. Quanto à posição do marido, sei como os fazendeiros pensam: comprar uma égua grávida é como comprar dois cavalos pelo preço de um. Nunca te perguntaste por que ela teve apenas mais outro filho, durante os anos em que, segundo tu disseste, foi casada? Esquece o que ela perdeu, são coisas que acontecem. Acho que ela já estava reivindicando o direito de pertencer a si mesma. — Com sons brandos, a montaria militar, levada pelo cavalariço, aproximou-se pelo chão coberto de neve. Justina recuou, para que o filho não visse as lágrimas que estavam brotando em seus olhos. Sua voz continuou firme: — Não é que ela não queira ficar contigo, Aélio. Anubina quer pertencer a si própria, assim como eu queria pertencer a mim mesma e nunca pude.

Quando ele passou pela lápide do pai pela última vez, no sol fraco de inverno, ela projetava uma sombra comprida e estreita. Adquirida muito tempo antes, representava o defunto, embora, em sua superstição, Esparto não tivesse pedido que fosse incluído seu retrato. Era a imagem padrão de um oficial de Exército, com as insígnias de sua patente, esculpida em alto-relevo, um cavaleiro triunfando sobre um inimigo prostrado. A maioria das pessoas na fronteira, fossem soldados ou não, tinha um cavaleiro assim na sepultura. O "Trácio", como costumavam chamá-lo. A inscrição dizia: DIS MANIBUS AELII SPARTI SIBI ET SUIS. *Para ele e sua família.* Mas Aélio estava decidido a não ser sepultado sob a mesma lápide, acontecesse o que acontecesse.

Anotações de Aélio Espartano, redigidas em Gervelata, 4 de fevereiro, ***domingo****, véspera da Festa da Concórdia.*

Por falar em concórdia, e já que não consegui me conter, tenho a pequena satisfação de saber que Gargílio terá de explicar aos amigos o dente que perdeu e o inchaço no rosto. Isso não impedirá que ele e Barga continuem a tramar suas patifarias, mas ele pensará duas vezes antes de se comportar feito um cafajeste na presença de Aélia Justina.

O rio Arrabo congelou durante a noite. Não me lembro de ele ter estado nunca assim tão cheio de caniços e juncos. Quando o atravessei antes de Bassiana, tinha se solidificado tão de repente que aves aquáticas azaradas ficaram presas no gelo e morreram. Dizem que o Danúbio ainda está fluindo, muito embora sua margens e curvas mais acentuadas deem sinais de congelamento iminente.

Em Arrabona, ouvi dizer que Sido chegou à Síscia com seus comparsas, expulsando os speculatores *locais para o campo, inclusive Arrabona. Além disso, uma carta daquele simpático malandro, Ben Matias, aguardava-me. A parte principal vai aqui reproduzida por mim:*

"Estimado comandante, recebi uma carta de meu genro Isaque, que felizmente foi completamente inocentado no caso da morte de seu empregador, Marco Lupo, na olaria da Bélgica Prima. À parte o conforto que essa notícia me proporcionou, soube de um mexerico que considero que vale a pena repassar para vós, por mensageiro especial. Durante as investigações, que se ampliaram de modo a incluir as atividades do assim chamado atiçador de fogo *em Tréveri, mendigos e pés-rapados apresentaram-se (ou foram obrigados a testemunhar pelas autoridades competentes) para confessar que receberam dinheiro do tal Agnus para fingir que sofriam de várias doenças. As mais comuns eram coxeaduras, epilepsia, cegueira e escabiose. A revelação não resolve diretamente o mistério da morte de Lupo, mas confirma o que a carta anônima disse do milagreiro, ou seja, que ele é um charlatão que vive de explorar a credulidade do povo. Agora, tanto ele quanto sua assistente estão sendo procurados por assassinato 'em qualquer parte do Império onde possam se encontrar'.*

Aqui em Mediolano, a execução dos líderes cristãos encerrou o caso da morte do juiz Marcelo oficialmente. Por que, então, ouvimos dizer que os speculatores *ainda estão interrogando gente e investigando? O nome ou os nomes dos investigados estão sendo mantidos em segredo ciosamente."*

Datada de 14 de janeiro, a carta continua pedindo-me: "Se tiveres oportunidade de fazer isso nos círculos apropriados, por favor recomenda a tinturaria para roupas militares do meu primo Judas Hilaros em Intercisa. Podes obter boas referências de seu trabalho no comando da I Coorte dos Sírios de Emesa, na mesma cidade."

Ben Matias continua o mesmo mercenário de sempre. O que ele escreve é bem-vindo, porém, reforça meu desejo de confrontar o atiçador de fogo, *em qualquer parte do Império (ou fora dele) em que esteja.*

Depois de voltar a me reunir ao regimento, levei comigo uma coorte, pois recebemos ordens de revistar a margem direita do Danúbio, a oeste de Arrabona, passando por Ad Mures, Quadrata, Ad Flexum. "Ratos", "Sala Quadrada" e "Curva do Rio" são nomes que exemplificam plenamente aqueles lugares, pelo que me recordo deles, exceto pelo fato de que os ratos são ratos de rio. Assim que atingir o lugar onde o rio Marus une-se ao Danúbio, vamos atravessar e começar a fazer um reconhecimento. Temos bons mapas e boas informações sobre o território hostil da confluência até a primeira curva larga do Marus que encontramos ao viajar para montante. Aí dependerá só de nós e das preces da minha mãe.

Hoje estamos hospedados em Gervelata, a uma hora a cavalo de distância a leste de Carnuntum; serão oferecidos sacrifícios esta noite no templo de Nêmesis daquela cidade. Cúrio Décimo e seus "romanos" precederam-nos. É provável que eu seja convidado para jantar com eles. Eu preferiria falar a sós com Décimo. A essa altura, já estou suspeitando da possibilidade de que a morte do Frugi tenha sido mesmo assassinato, cometido por ele, e se foi, pergunto-me por quê. Estou sendo atormentado por perguntas que talvez nem tenham uma resposta. O que mais fez Décimo? Não poderia estar por trás da morte do juiz Marcelo, não poderiam outros incidentes que resultaram na morte dos cristãos terem sido direta ou indiretamente causados por ele, cego como está de ódio conservador e de ânsia por arrancar a fortuna de Casta das mãos do Estado? Será que me perdi a ponto de inventar tramas de oleiros invejosos ou de desconfiar do esquivo Agnus? Será o pregador um charlatão mesmo? Será que a carta anônima o acusando de conspirar com Lupo é calúnia? Será que Cúrio Décimo chegaria ao cúmulo de matar um oleiro de Tréveri para processar sua prima e obrigá-la a sair do Império?

Só sei mesmo que nada sei, mas pressinto algo. Há algo de tenebroso, amedrontador e negativo nesse atiçador de fogo. *Um charlatão, sim; e se ele estiver por trás de tudo? O faro de Ben Matias para detectar perigo e encrenca é infalível. Agnus exala esse cheiro. Contra toda lógica, sinto-me na obrigação de encontrá-lo, enfrentá-lo, entregá-lo se for culpado, antes que Casta sofra as consequências por estar junto com ele. Um guarda de Arrabona disse-nos que há vários pontos no rio que são usados por imigrantes e contrabandistas para enganar as patrulhas do Exército. Se Agnus conseguir desaparecer entre as tribos hostis a Roma (e se elas não o matarem depois que seus truques falharem), eu poderia perdê-lo de vista para sempre. Assim, sinto a urgência de procurá-lo, muito embora haja tantas outras questões importantes em jogo. Também quero revê-la. Casta Annia Cincia. Ela já foi bela, disse Décimo. Passaram-se apenas alguns anos desde então. Por que não seria mais bela? Ela nada significa para mim, e mesmo assim pode ser que eu seja o único amigo que ela tem. Por quê? Porque ela é esquiva, como Ben Matias diz, e mulheres assim me atraem? Porque o marido morreu, e o primo Décimo queria ficar com a herança dela, e seu mestre religioso a deixou na mão? Não sou um manteiga derretida, mas pode simplesmente ser porque, sendo elas cristãs ou não, as mulheres passam maus bocados neste mundo, e nós homens muitas vezes nos aproveitamos delas.*

A fronteira era como Helena: parecia nunca mudar. Apesar dos rumores de guerra, os negócios prosperavam; viam-se as mesmas fachadas de lojas, os mesmos uniformes, tendo-se a impressão de que os mesmos homens serviam ali um ano após outro, uma geração após outra. Até os bordéis às margens das ruas que iam e vinham dos acampamentos militares eram como sempre haviam sido, com os cartazes explícitos e as cortinas vermelhas nas entradas, as mesmas escravas gritando do degrau da frente quando alguém passava.

Em Carnuntum, tanto a fortaleza do Exército quanto a cidade civil estavam caóticas, devido ao influxo de soldados. Aélio encontrou uma livraria com ótimo estoque, onde comprou um exemplar das peças de Ésquilo.

— Estás recordando os clássicos? — indagou o livreiro, amigavelmente.

— Não, estou tentando encontrar uma frase que vi rabiscada em uma parede nas termas lá de Mediolano.

Quase por acaso, durante a enésima consulta ao tribunal, ele agarrou pela cauda a raposa fugidia. A polícia dera uma batida em um local de reuniões cristãs bem conhecido, seguindo a denúncia de um informante, e um homem conhecido como *atiçador de fogo* escapara por um triz. Apesar de todos os esforços dos guardas da cidade, alguém informou, ele havia conseguido atravessar a fronteira.

— Ele não deve estar a mais de dois ou três dias de distância daqui — avisou o funcionário do tribunal a Aélio. — Mas quem é que vai lá procurá-lo, comandante?

— Ele fugiu sozinho?

— Presumimos que sim. Nosso informante ouviu dizer que o fugitivo tinha uma cúmplice, mas ela se separou dele em algum ponto entre Ala Nova e Vindobona.

Os dois postos militares ficavam a um dia de cavalgada a oeste de Carnuntum. Aélio precisou lembrar a si mesmo de suas responsabilidades para evitar sair por aí procurando. A cerimônia no templo de Nêmesis era o que o prendia ao aqui e agora; e, mais ainda, o encontro com Cúrio Décimo, cujo convite para jantar Aélio já esperava e aceitara.

Nenhum dos outros integrantes da Fraternidade de Cato estava presente. A sala era pequena, um recanto próprio para fazer refeições no andar superior de uma estalagem administrada pela guilda dos ferreiros. Quando Aélio perguntou, Décimo respondeu que Úlpio Domnino e Oto estavam com seus homens em Ala Nova.

— Os gêmeos estão na cidade, Vívio Luciano está comandando uma coorte em Quadrata. Mandaram lembranças.

Fossem quais fossem as verdadeiras intenções de Décimo para aquele jantar, Aélio entendeu que era uma oportunidade para fazê-lo falar, mesmo que precisasse, para isso, submeter-se ao costumeiro palavrório político sobre os bons e velhos tempos da república. Perguntar à queima-roupa sobre Frugi seria imprudência, mas o vinho poderia ajudar. Havia bastante vinho local de boa safra na mesa, além de vinhos gregos e italianos.

— Eu é que vou pagar a conta — disse Aélio. — A guerra iminente pede comemoração. Subirei o Marus amanhã, e se os rumores de um possível ataque intertribal estiverem corretos, nossa excursão não será lá muito agradável.

— Bebo à tua saúde. — Décimo não gostava de frio. Usava um cachecol até dentro de casa, e seu manto estava esticado em torno dos joelhos, preso sob as pernas. Sem dúvida tinha seus motivos para aquele jantar, considerando que eles não tinham se despedido lá muito cordialmente. — É bom que não estejas com medo — observou ele depois de saborear o vinho, estalando os lábios. — Morrerias por Roma?

— Neste mesmo instante, se preciso fosse.

— Ah, *neste mesmo instante não*! — E Décimo riu, tornando a encher o copo. — Não antes de um jantar tão bem preparado, Espartano! Seus estoicos não dizem "Se fores exilado, para no caminho e consome uma boa refeição"?

— E tu, não morrerias por Roma?

— Morrerei. — Deixando essa resposta ambígua lhe escapar dos lábios, Décimo virou-se para a mesa auxiliar, coberta de pratos frios e quentes. Eles haviam pedido para ficarem sós, portanto o romano serviu Aélio e depois a si mesmo. Comer na fronteira significava consumir carne de cervo, musculosa e saborosa, carne que pedia brindes frequentes. A um certo ponto, ainda não alterado pela bebida embora consideravelmente mais relaxado, Décimo disse:

— Presumo que tenhas concluído que és o único colega meu a ter visto minha Pórcia.

— Obrigado pelo privilégio.

— Não é privilégio: uma prova de confiança de minha parte. — E eles beberam à saúde de Pórcia, de Thaesis, das filhas em geral. — E aos filhos que não tenho — acrescentou Décimo, contrariado. De um recipiente com várias colherinhas para os diversos molhos, ele tirou uma e serviu-se de um condimento apimentado. — Por falar em filhas, tu te lembras do que te disse, que Constantino e Maxêncio certamente se candidatarão a imperador depois de 1º de maio. Constantino, aliás, pelo fato de seu pai ter se casado com a filha de Maximiano, se tornou cunhado de Maxêncio.

— Sim. E daí?

— Daí que, enquanto estávamos juntos na cama, fiz Helena admitir que planeja convencer Constantino a divorciar-se da atual esposa e casar-se com a irmã de Maxêncio, Fausta. Se isso acontecer, tendo seu pai, Constâncio, se casado com a outra filha de Maximiano, Teodora, Constantino se tornaria (como o próprio pai) cunhado de Maximiano, mas também cunhado de seu próprio pai e cunhado da madrasta; Teodora se tornaria a madrasta da própria irmã. E quanto à mãe de Constantino, Helena, que dormiu com Maximiano e Maxêncio, sem mencionar Constâncio, nem mesmo consigo discernir qual será o papel dela em toda essa confusão.

— Interessante, mas dado o fato de que, num sentido estrito, minha mãe também é minha tia, não sei dizer se essa situação toda é tão incomum assim.

Décimo subitamente fez cara de aborrecido, como se Aélio estivesse fingindo que não entendia de propósito as insinuações contidas em sua argumentação.

— Será possível que não entendas? Helena está planejando evitar que Maxêncio combata Constantino até os dois persuadirem ou matarem todos os outros por causa do trono.

— Não seria a primeira vez na história de Roma.

— Mas se Constantino for declarado vice-imperador assim que seu pai morrer em Tréveri, Maxêncio, que não tem nem o posto de cônsul e, nem mesmo um título de general, irá combatê-lo, e aposto que com a ajuda do pai, uma vez que Maximiano não quer abdicar. Acredita em mim, sei do que estou falando. No palácio em Mediolano, todos estão apostando quanto tempo Sua Serenidade ficará afastado antes de voltar a cravar as garras na coroa. Ora, Aristófanes queria que matassem a *ti* assim que puseste o pé na cidade, porque tu trazias a ordem da abdicação. Só porque Diocleciano escreveu uma carta ao eunuco considerando-o pessoalmente responsável por tua vida foi que ele mudou de disposição.

Era possível, inteiramente possível.

— Não sei se isso é verdade — disse Aélio, para não parecer tão surpreso quanto de fato estava.

— Julga por ti mesmo. Uma semana antes de chegares a Mediolano, eu mesmo recebi ordens de executar-te na hora em que chegasses. Por causa da carta que mencionei, cancelaram minhas ordens na manhã mesmo em que ias chegar.

Aélio engoliu um pedaço de carne dura. Lembrou-se da primeira noite em Mediolano, quando Décimo havia esperado por ele na esquina de uma rua escura, ao lado do bordel onde se podia entrever a nudez de uma moça.

— Por que estás me contando isso?

— Porque Roma logo vai se defrontar com o governo de dois usurpadores ou o governo sangrento de qualquer dos dois que vencer. Por esse motivo, é necessário que confies em mim tanto quanto confio em ti.

Estavam chegando ao ponto que Aélio queria. Teria sido esse o tipo de conversa que Frugi tivera antes de sua morte súbita? Aélio percebia o que havia por trás da nostalgia de Décimo imperfeitamente, como quando a bruma começa a ficar diáfana sem, no entanto, dissipar-se.

— Sinceramente, não vejo a necessidade de reafirmar a confiança entre oficiais.

— Será que és mesmo assim tão obtuso? Precisamos de alguém como tu para fazer o que apenas alguém como tu podes fazer.

— *Vós* precisais de mim. Quem sois *vós*?

Sete colheres de molho estavam dispostas diante de Décimo; uma a uma, ele as enfileirou enquanto falava:

— Tu vens da mesma província que Constantino e Maxêncio, teu pai serviu com os pais deles. Helena confia em ti. — De um só golpe, ele desfez a fileira de colheres. — No meu vigésimo aniversário, há 37 anos, um imperador romano foi assassinado por oficiais do Danúbio que queriam se apossar do trono e que estão nele até hoje. Agora, corremos o risco de que os danubianos tornem hereditária essa usurpação.

Aélio sentiu os pelos da nuca arrepiarem-se. A voz de Décimo chegava a seus ouvidos ecoando estranhamente, como se ele estivesse falando em um tubo de madeira, de algum ponto distante. Por um breve momento, ele chegou a pensar que isso era efeito de algo traiçoeiramente adicionado a seu vinho, mas depois chegou à conclusão de que era um medo profundo de ouvir o que estava ouvindo.

— Portanto, pensamos em ti, dado o teu amor declarado por Roma e a forma pela qual expuseste publicamente os inimigos de Roma no ano passado. — Décimo alisava a toalha de mesa com a mão, e os anéis pesados em seus dedos deixavam sulcos no linho. — As cerimônias de abdicação de

1° de maio devem acontecer ao mesmo tempo na Nicomédia, onde Constantino estará com Helena, e em Mediolano, onde Maxêncio estará ao lado do pai. Mediolano não é problema, mas precisamos de um homem acima de qualquer suspeita na Nicomédia. — Ele parou de arranhar a toalha com os anéis e depois recomeçou: — Tu me pareces meio pálido. É por causa de minhas palavras, ou porque apenas o fato de teres dado ouvidos a elas faz de ti um cúmplice? Posso formalizar tudo e deixar que as paredes ouçam, se tiverem ouvidos: Aélio Espartano, pelo bem da república que serves como oficial e como historiador, Constantino e Maxêncio precisam cair no dia 1° de maio. Principalmente Constantino, que está procurando obter apoio estrangeiro. Por favor, vê bem: se quiseres me denunciar,ou a qualquer de meus amigos, vamos todos tornar as acusações contra ti e apresentar provas de que mataste Frugi em Celeia porque ele resistiu a teu plano. Temos advogados poderosos e juízes ainda mais poderosos de nosso lado.

Aélio podia ouvir as batidas do próprio coração na garganta, sentindo-as atrás dos olhos. A facilidade com que Décimo tinha exposto aquilo que durante mais de um mês ele vinha deixando entrever pouco a pouco, mostrando e ocultando, dando a entender e retirando o que havia dito, era como o corte limpo de uma lâmina. E Ben Matias, que havia pensado que a Fraternidade de Cato era um clube social inofensivo! Abrir a boca para falar foi um esforço sobre-humano.

— Pelo que sei, sois apenas um bando de tolos nostálgicos, que serão esmagados como uvas.

— Esmagados? Isso veremos. Muito mais já se conseguiu com menos. Não temos em mente uma revolução, Espartano. Jamais daria certo, neste estágio implosivo da história romana. Pretendemos meramente tentar uma restauração parcial. Toma um gole de vinho. Sabes melhor que eu que áreas inteiras do Império estão fora do controle do Exército, que são terras de ninguém, onde apenas nominalmente se exerce a autoridade de Roma. Algumas dessas regiões são amplas como países. Algumas, aposto, se tornarão nações mais cedo ou mais tarde.

— Não podes estar tão certo assim de que vencerás! A quem essa tua república atrairia? Aos descendentes de romanos puros como tu? Não encontrarias gente suficiente nem para povoar o território, muito menos para formar um exército!

— Há tempo. Agora vamos à guerra, conforme nos foi solicitado. Porque a vitória precisa necessariamente ser declarada por nossos imperadores antes de 1° de maio, é certo que a campanha se concluirá ou será encerrada antes do fim de abril. Décimo encheu a taça de Aélio até transbordar. — Noto que estás tendo dificuldade de te expressar, ao contrário de outras noites. Não te preocupes, Espartano, não espero que me dês uma resposta imediata. Haverá ocasiões para me responderes num futuro próximo. Até lá, podes escolher entre guardar segredo, ou nos delatar e cair como um dos conspiradores, levando em conta tudo o que isso significará para tua prezada família provinciana; as autoridades não têm paciência com parentes de traidores. Ninguém, nem mesmo Sua Divindade, para quem és "nosso querido Aélio", crerá, em uma época crucial como esta, que te associaste a mim e a meus companheiros na maior inocência durante esse tempo todo. Até mesmo ele, que, afinal, começou como oficial e eliminou todos os rivais que havia em seu caminho até o trono, vai pensar que estás mentindo. Uma carta para ele agora, se é o que estás pensando, significará apenas a forca para ti e para teus parentes. São... quantos? Dezesseis membros ou mais de tua família imediata por aí, jovens e velhos?

Depois, Aélio não se lembrava de como havia saído da estalagem e voltado para Gervelata. Quando deu por si, estava em seus aposentos, bem depois do escurecer, suando apesar do frio glacial. Todas as perguntas que planejava fazer sobre Marcelo, Lupo, até mesmo Frugi, todas sumiram de sua mente. O que ainda havia a se perguntar? Frugi tinha morrido por ter ficado com medo. Quanto ao resto, seus pensamentos estavam em frangalhos. Tentou dormir, mas não conseguiu. Sentar-se também não ajudava, portanto ficou andando de um lado para outro, durante horas. Uma vez ele tinha visto um urso preso em uma armadilha, um buraco quadrado, andar até os cantos e recuar devagar, incapaz de virar-se. Da mesma forma, ele repassava as palavras de Décimo vezes seguidas, recuando sem conseguir dar meia-volta, ainda pensando nelas.

Pela manhã, ficou com febre alta. Escondeu o fato, para não perder sua oportunidade de ir para o campo e entrar em ação de forma a esquecer o nervosismo.

Anotações de Aélio Espartano, ***quinta-feira****, 8 de fevereiro, VI dia antes dos idos*

Há deuses que nos auxiliam em épocas de tribulação. Antes mesmo de começar, o que poderia ter sido uma incursão rotineira no território inimigo transformou-se em um alerta total, devido a um ataque noturno ao posto avançado de Nemorense, distante da fortificada cabeceira da ponte por onde atravessaríamos o Danúbio. Pegou-nos de surpresa! Não havia tempo a perder, portanto meus homens e eu atravessamos a vau o rio, passando sobre rochas, gelo e os troncos empilhados que os bárbaros usaram para solidificar o vau. Os inimigos desapareceram tão rápido quanto apareceram, naturalmente, de modo que seguimos suas pistas durante o dia inteiro até o ponto em que o rio Marus une-se ao Danúbio. Eu sabia que aquilo era um pântano, traiçoeiro na primavera e no outono, quando as chuvas fazem o rio transbordar e inundam tudo ao redor, e a uma área de vários quilômetros quadrados vira tudo planície inundada e brejo. O que eu não esperava era encontrar a água apenas parcialmente congelada, de forma que, enquanto algumas áreas podiam ser atravessadas a cavalo ou pelo menos a pé, levando-se as montarias pelas rédeas, outras estavam ainda em estado líquido. Uma mesa de água gelada espelhando o céu, cravejada de grandes árvores, cujos troncos estavam submersos até mais da metade de sua altura. Moitas de caniços e plantas aquáticas seriam lugares perfeitos para ocultar o inimigo, mas, felizmente, a temperatura da água não permite que nem mesmo o mais resistente bárbaro fique imerso durante muito tempo.

Como os ventos do sul estão soprando desde segunda-feira, a camada de neve havia se derretido em vários pontos. Fomos capazes de seguir as pistas dos inimigos tão bem quanto os sinais deixados pelos animais selvagens. Os vira-latas que seguiam nossa patrulha (existem bandos deles em ambos os lados ao Danúbio) rolavam no capim amarelado onde texugos e outras criaturas deixavam suas fezes, um antigo hábito de seus ancestrais, os lobos.

No terceiro dia, ao lado de um cotovelo do rio, finalmente avistamos os inimigos. Dei ordem para não atacar de imediato, decidido a verificar se estávamos enfrentando um grupo de batedores, uma vanguarda ou a dianteira de um exército maior. A febre que até ali havia me atormentado (acho que dois de meus capitães e todos os suboficiais já haviam percebido como eu estava debilitado e estavam preocupados com o fato) baixou com a rapidez com que tinha me acometido. Senti-me perfeitamente lúcido e bem-disposto.

À tarde, sabíamos com certeza que era uma vanguarda de cem homens mais ou menos, vinda do distante nordeste, a julgar por suas roupas e seus equipamentos, vivendo do que podiam obter nas aldeias neutras e, sem dúvida, com a intenção de relatar aos chefes a respeito da prontidão das tropas romanas de fronteira. Unidades móveis como a minha, vexillationes *capazes de partir instantaneamente, eles não fazem a menor ideia de que existem. Atacamos ao crepúsculo, vindos do oeste, protegidos pelos raios já fracos do sol que deviam refletir-se como fogo nos pântanos, cegando nossos adversários. Arrasamos tudo sem piedade. Não se pode fazer prisioneiros, nem levar sobreviventes durante essas operações. Mais de uma vez, os prisioneiros trazidos para nosso lado para interrogatório conseguiram o apoio de bárbaros que tinham permissão de morar nos povoados e transformaram nossa clemência em cavalo de Troia.*

Na Pérsia, havia o desagradável hábito geral de cortar a orelha direita do inimigo que se matava como forma de avaliar a vitória. Até eu fazia isso. Vimos, na coluna triunfal de Trajano, os soldados romanos trazendo cabeças cortadas dos bárbaros ao seu comandante. Quanto ao grupo que combatemos, que tem um modo de se vestir segundo o qual uma trança é enrolada e presa acima da têmpora, mandei cortar essas tranças e colocá-las em sacos. Sete de meus homens perderam-se no combate, cuja ferocidade me preocupa diante do fato de que vamos ter de enfrentar os mesmos bárbaros na primavera. Removemos equipamentos e peças de armadura romanos, até mesmo nossas melhores cotas de malha, dos corpos dos bárbaros. A maioria dos itens, para nossa vergonha, deve ter sido vendida por baixo dos panos por nossos soldados fronteiriços: seria melhor perdê-los no campo, com honra!

Por volta do amanhecer do dia seguinte, os aldeões da área circundante estavam diante de minha tenda, pedindo permissão para tirar as roupas e os pertences dos bárbaros mortos. Os mais velhos vinham de grupos de foederati, *e seu status de habitantes não hostis da fronteira os torna ousados e petulantes. Não vi nada errado em permitir que removessem à vontade as roupas e levassem as montarias dos bárbaros, embora não as armas (nem mesmo facas ou lâminas).*

Satisfeitos com o desfecho da missão, começamos a regressar. Vale notar que, além da fronteira, os aldeões têm um medo horroroso de nós. Temeram-nos durante todo o tempo que passamos na região; quando voltamos para o Império, eles temem os bárbaros. Isso não é novidade. Não gosto do comportamento, das meias palavras deles; algo me diz que deve haver um levante planejado para acontecer bem antes do que esperamos. Meu relatório ao quartel-general será no sentido de alertá-los para isso.

Hoje de manhã cedo, em um monte desabitado à beira de um bosque que dava vista para o rio, os anciãos reunidos deixaram-se interrogar apenas depois de prometermos dinheiro e fazermos ameaças. A informação que obtivemos é incompleta, mas nos fornecerá alguns tesserae *para formarmos o amplo mosaico. E mais: esses dias que passei fora, tão agitados e distantes da estagnação presente na retaguarda da frente de combate, fizeram-me chegar bem perto de uma solução para os assassinatos, algo que vem me fazendo revirar minha mente panoniana embotada há semanas. Pistas pequenas e grandes demais para serem notadas finalmente se encaixaram. Então censurei-me por ter demorado tanto. Como um homem pode se distanciar tanto da verdade, interpretando, de forma errônea, todos os sinais que o destino e sua própria determinação lhe lançam ao colo? O verso grego rabiscado na parede das Velhas Termas, por pura coincidência, foi o que me fez chegar à conclusão: "Ah, vede, vede! A vaca vence o touro!" É de* Agamênon, *de Ésquilo. Quando passei por lá, em minha pressa de ver o lugar onde Marcelo tinha sido assassinado, não dei atenção à insinuação contida nas palavras dessa peça antiga. E pensar que antigamente seria capaz de recitá-la de cor!*

A solução, conforme deduzi, é um fardo pesado para mim. Como um remédio que deixa um sabor amargo na língua. Cavalgando até a olaria naquela primeira manhã, ela mostrou-se diante de mim, e eu a ignorei durante os dois meses seguintes, recusando-me a aceitá-la. Se tivesse aceitado o amargor dessas verdades, o juiz Marcelo ainda estaria vivo, e também sua esposa, e também os inocentes que foram condenados à morte em Mediolano.

Mas aqui estamos. Como Nemorense é uma torre de atalaia que não fica distante de Ala Nova e Carnuntum, e eu estava em uma região que ficava em frente a essas localidades, fiz minha pergunta de costume. Descrevendo Agnus e Casta o melhor que pude, perguntei se algum viajante estrangeiro que alegasse operar milagres havia passado por ali. Eu não disse que os deuses velam por nós? O chefe dos anciãos da tribo respondeu que sim. Em suas palavras, um homem santo tinha chegado recentemente da fronteira romana e operava maravilhas; sua fama, dentro de apenas alguns dias, havia se espalhado das tribos do rio Marus até o Tibisco; abrigá-lo é um privilégio, e os bárbaros não deixarão ninguém fazer-lhe mal, nem tentar levá-lo.

Assim, entendi que o atiçador de fogo *está se escondendo ali por perto, em um povoado composto por casas subterrâneas feitas de terra e galhos, tal como — posso acrescentar — ainda se veem nas partes mais remotas de minha própria Panônia. "Eles farejam longe os romanos", avisou-me o ancião sobre seus vizinhos bárbaros. Não respondi, pensando que* estes *romanos eles não vão farejar: meus homens são de pele clara, do norte, bebem tanto leite quanto vinho e consomem uma dieta setentrional.*

Será que é preciso dizer que vou até lá, com alguns de meus legionários?

Capítulo 10

Quinta-feira, 8 de fevereiro

Foi necessário, em doses iguais, diplomacia, conhecimento do dialeto local e dinheiro para Aélio ter acesso ao esconderijo do *atiçador de fogo*. A margem esquerda do Marus, perto da confluência com o Danúbio, era uma verdadeira terra de ninguém, onde traficantes, comerciantes e desertores circulavam livremente e onde as patrulhas romanas ocasionais não eram combatidas, contanto que deixassem os contrabandistas e as mulheres em paz. Se alguém andasse contra o vento, quando não nevava, dava para sentir o cheiro dos acampamentos e bivaques hostis bem antes de se avistá-los. O uso de peles curtidas às pressas e grandes quantidades de laticínios deixava um ranço peculiar no ar. E quando fios de fumaça se enrolavam formando tentáculos acima das árvores, permitindo visualizar onde as fogueiras inimigas estavam, em geral o exército já havia atacado.

O local que Aélio alcançou ao meio-dia ficava a meio caminho entre um povoado e um acampamento sazonal. Ele deixou seu corpo de guarda no perímetro externo, com ordens estritas de não intervir a não ser que ele fosse atacado diretamente. Depois que esclareceu os motivos pelos quais estava ali aos bárbaros desconfiados que correram até ele com seus vira-latas latindo, pôde prosseguir. Apontaram para uma das cabanas, diante da qual estava uma fila de residentes locais, bem agasalhados e aconchegados, esperando, sem dúvida, para poder vislumbrar o santo.

No interior de penumbra, Agnus estava sentado de olhos fechados, as mãos nos joelhos. Ao ouvir alguém falar em latim, abriu os olhos apenas o necessário para olhar de relance o visitante e depois voltou a rolar as pupilas para debaixo das pálpebras, como se fosse um cego ou um inspirado. Se sentiu alguma surpresa, disfarçou bem. Depois disso, seguiu-se uma mudança de expressão tão rápida que Aélio não soube dizer se era medo ou maldade o que viu nela, ou um interesse astuto por aquele encontro. De qualquer forma, o rosto tornou-se curioso e hostil. Era possível que soldados romanos supersticiosos já o tivessem visitado em busca de conselho ou ajuda, embora fosse deficiente a expressão de Aélio em fazê-lo confundir-se com um postulante.

— Estai fora da jurisdição de Roma, comandante.

— Qualquer parte que um romano pisa é uma jurisdição romana. À parte isso, se fores o Agnus que chamam de Pyrikaios, ou *atiçador de fogo*, estou aqui para fazer algumas perguntas, sabendo que os cristãos não mentem, e para confrontar-te com a verdade.

— A *verdade* de um infiel? Estai ciente de que essa boa gente me protege?

— Pode ser. — E então Aélio blefou, ampliando consideravelmente seu poder de ataque: — Mas o bom povo daqui também pode ser massacrado. — E ficou com o lado direito virado para a porta da cabana, pronto para reagir se alguém tentasse entrar à força. — Para começar, conta-me que itinerário tu e tua assistente Casta seguiram, vindos de Tréveri.

Uma vez mais a surpresa foi bem disfarçada. Agnus continuou sentado como um chefe tribal, entre os presentes grosseiros que lhe traziam aqueles labregos em troca de milagres: jarras de cerveja, peles, peças de bronze roubadas ou saqueadas de cavalos e soldados romanos.

— Não tenho nada a esconder. De Tréveri, através da Germânia Superior, cheguei a Castra Regina, na fronteira. Segui a margem direita do Danúbio durante dias até encontrar um lugar por onde pudesse atravessar. A fronteira é muito bem policiada, se é esse o motivo para perguntardes, mas Deus me guiou. Encontrei-me com a diaconisa em Astura, onde Nórica passa a ser Panônia. Ela me convenceu a segui-la até Carnuntum, cujo bispo, segundo ela, havia prometido nos abrigar. Ali, por causa de um espião, quase fomos capturados por guardas. Viajamos à noite na direção do rio e, se não fosse por Nosso Senhor, teríamos morrido congelados. Em algum ponto nos arredores de Ala Nova eu me separei dela. Atravessei a fronteira para Barbaricum. O que ela fez ou onde está agora, não sei.

— Sabias, quando atravessaste a fronteira, que teus "milagres" haviam sido denunciados como fraude em Tréveri?

Os olhos de Agnus continuaram com as íris ocultas sob as pálpebras trêmulas. A fumaça que se evolava da fogueira no meio da cabana subia até o buraco no teto. A luz solar penetrava como chuva, criando lâminas evanescentes de fumaça ao encontrar-se com as sombras de ramos e pilastras.

— Nosso Deus ensinou que aqueles que creem verdadeiramente não precisam de sinais nem de portentos.

— Mas contrariando os ensinamentos de teu Profeta, tu decidiste que eles precisam.

— Nada sei sobre isso. Quando o poder de Deus flui através de mim, não consigo perceber nada do que ocorre ao meu redor.

— As autoridades de Tréveri receberam uma carta acusando-te de tramar com Lupo sua "ressurreição". Há suspeitas de que tu o mataste quando, por qualquer motivo, ele ameaçou denunciar-te.

Dessa vez os olhos de Agnus abriram-se de verdade. Ele era alto, tinha 60 e poucos anos, e seu rosto tinha a estranha característica que Ben Matias havia descrito, a de ser esquecível. Barba, comprimento dos cabelos, roupas, nada havia de extraordinário nele. Quantos outros anciãos assim Aélio havia conhecido na vida, homens com todo tipo de ofício, ao longo dos quilômetros das estradas? O deus do atiçador de fogo devia contentar-se com a mediocridade.

— Eu, comandante? Nunca nem mesmo falei com Lupo antes de me chamarem até seu leito de morte! Ouvi falar de seu triste fim depois que parti de Tréveri; foi apenas acaso o fato de coincidir minha partida com o dia em que ele faleceu. Durante sua doença, as mulheres da família abordaram a diaconisa, pedindo-lhe ajuda, e me comovi a ponto de aceitar ir lá. — E lá foi ele fechar os olhos, virar os cantos da boca para baixo. — Não negocio com mulheres. A alma do homem puro teme suas línguas ferinas. A diaconisa é o muro que coloco entre mim e esses seres impuros; ela serve para resguardar-me da insistência insuportável daqueles que vêm importunar-me em minha contemplação. — As mãos brancas, cheias de veias, deixaram os joelhos devagar, procurando, de dedos abertos, a luz que jorrava do alto. — Eu *sou* o veículo do poder divino, porque Ele deseja mostrar a diferença entre homem e mulher: um homem cristão, uma mulher cristã; mas o poder de Deus flui apenas através do homem. Como pode ter havido um momento, ao me mostrarem o corpo morto de Lupo, em que eu, em minha ingenuidade, *duvidei* dos meus poderes? Quão pouca fé eu tinha nas obras grandiosas que Deus planejou para mim! Até desconfiei que Casta estava me preparando alguma armadilha. Como se Deus fosse permitir que uma mulher que salvei da idolatria servisse como algo além de ferramenta a serviço de um homem escolhido. Preciso aceitar o fato de que sou escolhido: é meu destino realizar milagres que apenas Nosso Senhor e os maiores santos realizaram.

Sim, e por acaso ressuscitaste algum morto ultimamente?, Aélio pensou, irritado, sem pronunciar tais palavras.

— Aqueles que foram presos em Tréveri testemunharam que receberam dinheiro para servir de testemunhas de que Lupo havia morrido e para encenar um sepultamento.

— Repito que nada sei sobre isso. É verdade que precisei lançar mão de ajudantes ocasionais para convencer os incrédulos, assim como os professores usam modelos para exemplificar suas lições. O que é pior: fingir que se cura um falso leproso ou deixar passar uma oportunidade de converter as massas? Aqueles que pensam que serão curados costumam realmente se curar: o fogo está presente neles e só precisa ser atiçado. O nome *Atiçador de Fogo* transmite exatamente o que o próprio Cristo disse: "Tua fé te salvou."

Uma acha úmida de lenha chiou na fogueira. Sem chamas, um rolo de fumaça grossa subiu dela e encheu o centro da cabana, iluminado pelo sol. Aélio deu um passo para o lado, para não perder de vista o milagreiro.

— E aqueles que não têm muita certeza se serão curados?

— Ora, ou existe a chama ou o gelo, comandante. Não há meio-termo. Alguns são frios como pedra. Sei porque trabalhei por anos com esses inúteis! Um após o outro, até o dia em que conheci Lupo, eu ficava horas a fio em oração para curar uma ferida ou aliviar uma febre, em vão. Só que a falha não era minha: era *deles*, pois não tinham fé. Então, na Bélgica Prima, trouxeram-me o *cadáver* de um oleiro: orei mais ou menos como sempre orava para todos os outros, e o milagre ocorreu diante de meus olhos. Ele se ergueu e andou de novo, como Lázaro! A fé dos parentes dele foi a isca, e eu, o fogo. Falai de fraude, mas eu te afirmo, é um mistério inefável.

— Não de acordo com os juízes de Tréveri — resmungou Aélio.

A mão branca continuou erguida, cada dedo estendido tremendo de tensão.

— Que são Platão e Aristóteles comparados ao poder de Deus, comandante? De que vale Pitágoras, que sustenta que as mentes das mulheres podem ser treinadas tanto quanto a dos homens? Blasfêmia! Baseio-me na autoridade do apóstolo Paulo. Paulo diz claramente que o homem é a imagem e a glória de Deus, mas a mulher é a glória do homem. O homem foi feito diretamente por Deus, a mulher foi formada a partir das costelas do homem. Uma clara questão de proporções. Assim, o lugar de uma cristã, em sua humildade, é servir seu marido e sua família e, se for virgem consagrada, servir àqueles que servem a Deus. Dessa forma são respeitadas as relativas proporções às quais Paulo aludiu.

— Então, não deveriam ter uma costela a menos, as mulheres, quando comparadas aos homens? Nunca ouvi dizer que tivessem.

A pergunta ficou sem resposta. A mão esquerda de Agnus subiu, encontrando-se com a outra; os polegares uniram-se, captando e rompendo a luz solar esfumaçada.

— Há fatos fisiológicos — acrescentou ele, jogando a cabeça para trás, as pálpebras tremelicando — que provam a verdade e a sabedoria da declaração de Paulo. Em nossa própria tradição científica, se uma mulher tocar no vinho durante a menstruação, ele se transforma em vinagre. Ela embaça espelhos, que se tornam inúteis (o que é melhor, porque a vaidade está encerrada nos espelhos como uma cadela no canil), e mata as abelhas se passar perto da colmeia. Há bem mais coisas além disso, baseadas na autoridade dos antigos, que se poderia dizer com relação a essa influência perniciosa, mas tudo resulta no reconhecimento da impureza da mulher e da ausência de valia dela como ministra da fé.

— Uma moça com a qual morei no Egito costumava manusear o espelho durante a menstruação, e eu, pelo menos, não notei nenhum embaçamento nele.

O *atiçador de fogo* franziu o cenho. Apenas seu braço direito ficou erguido, a mão cerrada, com exceção do indicador, o gesto teatral que Aélio tinha visto professores de filosofia e retóricos fazerem para assinalar a importância do momento.

— No que *tu* acreditas?

— Concordo com Epicteto: a única coisa que verdadeiramente pertence a mim é minha vontade. Para mim, a vida é uma batalha a ser travada corajosamente, o cosmos é gerado pelo fogo, não se deve fugir da dor, e a equanimidade é uma virtude capital.

— Só isso?

— Não. Também creio que sou um animal racional, com uma alma que possui conhecimento do bem, porque na natureza existe o que Cícero chamava de "sementes da virtude", e o próprio mundo tem uma alma coesa. Embora eu tenha um pouco de dificuldade em deixar de lado o prazer conforme foi concebido entre homem e mulher, percebo que o *Logos*, entendido como razão, deve triunfar sobre toda irracionalidade e exaltação.

— O estoicismo é apenas ligeiramente menos desprezível do que a maioria das filosofias, comandante. Clemente de Alexandria, um de nossos mais profundos pensadores, nos ensina que a filosofia era para os gregos o que a lei de Moisés era para os judeus: uma preparação para a vinda de Cristo. Clemente mesmo se tornou estoico, mas viu que havia cometido um erro.

Oro a Deus para que também vejas. — Agnus uniu as mãos, reverentemente. — Agora, fazei-me o obséquio de me confrontar com vossa *verdade.*

Aélio já tinha eliminado homens fisicamente e sentido menos nojo. Respondeu:

— Já vi a arrogância cegar soldados e políticos, mas teu orgulho é monstruoso. Não sabes mesmo, *Atiçador de Fogo*, que não houve ressurreição na Bélgica Prima, será o mágico tão crédulo quanto seus fiéis? *Quem* pensas que te entregou?

Anotações de Aélio Espartano, redigidas em Gervelata, 11 de fevereiro, ***domingo****:*

Minha cabeça estava girando e meu estômago, revirado, quando saí da cabana de Agnus. Aquela montanha de presunção e hipocrisia só faltou me expulsar de sua choça nojenta. Se eu não estivesse tão longe de nossas linhas, teria lhe cortado a garganta ali mesmo onde estava sentado, aquele pedante metido a santarrão. Diante dos indícios que apresentei, ele os negou, e continua afirmando que é um instrumento de Deus para ressuscitar os mortos! Alega não ter responsabilidade moral na morte do juiz Marcelo, apesar dos ataques provocadores e das imprecações contra o juiz contidos em sua carta pastoral, que nem mesmo Protásio soube justificar. Quando ele ouviu falar dos muitos tumultos e execuções de cristãos que se seguiram a isso, diminuiu-lhes a importância, dizendo que fazem parte do grandioso plano de Deus para sua vida. Deixei aquele seu covil enojado, perguntando-me por que, por que ele não pode ser o assassino que procuro e que tenho o dever de continuar seguindo. Mesmo assim, o atiçador de fogo *é um homem perigoso, estou convencido disso: se ele metesse na cabeça que também pode ser líder de homens, poderíamos ter problemas na fronteira. Arrastá-lo para um tribunal seria uma iniciativa de prevenção política, além de um ato de justiça. Infelizmente, dada sua aparente popularidade entre os bárbaros, não foi possível, dessa vez, levá-lo com o número de homens que eu trazia comigo. Suas palavras, quando nos despedimos, foi: "Então, o que podeis fazer com relação a isso?"*

Planejo fazer alguma coisa quanto a isso mais cedo ou mais tarde. Na próxima primavera, quando atacarmos para valer, se eu não conseguir encontrar um jeito antes.

Assim que voltei para Gervelata, uma outra missão, na contrafortaleza de Burgus Aquae Mortae, fez-me regressar ao outro lado da fronteira. Um pequeno grupo de oficiais experientes precisaria ir sozinho conversar com os líderes das tribos dos boii e dos quados, que estão hesitando entre nós e os sarmácios, dos quais estão literalmente sentindo o bafo nos pescoços. Uma tarefa diplomática, mas teríamos de usar cotas de malha e armadura completa. O nome da contrafortaleza, Torre da Água Parada, não é dos mais otimistas, mas na fronteira os nomes são esquisitos assim mesmo.

Talvez eu esteja precisando melhorar o humor: já tenho preocupações suficientes. Uma carta de Anubina esperava-me no posto, muito embora eu tenha hesitado em abri-la, por temer o que tinha a me dizer. Acho que a lerei no campo de batalha, onde os acontecimentos provavelmente desviarão minha atenção se não forem boas notícias.

O tempo está ficando turvo, pois os ventos sopram do norte uma vez mais.

A LESTE DE BURGUS AQUAE MORTAE,
***Terça-feira**, 13 de fevereiro, primeiro dia da Parentália, Festa dos Mortos*

A neve caía em flocos pequenos e duros, sem grudar nas coisas e nas pessoas, mas ficando a rodopiar no ar, duplicando o efeito de uma névoa branca que procurava cegar e confundir selvagemente. Sempre que a estrada militar passava por uma clareira, o vento trazia mancheias de neve pulverizada, jogando-as contra os soldados de escolta dos negociadores. As montarias prosseguiam com as cabeças baixas, olhando para o chão, e os homens agasalhavam-se com lenços e capuzes, mantendo os rostos virados para o lado a fim de evitar que a neve os atingisse. Ao longo do rio, trechos de terra que haviam se mantido verdes até o meio do inverno desapareciam sob a tempestade; um sol tão raquítico e fantasmagórico a ponto de parecer transparente navegava acima das finas camadas de nuvens que estavam se desmanchando para deixar cair aquela nevasca fajuta. Aélio tinha enfrentado tempestades muito piores, tanto na Panônia quanto fora dela, mas nunca tinha desprezado as condições atmosféricas. Não havia como seguir pistas nesse tipo de neve, e o único ponto positivo que se podia tirar dela era que a montaria passava despercebida. Os soldados do sul tossiam e fungavam, alguns estariam de cama pela manhã.

Os quatro negociadores, sendo Décimo, por coincidência, o único que Aélio conhecia e o mais experiente oficial entre eles, cavalgavam envoltos em suas capas, ajustadas com folga, para que lhes permitissem pegar as espadas imediatamente se necessário.

Na outra margem, era improvável que os inimigos não estivessem observando. As conversações aconteceram no meio da preparação para a guerra, e não havia como dizer quais os grupos ou quais os clãs que, num dado momento, iriam tomar parte em uma ou outra. "Hostis" era, em geral, o termo que o exército no campo usava para descrever os bárbaros, independentemente da complicada nomenclatura das tribos e subtribos pertencente às multidões que pressionavam as fronteiras. Nas histórias que circulavam e naquelas contadas pelas veteranos da época de Aureliano, dizia-se que os bárbaros se comunicavam imitando ruídos de animais, mas, segundo a experiência de Aélio, essa era mais uma das fábulas de veteranos. Ele tinha ouvido isso acontecer apenas uma vez, e, além do mais, havia sido bem longe, na Armênia. O súbito silêncio das aves na floresta, sim, *esse* sinal deveria alertar os soldados, pois nove entre dez casos significavam que os inimigos estavam se deslocando por entre as árvores. Quanto ao resto, o treinamento fazia-o sensível e alerta para o que seus sentidos captavam, atentando para todos os sinais, mas avaliando cada um deles sem medo.

Na segunda hora da manhã, sobre águas que corriam negras entre o gelo, os negociadores atravessaram uma ponte fortificada até o *burgus*, uma torre de três andares na perigosa margem direita do Danúbio.

Os encontros com os líderes tribais raramente se baseavam na pontualidade, mas os interlocutores dos romanos estavam, a princípio, apenas um pouco atrasados, depois impuseram horas de espera. Em meio ao que já havia se transformado em nevasca, com uma impaciência cada vez maior, os quatro oficiais esperavam na contrafortaleza.

— Eles não gostam de entrar em fortificações romanas — zombou Décimo. — Aposto que estão do lado de fora, gelando o traseiro na neve e esperando que saiamos para conferenciar ao ar livre. Já fizeram isso antes. O que achas?

Aélio falou apenas porque o colega se dirigiu diretamente a ele.

— Ou isso, ou decidiram não dialogar. — Encarar Décimo depois do último encontro entre os dois lhe causava uma espécie de triste repulsa, pela forma como ele encobria sua conspiração desvairada com uma arrogância incrível, exalando autoconfiança. — Pode ser que estejamos para enfrentar um ataque — acrescentou de propósito, fitando-lhe nos olhos.

O escárnio de Décimo comprimiu-se e transformou-se em careta.

— Acho que estão esperando que tomemos a iniciativa.

Quase ao meio-dia, enviaram um soldado para fazer o reconhecimento. A área em torno do *burgus* estava desmatada, mas imensas florestas ficavam logo além. Considerados os dias necessários para atravessá-las, as florestas eram quase ininterruptas dali até regiões inexploradas, interrompidas por lajes e ravinas, crivadas de trilhas de animais que representavam as únicas pistas para trafegar naquele labirinto.

Aélio foi até o andar superior observar o batedor e sua montaria, cujos contornos se perderam na cortina rodopiante de neve. Sozinho naquela salinha, onde a brancura deslumbrante do exterior filtrava-se através de seteiras, a espera era menos opressiva. Finalmente, achou que era uma boa hora para tirar a carta de Anubina de seu cilindro e abri-la. Seus olhos percorreram a caligrafia firme e bem traçada da moça, as marcas minúsculas e meticulosas de uma mulher que sente orgulho de ter aprendido a escrever.

Ao comandante Aélio Espartano, de Anubina, escrita com a ajuda de Termutis, que aperfeiçoou a redação.

Prezado Aélio,

Espero que esta missiva te encontre em boa saúde e feliz. Estou bem, e também Taësis, cujo melhor amigo no momento é o cão que deixaste para ela em outubro. Sírio não é um animal muito esperto, mas é bem-comportado e carinhoso. Termutis diz que os maridos deveriam ser assim...

E a carta prosseguia, mais um parágrafo com as notícias de costume sobre pessoas e coisas, mas foram as linhas abaixo desse trecho que mais chamaram atenção de Aélio.

*...durante a época em que convivemos, uma vez por mês, enquanto estavas longe, no bordel — não o de Termutis, mas o estabelecimento de Isidora, a alexandrina (*Aélio podia ver Termutis sugerindo que acrescentassem essa explicação, para se proteger*), eu me deitava com um outro homem além de tu. Não era romano, não era soldado, ninguém que conheças; toda vez era um homem diferente, contanto que fosse fazendeiro, ou ajudante de oleiro, ou pescador. Não para te trair, mas porque eu queria me certificar de que, se ficasse grávida, não seria possível dizer se o filho era teu. Não precisas dessas complicações, nem eu. Eu sou filha de soldado, não quero que o pai de minha filha seja um soldado, ainda que seja um importante como tu.*

Taësis tem pele escura demais, e é feia demais para ser tua filha. Alta, sim, mas as crianças ultimamente vêm crescendo mais. Há vários homens em Antinoópolis com quem ela se parece. Ela começará a trabalhar comigo dentro de três anos e será capaz de se sustentar sozinha, de forma que possa escolher seu marido livremente. Até lá, frequentará a escola e aprenderá não só a ler e a escrever, mas também a contar, e daí por diante. As moças que conseguem isso por causa dos maridos ou aos pais não são mais livres do que suas equivalentes pobres.

Até agora, escrevi com a ajuda de Termutis. Mas acrescento estas palavras em minha própria voz: possam os deuses, Serapis, Amon-Zeus, Hator-Afrodite e, principalmente, nossa Bendita Senhora, Ísis, velar por ti e guardar-te. Quando eu escolher um marido, certamente pedirei tua aprovação. Quando meus filhos nascerem, enviar-te-ei notícias. Por favor, faça o mesmo quando te casares, e quando teus filhos nascerem.

Redigida por minha própria mão nos aposentos de Termutis em Antinoópolis, no segundo dia de janeiro, 18 de Mechir.

O chiado do vento através da janela o atingiu junto com um punhado de neve, como se alguém tivesse soprado ar e gelo por um caniço. Aélio estava imóvel naquela corrente fria quando um de seus colegas meteu a cabeça pela fresta da porta.

— Cúrio Décimo quer que saias com ele. O batedor relatou que os bárbaros pararam em uma clareira pequena a 1 quilômetro de distância, dentro da floresta; parecem estar inquietos, à espera... Estás te sentindo bem?

— Estou, sim.

Lá embaixo, Décimo estava de capa outra vez. Cobrindo a cabeça com o capuz, disse:

— Não confiam em nós. Precisamos ir até onde eles estão, senão nada feito. Como falas a língua deles, Espartano, vamos lá ver se conseguimos convencê-los a voltar conosco até aqui.

Aélio afivelou o cinto em silêncio, regulando também a tira que passava sobre seu peito, da qual pendia a bainha da arma, do lado esquerdo. Sua longa espada de cavalaria, com cabo de marfim e aço, alinhava-se impecavelmente com a axila. A precisão de seus gestos escondia o pesar confuso que estava sentindo pelas palavras de Anubina, definitivas embora educadas, que, misericordiosamente, ele iria precisar analisar em algum outro momento.

A neve caía mais pesadamente no pátio, mais perpendicularmente naquele momento em que o vento estava amainando. Passando pelo pequeno portão no muro que circundava a construção, os oficiais puseram-se a seguir as pegadas do batedor, que estavam se completando de neve rapidamente. Iam na direção dos bosques cerrados, neles penetrando. O terreno subiu ligeiramente, pedregoso sob a neve, e os abetos criaram uma escuridão súbita em torno deles. Passaram mais de dois terços do caminho sem se falar, mas então Décimo disse a Aélio, como se não houvesse nada mais urgente a se tratar naquela hora:

— Temo que tenha me enganado ao falar contigo naquela outra noite. — Falou com calma, em um tom sedutor, sem o menor nervosismo. Mas teus anéis e tua suntuosa armadura provavelmente não eram muito diferentes dos que seu ancestral havia usado ao atravessar a floresta de Teutoburgo.

Aélio, por outro lado, sentiu uma ferroada de tensão, quase como um alarme. Atribuiu isso à lembrança de Teutoburgo e à conversa de Décimo envolvendo traição, não a alguma coisa ameaçadora ali no bosque.

— Afinal de contas, somos práticos — prosseguiu Décimo —, mesmo tendo estudado com filósofos. Ouso dizer: *principalmente* porque estudamos com filósofos, Espartano, uma vez que, apesar de toda a inteligência, eles parecem incapazes de ganhar a vida decentemente. Terás tuas recompensas se te unires a nós. Somos ricos. Basta aceitar e qualquer um de nós poderá te dar uma propriedade na Sicília, ou no norte da África, ou mesmo aqui, nos confins da Panônia.

— Antes disso nos encontraremos no Hades, Décimo.

— É inteiramente possível — disse Décimo, farejando o ar gelado. Sob as árvores, a neve havia cessado, ficando mais rala. Ele parecia estar achando graça na reação de Aélio. — É tua palavra final? Bem, então, que seja. Sou um homem do mundo, sei aceitar uma rejeição. Ainda somos companheiros, com uma negociação a fazer e uma guerra para travar.

— Não entendeste. Eu pretendo te entregar.

— Ha! E cair junto conosco, junto com tua família? Pensa bem nisso.

— Pretendo entregar-te e entregar os teus também.

Depois de penetrarem pouco mais de 1 quilômetro no bosque, as pistas do batedor já estavam cheias de neve. Parecia que ninguém nunca tinha passado naquele lugar, uma verdadeira floresta virgem. Mesmo assim, um trecho mais branco no preto e branco dos abetos nevados, como se fosse a luz do dia esperando, informou-os de que a clareira estava logo adiante. Devagar, os oficiais levaram as montarias até a margem do espaço aberto, onde a neve caía espessa e uniforme. Ninguém à vista, nem sons. A elevação do outro lado da clareira era onde os bárbaros supostamente estariam esperando, montados a cavalo. À esquerda, onde os abetos cresciam menos uniformes e menos aglomerados, uma corrente de vento que soprava neve para cima chamou atenção de Aélio. Um penhasco e um precipício deviam delimitar aquele lado. O silêncio era absoluto, a não ser pelo rangido baixo do arnês, quando as montarias se mexiam em seus lugares. Um silêncio excessivo, de expectativa. A prudência dizia-lhes que regressassem, voltassem ao *burgus* e encerrassem as atividades do dia.

De repente, sem que se esperasse, Décimo esporeou o cavalo, fazendo a neve voar bem alto, acima dos machinhos do cavalo. O movimento foi estabanado para um soldado experiente, e era nisso que Aélio pensava enquanto via os soldados inimigos aparecerem por detrás das árvores, no flanco direito da montaria. Dentro de segundos, tudo se tornou aflitivamente imediato, automático, agarrar a espada, desembainhá-la, procurando o espaço aberto para manobrar e combater, por mais perdida que estivesse a batalha. Em segundos, Aélio não percebeu medo por parte de Décimo: apenas um oportunismo frio e prazeroso quando ele puxou firmemente as rédeas de seu animal, fez a volta, espirrando neve cintilante para todos os lados, e se foi.

Cercado no meio da clareira, Aélio sentiu-se incrivelmente pequeno, e pensamentos rápidos começaram a passar-lhe pela cabeça. Tudo o que sua mente havia elaborado até um momento antes havia se dissolvido, sem falar na complexa montanha de raciocínios e ansiedades de uma hora antes: areia caindo de um saco, sem deixar nada para trás. Ele havia se reduzido a uma sequência brutalmente pequena e rápida de instantâneos mentais que eram menos do que pensamentos: *Quados ou sei lá quem; não, não são quados. Eles têm lanças de cavalaria romanas. Não há como contê-los com uma espada, é morte certa.* Sua vida havia percorrido trinta anos para terminar ali. Encolerizado, embora ainda capaz de controlar sua montaria inquieta, atingiu a lança mais próxima, derrubou-a das mãos do inimigo, mas não conseguiu defender-se do ataque de outra lança contra seu lado esquerdo; os anéis rebitados da cota de malha arrebentaram-se apenas em um pequeno ponto, suficiente para a ponta de ferro passar através do rasgo. Não sentiu a dor, só o golpe; com uma manobra ágil das rédeas, fez a montaria dar meia-volta. Mal evitando as pontas em formato de folha das lanças que convergiam sobre ele, Aélio buscou um espaço no círculo mortal que lhe pudesse permitir saltar para fora daquela armadilha e fugir, mas não encontrou nada. Assim mesmo, ficou esporeando a esmo, porque retalhar-se lutando contra o inimigo era preferível a esperar ser retalhado.

À direita e à esquerda, as lâminas esguias passavam, rápidas, desviadas pelas maçanetas da sela, sua montaria batia com a cabeça contra os cavalos bárbaros de olhos esbugalhados e bufantes, mais baixos e mais peludos; só um baque de resistência no seu braço direito fê-lo perceber que tinha atingido madeira de lei com a espada. As lanças tornaram-se inconvenientes numa aglomeração. Ele passou voando pelos homens de cabelos longos, que estavam girando para segui-lo, e foi para a esquerda.

Daquele lado ficava o penhasco; a neve caía em lençóis contra o perfil irregular dos abetos, e o vácuo atrás deles criava correntes ascendentes e redemoinhos brancos. Aélio calculou o salto para passar sobre uma fissura estreita e uma emenda do terreno que o projetaria por sobre ela; incitou a montaria a esticar-se para o salto. Voaram neve e rochas, os abetos passaram por ele. O cavalo viu o precipício abrir-se a seus pés e parou de chofre na beira do abismo.

A pior parte não foi ser projetado da sela; o pior foi a terrível queda. O precipício era uma ravina profunda, com rochas expostas; a neve subia do fundo como fumaça de um caldeirão ferverente. Sua espada caiu rodando naquele caldeirão, e Aélio depois dela, de cabeça, sobre as rochas. Num piscar de olhos, já estava batendo em uma pedra. Uma dor tenebrosa, dilacerante, arrancou-o do estado consciente, sugou-o para um buraco mais profundo, onde ele penetrou com tudo que era ou tinha sido.

A neve estancou a hemorragia. Minimizou a dor. Mesmo assim, Aélio caiu de joelhos duas vezes até perceber que não conseguiria ficar de pé; portanto, ficou deitado, olhando os torvelinhos de neve que giravam no ar acima dele, sem caírem. A ravina era bem mais profunda do que parecia lá de cima; a beirada do penhasco, agora denteada por rochas irregulares que sua própria queda havia exposto, parecia uma parte do céu. Seu ombro esquerdo estava deslocado, ou quebrado; se ele se movesse, corria o perigo de desmaiar de novo. Na lateral do corpo, uma dor mais desoladora onde a lança tinha atravessado a cota de malha. Pensar nisso o fatigava, então ele limitou-se a perceber que os hostis não estavam mais olhando para baixo lá de cima e que a tarde vinha chegando.

Quando acordou de novo, a noite já estava caindo. Aélio não se lembrava de ter se arrastado até um lugar protegido no sopé da ribanceira, com a vaga intenção de descansar e depois procurar a terra baixa na esperança de atingir o Danúbio. Aplicou uma camada de neve sobre a ferida na lateral do corpo, fraco demais para encobrir os rastos na neve a seu redor, que os lobos e ursos farejariam da distante escuridão.

***Quarta-feira**, 14 de fevereiro, segundo dia da Festa dos Mortos*

Não se ouvia som algum ali por perto. Lá de dentro da floresta, de vez em quando, vinha o retumbante grito dos cervos machos semelhante a homens vomitando. Então, de repente, silvos de pássaros alçando voo como o abrir de um pergaminho. Dos ramos pesados, o excesso de neve caía com ruídos de baque suaves, e o céu além, no entremeado de galhos que dali pareciam pretos, estava entre azul e dourado, cintilante, pontilhado. Aélio não sabia há quanto tempo tinha saído da ravina, mas desde o amanhecer ele estava perdido.

Durante a noite, a neve tinha caído sobre ele, o tipo de neve que fica endurecida e cai como se fossem cascas enrugadas quando alguém a sacode de sobre si. Entre as árvores, podia enxergar a brancura cintilante da planície além dos bosques, uma brancura incandescente realçada pelos troncos negros e pelos escuros galhos pesados de neve. Nem sinal do rio, e Aélio provavelmente estava seguindo para o oeste.

Preocupava-se por não estar sentindo muita dor. Não era um bom sinal. Sentia-se lúcido, no entanto, em algumas noites, depois da exaustão de uma batalha ou uma longa marcha, tinha sonhado com a clareza de uma alucinação. Não sentir dor podia significar que aquilo era um sonho lúcido ou outra coisa qualquer. No inverno, encontravam-se mortos homens que pareciam não ter notado a chegada da morte, como se estivessem dormindo. Outros precisavam que lhes amputassem os membros, braços e pernas em que já não sentiam mais nada, muito menos dor.

Quando se ajoelhou para ficar de pé, porém, a dor o percorreu como ao sofrer uma nova segunda ferida. Aélio caiu pesadamente, bateu numa pedra sob a neve e machucou o rosto. Porém a dor teve o mérito de revelar-lhe que estava acordado e alerta e que ainda fluía sangue através de todas as partes de seu corpo. Se pudesse apenas vislumbrar o rio, detectar um sinal da presença de romanos, a margem de uma estrada militar, uma torre de vigia abandonada, um dique, então o resto viria por dedução. Ele tinha uma ideia clara da direção que precisava evitar: o norte. Mas leste, oeste, sul, quanto a essas não sabia. A fronteira era irregular, imbricada, com clareiras nos bosques iguais aos campos abertos às margens do Danúbio, que confundiam o senso de orientação das pessoas. Procurar um ponto alto ajudaria, embora provavelmente significasse se afastar do rio.

Rastros entrecruzados de raposas, lobos jovens e cães selvagens apareciam traçados na neve em um ou outro espaço entre uma árvore e outra. Frio, fome, hemorragias: não havia tempo para isso. Aélio caminhava — ou melhor, tentava, tropeçando, e às vezes arrastando-se, quando a dor e a fraqueza tornavam impossível andar, com o braço esquerdo inutilizado — em direção ao local em que a incandescência branca assinalava a clareira aberta à margem da floresta. As distâncias enganosas do inverno, na floresta, eram algo familiar para ele. Esperava precisar percorrer um trecho maior do que o aparente. A clareira dava a impressão de distanciar-se dele, recuar para a esquerda, esconder-se atrás de abetos escuros. Os galhos dos abetos espalhavam-se pelo chão como saias ou capas brotando da neve, como se mulheres altas usando capas estivessem caminhando à sua frente. Recordava-se dos contos das mães panonianas, as deusas que surgiam nas árvores ou se multiplicavam diante dos olhos daqueles que estão para morrer; uma legião de mulheres altas, com rostos invisíveis por estar sempre caminhando à frente. Sua mente racional dizia-lhe que esses contos eram influenciados pelas visões que tinham as pessoas quando prestes a perder os sentidos, mas não era um bom consolo.

De pouco em pouco, conseguiu, por fim, alcançar a margem da floresta. A cobertura intacta da neve, agora que as nuvens haviam se dissipado e trechos de céu claro haviam surgido, era mais do que ofuscante: era como uma explosão branca, silenciosa, que o obrigava a proteger os olhos com o braço direito. Um vale estendia-se da esquerda para a direita, de oeste para leste, aproximadamente, e a terra elevava-se um pouco além da clareira. Mais árvores aglomeradas no cume; à direita, os bosques dos baixios e da elevação fundiam-se, ou assim parecia. Talvez houvesse ali algum desfiladeiro, mas não havia como dizer se a espessura da mata permitiria que alguém passasse. Qualquer coisa — uma ravina, uma imensa floresta, um rio intransponível, o sopé de altas montanhas — podia estar a leste. Até o grande rio, a fronteira de Roma.

Para a esquerda de Aélio, um braço da floresta da qual tinha acabado de sair acumulava-se na clareira como um exército que, depois de persegui-lo, ficasse parado aguardando que ele morresse. Em toda parte, bosques: quantas horas, quantos dias levaria para cruzá-los, ele não seria capaz de dizer. Apalpar o rosto para sentir a barba crescida e calcular as horas que deviam ter se passado desde a emboscada também não ajudaria muito. Aélio era um desses louros com rostos lisos; os pelos cresciam sobre os lábios e o queixo, espessos porém devagar.

Se o tempo continuasse bom, havia uma chance de conseguir voltar. Trazia consigo a pederneira; se pudesse encontrar palhas ou gravetos secos para usar como isca de fogueira, as chances de sobreviver até poder atravessar a fronteira de volta aumentariam. Se não, a determinação não lhe valeria de nada: Décimo, Agnus, Casta, Anubina, sua mãe, todos continuariam sendo apenas nomes a denunciar ou salvar ou amar; seu dever era como uma fita vermelha que poderia levá-lo de volta, se ele ao menos conseguisse encontrá-la.

Na clareira, suas pernas afundavam na neve até acima do joelho. Atravessá-la era difícil mesmo em ótimas condições físicas. No estado de saúde de Aélio, poderia levar tanto tempo que o céu se anuviaria outra vez e a neve voltaria a cair, e aí não lhe restaria mais escapatória. Além do mais, a clareira levava para o norte. A floresta seria mais segura; morrer na floresta seria menos horrível do que naquela brancura ininterrupta.

Aélio regressou. Ajoelhou-se e cavou, com a mão direita, rígida, perto do tronco caído de uma árvore, procurando galhos secos ou pedaços de casca, até que percebeu que tudo estava gelado ou molhado e que não haveria como produzir fogo.

Imagens iam e vinham. Em um momento, era o vaso de cobre na casa de Anubina, refletindo o sol africano; em outro, era um manto vermelho arrastando-se, arrastando-se, uma capa vermelha como a que ele tinha dado ao mendigo na Porta de Prata, ou os pulsos pálidos de Casta estendendo-se para ele da sombra, para se deixar algemar. Uma parte dele estava perfeitamente ciente de estar deitado na neve, de sua situação gravíssima, enquanto a outra estava livre para deslocar-se e ir a outro lugar; podia ver sua mãe tirando moedas de ouro da terra, cheirando as flores nos jardins egípcios, ouvindo o espadanar das caudas dos crocodilos no Nilo. O vento soprou entre os abetos, e, se ele passasse outra noite ao ar livre, seria sua última noite. Pensou ter visto a cabana na olaria onde Lupo havia morrido, uma longa fila de homens e mulheres indo ver o milagreiro, mulheres que ficavam para trás e o adulavam, davam-lhe presentes, pediam-lhe que lhes falasse da sua ressurreição. Elas possuíam fitas vermelhas nas mãos, como a que Helena havia passado por entre as coxas para seduzi-lo. Viu o juiz Marcelo em sua piscina de sangue, como Agamenon quando assassinado pela esposa; Marcelo tinha as feições de Constantino, e a esposa tinha o rosto de Casta. Sua Divindade estava de pé, de manto vermelho, ou talvez fosse o mendigo que lhe desejara sorte na ponte. Mas ele não tinha passado pela encruzilhada? A alma de seu pai tinha se apegado a ele e queria netos em troca de sua vida. Casta dançava como as moças na festa de Décimo, e Lupo, o oleiro, dançava com ela. O manto vermelho ia e vinha, arrastando-se como sangue na neve. Na olaria, uma mulher que estava no bivaque o tinha visto e coberto a cabeça. Ela também possuía o rosto de Casta. O manto vermelho espalhava-se como fogo; debaixo dele, os pés descalços do mendigo haviam se transformado em botas...

Uma bota o virou para cima.

O rosto do bárbaro estava acima dele. Os olhos do bárbaro, distantes e cinza-claros, eram só maldade e prazer.

— Espartano, teu filho da puta.

Pior que um bárbaro: era Sido. Ele agachou-se na neve, chamando:

— Espartano, teu filho da puta, olha para mim. *Olha para mim*! Fica de olhos abertos. Olha para mim.

O céu de fim de tarde lá em cima parecia cegante, muito embora as estrelas já estivessem impossivelmente altas, acima dos ramos franjados das árvores escuras. Túnicas afiveladas em torno dos quadris, calças e botas, os *speculatores*, de chapéus e capas de peles, estavam parados ali em volta, um círculo de lobos. Um deles passou a bota na neve ensanguentada, outro disse:

— Um milagre os ursos não terem vindo acabar com ele.

Sido ergueu-lhe a cabeça.

— O último homem na face da terra que eu ia querer salvar, mas isso até me dá uma certa satisfação. — E deu-lhe uma bofetada. — Diz-me se sentiu isso. Puxa, mas isso me dá mesmo um prazer enorme. Anda, bebe isso. —Vinho morno surgiu em uma taça, levada a seus lábios. — Bebe devagar. O romano te deixou na mão, é? Tua montaria conseguiu voltar sozinha. Tem mais juízo que tu.

Aélio tinha uma vaga ideia de que estava tremendo. Havia várias colchas sobre si, e os homens estavam atiçando uma fogueira grande. O bater de dentes ressoando na sua cabeça evitou que ele ouvisse as palavras que estava tentando proferir.

— Eu sei — respondeu Sido a quaisquer que tivessem sido as palavras. — Frugi era um de meus homens. No instante em que chegaram notícias de sua morte em Celeia, soube que tinha sido assassinado. Só não sabia quem de vós teria feito isso. Então Helena me contou que tu te havias infiltrado para resguardar os interesses de seu filho; não deixarei que sejas o único a quem ela é grata. (Aélio quis dizer que não era nada disso, mas um torpor imenso o estava dominando. Eles o obrigaram a tomar o vinho.) — Como é que pudeste entrar na floresta sozinho com Décimo? Se os inimigos não te emboscassem, ele mesmo teria te matado depois de tu o teres ameaçado. De qualquer forma, não era para saíres vivo daquela empreitada. Agora precisas me dizer onde posso encontrar Décimo. Ele fugiu, e tu és testemunha. Se souberes para onde pode ter ido, precisas dizer-me, é teu dever me contar. — Engolir o vinho morno era tão confortador que Aélio se sentiu tentado a fechar os olhos novamente e se entregar. Mas Sido continuou sacudindo-o. — Fica acordado, não faz isso. — Um outro lhe esfregou as mãos, beliscou-o.

Levaram uma hora para fazê-lo recuperar a lucidez. Deram-lhe pedaços de biscoitos de marinheiro e não mais do que alguns goles do vinho morno. Ele devia ter passado por um momento de perda de consciência durante o qual recolocaram no lugar o ombro deslocado, porque não havia sentido a dor, mas agora podia mexer o braço esquerdo um pouco e à custa de um sofrimento consideravelmente menor. No escuro, o fogo elevava-se a uma grande altura. Sido estava de pé diante da fogueira, uma silhueta robusta com os braços cruzados, escutando o que Aélio dizia.

— Sim, que seja — interrompeu-o, impaciente. — Não tenho tempo para escutar nada disso. — Os assassinatos são outros quinhentos, principalmente os cometidos em outra parte. Deixe-os de lado. Há um criminoso que eu quero pegar, e é Cúrio Décimo. Não conseguimos encontrá-lo. Os colegas dele foram presos em Carnuntum ontem. Não querem dizer onde ele está ou não sabem; acho que não sabem, senão eu já teria arrancado essa informação deles. Tu precisas me dizer.

Aélio sentou-se. A vida voltou a circular nele, seus pensamentos voavam, cada vez mais rápido.

— Bem, eu tampouco sei onde ele está.

O ponto mais próximo de travessia para o território romano não era o *burgus*. Aélio ouviu dos *speculatores*, ao regressar, a história do ataque contra Aquae Mortae depois da emboscada. Tinha sido um incidente relativamente sem importância, que terminou com a retirada dos inimigos, mas, na confusão, ninguém duvidou de Décimo sobre a morte de Aélio. O grupo de negociadores bárbaros tiveram a boa vontade de informar às autoridades romanas; eles testemunharam a emboscada do ponto da floresta para onde tinham fugido e contaram o ocorrido ao comandante de Ala Nova. Sido estava ali, na trilha de

Décimo, e usou a informação para procurar sua testemunha na floresta bárbara. Perto de Ala Nova, Sido e Aélio atravessaram o vau do rio até um ponto seguro, várias horas depois de Cúrio Décimo ter deixado a fronteira e seguido rumo a um destino desconhecido.

Gervelata, 15 de fevereiro, **quinta-feira**, *Lupercália, Festa da Loba*

— O que achas? Durante mais de um ano, observei o juiz Marcelo, que, com a honestidade que alardeava, acumulou mais ameaças e antipatia do que qualquer juiz afável que conheço. — A vontade que Sido tinha demonstrado em ouvir o que Aélio tinha a dizer sobre a Fraternidade de Cato dissipou-se em uma inquieta impaciência quando começaram a falar de outras coisas. — Não há como proteger ninguém dia e noite, principalmente quando essa pessoa não quer ser protegida. Quando ele foi morto, não me surpreendi muito. No entanto, para mim, representou uma oportunidade de descobrir quem, de todos os que juraram vingar-se dele, tinha conseguido. A última coisa de que eu precisava, Espartano, era alguém como tu metendo o nariz numa investigação criminal. Por causa dos teus contatos imperiais, tivessem tuas credenciais como emissário de César sido ou não aceitas por Sua Serenidade, tu precisavas ser detido da única forma que conheço: dando-te um susto que não te matasse por um triz. Tu tiveste uma reação exagerada, aqueles que contratei enfiaram os pés pelas mãos e precisaram ser eliminados. O açougueiro grego teria sobrevivido se tu não tivesses te metido e tentado descobrir qual o papel desempenhado pelo ajudante meio abobalhado dele no ataque contra ti. Tu me obrigaste a me livrar dele também, portanto acrescentei-o à lista daqueles cristãos que deviam ser executados. Um a mais, um a menos, quem se importa?

— Então agora é culpa minha se mandaste me atacarem e precisaste encobrir as pistas. Mas não encontraste o assassino do juiz, encontraste? Sabias que não era Protásio.

— Claro que não. Foi aquele teu colega traidor, o Décimo. Seu ressentimento contra Marcelo era bem conhecido. Ele tinha os meios para fazer isso; forneceu os tijolos e os operários do canteiro de obras perto das Velhas Termas. Seus homens tinham a vantagem da proximidade: qualquer um deles poderia ter matado o juiz, e eu planejo mandar torturar todos até o culpado vomitar uma confissão.

— Estais enganado outra vez. — No pátio do posto militar, Aélio supervisionava sua sela ser embalada para a viagem. Embora o ferimento na lateral de seu corpo fosse leve, e seu ombro debilitado estivesse se recuperando, ele havia pedido cinco dias de licença para recuperar a energia necessária para a campanha iminente; e por outros motivos pessoais. — Vós apenas faríeis um carcereiro perder tempo. Não foi Décimo também.

Sido grunhiu. Naquela sua capa de lobo, com duas cabeças de lobo caindo-lhe sobre os ombros, ele lembrava uma criatura híbrida da floresta, nada amistosa.

— Bobagem.

— Pelo contrário. Se não estivésseis com tanta pressa de eliminar os cristãos que trabalhavam nas Velhas Termas, teríeis descoberto que um deles foi o verdadeiro assassino de Marcelo: mas ele agiu por encomenda.

— Sim, contratado por Décimo!

— Não, foi a prima dele, Annia Cincia.

Sido ergueu os braços, fazendo as cabeças de lobo parecerem vivas e prontas a lhe morder o pescoço.

— O quê? E quem é *essa*? O que *ela* tem a ver com tudo isso?

— É uma longa história. Eu já havia deduzido praticamente tudo uma semana atrás, quando conheci seu ex-mestre, o *atiçador de fogo*, em Barbaricum. Até aquele momento eu não sabia bem o que concluir do que tinha nas mãos; ainda achava que Agnus estava por trás de tudo: da morte do oleiro Lupo em Tréveri, bem como da morte do juiz Marcelo. Ele certamente é um homem bem delirante, e arrogante o suficiente para torcer as coisas a seu favor. Mas, o que é uma pena ainda maior, é um charlatão fraudulento e um malandro, não um assassino. Babou-se todo de tanta autoadulação, depois que lhe contei minha versão da verdade. Ele não demonstrou nenhuma surpresa quando lhe expliquei minha teoria, portanto a princípio pensei que ele não acreditava e deixei para lá. Agora arrisco-me a dizer que ele levou um baque e tanto, bem lá no fundo. Seu próprio fogo voltou-se contra ele no final; ele tem uma responsabilidade no que aconteceu. Já da parte de Annia Cincia, ou Casta, como é conhecida, houve uma série formidável de lances de esperteza, segundo a genuína tática feminina. Ela conseguiu estar em ambos os locais dos crimes, embora invisível, e não hesitou em causar mortes colaterais para atingir as vítimas que pretendia. ("Besteira", insistiu Sido. "Mas se foi assim, qual era o plano dela?") Qual *é* o plano dela, é o que queres saber. Digamos que sua intenção, no fim das contas, é fazer com que a pesada mão da Justiça romana caia sobre a atual hierarquia cristã. Conservadorismo? Não, nada disso, Sido. Essa senhora também é cristã.

— Não entendo. — Sido ficou olhando Aélio montar no cavalo com certa dificuldade, mas não ofereceu ajuda. — Não sei se *quero* entender. Se os cristãos matam uns aos outros, me poupam trabalho. O que quero é pôr as mãos no Décimo, e no momento em que voltares da licença médica, espero que me entregues um relatório detalhado por escrito sobre esse plano estouvado desses miseráveis traidores romanos. Haverá tempo suficiente para pegar uma assassina.

Aélio enrolou as rédeas no pulso esquerdo. Estava pensando naquela manhã em Tréveri, a caminho da olaria, quando olhava de relance para os peregrinos agasalhados nos campos.

— Não essa. Se penso que a mão do próprio destino colocou uma pista para mim nas Velhas Termas, naquela parede onde um cliente enfastiado rabiscou um verso da tragédia grega: "Ah! Vede! Vede! A vaca vence o touro!"...

— O quê?

— É uma fala da vidente louca, Cassandra, prevendo o assassinato do rei nas termas pela rainha.

— Não sei o que queres dizer, estás sendo enigmático.

— Ora, eu deveria ter imaginado que, por trás de morte de Marcelo, também poderia haver uma mulher que cometesse o crime. Não vos preocupeis, explicarei tudo por escrito, *perfectissimus*. Mas a menos que mandeis vossos homens no encalço dela imediatamente, e pode ser que já seja tarde, ela escorregará por entre nossos dedos como fez antes.

Havia uma estrada — menos que uma estrada, aliás, um caminho que seguia a margem de um regato temporário — que, da Savária, descrevendo um círculo, margeava dois trechos de floresta e levava até acima dos morros. Dali, pegar uma trilha na direção da residência isolada de Décimo seria fácil. Mesmo assim, Aélio não seguiu esse itinerário. Tomou um caminho mais longo, não utilizado, partindo da propriedade de seus pais, percorrendo caminhos que margeavam outras propriedades, ao longo de muros baixos construídos com pedras sem argamassa, atravessando moitas e pequenos riachos. Os últimos quilômetros que atravessou eram terras não demarcadas, passando por uma terra abandonada que tinha sinais de antes ter sido cultivada.

A neve virou lama gelada sob uma chuva gelada, e as trevas caíram antes de ele chegar. Os servos deixaram-no entrar sem perguntas, portanto Décimo devia ter lhes dado uma descrição de Aélio e permissão para abrirem as portas.

O romano estava sentado em sua biblioteca, que era menor do que aquela de Mediolano, mas, pelo que Aélio se lembrava da noite em que Décimo havia lhe emprestado o panegírico de Severo, bem fornida e confortável. Esmeradas cortinas protegiam da poeira os livros nas prateleiras. Décimo não se levantou nem nada falou quando Aélio surgiu à porta. Mas ergueu o olhar. Em um instante, todos os intensos momentos que aconteceram desde a última ocasião em que eles haviam se encontrado se recolheram e ficaram resolvidos; o ódio pessoal que Aélio tinha esperado sentir nesse momento não se materializou. Nem mesmo tentou lhe escalar a garganta. Ele não se lembrava de ter lutado contra esse ódio durante a viagem até ali, nem antes, durante as horas que havia levado para se restabelecer fisicamente; o ódio simplesmente ficou onde estava, num lugar tão profundo e escondido nele que talvez nem existisse.

— Não há como se livrar de ti, há? — Décimo parecia estar anos mais velho; séculos mais velho, quis pensar Aélio, como se o peso das eras impossíveis de se ressuscitar houvesse caído sobre ele de uma só vez. A tentativa de usar de ironia foi como maquiagem no rosto de um morto. — Não vais te sentar?

— Não. Sido está atrás de ti. Não sabe onde estás, e não creio que seus homens tenham me seguido até aqui. Vim em um de nossos cavalos sem ferradura e estou na casa de minha mãe, para todos os efeitos. Mas é uma questão de tempo.

— Não necessariamente. — Décimo estava escrevendo antes, não lendo. Já havia cartas enroladas e lacradas sobre sua escrivaninha. — Esta propriedade está registrada em nome de outro homem. Os servos são fiéis. Sido e seus comparsas podem procurar no cadastro de toda essa região durante semanas, que não encontrarão nada. O fato de saberes é que é o problema... para ti, quero dizer. Eu estou acima de qualquer problema.

Aélio nem se abalou ao ouvir essas palavras. Já esperava por elas. Afinal, esse era o motivo pelo qual nem mesmo seu desprezo político por aquele homem tinha mais razão de ser.

— Já decidiste como o fará, e quando?

— Duas perguntas em uma, duas respostas em uma: Espartano, há muito tempo, e esta noite.

— Posso ajudar-te em alguma coisa?

Décimo fez uma careta. Por um instante, o divertimento conseguiu lhe erguer os cantos da boca cansada e abatida.

— Não, obrigado. Não sou exatamente Nero, e não és exatamente meu misericordioso liberto. Segurar a mão de alguém durante o suicídio não é de bom-tom.

— Francamente, pensei que tu irias para uma das províncias distantes.

— Ah, não me venhas sugerir as *províncias* para mim, Espartano. A vida nas províncias não é vida. Precisei suportar Mediolano durante três anos, e antes disso já parecia que haviam se passado milhões de anos, desde que pus os olhos em Roma pela última vez. Só lamento ter de morrer fora de Roma, portanto escolhi dos males o menor.

Sem sair da cadeira, ele abriu a cortina atrás de si. Não havia ali uma prateleira, só uma parede e um afresco pintado nela. Contra um fundo negro, como em uma noite escura ou em uma tempestade, via-se Roma. Aélio reconheceu o Capitólio, o majestoso túmulo de Adriano às margens do Tibre, os circos e templos. Estava pintado em cor de pão, ligeiramente dourada, como se fosse um bolo em forma de Roma, uma grande iguaria a se consumir.

— Queres que eu fique?

— Como queiras.

De uma gaveta da mesa, Décimo tirou um bisturi e o colocou calmamente diante de si.

— Abre aquele armário e olha dentro dele — disse, apontando para um móvel baixo à direita de Aélio. — Paguei a passagem dela para a África. Podes ficar com isso.

No armário estava um retratinho de alabastro reproduzindo uma mulher jovem, olhos grandes, com uma boca pequena, firme e delicada. Aélio reconheceu quem era sem perguntar, sem dizer nada.

— Eu cortejei aquela safada, mas ela não quis se casar comigo. Resolveu ficar com aquele velhote do Pupieno em vez de mim.

— Tu a amavas e foste *rejeitado*... então era este teu ressentimento contra Annia Cincia! — Quando Aélio olhou para Décimo, ele estava com a cadeira virada para o mural da parede, e o bisturi já não estava mais sobre a mesa.

— Deixa de falar bobagem. Eu queria a fortuna dela.

Os gestos de cortar os pulsos foram rápidos, dificilmente detectáveis de onde estava Aélio. Décimo nem mesmo estremeceu ao fazer isso.

— E a tua filha? — pensou que deveria dizer.

Décimo virou a cabeça de um lado para outro. Aélio não entendeu se foi para recusar o argumento ou porque não tinha nada a dizer, ou o que mais seria. Seus ombros ainda estavam eretos, o pescoço não mostrava fraqueza.

— E a *tua* filha? — respondeu ele, repetindo a pergunta de Aélio.

— Ela não é minha.

— Isso é duro.

Até o fim, Aélio ficou olhando o pescoço de Décimo, a ausência de tensão sob os cabelos fastidiosamente penteados, e depois, pouco a pouco, a linha reta de tendões começando a afundar, o osso entre os ombros a salientar-se vagarosamente, enquanto a cabeça começava a inclinar-se para a frente, os ombros a se curvar. O sangue acumulou-se no chão dos lados da cadeira, uma inclinação imperceptível no piso fazendo-o escorrer para debaixo da mesa. Aélio esperou o movimento ligeiramente convulsivo que indicava o fim, o colapso do corpo, que ele se aproximou para sustentar. Quando lhe ergueu a cabeça, Décimo parecia olhar firme para ele; sua cor parda não mostrava a morte prontamente como aconteceria em um homem branco corado, mas já não se via vida em seus olhos. Aélio fechou-os, arrumou o corpo e ficou parado ali mais alguns instantes, antes de chamar os criados.

Sido e seus homens estavam à soleira da porta da mãe de Aélio para verificar se ele estava ali antes da aurora. Aélio tinha acabado de retornar. Justina, já de pé, recebeu-o, dando-lhe tempo para tirar a roupa e meter-se na cama.

— Meu filho teve a primeira noite de bom sono depois de arriscar a vida do outro lado do rio, e vós vindes incomodá-lo a esta hora? Podeis entrar, revistais o quarto dele, verificais se o cavalo está na estrebaria, acordais a minha neta recém-nascida!

O miado insistente da menina recém-nascida de Belatusa acompanhou os *speculatores* pela casa até o quarto de Aélio.

— O que foi, a guerra começou? — indagou Aélio, virando-se no travesseiro. O próprio Sido foi até a estrebaria, chafurdando na lama, para examinar a montaria e seus arreios, e descobriu que nem esse nem os outros cavalos haviam sido usados recentemente. Voltou contrariado, passando sem perceber pelo estábulo onde o cavalo cansado e sem ferraduras mastigava feno. Resmungou "Minhas desculpas, minha senhora, precisávamos conferir" e saiu da propriedade às pressas.

Terceira Parte

Cinzas

Capítulo 11

Intercisa, Panônia Valéria, 22 de fevereiro, **quinta-feira***, Cara Cognatio, ou Querida Parentada, o feriado para resolver disputas familiares*

Já havia um toque acre e verde de primavera no ar, muito embora dois meses se passariam, no mínimo, antes que a neve se derretesse; mas era um desses dias de degelo ocasional em meados de fevereiro, quando o gelo expande-se enquanto racha no grande rio, e montes de neve molhada desabam sem ruído dos telhados. Um sol tépido escavava uma abertura através do céu nublado como um buril através de uma pedra leitosa; onde quer que o raio estreito caísse, a coisa ou animal ou homem tocados por ele pareciam pegar fogo de tantas cores, independentemente de quais cores.

Aélio viajou para Intercisa por vários motivos, profissionais e particulares. Iria liderar a transferência de uma unidade de arqueiros montados da cidade para Carnuntum, e aconteceu que o advogado de sua mãe, recomendado pelo onipresente Ben Matias, residia ali. O próprio Ben Matias, que tinha conseguido boas comissões do Exército, disse a Aélio que ganhar a causa era coisa certa.

— Eles não têm em que se apoiar, aqueles safados. — Referia-se a Gargílio e a Barga, esfregando as mãos. — Tentar roubar uma viúva: *terefah*! Mas estás errado em não reivindicar tua parte na herança; todo homem precisa ter um pedaço de chão.

— Por via das dúvidas, mandei pedir minha cópia do formal de partilha na Nicomédia. Há quanto tempo já estás aqui, Baruc?

— Uma semana.

— E isso significa que já sabes da vida de todo mundo, não?

Modestamente, o judeu cofiou a barba.

— Não de todo mundo. Ouvi dizer, sim, que estavam fazendo um expurgo no Exército, entre teus colegas romanos. Eles ficaram de boca fechada até o dia de sua execução, e Décimo morreu pela própria mão. Uma pena, comandante, o tipo de plano idealista e tolo que só os aristocratas podem bolar. O que mais? Ah, ouvi dizer que nosso *perfectissimus* Sido assumiu todo o crédito por ter exposto a camarilha e está trepando com madame Helena noite e dia.

— Deixa ele, os dois se merecem. — Aélio conhecia Helena muito bem; aquela história de ela contar a Sido que Aélio tinha se infiltrado na Fraternidade de Cato não era exatamente para salvar a pele dele, mas para torná-lo politicamente em dívida com ela, declarando oficialmente que ele se preocupava com a vida de Constantino.

Ben Matias interpretou mal a irritação de Aélio.

— Ah, não te preocupes, ela te aceitará em sua cama de novo, tenho certeza. — E virou-se para o outro lado, enojado, quando passou um tocador de porcos para serem sacrificados aos deuses da família. — Hoje eu nem ponho o pé fora de casa, tem muita imundície por aí. Amanhã, porém, vou para Aquincum, mas não pelo motivo que estás pensando.

— Que motivo deveria eu imaginar que fosse? Estive em postos militares até esta manhã.

— É teu velho bicho papão, comandante, o milagreiro. Entregou-se a batedores romanos em Contra Aquincum e foi trazido de volta, atravessando o rio. Passou três dias na prisão da cidade e promete que as feras da arena se recusarão a maltratá-lo, as lâminas não o cortarão, o fogo não lhe consumirá a carne etc. Estão vindo pessoas de todos os cantos para ver o milagre do *atiçador de fogo*, embora eu ache que querem é vê-lo despedaçado pelos ursos.

— Ele disse por que se entregou?

— Por acaso sou uma mosquinha na parede do tribunal, comandante?

Não faço a menor ideia. Talvez tenha ouvido dizer que o delataram, talvez tenha resolvido salvar sua reputação por meio do martírio, que o coloca acima dos outros e pode fazer dele um santo.

— Ou talvez tenha percebido sua responsabilidade indireta em outros crimes — disse Aélio, sem maiores explicações. — A assistente, Casta, estava junto com ele?

— Que eu saiba, não. Se uma mulher estivesse para ser executada, a publicidade teria sido ainda maior. Quanto a mim, vou para Aquincum comprar imóveis, um terço da cidade é composto de lojas, como bem sabes.

Àquela altura, Casta provavelmente já havia embarcado no porto mais próximo da Dalmácia, em um desses navios grandes que cortam as águas do Mediterrâneo. Aélio ia precisar se conformar com o fato de não a ter ainda tirado da cabeça (e nem ela a ele). Ela não havia fugido dele. Na verdade, estava só tentando ficar longe por enquanto. O pequeno retrato translúcido de Casta que Décimo tinha resolvido lhe dar (por quê?) ligava-o a ela como a forma que ele tinha de reconhecer seu rosto, em qualquer lugar, a qualquer instante.

— Ainda estás trabalhando na biografia de Severo, comandante?

A pergunta de Ben Matias trouxe-o de volta ao momento presente.

— Lentamente, mas sim.

— Eu poderia te vender uma cópia muito boa dos textos de Aurélio Vitor sobre ele. Por um bom preço: perderei dinheiro nessa transação.

— Quer dizer que vender por um bom preço é perder dinheiro?

*Savária, 24 de fevereiro, **Sábado,** regifugium, recordação da "perseguição dos reis"*

Sim, a campanha iria começar a todo vapor em breve. Um movimento semelhante a um demorado e impaciente tremor atravessaria a longa sucessão de fortalezas, cidadelas, torres de atalaia, a estrada militar, e os exércitos se poriam em marcha, atravessando o Danúbio. Até mesmo nos quartéis-generais da Savária Aélio ouviria a lama sendo esguichada quando pisada pelos cascos dos cavalos, o som do couro do arnês, dos boldriés, dos tirantes gemendo, o som de homens partindo para a guerra.

Como sempre, ao passar por um entreposto, ele parou para verificar a correspondência e enviar uma resposta a Anubina, dizendo, em essência, que compreendia sua posição mas que não perderia a esperança de fazê-la mudar de ideia. "Pensa nos filhos que nós dois teríamos juntos: não preferirias ter filhos meus?"

Havia duas cartas à espera dele, ambas sem remetente nem endereço no cartucho. Uma era simples, escrita em papiro ordinário; e a outra, da mais alta qualidade, em papel tingido de vermelho.

— Quem as trouxe, sabes? — perguntou ao funcionário.

— Ambas chegaram na mala matinal, senhor. O mensageiro parte de Celeia, portanto podem ter sido enviadas de lá ou de Poetovo, ou Sala, ou qualquer outro ponto intermediário.

O cartucho barato foi o que Aélio abriu primeiro. Continha três folhas redigidas às pressas, numa caligrafia ágil e em bom latim. A linha de abertura quase o fez tropeçar nos degraus do posto do correio, que estavam cobertos por uma camada de gelo.

Ao comandante Aélio Espartano, da serva do Senhor Casta, bênçãos neste mundo e no que há de vir.

Ele apressou-se a atravessar o pátio de manobras até o refeitório dos oficiais, vazio àquela hora da manhã, e sentou-se para ler a carta o mais perto possível da janela que recebia a luz do pátio.

Estimado comandante, estou escrevendo esta em memória de vossa amável visita à casa de minha velha ama, em dezembro, em memória de Marco Lupo e Minúcio Marcelo, e porque vossa busca da verdade, embora da verdade conforme os homens a interpretam, e não como nosso Senhor ensina, merece uma pequena recompensa. A arrogância é um pecado, tanto para os idólatras quanto para os cristãos. A insolência leva à nêmesis. Não posso permitir que vos orgulheis de ter prendido a minha pessoa, mas posso satisfazer vossa curiosidade agora que estou consideravelmente fora de alcance.

Por nossos irmãos na fé, meu antigo mestre Agnus enviou-me uma mensagem pouco antes de sua captura, descrevendo em detalhes o que vós dissestes a ele com relação a mim quando vós dois vos encontrastes em Barbaricum. Em consequência de vossas revelações, ele decidiu coroar seu duvidoso ministério entregando-se às autoridades para morrer como mártir. Não me surpreende seu complexo de grandeza: é típico dele. Mas sabeis que, quando conheci o atiçador de fogo, *acreditei nele. Em meu desespero, por causa da doença de meu marido, estava aberta a aceitar qualquer coisa. Ele parecia possuir a paz de espírito que eu estava buscando, a certeza de que eu precisava. Foi para mim um pequeno sacrifício vender ou doar tudo que eu tinha, para adquirir essa paz de espírito. Tão pequeno, de fato, que eu, uma aristocrata, criada em um mundo privilegiado, também me ofereci para servi-lo. Pareceu-me a atitude mais humilhante, daí a mais meritória que eu poderia tomar aos olhos de Deus.*

Cega de confiança, levei vários meses para perceber como ele era mesquinho e arrogante. O amor de Agnus pela virtude era, na realidade, um amor pela própria virtude, pelo próprio ser virtuoso. Suas técnicas eram torpes e transparentes: algumas ervas, muito incenso, um entoar monótono de cânticos e o revirar de olhos. A credulidade do povo e a contratação de falsos aleijados davam conta do resto. Eu já tinha visto charlatães melhores em Lomello quando criança. Mesmo assim, minha decepção poderia ter sido temperada pela admiração pela vida reconhecidamente pura do Agnus se ele não desprezasse tanto as mulheres. Suas cartas pastorais circulavam amplamente entre os adeptos, eram citadas e respeitadas. Em toda parte, elas resultaram em desprezo pelas que, sendo do meu sexo, não podiam auxiliar no ministério, uma restrição inadmissível em uma igreja que alega venerar a mulher que concebeu o Salvador!

— Comandante, posso lhe trazer alguma coisa?

O ordenança estava parado ali perto, incoveniente como é a maioria dos ordenanças. Com a mente ainda na carta, Aélio ficou olhando para ele um instante, até poder se recuperar e dizer:

— Não, deixa-me em paz.

Devíeis saber que eu poderia ter continuado a servi-lo, se ele não pertencesse ao grupo da Igreja que, com a arrogância de Ninrode, procura se destacar diante de Deus à custa de outros. Onde estaria a cristandade hoje em dia, se não fossem as mulheres que desistiram dos maridos, dos filhos e até renunciaram a si mesmas para servir ao verdadeiro e único Deus? Não existiram mais mártires do sexo feminino, não houve mais senhoras piedosas do que homens ricos que abriram suas casas e propriedades aos perseguidos, correndo risco de vida? O Senhor é o Senhor, Agnus e os seus diriam. Mas eu digo: até mesmo o Senhor nasceu de uma mulher. Não foi Maria, mãe de Cristo, a primeira ministra desta Igreja cristã? Os meses de sua divina gravidez são sinal absoluto dessa união perfeita e de um privilégio que nenhum outro ser humano recebeu. Agora, se Cristo permitiu-se fisicamente ficar dentro de um corpo de mulher, isso não será um sinal da santidade superior das mulheres em relação aos homens? Ele poderia ter ficado contido no sêmen de seu pai adotivo ou sair inteiramente formado já de uma rocha, como os seguidores de Mitras dizem que fez o deus deles. Não, ele escolheu o corpo de uma mulher como veículo de sua encarnação.

No entanto, a comunidade feminina onde fostes me procurar em Tréveri, dedicada a praticar boas obras e ao estudo das artes da cura, foi fechada por causa da insistência de Agnus de que era contra a vontade de Deus. Os anciãos da Igreja acolheram prontamente essa iniciativa, tanto em Treveri quanto em Mogontiacum e em Mediolano: as matronas são consideradas úteis pelo dinheiro que deixam em herança para a Igreja, pelos bordados que fazem nas vestes dos sacerdotes, e nada mais, a menos que se contem os filhos que elas podem criar para depois abraçarem o sacerdócio.

Eu não tinha mais dinheiro nenhum, não tinha filhos, nem sabia bordar. Minha beleza, indigna aos olhos de Deus, militava contra mim. Assim, mortifiquei minha carne, jejuei até ficar doente. Depois de dois [?] longos anos, porém, decidi que não podia ser essa a vontade de Deus, que essa Igreja não é o que Deus quer. É por isso que a Igreja arrogante desses padres arrogantes do sexo masculino precisa passar vergonha, ser denunciada como fraudulenta onde for fraudulenta. Não sou santa nem instrumento escolhido, mas procurarei mudar a situação.

A porta bateu quando dois oficiais de cavalaria entraram no refeitório, trazendo uma lufada de umidade gelada do exterior. Aélio virou a cabeça, ouvindo-os conversarem com a cadência reconhecível dos nascidos em Roma. Décimo falava dessa maneira. Estranho como ele não sentia vergonha de ter ido até sua solitária casa para avisá-lo do perigo, sabendo que Décimo era culpado de planejar traição e que o havia abandonado para morrer. Ele tinha sentido muito mais raiva de outros homens por muito menos.

Agora, comandante, quanto à questão de vossa bem-sucedida busca da verdade, falarei dos nomes com os quais comecei esta missiva, Marco Lupo e Minúcio Marcelo.

Tens razão, a miraculosa ressurreição de Lupo foi obra minha. Era necessária para que eu pudesse, mais tarde, enviar uma carta anônima denunciando as charlatanices de Agnus. Quem ficou mais surpreso com a "ressurreição" foi o próprio atiçador de fogo. *Ele se purificou e jejuou durante três dias depois disso, para agradecer a Deus por lhe conceder o poder de trazer mortos de volta à vida, quando Lupo só tivera uma simples febre. A arrogância cegou o charlatão para o mais simples dos truques, para a facilidade com que se compra uma poção para dormir e com que se subornam alguns médicos e coveiros. Embora empobrecida, como eu mesma havia me permitido ficar, eu tinha acesso à enorme verba de Agnus, engrossada pelos presentes de homens e mulheres enganados como eu fui. Ele não sujara as mãos com dinheiro! Portanto, eu só precisava usar um pouco para comprar as testemunhas e alegar que tinha doado essa soma para os pobres. O santo não iria verificar detalhes assim sórdidos.*

Lupo, é claro, tinha tudo a ganhar mantendo em sigilo o plano que o tornou subitamente famoso e atraiu clientes para sua olaria. Mas também precisaria ser eliminado, para que Agnus e seus colegas misóginos caíssem em descrédito. Pedir a uma amiga de confiança (e que de nada desconfiou) para levar a Lupo umas iguarias finas foi brincadeira de criança. Tantos admiradores e crentes faziam fila para ver o homem que tinha sido ressuscitado! Convencê-la a deixar que eu me humilhasse perante Deus acompanhando-a até a olaria disfarçada de serva foi ainda mais fácil. Ninguém presta atenção aos servos. Assim, Lupo ficou conversando com os visitantes até a hora de dormir, e a serva da senhora ficou para trás, com uma desculpa, escondendo-se nas trevas, esperando para lacrar o quarto dele com trapos. Como foram úteis minhas leituras sobre as causas de doenças e morte... Infelizmente, eu não tinha panos suficientes, por isso fui obrigada a usar a colcha de Lupo para direcionar os gases; aliás, notastes a sujeira na beirada dela.

De manhã, os trapos haviam sumido, a janela de Lupo estava semiaberta uma vez mais. A serva estava sentada entre outras pessoas no bivaque onde se encontravam as peregrinas e os fiéis, no campo próximo à olaria, e viu-vos passar a cavalo sozinho, de madrugada. Vós também me vistes, e nos entreolhamos antes de eu puxar o xale sobre a cabeça. Por isso não pude aparecer diante de vós sob a luz na casa de minha ama.

Quanto a Minúcio Marcelo, ele era um velho magistrado, muito querido e amigo de minha família, cujo último ato de generosidade para comigo foi servir de vítima para que a igreja misógina de Mediolano pudesse ser punida, bem como sua contrapartida na Bélgica Prima. Afinal, quem mais além dos cristãos seria acusado de atacá-lo nas termas, onde os servos eram cristãos? Vós liderais homens no campo de batalha, portanto sabeis o quanto os soldados devem a seus comandantes, como estão prontos a obedecer ordens. "Casta é menos que o pó que Deus pisa," pensei, "mas Agnus caminha com Deus. E se começasse a circular entre os servos das Velhas Termas o boato de que o próximo julgamento do Juiz Marcelo é contra o atiçador de fogo, *que o condenou em suas epístolas? Será que isso bastaria para fazê-los atacar o juiz?" Os cristãos vindos de províncias do norte da África têm fama de trazer para sua nova fé a impetuosidade de suas crenças tribais. Uma reunião angustiante com eles em um de nossos esconderijos os agitou além de minhas expectativas. Eu só esperava uma tentativa desesperada da parte deles: eles ultrapassaram em muito os meus sonhos, matando o bondoso juiz. Certamente nosso Senhor tem um lugar não muito distante do Seu trono para os não cristãos misericordiosos, e é lá que Marcelo está agora.*

Os dois oficiais de cavalaria sentaram-se a uma mesa atrás dele. Aélio ouviu-os pedir vinho e conversar em grego para não serem entendidos pelos garçons.

— Ouviste dizer o que eles tinham em mente? Sim, isso nos deixará mal, a todos nós. Agora, todo maldito recruta será candidato a promoção antes de nós.

— Sim, Cúrio Décimo foi que me chocou mais: quem diria, hein...?

Eu realmente lamento o destino das esposas dos ministros da igreja, mas elas resolveram livremente acompanhar os maridos para a morte, optando pelo martírio. Nenhum de nós tem muita importância, eu menos do que todos na face da terra: o que importa é fazer a Igreja mudar, e o sacrifício dessas esposas será mais um passo para o reconhecimento do papel das mulheres como mestras e ministras. A queda de Agnus é nossa vitória, o apagar de sua chama atiça uma maior e mais brilhante.

Se soubésseis de tudo isso na época de nosso breve encontro na casa de minha ama, terias ainda guardado segredo sobre minha presença em Mediolano? Essa pergunta me intriga. Vós me intrigais, comandante Espartano. Como vos comportais para com vossas próprias mulheres? Vós as respeitais ou sois como o resto, inescrupuloso e dominador com elas? Creio que haverá oportunidade para que conversemos sobre esses assuntos, se Deus houver por bem fazer com que nos encontremos de novo.

Quando receberdes esta carta, estarei longe, mas certamente trabalhando para atingir a meta que vos expliquei acima. Minhas saudações e preces a nosso Senhor misericordioso por seu bem-estar e sua conversão.

Redigido por Casta no vigésimo dia de fevereiro, em um lugar seguro.

Aélio enrolou a carta sem pressa, e sem pressa a recolocou em seu cartucho. A queda do *atiçador de fogo*, pensou, tinha começado no dia em que ele conhecera Annia Cincia. Talvez o deus dela fosse maior que o de Agnus, não tão misericordioso quanto ela dizia. Talvez os cristãos se permitissem trapaças e assassinatos para poder atingir suas metas. Até mesmo executá-los era útil para seu objetivo ambicioso. Aquela boquinha firme, aqueles pulsos delicados rendendo-se, estendidos do escuro: ela o teria deixado levá-la para ser executada sem resistir. Ele não tinha feito isso, mas ela não mentira ao dizer: *Se me perguntares, não poderia lhe afirmar que os cristãos são inocentes da morte de Marcelo.*

Atrás dele, os oficiais de cavalaria estavam falando de coisas mais alegres: mulheres que conheciam, carne de cavalo. Tinham passado a usar latim e praguejavam a valer.

A segunda carta, do cartucho vermelho caro, Aélio ainda não abrira, deixando-a diante de si. Estava endereçada em grego. Ele reconheceu a caligrafia. A cera do lacre tinha o carimbo de um anel antigo. O servo que havia confiado a missiva ao posto militar sem dúvida tinha sido instruído para guardá-la durante uma semana, antes de executar essa ordem.

Lá fora, a chuva havia se transformado em neve e depois em chuva outra vez. Aélio viu o acinzentado do dia lá fora quando os oficiais romanos saíram do refeitório. Rompeu o lacre.

Se tivesses participado de meu desesperado empreendimento, Aélio Espartano, eu não estaria te escrevendo nada disso. É porque disseste não que escrevo.

Nos dois meses durante os quais nos conhecemos, aconteceram muitas coisas. Se tivessem sido anos, não poderia dizer que te conheci melhor. Será porque as últimas semanas de nossas vidas tornam-se as mais cheias de ação? Na Itália e durante nossa jornada até a fronteira, eu te observei de perto. Achando graça a princípio, espionei-te para reconhecer os sinais de grosseria e ignorância que, dizem, teus ancestrais selvagens erguiam como baluarte contra Roma. Dizia a mim mesmo: "Seus bisavós estupravam mulheres romanas, saqueavam cidades, pregavam as cabeças de oficiais romanos nos troncos dos bosques de abetos. Ele é um desses ursos ensinados que conduzimos por uma corrente, forçando-os com um puxão na argola do nariz a dançar conforme nossa música." E durante todo o tempo, inevitavelmente, precisei admitir que teu comportamento não era menos impecável do que o daqueles que chamo de meus amigos romanos. Teu latim era não só claro, mas também falavas de modo racional e inteligente, embora mais moderno do que aprendi na juventude. Ao escreveres em grego, e coro ao admitir isso, és até melhor que eu. Não são coisas que se possam ensinar aos ursos.

Mas tua essência como homem, vista até mesmo de dentro do torvelinho de minha desesperançada conspiração, foi o elemento que eu menos pude contestar: teu senso histórico, teu conhecimento do que houve antes de nós, e por que aconteceu como aconteceu. Tua familiaridade com as coisas romanas, que muitos em Roma, e nisso tens que acreditar em mim, invejariam, se ao menos percebessem que é algo a invejar. Pouco a pouco, contra minha convicção, contra a vontade, até, que os estoicos como tu dizem que é a única coisa que realmente pertence ao homem, cheguei à conclusão de que Aélio Espartano, filho de Aélio Esparto, cujos ancestrais foram bárbaros e escravos, é romano. E ainda mais: que Roma deve ser aquilo que tu representas, senão perecerá da face da terra.

Como sabes, não tenho filhos homens: nenhum, nem legítimo nem ilegítimo, nascido de mim. Podes dizer (eu posso ouvir-te dizendo isso) que é a decrepitude do sangue romano, hibridizado a ponto de cometer incesto e até de passar desse limite. Dois de meus ancestrais casaram-se com suas próprias primas, e diz-se até que uma jovem ancestral, que se perdeu num naufrágio quando criança, foi criada em um bordel e mais tarde libertada, casando-se com o amante, o qual mais tarde percebeu que ela era a irmã que ele havia perdido tanto tempo antes. Mas pode ser que isso seja um conto adaptado do drama de Platão, quem sabe. Sangue antigo! Temos idiotas e loucos em nossa linhagem. Eu me casei com quatro mulheres, dos Valerii, Anicii, Fabii e Cornelii, a nata da nobreza romana. Apenas da segunda tive uma filha, aquela que viste, o único entre meus amigos que teve esse privilégio. Eu a teria matado, tu sabes. Eu a teria matado para preservá-la quando eu me fosse. Mas ela me deu um segundo presente, morrendo um dia antes de mim, depois de me dar a dádiva de ter nascido. Tu dirás (posso ouvir-te dizendo isso também): "Por que não procuraste uma plebeia então, ou uma mulher dos extremos do Império?" Naturalmente procurei, como tu e todos os soldados fazem vez por outra, durante vossos anos de vida militar. Que eu saiba, nem mesmo de minhas concubinas eu tive filhos do sexo masculino. Assim, o problema é comigo, Aélio. O sangue, a glória, a pureza e os valores republicanos, títulos de general e cônsul, cadeiras no Senado, tudo termina em mim, a menos que eu resolva esse impasse.

Talvez te recordes de como em Mediolano, naquela noite que parece ter sido há tanto tempo, convidei-te para jantar em minha casa e, ouvindo dizer que tu não havias decidido ainda se aceitarias, acrescentei que ninguém jamais tinha recusado um convite meu. Esta noite, sendo as coisas tão diferentes, no entanto tão mais nítidas para mim, convido-te uma vez mais, e não aceitarei uma recusa. Por meio de advogados fiéis, toda a minha fortuna, não os imóveis, que infelizmente serão alienados pelo fisco por causa de minha desgraça, foi, semanas atrás, transferida para um fundo anônimo de fideicomisso. Toda essa quantia será tua, por qualquer dos motivos que a seguir te dou e que podes escolher: porque não consegui me lembrar de mais ninguém. Porque assim eu quis. Ou porque, muito embora para mim fosse sacrossanta minha missão de impedir a barbarização do Império, foi ainda assim uma traição, e como não te curvaste nem diante de minhas ameaças nem diante das minhas palavras lisonjeiras, demonstraste que és fiel e um romano da cabeça aos pés. Meus ancestrais se revirarão menos nas sepulturas por isso, do que pelo fato de eu lhes ter conspurcado o nome.

Não confies em Sido. Não confies em Helena. Acima de tudo, não confies em Constantino.

É meu desejo que, no lugar do filho que não tive, tu vertas libações e trates das cerimônias para recordar-me nos dias de meu nascimento e minha morte, seja lá quando isso for, na comemoração de duas semanas dos mortos na Parentália em fevereiro e no dia 21 de abril, o dia da fundação da Roma Eterna. Salve atque vale.*

Manio Cúrio Décimo, filho de Públio Cúrio Calvínio, vir clarissimus** *da classe senatorial.*

Aélio deu-se conta de que já estava ali sentado à mesa havia muito tempo, porque o refeitório já estava cheio de oficiais quando olhou em torno de si. Um deles inclinou-se para dizer:

— Incomodo-te se me sentar contigo?

Um outro nem mesmo havia perguntado, já estava comendo ruidosamente na outra extremidade da mesa.

Não ficou surpreso ao ver Sido do lado de fora, em frente à porta. Poderia estar espionando-o da janela, pelo que Aélio o conhecia. Primeiro, o chefe dos *speculatores* resmungou alguma bobagem sobre um encontro com alguém, depois ficou ali com os braços cruzados, imóvel, sob o beiral que o protegia da chuva. Aélio decidiu que seria melhor lhe dar uma chance de falar agora e acabar logo com aquilo. Portanto, ficou debaixo do mesmo beiral, com o alforje pendurado no ombro são, olhando as gotas caírem da calha e formarem uma trincheira na neve diluída.

— Parece que terminamos esta partida empatados, Aélio Espartano.

— Parece? Eu não sabia que estávamos em disputa.

Sido voltou-se para ele. Calmamente Aélio fez o mesmo, de forma que ficaram face a face, não se importando com a chuva, que, pingando do beiral, molhava-lhes a lateral do corpo.

— Mas ficarei de olho em ti, deste lado e do outro da fronteira. Nunca te iludas achando que estás fora de meu alcance. Lembra-te de que Décimo

* Saúdo-vos e despeço-me. (*N. da T.*)
** Título reservado para a classe senatorial romana. (*N. da T.*)

deixou um pouco do cheiro dele em ti. — Sido tocou o peito de Aélio com as pontas dos dedos e levou-as ao nariz depois. — Posso senti-lo. E a mosca da traição pode picar a qualquer instante.

— Acho que já provei no Egito que sou imune a esse inseto.

— Então digamos apenas que o fogo da ambição pode ser atiçado a qualquer momento, e o Exército é uma pilha de lenha seca. Tu *és* do Exército, não és?

Uma provocação nada inteligente, numa hora em que não era apropriado retrucar à altura. Aélio prendeu a respiração, deixou passar. Em maio, os antigos imperadores iriam abdicar. Dentro de um ano Constâncio estaria morto, e nos meses seguintes Maxêncio e Constantino emergiriam da luta pelo poder, exercendo domínio sobre exércitos inteiros, atraindo tribos bárbaras para seu lado, assassinando ano após ano. A própria face de Roma se escureceria, banhada em sangue.

Aquela manhã, nos pátios de manobras do acampamento militar da Savária, na província da Panônia Prima Sávia, Aélio podia olhar para o homem que tinha diante de si e predizer seu fim, pois a burrice sempre é esmagada em grandes batalhas. Isso já seria vingança suficiente.

— Sou definitivamente do Exército — foi a única coisa que respondeu.

A chuva derreteu a neve, e um sol doentio procurou estiar a chuva; as nuvens estavam esgarçadas como véus rasgados impiedosamente. Aélio ficou parado, vendo Sido virar-se e afastar-se espirrando lama. Deu graças pela purificação que era a guerra iminente. Haveria um momento certo para usar a carta de Décimo e decidir o que fazer com ela. Por enquanto, ela estava seu alforje com suas adulações e sua promessa de riqueza, seus alertas, seu peso por ser testamento da alma de um homem. O retrato de alabastro de Annia Cincia, Casta, tão delicado e pequenino, estava ao lado da carta, e ambos eram como isca de fogueira, só esperando uma faísca.

Glossário de *O Atiçador de Fogo*

Lugares:

Itália Anonária (norte da Itália)

Aquileia — cidade no nordeste da Itália, importante sede religiosa no início da cristandade.

Balnea Vetra — as Velhas Termas de Mediolano.

Bríxia ou Brescia — cidade (na época e ainda hoje) conhecida por suas fábricas de armamentos (Beretta).

Mediolano — Milão.

Modícia — Monza, cidade perto de Milão onde está a coroa de Carlos Magno.

Mutina — Modena.

Porta Argêntea, Áurea (Nova), Romana, Ticinense, Vercelina — portas da cidade de Mediolano.

Porticus maximiana — uma rua famosa com pórticos, construída por Maximiano em Mediolano.

Tergeste — Trieste.

Ticínio — Pávia.

Vicência — Vicenza, que ainda é uma cidade militar (uma base do Exército americano).

Bélgica Prima e Germânia Inferior e Superior (França e norte e sul da Alemanha)

Arae Flaviae — Rottweil, na Floresta Negra.

Argentoratum — Estrasburgo.

AUGUSTA TREVERORUM — Triéveri.

BINGUM — Bingen.

BRIGÂNCIO — Bregenz, Áustria.

CONFLUENTES — Koblenz, Alemanha.

NOVIOMAGUS — Lisieux, França.

TEUTOBURGO — floresta perto de Detmold, onde, um exército romano inteiro sofreu uma emboscada e foi destruído pela tribo germânica de Armínio no ano 9 d.C.

VINDONISSA — Windisch, Suíça.

Nórico e Récia (Áustria), Moésia e Panônia (região que inclui partes da Hungria, Áustria, Eslovênia e Croácia)

AQUINCUM — Budapeste.

ARRABONA — Gyoer.

ASPALATUM — Split.

CARNUNTUM — localidade perto de Petronell, a sudeste de Bratislava.

CASTRA REGINA — Regensburgo.

CELEIA — Celje.

EMONA — Liubljana.

INTERCISA — localidade à margem do Danúbio, a cerca de 55 quilômetros ao sul de Budapeste.

POETOVIO — Ptuj.

SALA — Zalaloevo.

SAVÁRIA — Szombathely.

SCARBANTIA — Sopron, perto do lago Balaton..

SIRMIUM — Sremska Mitrovica hoje em dia, a nordeste de Belgrado, cujo bispo era o mártir Irineu*

* Em 293, quando o governo passou a ser tetrarquia, o Império Romano foi dividido em quatro partes, sendo Sirmium uma das quatro capitais (as outras eram Augusta Treverorum,

SÍSCIA — Sisak.

VINDOBONA — Viena.

Outros topônimos

ANTINOÓPOLIS — cidade não mais existente, situava-se às margens do curso médio do Nilo.

BARBARICUM — nome genérico para as áreas habitadas por bárbaros fora das fronteiras do Império Romano.

BIZÂNCIO — Mais tarde chamada de Constantinopla, é hoje em dia Istambul, na Turquia.

DÁCIA — România.

DALMÁCIA — região adriática da Croácia.

DRAVA, MARUS, SAVA, TIBISCUS — são rios da Europa Central: Drava, Morava, Sava e Tisza.

ESPIGÃO DOURADO/CUNEUS AUREUS — é o desfiladeiro de Splügen, entre a Áustria e a Itália.

INSUBRIA — Insubria, insubrianos, a região atual da Lombardia no norte da Itália, e seus habitantes.

NICOMÉDIA — Izmit, Turquia.

TÍBUR — cidade próxima de Roma, conhecida por suas pedras de cantaria e pela grandiosa propriedade de Adriano.

NOMES PRÓPRIOS:

Nomes históricos e míticos

AQUILEU, DOMÍCIO DOMICIANO — usurpadores romanos, derrotados no Egito por volta de 296 d.C.

ÉSQUILO (+456 a.C.) — dramaturgo grego que, entre outras obras, nos deixou a tragédia *Agamênon*.

Mediolano e Nicomédia, hoje em dia Tréveri, Milão e Izmit). Sobre o bispo Irineu, esta informação pode estar equivocada, pois ele foi bispo de Lião (Lugdunum na época, na Gália). *(N. da T.)*

Agamênon e Cassandra — rei mítico assassinado pela esposa, e a escrava que previu sua morte.

Admeto e Alceste — marido e mulher míticos. Ela deu a vida por ele.

Bruto (+42 a.C.) — um dos assassinos de Júlio César.

Cato o Censor, ou o Velho (+149 a.C.) — estadista conservador romano e orador.

Diocleciano (+316 d.C.) — imperador, grande soldado e administrador romano.

Constantino (+337 d.C.) — conhecido como o Grande, primeiro imperador cristão.

Constâncio (+306 d.C.) — coimperador de Diocleciano e pai de Constantino.

Galério (+311 d.C.) — coimperador de Diocleciano e perseguidor dos cristãos.

Hades — deus do mundo inferior; a palavra também designa o mundo inferior em si.

Helena — mãe de Constantino, mais tarde se tornou uma santa cristã.

Maxêncio (+312 d.C.) — filho de Maximiano, usurpador e rival de Constantino.

Maximiano (+311 d.C.) — coimperador com Diocleciano e pai de Maxêncio.

Orfeu e Eurídice — casal mítico. Por ter olhado de relance para ela, Orfeu não conseguiu salvar sua noiva do Hades.

Penteu — rei mítico assassinado por mênades, mulheres tomadas pelo delírio dionisíaco.

Sêneca (+65 d.C.) — pensador romano e mestre de Nero (que o obrigou a cometer suicídio).

Severo, Septímio (+211) — general romano e imperador nativo do norte da África.

Tanatos — personificação grega da morte.

Varo (Quintílio) (+9 d.C.) — general romano, que perdeu três legiões e a vida na floresta de Teutoburgo.

Virgílio (+19 a.C.), — o maior poeta romano, escreveu, entre outras obras, a *Eneida*.

Outras palavras e expressões:

Ala Antoniniana Sagittariorum Surorum, Ala Ursiciana, Ioviani Palatini Maximiani Juniores Seniores Gentiliorum — unidades de cavalaria romanas, de força relativamente equivalente à de um regimento.

Alamanos, alanos, *boii*, gépidos, godos, quados, marcomanos, roxolanos, sármatas, *scordisci*, suevos, vândalos — bárbaros de origem europeia setentrional e oriental; periodicamente atacaram o Império Romano entre 400 a.C. e 500 d.C.

Bibe vivas multis annis, vivas feliciter — Frases escritas em cálices romanos desejando felicidades: "Bebe e vive muitos anos"; "Que vivas feliz."

Burgus — torre defensiva fortificada ao longo da fronteira romana.

clarissimus, perfectissimus — Literalmente, "nobilíssimo" e "perfeitíssimo", títulos reservados às classes sociais romanas dos cavaleiros e dos senadores.

cui prodest — Frase que em latim significa: "Quem lucra?"

denário — unidade monetária romana, depreciada através dos anos de cerca de 30 para 8 centavos de dólar de hoje em dia.

Figlinae Marci Lupi — Olaria de Marco Lupo.

foederati — "confederados militares", tribos bárbaras aliadas ao Exército romano.

fullones — tintureiros.

Germanicus, Britannicus, Sarmaticus, Persicus Maximus — títulos imperiais indicativos das vitórias obtidas sobre a Germânia, a Bretanha, a Sarmácia e a Pérsia.

Idos, calendas — no antigo calendário romano (lunar), subdivisões indicativas, respectivamente, de meados do mês e últimos dias antes do mês seguinte.

Kislev — mês hebraico correspondente a novembro-dezembro.

lapsi — "lapsos, apóstatas", nome dado aos cristãos que renunciaram à fé durante as perseguições.

LEGATOS, STRATEGOS — título grego que significa "comandante" ou "general".

MUTATIO — estação de troca de cavalos.

NEFASTI (DIES) — no calendário romano, dias "negativos", durante os quais eram proibidos os atos oficiais.

PRAEFECTUS — título militar romano similar à patente de coronel.

PRAESES — termo romano mais recente, designativo de "governador de província".

SAGUM — o pano usado para confeccionar os mantos usados por soldados romanos, e por extensão, o próprio manto, geralmente tingido de vermelho-vivo.

SALVE ATQUE VALE — "saudações e saúde."

SAMNITAS — antiga tribo latina, que combateu Roma na época da fundação da cidade.

SESTÉRCIO — unidade monetária romana, equivalente a um quarto de denário.

SPECULATOR, SPECULATORES — membro(s) da polícia de investigação criminal de Roma.

TEREFAH — termo hebreu que significa "impuro".

USTRINUM — área cercada onde se erigiu uma pira funerária de uma família ou clã.

VEXILLATIONES — literalmente, "porta-estandartes", unidades montadas de improviso do Exército romano, de grande mobilidade

Este livro foi composto na tipologia Bembo Std,
em corpo 11/16,4, impresso em papel off-white 90g/m².
no Sistema Cameron da Divisão Gráfica
da Distribuidora Record.